ハヤカワ・ミステリ文庫
〈HM㊴-5〉

死刑囚

アンデシュ・ルースルンド＆ベリエ・ヘルストレム
ヘレンハルメ美穂訳

早川書房
8191

EDWARD FINNIGANS UPPRÄTTELSE
by
Anders Roslund and Börge Hellström

Translated by
Miho Hellen-Halme
Published 2018 in Japan by
HAYAKAWA PUBLISHING, INC.
This book is published in Japan by
arrangement with
SALOMONSSON AGENCY
through JAPAN UNI AGENCY, INC., TOKYO.

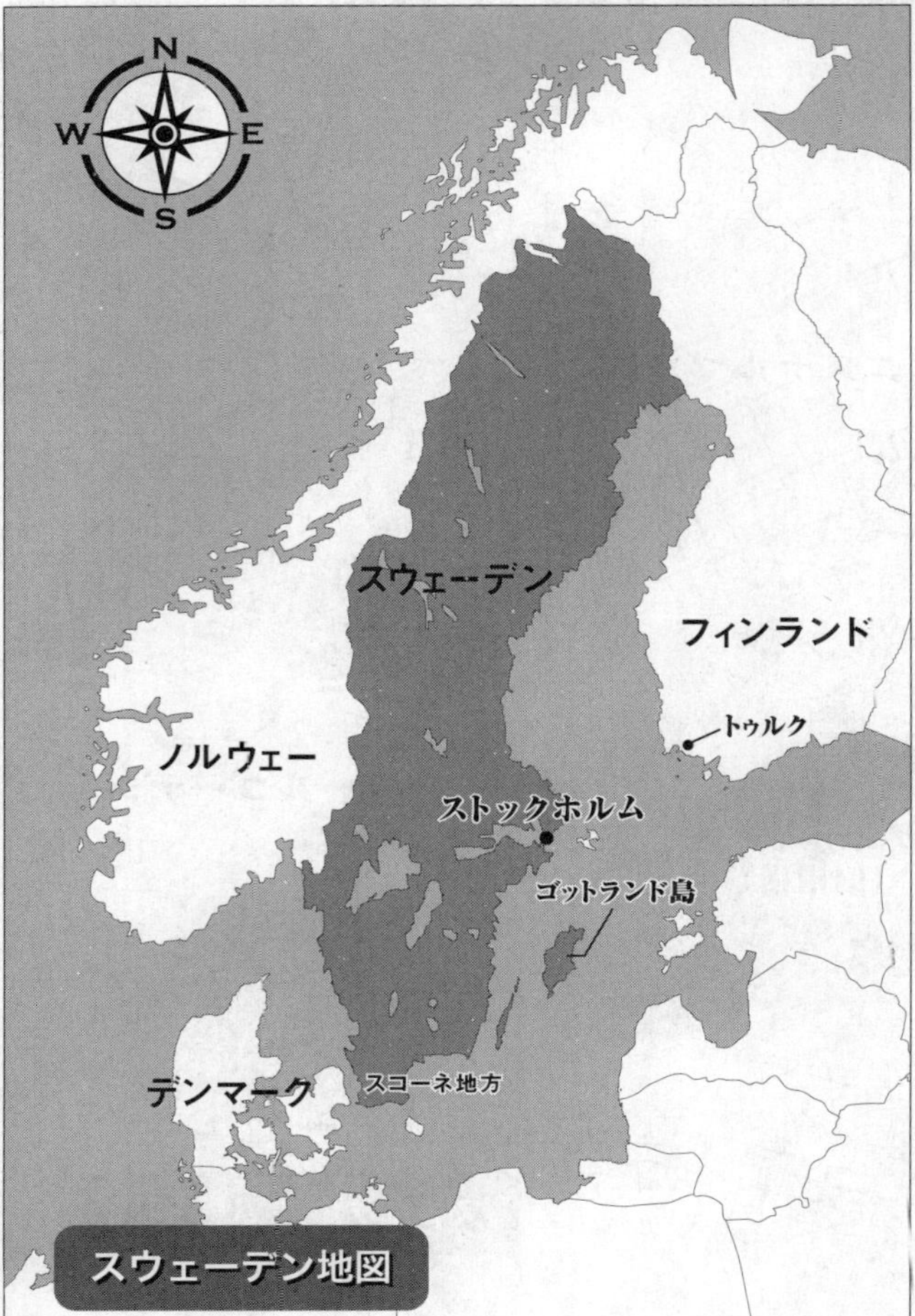
N
W
E
S
スウェーデン
フィンランド
トゥルク
ノルウェー
ストックホルム
ゴットランド島
デンマーク
スコーネ地方
スウェーデン地図

→至　リディンゲ
エステルマルム
マルム
・グスタフ・アドルフ広場
・外務省
王宮
ユールゴーデン
ガムラスタン
（旧市街）
ストックホルム詳細図
→至　ナッカ

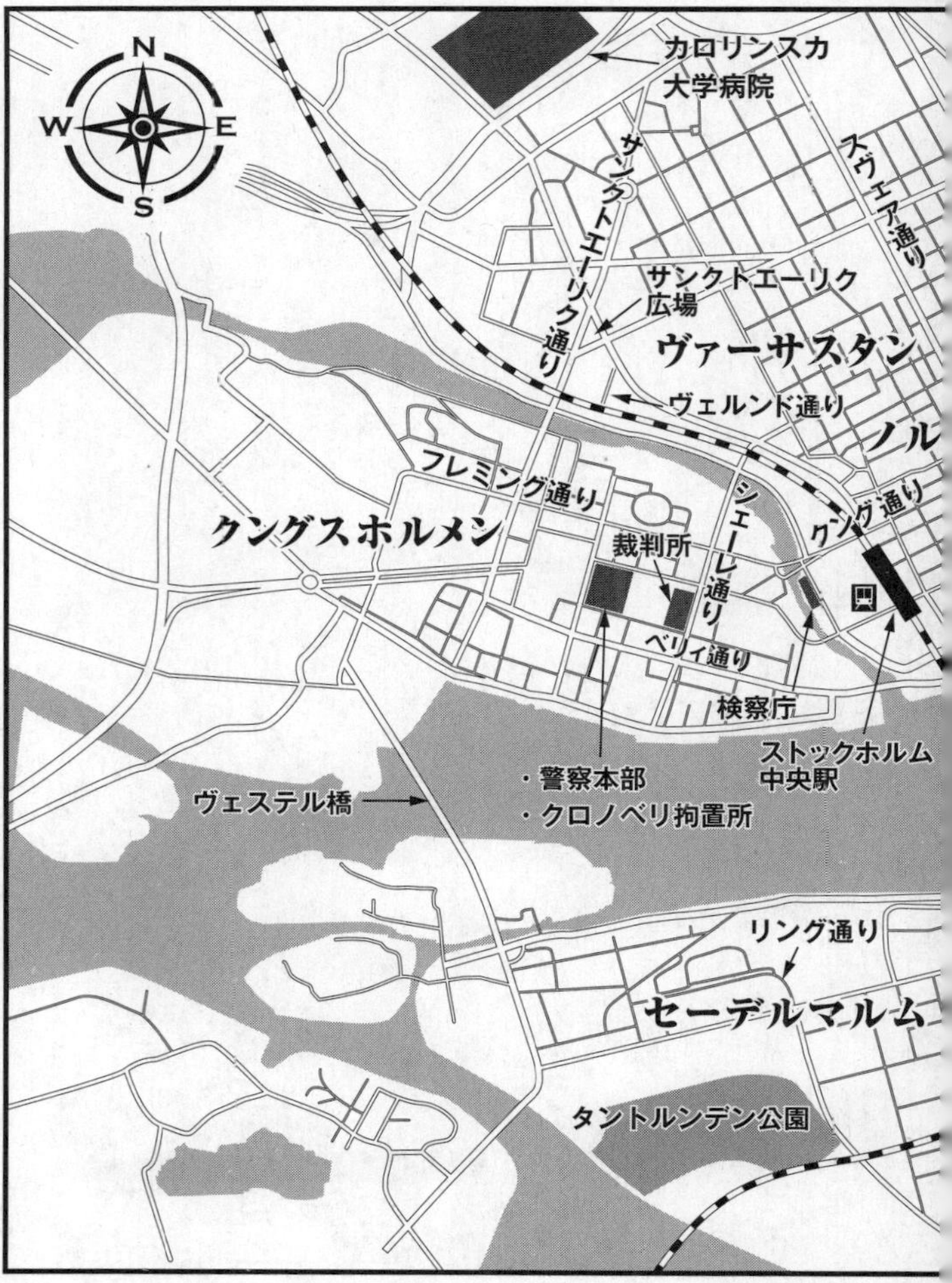
N
S
E
W
カロリンスカ
大学病院
サンクトエーリク通り
スヴェアア通り
サンクトエーリク
広場
ヴァーサスタン
ヴェルンド通り
ノル
フレミング通り
シェーレ通り
クングス通り
クングスホルメン
裁判所
ベリィ通り
検察庁
ストックホルム
中央駅
・警察本部
・クロノベリ拘置所
ヴェステル橋
リング通り
セーデルマルム
タントルンデン公園

死刑囚

登場人物

ジョン・シュワルツ……………暴行事件の被疑者
ヘレナ……………………………ジョン・シュワルツの妻
オスカル…………………………ジョン・シュワルツの息子
エーヴェルト・グレーンス………ストックホルム市警警部
スヴェン・スンドクヴィスト……エーヴェルトの同僚。警部補
マリアナ・ヘルマンソン…………エーヴェルトの部下。警部補
アンニ……………………………エーヴェルトの元同僚で恋人
ラーシュ・オーゲスタム…………検察官
トールウルフ・ヴィンゲ…………スウェーデンの外務次官

ジョン・マイヤー・フライ………死刑囚
ルーベン…………………………ジョンの父親
エドワード・フィニガン…………アメリカ合衆国オハイオ州知事の顧問
アリス……………………………エドワードの妻
エリザベス………………………エドワードの娘。殺人の被害者
ヴァーノン・エリックセン………マーカスヴィル刑務所死刑囚監房の看守長
ローサー・グリーンウッド
バージット・ビアコフ　｝……医師
ノーマン・ヒル…………………共和党上院議員

死ぬこと自体が罰なのではない。その日を待ちつづけてもう四年半になるという事実が罰なのでもない。そうではないのだ。

真の罰は、日時がわかっているということ。

未来のいつか、でもなく。歳《とし》をとったら、でもなく。考えずに済むほど遠い、はるか彼方のある日、でもなく。

はっきりと、正確に、日時がわかっているということ。

何年、何月、何日、何時。

自分が呼吸を止める日時。

なにかに触れることも、においをかぐことも、見ることも、聞くこともなくなる日時。

無になる日時。

ある決められた日時に死ぬと宣告されることの恐ろしさは、体験した者にしかわからない。

普通の人々が、死という概念に曲がりなりにも耐えることができているのは、知らないからだ。知らないがゆえに、考えずに済んでいるからだ。

が、彼は知っている。

彼は知っている。七カ月、二週間、一日、二十三時間四十七分後、自分がこの世からいなくなるということを。

正確に。

過去

独房の中で、彼はあたりを見まわした。いつもと同じ、異様なにおい。慣れてしまってもいいころだ。自分の一部になっていてもおかしくない。

だが、けっして慣れることはないとわかっている。

彼の名は、ジョン・マイヤー・フライ。彼が見つめている床は小便を思わせる黄色で、妙につやつやと光っている。かつては白かったらしい壁が、いまにも襲いかかってきそうに見える。頭上に広がる緑色がかった天井は、湿気にやられて丸いしみがいくつもでき、満身創《そう》痍《い》で叫び声を上げている。この緑色のせいで、五・二平方メートルの空間がさらに狭く感じられる。

彼は深く息を吸い込んだ。

なによりも耐えがたいのは、たぶん、時計だ。

果てしのない廊下に鉄柵《てっさく》がずらりと並び、逃げることだけをひたすら望む囚人たちを閉じ込めている、そんな光景には耐えられる。鍵束《かぎたば》の鳴るじゃらじゃらという音も、頭が爆発しそうになり、思いが張り裂けそうになりはするものの、それでも我慢できないことはない。

九番独房のコロンビア人の叫び声、夜が過ぎ去っていくにつれて大きくなるあの叫び声だって、我慢できる。

だが、時計だけは耐えがたかった。

看守たちはみな、金色をした安物の大きな腕時計を身につけていて、彼らが通り過ぎていくたびに、その文字盤に追われているような気分になる。さらにいちばん奥のほう、東ブロックから西棟へ延びる配水管にも、時計がひとつ掛かっている。なぜかはわからない。なんとも場違いだが、とにかくそこに時計がひとつ掛かっていて、チクタクと時を刻んでいる。いやでも目に入ってくる。ときおり、マーカスヴィルの教会の鐘の音が聞こえてくることもある——少なくとも彼はそう確信している。広場に面した、細い塔のある白い石造りの教会。よく知っている教会だ。とりわけ、しばらく完全に近い静寂が訪れる夜明けごろ、眠れないままベッドに横たわり、緑がかった天井に視線をさまよわせていると、あの鐘の音が塀の向こうから響きわたり、時を刻んでいく。

そう、それが時計の役目だ。時を刻むこと。カウントダウン。

毎時間、毎分、毎秒、どれだけの時が失われたかを知らされること。二時間前、人生の残り時間はいまよりも二時間長かった、という事実を思い知らされること。それが、彼には耐えがたかった。

今朝《けさ》はまさに、そうしたことを実感させられる朝だった。

夜じゅう眠れないまま横になり、寝返りを打ち、眠ろうとしても汗がにじみ、過ぎゆく時間を感じるばかりで、また寝返りを打つ。例のコロンビア人の叫び声はいつにも増してひどく、零時ごろから夜中じゅう、朝の四時過ぎまでずっと続いていた。いつもの鍵束の音と同じように、不安が壁にぶつかっては跳ね返ってこだましていた。叫び声は時が経《た》つにつれて大きくなり、ジョンにはわからないスペイン語で、同じ言葉が何度も繰り返されていた。ジョンは五時ごろにやっと寝入った。時計を見たわけではないが、それでも五時ごろだとわかった。体が時間を覚えている。いまとなっては、ほかのことを考えようとしているときにさえ、体が勝手に時を刻んでいく。

六時半にはもう目が覚めた。

すぐに独房のにおいが襲ってきた。息を吸い込んだとたん吐き気に見舞われ、彼はしばらく汚れた便器に向かって身をかがめた。便器といっても蓋《ふた》のないほうろうの穴にすぎず、身長百七十五センチの人間にすら低すぎる代物だ。彼はひざまずいて嘔吐《おうと》が始まるのを待ったが、吐くことはできず、喉《のど》へ指を突っ込んだ。

自分を空《から》にしなければ。

最初に吸い込んだ息を追い出さなければ。外に出さなければ。でないと起き上がれない。でないと立ち上がれない。

ここに来てから四年、夜から朝までぐっすり眠れたことが一度もない。いつかはぐっすり眠れるだろうという希望も捨てた。が、昨晩は、今朝は、いつもの夜や朝にも増して耐えがたかった。

昨晩は、マーヴィン・ウィリアムズの、最後から二番目の夜だった。

今日の昼までに、老マーヴィンは通路の奥にある鍵のかかった扉を抜け、死刑執行棟へ、そこにあるふたつの独房のうちのひとつへ連行される。

最後の二十四時間。

ジョンの隣の独房にいるマーヴ。ジョンの友人であるマーヴ。死刑囚監房の最古参であるマーヴ。ほかの馬鹿どもとはまるで違う、賢く、誇り高いマーヴ。

彼は肛門《こうもん》から鎮静薬を挿入され、よだれを垂らした状態で連行されていくだろう。終わりが近づくと、死刑囚は鎮静薬を投与される。そして、制服を着た看守たちに囲まれて、眠そうな顔で、ゆっくりと、マーヴは歩いていくだろう。東ブロックから出る扉の鍵が開くころには、ここのにおいすら忘れているのだろう。

「ジョン」

「ん？」

「起きてるのか？」

マーヴも眠っていないのだ。寝返りを打っては向きを変え、狭い独房の中をぐるぐると歩きまわり、童謡めいた歌を歌っているのが、ジョンにも聞こえていた。

「ああ。起きてるよ」

「目を閉じるのが怖くてな。わかるか、ジョン？」

「マーヴ……」

「寝入っちまうのが、眠っちまうのが怖いんだ」

「マーヴ……」

「なにも言わなくていい」

鉄柵は白く塗られ、一方の壁からもう片方の壁まで、見苦しい鉄柱が十六本並んでいる。

ジョンは立ち上がり、鉄柵に上半身を寄せると、いつものとおり、親指と人差し指で輪を作り、鉄柱のうちの一本をぎゅっと握りしめた。毎度変わらぬしぐさだ——自分を閉じ込めている鉄柱を、片手で、二本の指で閉じ込める。

ふたたび、マーヴの声。静かなバリトンの、穏やかな声。

「これでいいんだよ」

ジョンは黙ったまま次の言葉を待った。死刑囚監房に連れてこられて以来、マーヴとはずっと会話を交わしてきた。ここで過ごした初めての朝、ジョンはマーヴの気さくな声に助けられて、やっとベッドから起き上がり、バランスを失わずに立ち上がることができた。それからふたりは話を始め、その対話はいまも続いている。何年も、互いの姿を見ることなく、鉄柵越しに声を出し、壁を隔てて話を続けてきた。だが、いまは、声が喉のあたりでつかえて出ない。ジョンは咳払《せきばら》いをした。あと一晩、あと一日だけ生き、その後死ぬことになっている人間と、いったいなにを話せばよいというのだろう？

マーヴは深く息をついた。

「わかるか、ジョン？　俺《おれ》には、もう待つ気力がないんだ」

一日の長さは一時間。

それだけだった。

塀の外での一日はもっと長い。が、ここでは、息をつける時間が一時間しかない。柵で囲まれた運動場。柵の上にはさらに一メートルほど、鉄条網が張りめぐらされている。武器を持った看守が、石造りの塔から見張っている。

残りの二十三時間は、広さ五・二平方メートルの、小便色の床の上で過ごすことになる。

ふたりは読書にいそしんだ。ジョンはそれまで本を読んだことがなかった——少なくとも、自分から進んで読むことはなかった。ジョンが来てから数カ月が経ったある日、マーヴはジョンに『ハックルベリー・フィンの冒険』を読ませた。ガキ向けの本じゃねえか、と思いながらも、ジョンはそれを読んだ。読み終わると、別の本を読みはじめた。いま、ジョンは毎日読書をしている。そうすれば、考えなくて済むから。

「ジョン、今日はなにを読む？」

「今日はあんたと話がしたい」

「本、読まなきゃだめだぞ。わかってるだろう」

「今日はいやだ。明日。明日、また読むよ」

俺の名はブラック・マーヴ。町でたったひとりの黒人だ。

マーヴは自己紹介するときいつもそう言った。ジョンの最初の朝、どうしても足腰が立たなかったあの朝にも、マーヴはそう語りかけてきた。独房の壁の向こうから聞こえてきた声に、ジョンはそれまでの習慣どおり、うるせえ、黙れ、と叫び返した。町でたったひとりの黒人。ジョンはちょうど、自らそんな経験をしたところだった。看守四人に取り囲まれて歩き、彼らが扉を開け、初めて鍵をかけるのを目にしたときのこと。東ブロックにいる白人は彼ひとりだけだった。彼は十七歳で、かつてないほどの恐怖を感じていた。壁につばを吐きかけ、漆喰《しっくい》のかけらがはがれて靴が白く汚れるまで壁を蹴《け》りつけ、声が嗄《しゃが》れるまで〝このうすぎたねえ黒人野郎め、ただじゃおかねえぞ〟と叫びつづけた。

だが夕方になると、マーヴはまた話しかけてきた。やあ、俺の名はマーヴ、町でたったひとりの黒人だ。ジョンにはもう叫ぶ気力が残っていなかった。マーヴはおかまいなしにしゃべりつづけた。ルイジアナの田舎町で育ったこと。三十歳のころに、コロラドの山間の町へ引っ越したこと。四十四歳のとき、オハイオ州コロンバスに住む美しい女性を訪ねてきたこと。たまたま訪れた中華料理店で、自分の足元で男がふたり死んでいくのを目にしたこと。

「怖い？」

死。考えてはならない唯一のこと。どうしても考えてしまう唯一のこと。

「それがよくわからんのだ、ジョン。もうなにもわからないんだよ」

午前中、ふたりはひっきりなしに話を続けた。刻々と終わりが近づく中で、話すことはたくさんあった。

ふたりとも、ほかの囚人たちが連行されていくのを目にしていたから、所定の手順はよく心得ていた。州の更生・矯正局が発行しているマニュアル、壁のあちこちに貼《は》ってあるあのマニュアルに、死刑囚が最後の二十四時間をどのように過ごすかが事細かに記されている。

ついさきほど女医がやってきて、肛門に鎮静薬を挿入した。徐々に薬が効きつつあるらしく、マーヴはだんだんろれつがまわらなくなってきた。話している最中にも、片方の口の端からよだれを垂らしているような音がした。

マーヴの姿を見たい、とジョンは願った。

すぐそばにいるのに、すぐそばにいることができない。すぐ近くにいるのに、触れることができない。肩に手を置くことすらできない。

遠くのほうで扉が開いた。

小便色の床に当たる、かつん、かつん、という硬い音。

野球帽のようにも見える、山の高い制帽。茶色がかった緑の制服。磨かれてつやつやと光沢を放つ黒いブーツ。看守が四人、二列に並んでマーヴの独房へ向かっている。その歩みを、ジョンはじっと目で追った。彼らは数メートル離れたところで立ち止まった。視線を隣の独房に向けている。

「両手を出しなさい！」

ヴァーノン・エリックセンの声は高めで、オハイオ州南部特有の訛《なま》りがある。生まれも育ちもマーカスヴィル、十九歳の夏にこの刑務所でアルバイトを始め、その後もここで働きつづけている。短期間でマーカスヴィル刑務所死刑囚監房の看守長に昇進した人物だ。

制服姿の大柄な看守たちが邪魔になって、なにが起こっているのかはもう見えない。が、ジョンにはわかっている。

鉄柵のすきまから差し出されたマーヴの両手。エリックセンがその両手首に手錠をかける。

「六番独房開扉！」

ヴァーノン・エリックセンは看守だが、ジョンは時が経つにつれ、少しずつ彼に敬意を抱くようになっていた。看守たちの中で唯一、エリックセンだけは、死刑囚たちの日々の生活が改善されるよう気を配ってくれている。そんなことをする必要はないのに。

「六番独房開扉完了！」

スピーカーがパチパチと音を立て、警備室からの声が響きわたった。マーヴの独房の扉がゆっくりと開く。ヴァーノン・エリックセンはしばらく待ってから、部下たちに向かってうなずいてみせた。そして自分はその場に立ったまま、看守が二人、独房の中に入っていくのを見守った。ジョンはヴァーノンを見つめた。看守長でありながら、ヴァーノンがこの瞬間を嫌っていることを、ジョンは知っている。親しくなった死刑囚を、独房から死刑執行棟へ連行し、死の準備を整えること。ヴァーノン自身がいやだと言ったわけではない。彼の立場上、そんなことを口にするわけにはいかない。が、ジョンにはわかっていた。ずっと前にそのことを感じ取り、確信していた。エリックセンは長身で、太ってはいないががっしりとした体格だ。頭頂部の髪が薄く、昔の修道士のように丸く禿《は》げた部分が、制帽の端にうっすらと半円形に見てとれる。彼はマーヴの独房内を見つめ、部下たちの動きを目で追いながら、鍵束をつけてベルトからぶら下げているチェーンを、白い手袋をはめた指でまさぐっていた。

「ウィリアムズ、立ち上がれ」

「ウィリアムズ、時間だぞ」

「聞こえてるんだろう、ウィリアムズ。さっさと立つんだ。担ぎ上げるのはごめんだぞ」

看守ふたりがマーヴをベッドから引きはがそうとしている。薬のせいで朦朧《もうろう》とした六十五歳のマーヴが弱々しく抵抗する声が聞こえる。ジョンは独房内を見つめているヴァーノン・エリックセンにふたたび目をやった。叫び声をあげ、怒鳴り散らしたい衝動にかられる。が、エリックセンに向かって怒鳴りたくはない。看守長でありながらどういうわけか死刑囚の味方になってくれているエリックセンに向かって怒鳴り声をあげるのは、無意味でしかないという気がした。そこでくるりと向きを変え、ズボンを下ろすと、便器とされている穴に向かって用を足した。もうなにも言わない。もうなにも考えない。壁の反対側でマーヴが独房から追い立てられていくあいだ、ジョンは便器の底に落ちているトイレットペーパーの端切れを狙《ねら》って小便をかけ、前後に誘導した。紙はやがて白いほうろうの便器に貼り付いた。

「ジョン」

背後からマーヴの声がした。ジョンはズボンを上げて振り向いた。

「話がしたい」

ジョンが看守長を見やる。エリックセンは軽くうなずいた。ジョンは扉の錠と漆喰の壁のあいだの鉄柵へ近づいていった。いつもどおり、人差し指と親指で鉄柵を握り、前のめりになって外を見る。目の前に現われたのは、ほとんど姿を見たことのない、だが四年間にわたって毎日、何度も会話を交わしてきた相手だった。

「やあ」

あまりにも聞き慣れた、やさしい、安心できる声。背筋のぴんと伸びた、誇り高いマーヴ。黒髪はすっかり白くなっている。きちんとひげを剃《そ》っている。ジョンの想像どおりだった。

「やあ」

マーヴはよだれを垂らしていた。きちんと話そうと全力を注いでいるのに、顔の筋肉が言うことを聞かないらしいのが、ジョンにも見てとれた。死を目前にした死刑囚に無用な恐怖を味わわせないよう、鎮静薬を投与するのが決まりになっている。だが、ジョンは確信している――これは死刑囚のためなんかじゃない。看守のためだ。看守が恐怖を味わわなくて済むように、鎮静薬を投与するのだ。

「これを。おまえにやる」

ジョンが見守る中、マーヴは喉元に手をやると、思うように動かない指でしばらく手探りしていたが、ようやく目的のものを手につかんだ。

「いずれにせよ、あとではずすことになる。だから、いまおまえに渡しておきたい」

十字架。ジョンにとってはなんの意味もない。が、マーヴにとってはなによりも大切なものだ。ジョンはそのことを知っていた。二年前、マーヴはキリスト教の信仰に目覚めた。この死刑囚監房に収容されている囚人たちにはよくあることだった。

「だめだよ」

マーヴは銀のチェーンを丸め、十字架のまわりに巻き付けると、ジョンに手渡した。

「これを渡せる相手は、おまえだけなんだ」

ジョンは手の中のチェーンを見つめ、それからとまどいの視線をヴァーノン・エリックセンに向けた。

看守長の顔。彼のこんな顔を見るのは初めてだった。真っ赤になり、引きつり、まるで燃えているかのようだ。彼が発した声は、あまりにも強く、あまりにも大きかった。

「八番独房開扉!」

ジョンの独房だ。

おかしい。ジョンはマーヴに目をやったが、なにも気づいていないらしい。部下の看守たち三人を見やる。三人ともじっと立ったまま、互いのようすを横目でうかがっている。

扉はまだ閉まったままだ。

「看守長、なんとおっしゃいましたか」

警備室の声がスピーカーから響く。

ヴァーノン・エリックセンは苛立《いらだ》たしげに顔を上げ、廊下の奥の警備室にいる看守を見据えて言った。

「八、番、独、房、開扉と言ったんだ。さっさとしろ！」

エリックセンは鉄柵をにらみつけ、扉が開くのを待っている。

「看守長……」

三人の部下たちのひとりが困ったように両腕を広げ、呼びかけたが、エリックセンはすぐさまその言葉をさえぎって言った。

「所定の手順をはずれていることは承知のうえだ。異議があるなら、書面でその旨を知らせなさい。すべて終わってから」

ふたたび警備室を見据える。ためらいの中、さらに数秒が過ぎた。

全員がひとことも発することなく待っていると、やがて独房の扉がゆっくりと開いた。

ヴァーノン・エリックセンは扉が完全に開くのを待ってから、マーヴのほうを向き、ジョンの独房を顎《あご》で示した。

「中に入りなさい」

マーヴは動かなかった。

「いったいどういう……」

「中に入って、きちんと別れを告げてくるんだ」

そのあとは、じめじめとして寒かった。廊下の天井近くにある窓からすきま風が入り、ひゅうっとかすかな音が床へ下りていく。ジョンは囚人服の喉元のボタンを止めた。オレンジ色をした綿のつなぎはぶかぶかで、背中と腿《もも》の部分に白字でＤＲ（死刑囚監房〔Death Row〕の略）と記されている。

ジョンは震えていた。

寒さのせいだろうか。

それとも、すでに悲しみと戦っているせいだろうか。

現在

彼は強風の中をゆっくりと歩いた。甲板にはだれもいない。人々はみな船内にいる――レストランやダンスホール、免税店から成る、海の上にうかぶ町。笑い声が聞こえてくる。年ごろの若者たちで埋め尽くされた階からは、がやがやと騒ぐ声、グラスのぶつかるちりんという音、大音量の電子音楽が漏れてきている。

彼の名は、ジョン・シュワルツ。彼女のことを考えている。いつも彼女のことを考えている。

初めてほんとうの意味で近しくなった人。初めて裸の肌を合わせた女性。彼女の肌の感触は、いまでも覚えている。夢に見る。恋しく思う。

彼女は十八年前に亡くなった。

日中の出来事だった。

ドアに近づいていく。バルト海の冷たい風をもう一度吸い込んでから、機械油と酒と安物の香水のにおいが充満した船内へ足を踏み入れた。

五分後、彼は広大なホールの狭苦しい舞台に立ち、今夜の聴衆を見下ろしていた。パラソルで飾られたカクテルと小さなグラス入りのピーナッツを味わいつつ、合間にダンスを楽しむ客たちだ。

フロアの中央に、カップルが二組。客はそれだけだった。

彼はかぶりを振った。自分だって、選べるものなら、木曜の夜をわざわざフィンランドとスウェーデンを結ぶフェリーの上で過ごしたいとは思わない。だが、いまはオスカルがいるので、どうしても金が必要だ。

客受けのいい軽快な四拍子の曲をざっと三曲ほど演奏すれば、人々はたいてい目を覚ます。やはり客の数が増えてきた。カップルが八組になっている。今夜最初のバラード、体をぴったり寄せ合って踊る曲に合わせて、人々は抱き合い、頬《ほお》を寄せ合い、次も似たような曲が続くことを願っている。ジョンは歌いながら、踊っている人々や、少し離れたところに立って誘いを待っている人々に視線を走らせた。ひとりの女性が目にとまった。美しい女性だ。褐色の長い髪に、黒いドレス。パートナーにつま先を踏まれたときに湧《わ》き出た、あぶくのような笑い声。ジョンは彼女を目で追いながら、死んだエリザベスを思い、ナッカのアパートで待っているヘレナを思った。踊っている女性は、まるでふたりを合わせたかのようだ。ヘレナの体に、エリザベスのしぐさ。彼女の名前はいったいなんというのだろう。

休憩時間になり、バンドのメンバーはミネラルウォーターを飲んだ。まとわりついてくる煙やスポットライトの熱気のせいで、黒い襟《えり》のついたターコイズブルーのシャツは、わきの下が汗ですっかり濡《ぬ》れている。ジョンが目で追っている例の女性は何度かパートナーを替えていて、一度もダンスフロアを離れていない。彼女も汗をかいている。顔や首筋が光っている。

彼は時計を見た。あと一時間だ。

見覚えのある男がいる。去年のクリスマス前後に何度か見かけたことのある乗客だ。ダンスを楽しむ人々に近寄っていく。偶然を装って女性の腿へ巧みに手を伸ばす酔っぱらい。カップルたちのあいだを縫うように歩き、すでに若い女性の胸を一瞬さわることに成功している。彼女が気づいたかどうかははっきりしない。こういう場合、気づかないことのほうが多い。鳴り響く音楽、行き交う人々、少し手が触れた程度では気にならないものだ。

我慢のならない男だ、とジョンは思う。

こういう手合いを目にするのは初めてではない。ダンス音楽とビールに引き寄せられ、自分が抱えている悩みを、出会う人々にまき散らしていく連中。ダンスを楽しみ、笑い声をあげる女は、男が暗闇《くらやみ》にまぎれて体を押しつけ、さわり、辱めることのできる女でもあるのだ。

ふと気づくと、男が彼女と踊っている。

エリザベスであり、ヘレナである彼女と。

ジョンの女である彼女と。

彼女が体を反らせた瞬間、男は彼女の尻《しり》に手を伸ばして引き寄せ、ダンスのステップをまちがえたように見せかけつつ、自分の股間《こかん》を彼女の腰に押し当てた。彼女もほかの女性たちと同様、あまりにも楽しんでいるせいで、あまりにも人がいいせいで、いましがた辱めを受けたことにまったく気づいていない。ジョンは歌いながら彼らを見つめ、怒りに震えた。かつて体を駆けめぐり、痛みとなり、相手を殴らないかぎり消えなかったあの怒りが、また襲ってきた。昔は長いこと、人間を殴ったものだった。最近は壁や家具しか殴っていない。しかしいま、男が彼女に股間をすりつけ、彼女を辱めている。

過去

彼はベッドに横たわり、本を読もうとした。が、だめだった。言葉が漂っては混ざり合い、考えがまったくまとまらない。まるで昔のようだ。ここに来たばかりのころ。二週間ほど壁や鉄柵を蹴りつづけたあげく、気がついた——耐えるしかないのだ。恩赦を願い出る手続きがなされているあいだ、ただひたすら呼吸を続けること。残り時間を数えたりせず、ただひたすらやり過ごすこと。

だが、今日はなにかが違う。自分のために読書しているのではない気がする。考えてみれば当然のことだ。マーヴのことを考えているのだ。マーヴのために本を読んでいるのだ。毎朝、同じ質問を投げかけてきたマーヴ。〝ジョン、今日はなにを読む？〟。マーヴにとって、それは大切なことだった。〝スタインベックかい？　それとも、ドストエフスキー？〟

ついさきほど、制服姿の看守が四人やってきて、マーヴを連れ、鍵のかかった独房のずらりと並ぶ長い廊下を歩いていった。マーヴは鎮静薬のせいでよだれを垂らしていた。歩いているあいだ、何度か膝《ひざ》ががくんと折れ曲がった。それでも、彼は威厳を失わなかった。叫ぶことも、泣くこともしなかった。彼らの頭上に渡された有刺鉄線が、さらに高いところにある小窓からの日差しを受けて、弱々しい光を放っていた。
マーヴィン・ウィリアムズはジョン・マイヤー・フライにとって、人が親友と呼ぶものにもっとも近い存在だった。老マーヴィンは、乱暴で攻撃的、それでいて恐怖におびえていた十七歳のジョンに、少しずつ、話をすること、考えること、夢見ることを教えた。看守長はおそらく、そのことに気づいていたのだろう。家族のようなふたりのため、警備上の決まりごとを無視せずにはいられなかったのだ。ふたりはジョンの独房で向かい合い、小声で言葉を交わし、廊下から注がれるヴァーノン・エリックセンの視線を感じつつ、数分をともに過ごした。

それから、マーヴは死にに行った。

いま、マーヴは死刑執行棟にいる。マーカスヴィル刑務所に二つある、死を目前に控えた囚人のための独房、そのうちのひとつに入れられている。人生最後の二十四時間を過ごす終着駅。四番独房と、五番独房。この番号がついている独房は死刑執行棟にしかない。死の番号。東ブロックにかぎらず、この巨大な刑務所のどこを見ても、四番と五番はここにしか存在しない。どの監房でも、どの廊下でも、一、二、三、六、七、八、となっている。

町でたったひとりの黒人。

マーヴは数カ月ほどしつこく話しかけてきた。ジョンもやがて、マーヴに薦められた本を読むようになった。そんなある日、マーヴはなぜ自分が〝町でたったひとりの黒人〟だったのか、そのわけを説明してくれた。その昔——オハイオ州の中華料理店で、男ふたりが足元で死んでいったあのときよりも、さらに昔――マーヴはコロラド州の山間にあるテルライドという町に住んでいた。かつて鉱山町として栄えたものの、鉱脈が尽きて一時は過疎地となり、その後一九六〇年代に大都市のヒッピーたちが移り住み、従来とは異なる生き方を実現しようとした町だ。新たな生き方に目覚め、理想に燃えた白人の若者たちが二百人ほど、自由、平等、博愛――プラス、マリファナを楽しむ権利――を信じて、テルライドにやってきた。

白人が二百人。黒人がひとり。

マーヴはほんとうに、町でたったひとりの黒人だったのだ。

そして彼は、ただの悪ふざけのつもりか、博愛精神を発揮しようとしたのか、それとも単にいつも金に窮していたからか、とにかく数年経ったころ、不法滞在中だった南アフリカ出身の白人女性と偽装結婚をした。彼は何度も役所に出向き、町でたったひとりの黒人にとって、アパルトヘイトの国を逃れてきた白人女性を愛することは至極当然であり、それ以外に真の愛など考えられない、と説明した。彼がうまくやったおかげで、女性は米国籍を勝ち取った。その後、ふたりは離婚した。

マーヴがオハイオ州に出向き、例の中華料理店に折悪しく足を踏み入れたのも、この女性のためだった。

ジョンはため息をつくと、本を持つ手に力を入れ、ふたたび読書を試みた。

数行ほど読み進めるが、すぐにマーヴの姿が目の前にちらつく。午後から夜中までそんな状態が続いた。死刑執行棟の、ベッドのない独房にいるマーヴ。片隅に置いてある青い椅子《いす》に腰掛けているのだろうか。それとも床に横たわって丸くなり、天井に視線をさまよわせているのだろうか。

ふたたび、数行。一ページほど読み進められることもあった。が、またすぐにマーヴの姿がうかんできた。

小窓から徐々に光が失われ、代わりに夜がやってきた。空《から》になった独房の隣で、マーヴの深い息遣いが聞こえない中、横になるのはつらかった。ジョンはそれでも二時間ほど眠ることができ、そのことに自分で驚いた。例のコロンビア人がいつもより静かだったうえ、ろくに眠れなかった昨晩の疲れが体に残っていたからだ。七時ごろ目が覚めた。本は体の下敷きになっていた。そのまま二時間ほど横になっていたが、やがて寝返りを打って起き上がった。よく眠れたと言ってもいいような気分だった。

立会人たちの声がはっきりと聞こえてきた。

自由な人間の声と死刑囚の声は簡単に聞き分けられる。自分が死ぬ正確な日時を知らない人間、だからこそ残り時間を数えずに済んでいる人間の声には、すぐにそれとわかる独特の響きがある。

ジョンは警備室のほうを見やった。通過していく人影が十五人ほど見えた。

ずいぶん早くに来たものだ。死刑の執行まで、まだ三時間もあるというのに。人々はゆっくりと歩き、ものめずらしげに監房をのぞき込んでいる。先頭を行くのは、ジョンが一度しか会ったことのない刑務所長だ。その後ろに、立会人たちがずらりと並んでいる。いつものごとく、被害者の遺族、死刑囚の友人、マスコミの連中といったところだろう。みな上着を着たままで、その肩にうっすらと雪が積もっている。寒さのせいか、これから人の死を目撃することに興奮しているせいか、頬が赤らんでいる。

ジョンは彼らに向かって鉄柵越しにつばを吐いた。向きを変えようとしたところで、突然、警備室の操作で扉が開き、立会人のひとりが東ブロックに入ってくる音がした。

背の低い、恰幅《かっぷく》の良い男性だ。口ひげをはやし、黒髪をオールバックにしている。灰色の背広の上にはおったジャケットの毛皮が、融《と》けた雪で湿っている。決然とした足取りで、廊下の中央を歩いている。柔らかそうな黒のゴム靴を履いているのに、それでも石の床に硬い足音が響く。彼はためらうことなく、自分の行く方向を、目的の独房の位置を、はっきりと把握したうえで進んでいた。

ジョンはいつもの癖で、そわそわと頭に手をやると、もみあげを耳にかけた。ひとつに結んだ長い髪が、肩のずっと下まで垂れている。ここに来たときは短髪だったが、以来ずっと伸ばしつづけている。ひと月が経つごとに、一センチ。体内で時を刻んでいる時計を突然失った場合にそなえた、予備の時計だ。

訪問者はジョンの独房の前で立ち止まり、ジョンにはいまやその姿がくっきりと見えた。夢の中で、どんなに逃げてもしつこく追いかけてくる、この顔。昔のにきびの跡が、時間や贅肉《ぜいにく》をもってしても消えない傷となって残っている、この顔。生白い冬の肌をした、疲れ切った目のエドワード・フィニガンが、じっと廊下に立っていた。

「人殺し」

張りつめた口元。フィニガンはごくりとつばをのみ込んでから、さらに大きな声で言った。

「人殺し！」

警備室をちらりと見やる。あまり大声を出すと追い出されてしまうと気づいたのだ。

「おまえは娘を私から奪った」

「フィニガンさん……」

「残り時間はきっかり、七カ月と、三週間と、四日と、三時間だ。恩赦を願い出たければ、好きなだけ願い出るがいい。私の力で却下させてやる。こうしておまえに直接会えるのも、私の影響力があってこそだ。わかるな、フライ」

「帰ってください」

フィニガンは小声で話そうと努めながらも失敗している。彼は口元に手をやると、人差し指を立てて唇に当てた。

「しっ。口をはさむんじゃない。人殺しに話の腰を折られるのは不愉快だ」

人差し指を下ろす。また声に力がこもった。憎しみだけが放つことのできる力。

「今日はな、フライ、知事に代わってウィリアムズの死刑執行を見に来た。九月になったら、今度はおまえの死にざまを見てやる。わかるか？　春が来て、夏が過ぎたら、おまえはもうこの世にいないんだ」

ゴム靴と毛皮のジャケットを身につけたこの男は、じっと立っていることができない。片方の足からもう片方の足へ、しきりに体重を移して体を揺らし、大げさなほどに両腕を動かしている。腹に抑え込んでいる憎しみが、体の外へあふれ出しそうになって、関節や筋肉を動かしているのだ。ジョンは黙りこくっていた。裁判で顔を合わせたときも同じだった。いまと似たような言葉をぶつけてくるフィニガンに、初めはジョンも返事をしていたが、すぐに諦めた。フィニガンは答えや説明など求めてはいなかった。むしろいっさいの答えや説明を拒んでいた。

「帰ってください。今後もそれは変わらないだろう。言うことなんかないでしょう」

エドワード・フィニガンは背広のポケットに片手を突っ込むと、なにかを取り出した。本のようだ。表紙は赤く、ページの側面が金色に塗られている。

「黙って聞け、フライ」

数秒ほどぱらぱらとめくってしおりを探している。どうやら見つけたようだ。

「出エジプト記、二十一章……」

「出ていってください、フィニガンさん」

「……二十三節、二十四節、二十五節」

ふたたび警備室をちらりと見やる。歯をぐっと食いしばっている。手の指が白くなるほど、強く聖書を握っている。

「〝しかし、損傷があるならば、命には命、目には目、歯には歯……〟」

エドワード・フィニガンの朗読は、まるで教会での説教のようだ。

「〝……手には手、足には足、やけどにはやけど、生傷には生傷、打ち傷には打ち傷をもって償わねばならない〟」

聖書を閉じたフィニガンは微笑《ほほえ》んでいた。ジョンは向きを変え、鉄柵と廊下に背を向けて横になると、うすよごれた壁に視線を据えた。やがて足音が遠ざかっていった。廊下の奥のドアが開き、ふたたび閉じる音がした。

あと十五分。

ジョンには時計など要らなかった。

自分がどのくらい横になっていたか、いつも正確にわかるからだ。

独房の天井の蛍光灯を見つめる。ガラス部分に小さな黒いしみがいくつもついている。四六時中点《つ》いているこの灯《あか》りに蠅《はえ》が集まり、近づきすぎて熱で焼け死ぬのだ。ここに来たばかりのころは、夜になると両手で目を覆ったものだった。恐怖や不安、聞き慣れない音だけでもうたくさんだというのに、さらに追い打ちをかけるかのごとく、煌々《こうこう》と輝きつづける天井灯。光が闇を完全に締め出している中では、なかなか気持ちが休まらなかった。

すべてが終わるまで、この灯りを見つめていよう、と思う。

死んだあとも、まだなにかがあればいいのに、と思うことがある。

なんでもいい。死ぬ瞬間の、あっけない、情けない感覚だけではない、なにか。〝自分はいま死ぬ〟と思った次の瞬間には、もう無になっている、それだけではない、なにか。なによりも苦しいのは、たぶん、ちょうどいまのように、だれか別の人間が去っていくとき。だれか別の人間が、残り時間を数えなくて済むようになるとき。

そんなとき、ジョンはいつも横になり、囚人服の袖《そで》を嚙《か》む。心臓の鼓動を感じる。息が苦しい。息が苦しい。体が引き裂かれそうなほどの震えは、床に嘔吐して、やっと止まる。頭から吹き出る炎。飛び散る爪《つめ》。

そのたびに、自分もまた死んでいくかのようだ。

ジョンがベッドにしがみついていると、突然、灯りが消えた。ちかちかと点滅し、しばらく灯《とも》っていたが、また消えた。東ブロックに、西棟に、マーカスヴィル刑務所のすべての監房に、光と闇が交互に訪れた。マーヴ・ウィリアムズの体が、六百から千九百ボルトの電気ショックでつぶされていく、一分ほどのあいだのことだ。マーヴはおそらく最初の電気ショックで、すでに嘔吐を始めたことだろう。その後もショックを与えられるたびに、少しずつ、胃の中が空になるまで吐きつづけたことだろう。

灯りが戻ってきた。まだ生きてはいるものの、ぼろぼろになったマーヴの体は、椅子の上で数秒ほどぐったりとしているにちがいない。ジョンは囚人服の袖を嚙んだ。マーヴはなにか考えているだろうか。考えることで、痛みをかき消せているだろうか。

第二の電気ショックはかならず千ボルトで、七秒間にわたって与えられる。頭部と右脚にあてられた銅電極内の塩水が、シューッと音を立てはじめる。

ジョンはオレンジ色の囚人服を嚙むのをやめた。襟元のボタンをふたつはずすと、首にかけていた銀のチェーンと十字架を握りしめる。電灯が何度も消えては灯った。第三の、最後の電気ショックは、さらにもう少し長く続く。二百ボルトで、二分間。

眼球は破裂している。

排泄物《はいせつぶつ》が垂れ流しになっている。

体じゅうの穴という穴から、血が流れ出している。

ジョンは宗教にかかわるすべてを嫌っている。それでも、マーヴならこうしただろうと考え、片手に十字架を握りしめると、もう片方の手で十字を切った。

現在

もう少しだけ、顔をそむけているべきだ。フィンランド、トゥルクからの帰路。残り二曲。踊れないほど酔った連中をフロアから追い出すための、アップテンポの曲。それから、名残りを惜しむ人々のための、スローテンポの曲。それだけだ。そのあとは数時間ほど船室で過ごし、ストックホルムに到着する。

が、だめだった。もう一度たりとも顔をそむけることはできない。ダンスフロアで女性を辱める例の男が——しかも今回が初めてではないのだ——、また彼女の腰に股間を押しつけている。彼女は依然として気づいていない。

ジョンはその夜、彼女の姿をずっと目で追っていた。

褐色の髪、汗をかくほど踊れることの喜びに満ちた笑い、彼女は美しく、彼女はエリザベスで、同時にヘレナでもあった。

俺の女だ。

「おい、なにしてやがる？」

ジョンは突然歌うのをやめた。そのことをほとんど自覚すらしていなかった。怒り狂っている状態では、音符を追うことなどできない。バンドはその後も何拍か演奏を続けたが、やがて楽器から手を離し、沈黙のうちにジョンを見守った。

顔をそむけているべきだ。

彼女のそばを離れない男に向かって、ジョンは舞台の上からふたたび声を上げた。

「その女性から離れろ。いますぐ!」

入口近くから、かすかにグラスの触れ合う音。大きな窓の向こうで戯《たわむ》れている強風。聞こえる音はそれだけだ。歌手がリフレインを中断し、音楽が急に止《や》んだときの、限りない沈黙。

十三組のカップルが、ダンスフロアに立ちつくしている。

彼らはステップのただ中で動きを止めた。八〇年代のヒット曲メドレー、よく知った曲に合わせて踊っていた彼らは、いまだ息を切らしている。そして、なにが起こったのかをようやく理解しつつある。ジョンが指差した方向を、フロアの中央に立っている金髪の長身の男を見つめる人数が、ひとり、またひとりと増えていく。

ジョンが大声をあげたせいで、マイクの音がひび割れた。

「わからないのか? おまえが出ていったら、演奏を再開する」

男は一歩後ずさろうとして、ぐらりとよろめいた。その股間はもう、女性の腰に押しつけられてはいない。なんとかバランスを取り戻し、舞台上のジョンのほうを向くと、彼に向かって中指を突き立てた。そのまま、なにも言わない。微動だにしない。

ダンスフロアを去る人がいる。

パートナーに体を寄せ、耳元でささやいている人がいる。

演奏してくれよ、踊ってるんだから、と、じれったそうに両腕を広げる人がいる。

男は中指を突き立てたまま、フロアに立ちつくしているカップルのあいだを縫い、舞台上のジョンに向かって歩きはじめた。

背後から、レニーの声。〝おい、ジョン、警備員が来るまで放っとけよ〟。ジーナがため息をついた。〝やめときなさいよ。相手は酔っぱらいなんだから、ちょっと悪態つかせておしまいにしましょ〟。それまで貝のように口を閉ざしていた無口なベーシストまでもが口を開く。〝ここで喧嘩《けんか》したって意味ないよ。明日になれば、また似たような野郎が現われるんだから〟

彼らの声は、ジョンの耳に届いた。

が、届かなかった。

酔った男は舞台のすぐそばにたどり着き、あざけるような笑みをうかべている。顔がジョンの腰の高さにあるというのに、息が酒くさいのがわかる。男は突き立てていた中指をゆっくりと下ろすと、もう片方の手の親指と人差し指で輪を作り、ジョンと視線を合わせてから、下ろした中指を輪の中に、二回、三回と出し入れしてみせた。

「だれと踊ろうと勝手だろ」

フォークの落ちる音がした。

パチパチと雑音を立てるスピーカーのような音がした。

ジョンは気づかなかった。あとから思い出して語ることもできなかった。このときジョンは、刻まれていく時をひたすら数えていた。自分にはそれができる。時が過ぎていくのをじっと待つのだ。そうすれば、このいまいましい感情は消える。落ち着きが戻ってくる。学んだはずではないか。

暴力をふるわないこと。

もう二度と暴力をふるわないこと。

ジョンは男を見下ろした。男はあざけりの笑みをうかべながら、両手で性交の真似《まね》ごとを続けている。ジョンはもう存在しない長髪を両手でかきあげ、耳にかけようとした。不安と恐怖で感情のコントロールが利かなくなってくると、そうするのが癖だったからだ。十六歳のエリザベスの顔が見える。三十七歳のヘレナの顔が見える。ついさきほどまで汗をかくほど踊っていたが、いまはダンスフロアの少し離れたところに立っている、例の女性に目をやり、さきほど彼女にさわった酔っぱらいの両手に目をやった。そのとき、突然すべてが爆発した。刻まれる時をひたすら数えて過ごした年月、胸の中で激しく脈打つ怒りをひたすら抑えて眠りにつこうとした年月、なにもかもがいきなり破裂し、彼は無意識のうちに片足を後ろに引くと、時だけが蓄えることのできる力のすべてを込めて蹴りつけた。その足はあざけるような笑みの真ん中に命中した。周りの人々が近寄ってきたときの、混乱も、騒ぎも、彼の耳にはほとんど入らなかった。

第一部

月曜日

なかなか美しい朝だった。霞《かすみ》に覆われたストックホルムが見える。照りつける日差し。水上で戯れる蒸気。あと三十分で、埠頭《ふとう》に、都会に、家に到着だ。

ジョンはプラスチック製の窓越しに外を眺めた。大きなフェリーは水路をゆっくりと進んでいく。速さはせいぜい数ノット。船首の鋼板とぶつかって立つ波は、まるで小さなボートが立てる波のように柔らかい。

長い夜だった。四時をまわったころ床についたが、眠ることはできず、疲れがまったく取れていない。ときおりそういうことがある。現在が過去と混じり合うとき。目が痛い。額全体が、いや、体じゅうが痛い。襲ってくる恐怖。長いこと、心配すらしていなかった。いまの生活が、当たり前の日常となっていた——寄り添って眠るヘレナ、隣の部屋でぐっすり眠るオスカル。彼らには、彼らなりの生活があり、狭いながらもわが家と呼べるアパートがあった。彼はときおり、そのほかにはなにも存在しなかったかのような、過去を忘れてしまえるかのような感覚にとらわれていた。

プラスチック製の窓からすきま風が吹き込み、船室は冷えきっていた。一月はいつもそうだ。乗船は週に二晩、給料も悪くなく、個室のキャビンがあてがわれ、食事が支給される。条件としてはじゅうぶんで、受け入れられるものだった。陳腐なダンス用の音楽にも、酔っぱらった団体客にも、だんだん慣れていった。それに、父親となったいま、定収入はなによりもありがたかった。舞台でバンドをしたがえて歌っている最中に、突然、ダンスフロアではカップルたちが汗をかいて笑っているというのに、自分はだれとも話せない、その場を動くことすらできない、そんな孤独感に襲われ、体をきつく締めつけられる感じを覚えることはあったが、それでも安定した収入が得られるかぎり我慢できた。

自分は、あの男の顔を蹴った。

ジョンは目を閉じた。痛みが走るまでまぶたを強く閉じ、それからまた外を眺めた。ストックホルムが近づいてくる。スタッツゴード埠頭の向こうに高くそびえ、いまにも崩れ落ちてきそうなセーデルマルム島の輪郭。

起きてはいけないことが起きてしまった。

もう暴力はふるわないと誓ったのに。

だが、あのいやらしい男が彼女のスカートの中に手を入れ、股間を押しつけていた。彼女が離れようとすると、男の手は彼女の尻をまさぐった。ジョンが注意をし、人々がダンスをやめた。そして、彼女を離れて舞台に近づいてきた男が、目の前であざけるような笑いをうかべてみせたとき、ジョンは自分が自分でない気がした。自分はただ見ているだけという気がした。あの力は、自分のものではなかった。

だれかが船室のドアをノックした。が、ジョンには聞こえない。

心理士たちには〝衝動をコントロールする力が弱い〟と言われた。ずっと昔のことだ。思春期に突入したばかりで、殴れるものはすべて殴っていたジョンを、彼らは観察し、面接を行ない、そして評価を下した。ひとりは早くに母親を亡くしたせいだと言い、ひとりは子ども時代の経験が原因だと言った。が、ジョンは当時すでに、そんな評価をすべて笑い飛ばしていた。子ども時代に原因を探したところでなんの意味もない。トイレのしつけが厳しすぎたとか、おもちゃが壊れていたとか、そんなことが原因になるわけがない。殴れるものすべてを殴っていたのは、ほかに選択肢がなかったからだ。ただ暴力をふるいたかった、それだけのことだった。

開いたままの船室のドアをノックする音が続く。

窓越しに見るストックホルムが大きくなってきた。ぼやけた輪郭が、徐々にくっきりとした建物となって現われる。歳月とともにだんだん好きになってきた、こんな冬の日。暖かな日差しが頬を温め、暗闇が訪れたとたんにまた寒くなる、ストックホルムの冬の日。これからやってくる新たな生命と、過ぎ去っていく日々とのせめぎ合い。ある桟橋《さんばし》のそばを通り過ぎる。その向こうに大きな家が建っている。いつもここを通るたびに眺める、あの水辺の大きな一軒家。最高の立地だ。手入れのいきとどいた庭に、うっすらと雪が積もっている。夏には高価そうなモーターボートが係留されている桟橋も、いまはまったく使われておらず、まわりに氷が張っている。〝雪ごおり《ストウーフィース》〟。彼が知っているスウェーデン語の単語のなかでも、きわめて美しい言葉のひとつ。暖かな日差しが注がれるたびに、融《と》けた雪が氷の上へ流れ出し、寒い夜の訪れとともにふたたび凍りつく。雪ごおり《ストウーフィース》。いくつも氷の層があり、そのあいだに水の層がある。英語ではなんと言うのかわからない。そんな言葉が英語にあるのかどうかすら知らない。

ふたたび、ノックの音。

今度はジョンの耳に届いた。その音は遠くのほうから、思いを分け入るように押し入ってきた。ジョンは振り返ると、船室内を見渡した。ベッド、戸棚、白壁、そして遠くのほうに、コツコツと鳴っているドア。

「邪魔かな?」

緑の制服を着た男。長身で、肩幅が広く、赤毛のあごひげを生やしている。ジョンはその顔に見覚えがあった。警備会社から派遣されている警備員のひとりだ。

「いや」

「入ってもいいかい?」

船室の中を指差している。ジョンは彼の名前すら知らなかった。

「もちろん」

警備員は丸窓に近寄り、外に見える街をぼんやりと眺めた。

「いい景色だ」

「ああ」

「下船が待ち遠しいな」

「なんの用だ？」

警備員は手でベッドを指し、答えを待つことなく腰を下ろした。

「昨晩のことだが」

ジョンは彼を見つめた。

「ああ」

「あの男のことはよく知ってる。とにかく体を寄せようとするんだ。これが初めてじゃない。だが、それはさしあたり関係ない。この船上で他人の頭を蹴りつけるのは、どんな理由があっても許されないことだ」

ナイトテーブル代わりになっている造り付けの棚に、煙草《たばこ》が一箱置いてある。ジョンは一本引っ張り出し、火をつけた。警備員はあからさまに煙をいやがり、少し離れたところに座り直した。

「警察に通報したよ。目撃者が五十人ほどいるし、しかたがなかった。警察はスタッツゴード埠頭で待機してるはずだ」

それだけはやめてくれ。

長いこと感じずに済んでいた恐怖。時を経て、ほとんど忘れかけていた恐怖。

ベッドに腰を下ろしている緑の制服を、ジョンはひたすら見つめ、煙草を吸った。身動きがとれない。

「残念だがな」

それだけはやめてくれ。

「なあ、ジョン。名前はジョンだったよな？　ひとつだけ言わせてくれ。俺個人としては、フィンランド人のひとりやふたり頭を蹴られようと、そいつが蹴られるに値するんなら別にかまわないと思ってる。だが、さっきも言ったとおり、警察に通報がいった。きみは警察に連行されて、事情聴取を受けることになる」

ジョンは叫ばなかった。

自分では叫んだものとばかり思っていたが、実際にはなんの声も出ていなかった。肺が空っぽになるまで、一度だけ、声のない悲鳴を上げる。それからベッドに腰を下ろし、両手で頬をつかむようにして頭を垂れた。

どういうわけか、ふと一瞬、別の場所、別の時代にいた。十五歳のとき、教師を後ろから椅子で殴りつけた。カヴァーソン先生が振り向いた瞬間、その顔面に椅子の背もたれを強く打ちつけたのだ。カヴァーソン先生はそれで片耳の聴力を失った。裁判で先生と顔を合わせたときのことは、いまでも鮮明に覚えている。あのとき、ジョンは初めて理解した——暴力をふるうたび、そこには結果が伴うのだ、と。あんなに泣いたのは生まれて初めてだった。母親の葬式でさえ、あんなには泣かなかった。ほんとうに、心の底から、彼は理解した。自分のせいで、先生は片耳でしかものを聞くことができなくなったのだ。もう暴力をふるうのはやめようと思った。うすぎたない少年院で三カ月過ごしたのちも、その気持ちは変わらなかった。

「警察は、きみのバンドのワゴン車を止めようと考えてるはずだ」

警備員はまだ座っていた。ジョンが示した反応の激しさに、簡素な船室を突然満たした強烈な不安に、彼は驚いていた。警察の事情聴取を受けることとも、重傷害罪で起訴される可能性があることも、そりゃあ、喜ぶべきこととは言えない。だが、この反応はなんだ。がたがたと顎を震わせ、顔色は蒼白《そうはく》で、なんの言葉も発することができずにいる。いったいどういうことだろう。

「だから、車両用の出口で待機してると思う」

その声はジョンの頭上を漂い、煙草の煙の中へ消えていった。

「車のない乗客用の通路から下船すれば、数時間は稼げるよ」

彼は免税店の袋やキャリーケースを手にした人々に交じってフェリーを離れ、ラッシュアワーのストックホルムに降り立った。ナッカ地区に向けて、歩道を早足で歩き、中心街から遠ざかる。湿気やら二酸化炭素やら、さまざまなものの入り混じった空気に運ばれて、セーデルマルム島はずれのダンヴィクストゥルへ。汗だくになりながらタクシーを止め、アルプヒュッデ通り四十三番地へ、と告げる。六年以上、この日が来るのをずっと恐れてきた。ずっと前から、この日が来ても逃げることはしないと覚悟を決めていた。だが、いまはとにかく家に帰りたい。ヘレナのもとへ。オスカルのもとへ。ふたりを抱きしめ、将来の話をし、それからライスプディングにブルーベリージャムを添えて食べるのだ。まるで最後の晩餐《ばんさん》のように。

朝がエーヴェルト・グレーンスの頬に咬《か》みついている。彼はこの長い冬がいやでしかたがない。なにもかもが気に入らず、とりわけこの一月初めは厳しい寒さを毎日のように呪《のろ》っている。こわばった首も、言うことを聞かない左脚も、寒さが増すにつれてさらに悪化していくような気がする。そうして、老いを実感させられる。もうすぐ五十七歳という実年齢よりも、もっと年をとっているような気がする。若さを失ったあらゆる関節、あらゆる筋肉が、春を、暖かさを求めて叫んでいる。

彼はいま、スヴェア通りから自宅のある建物の表玄関に入る外階段に立っている。ここに住みはじめて、もうすぐ三十年。ずっと同じアパートの四階で暮らし、同じ階段を上り下りしてきた。三十年も同じところに住んでるのに、隣人のひとりもろくに知らないとはな。

エーヴェルトは、ふん、と鼻を鳴らした。

知りたいとは思わない。知る時間もない。隣人は邪魔なものだ。表玄関を入ったところにある掲示板に〝ベランダで鳥にエサをやるのはやめましょう〟などという貼り紙をする連中。ふだんは挨拶《あいさつ》もしないくせに、夜遅くに大音量で音楽をかけたときにだけやってきて、アパート管理会社の騒音苦情処理係や警察に通報する、と脅しをかけてくる連中。そんな連中、知り合いになってどうする。

さきほどラッシュアワーの渋滞の中、アンニのもとへ向かう途中で、今日だけ面会時間が昼食時に変更されていたことを思い出した。これまでずっと、面会は月曜日の朝と決まっていたのに、今日にかぎって介護スタッフがリハビリの予定を入れてしまったのだ。エーヴェルトは疲れと苛立ちを覚えつつ、渋滞の車列をはずれ、中央線を横切ってUターンした。ついさっき出発したばかりだというのに、駐車スペースがもう別の車にとられている。彼は大声で悪態をつくと、本来駐車すべきでないところに車を駐《と》めた。

署への出勤予定時刻まで、まだ二時間ほどある。そこで自宅に向かって階段を上りはじめたが、二階に着いたところではたと立ち止まった。あそこには帰りたくない。広すぎる。空っぽすぎる。そもそもここ最近、家にはほとんど帰っていない。署の奥まったところにあるオフィスのソファーは小さすぎて、彼の大きな体がうまくおさまらないことは事実だが、それでもあのソファーのほうがよく眠れる。実際、ずっと昔からそうだった。

そこでアスファルトの上をのんびりと歩きはじめた。スヴェア通りを渡り、オーデン通りへ、グスタフ・ヴァーサ教会を素通りして、ダーラ通りへ。季節にかかわらず、二十五分の道のりだ。白髪交じりの薄い髪、深い皺《しわ》の刻まれた顔、うまく動かない左脚を引きずっているのがはっきりとわかる歩き方、エーヴェルト・グレーンス警部は、歩道で出会えばだれもが思わず道を譲る、口を開かなくとも聞こえてくるその声にだれもが従う、そんな人物だ。

そしていま、彼は歌っていた。

ベンチにいる酔っぱらいどもを尻目にヴァーサ公園を素通りし、サバッベリ病院の味気ない出入口を過ぎたあたりで、彼はいつも歩みを速める。これくらい歩いたところで、やっと肺がきちんと動き出すのだ。ぎくしゃくと動く体の中を血がめぐる。彼はここからベリィ通りの警察署まで、すれ違いざまに振り返る人々の視線を意に介すことなく、音程をはずしたまま、大声で歌いつづける。歌うのはいつも、シーヴ・マルムクヴィストの曲だ。もう存在しない時代の歌。

いとしいマグヌス　許してちょうだい　きのうは馬鹿なことしたわ
手紙を書いたの　あなたのもとにもうすぐ届く

今朝の曲は『あたしの手紙を読まないで』、ハリー・アーノルド・オーケストラ、一九六一年。歌いながら、思い出す。孤独を感じることのなかったあの日々を。先が読めないほど人生の長かったあのころを。

警察官として三十年以上。すべてを手に入れた。三十年以上。いまの彼には、なにも残されていない。

ノルマルム地区とクングスホルメン島を結び、線路の上を横断するバーンフース橋の中央で、エーヴェルトはさらに声を張り上げた。車の音や、ここでいつも待ちかまえている強風を隠れ蓑《みの》にして、ストックホルムじゅうに響きわたりそうな大声で歌う。そうやって、不安を、さまざまな思いを、ときどき感じる苦しみのようなものを押しのける。

そりゃああなたはぽっちゃりだけど　象ほど大きいわけでもないし
可愛《かわい》いあなたに　カッコ悪いわって　なんてひどいこと言ったのかしら

エーヴェルトはコートのボタンをはずし、マフラーを取った。二速ギアで走っていく車、頭を引っ込めるようにして先を急ぐ人々、だれもがどこかに向かっている中で、古くさい歌詞を空中に漂わせる。リフレインに近づいたところで、ジャケットの内ポケットでなにかがもどかしげに振動した。一回。二回。三回。

「もしもし」

携帯電話に向かって大声をあげる。二秒ほど沈黙があったのち、聞き慣れた声がした。エーヴェルトが毛嫌いしている声だ。

「グレーンス警部？」

「うむ」

「なにしていらっしゃるんですか？」

おまえには関係ないだろう、このごますり野郎め。エーヴェルト・グレーンスは上司を軽《けい》蔑《べつ》している。いや、職場のほぼ全員を軽蔑している。そのことを隠そうともしていないので、だれもがいやでも気づかされる。電話をかけてきたこの男も、そこらの馬鹿と変わりない。若造のくせに警視正をやっている、形式にばかりとらわれている男。

「なにか用か？」

上司が息を吸い込み、話す準備を整えているのが聞こえた。

「グレーンスさん、あなたと私はそれぞれ、違う役割を担っています。権限が違うんです。たとえば、だれを雇うか、配属はどこにするかを決めるのは私の仕事です」

「ほう、そうかい」

「ついさきほど聞いたんですが、欠員になっていた殺人・暴行課のポストに、あなたが勝手に人を採用したそうですね。いったいどうしてそんなことになったのか、ぜひ聞かせていただきたい。しかも採用された人物は、警部補となるのに必要とされる勤続年数条件を、まったく満たしていないというじゃないですか」

このいまいましい電話を切ってしまうべきだ。歌わなければならない歌を歌いつづけるべきだ。日が昇り、ストックホルムが機嫌良く目を覚ました。いまは自分だけの時間であり、これは自分なりの儀式だ。自分には、馬鹿どもから逃れる権利がある。

「どうしてそんなことになったのか？　おまえがさっさと人を雇わなかったからだろう」

橋の下を電車が通り過ぎる。コンクリートに音が反響し、電話の向こうの声が聞こえなくなった。が、かまいはしない。

「聞こえないな」

電話の向こうの声が、たったいま言ったことを繰り返す。

「ヘルマンソンの採用は許可できません。もうひとり候補者がいます。条件を満たす人物です」

エーヴェルト・グレーンスはまもなく歌を再開するつもりだ。

「だから言っただろう。おまえがぐずぐずしてるからだ。文句をつけてくるだろうと思ったから、昨晩にはもう、雇用契約書にサインしちまったよ」

電話を切り、ジャケットの内ポケットに戻す。

そして、ふたたび歩きはじめた。咳払い。同じ歌を、最初から歌い直すつもりだ。


十分後、エーヴェルト・グレーンスはクングスホルム通りの正面入口の重い扉を開けた。

中にはすでに、待っている馬鹿どもがおおぜいいた。

朝一番で被害届を出そうと、番号札を取って待っている。月曜日はいつもこうだ。週末のせいで満員になる。エーヴェルトは彼らを眺めた。大半は疲れ切ったようすだ。週末を別荘で過ごしているあいだに、アパートに空き巣が入ったとか、車庫に駐めておいた車を盗まれたとか、ショーウィンドウが壊されて中のものを盗まれたとか、そういった話だろう。エーヴェルトは少し離れたところにある鍵のかかった扉に向かって歩きはじめた。彼のオフィスはその向こう、階段を二階分上がり、コーヒーマシンを過ぎて、鍵のかかった扉をさらにいくつか通り抜けたところにある。暗証番号を押し、中に入ろうとしたところで、ふと、待合室の奥のソファーにぐったりと横たわっている男が目に入った。番号札を手にしている。顔が歪《ゆが》み、片方の耳から流れ出した血が固まっている。ろれつのまわらない舌で、なにやらぶつぶつとつぶやいている。エーヴェルトにはそれがフィンランド語だとわかった。

アンニも耳から出血していたっけ。

一歩近づいてみる。ぐったりと横になったその男からは、アルコール臭が漂っている。あまりにも臭いので、エーヴェルトは思わず立ち止まった。

顔。なにかがおかしい。

口で息をしながら、二歩近づいてみる。男の上に覆いかぶさるように身をかがめる。

ひどい青あざができている。

瞳孔《どうこう》の大きさが左右で異なっている。片方は小さく、もう片方が大きい。

目。あのときのことが頭にうかぶ。自分の膝に横たえられた、彼女の頭。

あのころは、まだ知らなかったのだ。

受付カウンターへ急ぎ、短く言葉を交わす。エーヴェルトが苛立たしげに両腕を振りまわしたので、受付担当の若い警察官は立ち上がると、エーヴェルトとともに酔った男のもとへ急いだ。三十分ほど前にタクシーで到着し、それからしばらくソファーに横になっているという。

「カロリンスカ大学病院神経外科の救急外来に連れて行くんだ！　パトカーで行け！」

エーヴェルト・グレーンスは怒りをあらわにし、話しながら指を一本ずつ立てていった。

「頭を強打した跡。左右で大きさの違う瞳孔。耳からの出血。ろれつのまわらない舌」

もう手遅れだろうか、と考える。

「どれも脳出血のしるしだよ」

ほかでもない彼こそ、このことをよく知っている。手遅れかもしれないということ。頭を強打した場合、治らないこともあるということ。

その知識とともに、二十五年以上を生きてきたのだ。

「届けはもう受け取ったのか？」

「はい」

エーヴェルトは若い警察官の名札をじろりと見た。見たということを印象づけたうえで、ふたたび相手の目に視線を移した。

「よこせ」


エーヴェルト・グレーンスは鍵のかかった扉を開け、主の出勤を待っている静かなオフィスがずらりと並ぶ廊下へ入った。

たったいま、ひとりの人間が、耳から血を流していた。目を見ると、瞳孔の大きさが左右で異なっていた。

目にしたのはそれだけだった。

そのとき目にすることができたのは、それだけだった。

したがって、このごくありふれた傷害事件が、実は遠いところではるか昔に起きた事件の続き、残虐な殺人事件と、それに続くはずだったさらなる殺人の続きであり、エーヴェルトの刑事人生でもっとも異様と言っていいほどの事件に発展するなど、このときの彼にはまだ知る由もなかった。

二階の窓に煌々と灯りがついている。もしこの時間にだれかがマーン・リフ通りを歩いていて、この十二部屋ある立派な邸宅を見やったとしたら、その人は窓ガラスの向こうに、口ひげをたくわえ、黒髪を後ろにとかしつけた、背の低い五十代の男性の姿を認めたことだろう。その蒼白い肌を、疲れた目を、じっと立ちつくしたまま外の暗闇をぼんやりと見つめているその姿を目にし、やがて丸い頬を涙がゆっくりとつたいはじめるのに気づいたことだろう。

オハイオ州マーカスヴィルは、まだ夜の闇に沈んでいる。夜明けまで、あと数時間。静かな田舎町はぐっすりと眠っている。

だが、彼は眠っていない。

娘がかつて使っていた部屋で、窓辺にたたずみ、悲しみと憎しみと喪失感の涙を流している彼は、眠ってなどいない。

エドワード・フィニガンは、ずっと願っていた。いつの日か、この苦しみが消えてなくなることを。むなしい追求から解放されることを。過去をたどらずに済むようになることを。

かつてのように、妻と寄り添って床につき、服を脱がせ、愛し合えるようになることを。だが、あれから十八年。なにもかもがひどくなる一方だった。悲しみはさらに深く、喪失感はさらに強く、憎しみはさらに激しくなった。

寒い。

ガウンを体にきつく巻き付ける。一歩後ろに下がり、焦げ茶色の木目の床から分厚いカーペットの上へ、なにも履いていない両足を移した。窓の外に広がる家々、生まれ育った町、よく知っている人々から視線をはずし、向きを変えると、部屋をぐるりと見渡す。

娘のベッド。娘の机。娘の壁、床、天井。

ここにはまだ、娘がいる。

娘は死んだ。が、この部屋はまだ娘のものだ。

1. 対象となる遺体は全裸女性、体重六十五キログラム、身長百七十二センチメートル。
2. 脂肪や筋肉の付き方はごく普通。体毛の発育状況もごく普通。
3. 顔面には負傷なし。鼻孔から出血し右側へ流れた跡がみられる。

部屋の扉は閉めてある。アリスは眠りが浅い。彼はひとりになりたかった。ここ、エリザベスの部屋なら、だれにも迷惑をかけることなく、好きなだけ泣き、憎み、懐かしむことができる。窓辺にたたずんでぼんやりと外を眺めることもあれば、床に腰を下ろし、ぬいぐるみやピンクの枕《まくら》が昔のまま置いてある娘のベッドに背をあずけることもあった。今夜は娘の机に向かい、娘が使わないまま逝ってしまった新品の椅子に座って時を過ごすつもりだ。

エドワードは腰を下ろした。

乱雑に置かれたペンや消しゴム。鍵のついた日記帳。本が三冊。ぱらぱらとめくってみる。結局、最後まで乗馬をテーマにした少女小説を読んでいたらしい。壁に掛かったクリップボード。左端に、黄ばんだ紙切れが留めてある。マーカスヴィルに二校ある公立高校のうちのひとつ、ヴァレー・ハイスクールの時間割だ。娘をごく普通の学校に通わせるのが、エドワードとアリスの方針だった。州知事の側近が娘を公立学校に行かせないとなると、それは彼が公立学校の質を疑っているというシグナルになってしまう。政治とは結局、突き詰めればそういうことだ――シグナルを出すこと。正しいシグナルを出すこと。時間割の上に、同じように黄ばんだ紙切れが留めてあり、余白に電話番号がいくつか鉛筆で走り書きされている。いちばん上には、オトウェイＦＣとのシリーズ戦に関するマーカスヴィル・サッカーチームのコーチからのメッセージ、ウェイバリーにあるパイク郡病院からの検診のお知らせ、ポーツマスのラジオ局、ＷＰＡＹラジオ（１０４・１ＦＭ）見学の許可証。

歩みの途中で、娘は逝った。

大きな未来が開けていたのに、あの男が、すべてを奪った。


14・背面には青紫色の死斑が左右対称に分布。腰から臀部《でんぶ》にかけて、支持面との接触・

圧迫の跡あり。

15・遺体の前面および背面に複数の銃創あり。これらには番号をふる。

エドワード・フィニガンは、あの男を憎んでいた。あの男のせいで、エリザベスに明日が来ることはなくなり、彼女は人生から、この家から引き離された。

ドアノブの動く音。フィニガンははっと振り向いた。

彼女は諦《あきら》めきったような目でこちらを見つめている。

「今夜もなの」

エドワードはため息をついた。

「アリス、いいから寝なさい。すぐ行く」

「朝までここにいるつもりなんでしょう」

「今日は違う」

「いつもそうだわ」

アリスは部屋に入ってきた。自分の、妻。彼女に触れ、抱きしめてやるべきなのだろうが、もうそれができない。十八年前のあのときに、すべてが死んでしまったかのようだ。あれから一年ほど、ふたりは毎日二回セックスをしていた。アリスが身ごもるように。もうひとり子どもができるように。が、だめだった。ふたりの悲しみのせいなのかもしれない。あるいは単に、アリスが歳をとり、だんだんと妊娠しにくい体になっていたのかもしれない。いまとなってはどちらでも同じことだ。ふたりは孤独だった。もう抱擁を交わすことはなかった。

アリスはベッドに腰を下ろした。エドワードは肩をすくめた。

「どうすればいいというんだ？　忘れろと？」

「ええ。たぶん」

エドワード・フィニガンは、かつて娘のものであった椅子からすっくと立ち上がった。

「忘れろというのか？　エリザベスのことを？」

「その憎しみを、よ」

エドワードは首を横に振った。

「忘れるものか。これからも憎みつづけてやる。アリス、あいつはエリザベスを、われわれの娘を殺したんだぞ！」

アリスはしばらく黙っていた。目に諦めがうかんでいる。夫の姿をなかなか直視できない。

「あなたにはわかっていないわ。エリザベスのことなんか、もうどうでもいいんでしょう。エリザベスのことを、あなたは心から締め出している。もう、なんの感情も抱くことがない」

言葉を切り、深く息を吸い込んでから、続けた。

「あなたの、憎しみ。あなたのその憎しみが、ほかのすべてを締め出している。愛と憎しみを同時に抱くことはできないわ。そういうものなのよ。そして、エドワード、あなたはふたつのうちのひとつを選んだ。ずっと昔に、選択した」

32. 女性の左胸膜内に、二リットル弱の血液。一部は凝固している。
33. 女性の左肺には、前面に射入口が、背面に射出口が確認できる（射創管1-5）。

「あの男が死ぬところを見られなかった」

エドワードは部屋の中を歩きまわった。体内で激しく脈打つ怒りのせいで、体を動かさずにはいられない。

「われわれは待った。十二年も待った。それなのに、あいつはぽっくり死にやがった！　死刑執行を待たずして、だ。われわれは、あいつが死ぬところを見られなかった。あの男が、勝手に終わりの時を決めたんだ。われわれでなく！」

アリス・フィニガンは、ひとり娘の、たったひとりの子どものベッドに座っている。彼女もまた、エドワードと同じように、これからもずっと娘の死を悼《いた》みつづけることだろう。だが、いまのこの生活は、いったいなんなのだろう？　エドワードの憎しみ。結婚生活とは呼べない結婚生活。彼女は諦めかけている。真に生きるとはどういうことか、すっかり忘れてしまった。あと何年か、こんな苦痛に満ちた生活が続いたら、この家を出ていこう。もうまったくわけのわからなくなった、この生活を捨て去ろう。

「寝るわ。いっしょに来て」

エドワードは首を横に振った。

「私はここにいるよ、アリス」

ベッドから立ち上がり、扉に向かって歩き出したアリスを、エドワードが引き止めた。

「この気持ちは……この気持ちはまるで、恋人に別れを告げられたときのようだ。アリス、少しだけ聞いてくれ。相手のことが好きだから、捨てられたと感じる。だが、苦しいのはそのことじゃない。体じゅうが燃えるような痛みにさいなまれるのは、別れを告げられたせいじゃないんだ。最後まで聞いてくれ、アリス。無力感だよ。力がないということ。他人の決断に身を委ねさせられることだ。関係をいつ終わらせるか、自分で決める力を奪われたことだ。愛情がなくなったこと自体よりも、無力であることのほうがずっと苦しい。わかるか？」

彼は訴えるような目でアリスを見つめた。彼女はなにも言わなかった。
51. 肝臓は重さ約千七百五十グラム。背面に射創管がみられ、胆嚢《たんのう》の下へ続いている。
「それと同じ気持ちだ。あの男が死んでから、ずっとそういう気持ちだった。あいつが死ぬところを見てさえいれば、あいつが徐々に呼吸する力を失っていく、その場面を目の当たりにしていれば、終わりの現場に立ち会うことができていれば……前に進めたにちがいないんだ、アリス。だが、実際はそうならなかった。決めたのはあいつだった。終わらせたのはあいつだった。アリス、わかるだろう。おまえならわかるはずだ。この体じゅうが燃えている。燃えているんだ！」

57. 左腎《さじん》は重さ百三十一グラム。右腎《うじん》を銃弾が貫通（左から右）。上部にゴルフボール大の大きなくぼみがあり、出血がみられる。

彼女はなにも言わなかった。

夫を見つめ、それから向きを変えて、部屋を出ていった。エドワード・フィニガンは部屋の中央に立ちつくした。彼女がふたりの寝室の扉を閉める音が聞こえてきた。沈黙の中、耳をすませる。外ではかすかに風が吹いているらしく、木の枝が窓を軽く叩《たた》いている。彼は窓辺に近づき、暗闇を眺めた。マーカスヴィルは眠っている。もうしばらくは起きないはずだ。夜明けまで、まだ三時間ある。

エーヴェルト・グレーンスは電話でタクシーを呼び、署の廊下を急いだ。時刻はすでに正午をまわっている。よりによって遅刻か、彼女が待っているというのに。彼女はあの部屋で座ったまま、彼を信じて待っているのだろう。職員が彼女の身だしなみを整え、いつものように髪をとかしつけ、何着もある青いワンピースのうち、一着を選んで着せてやっているはずだ。タクシーの運転手は笑い上戸の小柄な男で、故郷イランの話ばかりしていた。イランがどんなに美しい国であるか。そこで過ごした年月、もう二度と手に入らないイランでの生活。エーヴェルトは彼に、クングスホルメン島の混雑する界隈《かいわい》を過ぎたらもう少しスピードを上げてほしいと頼み、身分証を見せ、警察の用件なので急いでいると告げた。

十四分で中心街を抜け、時速百十キロでリディンゲ橋を渡る。

介護ホームから少し離れたところでタクシーを降りる。考えをまとめなければならない。

彼女が待っているのだから。

あの男、ひどい蹴られようだった。まず、ろれつのまわらない舌でフィンランド語をつぶやいていたあの男のことを、頭から追い払わなければならない。耳から血が流れ出していた。

警察署のソファーで横になっていたあの男の姿が、午前中ずっとエーヴェルトの脳裏を離れなかった。濁ったひとみ。片方の瞳孔は小さく、もう片方の瞳孔は大きかった。

重傷害罪。それでは足りない。あれは、それ以上の暴力だ。

殺人未遂。

エーヴェルトは携帯電話を引っ張り出すと、スヴェン・スンドクヴィストに電話をかけた。社会人になってからずっと働いているあの建物で、唯一、我慢のできる相手だ。いまやっているほかの仕事を中断して、他人の頭を蹴りつけて砕いた男の身元を調べてほしい、と頼む。そいつを署に連行し、事情聴取を始めるのだ。あれほどのことをした以上、塀の中に長いことぶち込まれて当然だろう。

古い介護ホームへの最後の百メートルを、ゆっくり歩く。

二十五年間、週に一度はかならずここに来ている。心から大切に思っている、ただひとりの人間のために。自分のことを心から大切に思ってくれている、ただひとりの人間のために。

もうすぐ、彼女の部屋へ入っていく。威厳を保ちながら。

ふたりの前には、人生が開けていた。

俺が彼女を轢《ひ》いてしまうまでは。

あの日の映像が頭の中に押し入ってくるのを止めることは、一生、死ぬまでできないのだと、もう何年も前に諦めた。あの数秒間の、あらゆる思い、あらゆる瞬間、いつでも鮮明に思い出せる。

あのいまいましい大きなタイヤ。

間に合わなかった。

間に合わなかった!

風は海のほうから吹いている。バルト海から吹きつける氷点下の空気が、顔にまっすぐぶつかってくる。エーヴェルトは視線を地面に据えた。舗装されていない道のところどころに氷が張っている。丈夫なほうの脚にばかり体重をかけているせいで、バランスをとるのが難しく、二度ほど滑って転びそうになった。なんて馬鹿馬鹿しい季節だ、歩道の手入れがなってない、等々、声に出して悪態をつく。

彼女を轢いたあのとき、車がぐらりと傾いたのがわかった。

建物の正面にある広い駐車場を横切る。彼女の部屋の窓を探す。いつもそこに座って、ぼんやりと外を眺めているのだ。

ところが彼女の姿はない。遅刻したからだ。信じて待ってくれていたというのに。

大急ぎで外階段を上る。九段あり、滑り止めに砂がかけてある。少々大きすぎる受付に、エーヴェルトと同じ年ごろの女性職員が座っている。警察の移送車でアンニをここに連れてきたとき――彼女が心安らかでいられるよう、わざわざ乗り慣れた警察の車を手配したのだ――すでにここで働いていた職員のひとりだ。

「お部屋にいらっしゃいますよ」

「外からは見えなかったが」

「いいえ、いらっしゃいますよ。お待ちです。ランチもちゃんととってあります」

「遅刻してしまった」

「あなたがいらっしゃること、おわかりのようですよ」

受付を離れ、個室の並ぶ廊下へ向かう途中、トイレの前に掛かっている鏡に自分の姿を映してみた。髪、顔、目。年老い、疲れがにじんでいる。氷の上を歩いたせいで、汗までかいている。しばらくそこに立ち止まって呼吸を落ち着かせた。

俺は、血を流している彼女の頭を抱えて座っていた。

それから廊下を少し進み、閉ざされた扉をいくつか素通りして、十四号室の前で立ち止まった。ドアノブ近くに名札が掛かっている。彼女の名前のすぐ上に、部屋番号が赤文字で記されている。

彼女は部屋の中央に座っていた。その目が彼のほうを向いた。

「アンニ」

彼女は笑みをうかべた。声に反応したのだ。いや、扉の開く音に反応したのかもしれない。あるいは、扉が開いたことで、いまや二方向から部屋に差し込んでいる光に反応したのかもしれない。

「遅くなったな。すまなかった」

彼女は笑った。いつもの、甲高い、あぶくのような笑い声。エーヴェルトは彼女に近づくと、額にキスし、ズボンのポケットからハンカチを取り出して、彼女の顎に流れ出している唾液《だえき》を拭《ふ》いてやった。

赤字にピンクのストライプが入ったワンピース。一度も見たことのない服だ。まちがいない。

「きれいだよ。新しい服だな。ずいぶん若く見える」

彼女は老いていない。少なくとも、エーヴェルトのようには老いていない。頬はすべらかで皺がなく、髪も変わらず豊かだ。外の世界で生きているエーヴェルトは、一日ごとに力を失っている。窓辺で車椅子に座って日々を過ごしているアンニは、力を保っているように見える。なにも失っていないかのように見える。

耳から、鼻から、口から、鮮血が絶え間なく流れ出していた。

彼女の頬に手を当てつつ、片方の後輪を固定しているブレーキレバーをはずした。車椅子を押して部屋の外に出ると、廊下を抜け、がらんとした食堂へ入っていく。海の見える大きな窓のそばのテーブルに向かい、置いてあった椅子をどけると、代わりに車椅子をそこに落ち着けた。ナイフとフォーク、グラス、ビニール製のよだれ掛けをとってくる。昼食は冷蔵庫に保存されていた。なにかの肉のシチュー、付け合わせはライスだ。

ふたりは向き合って座った。

エーヴェルトは、話すべきだ、と思った。が、どう話せばいいのか見当もつかなかった。

話すべきだ。結局のところ、なにも変わりはしないのだから。

自分が食べるのと同じスピードで、彼女にも食べさせてやる。彼女の皿に盛られたシチューと野菜とライスはかなりの量で、それぞれ食べやすいようにつぶして裏ごしされ、茶色と緑と白の柔らかい塊になっている。食欲はあるらしく、よく食べる。昔からずっとそうだった。だからこそ、他人との交流がほとんどない長年の車椅子生活でも、これほど元気でいられるのだろう。食事をしてエネルギーを得ているかぎり、彼女は生きる。生きたいと願い、生きつづけたいと願う。

エーヴェルトは緊張していた。話さなければならない。

アンニは食べものをのみ込んだが、誤って気管に入ってしまったらしく、激しい咳の発作が彼女を襲った。エーヴェルトは立ち上がり、規則正しい呼吸が戻るまで、彼女をじっと抱きしめた。それから腰を下ろすと、彼女の手を取った。

「女の警官を雇ったよ」

彼女と目を合わせるのがどうも気まずい。

「若い女の警官だ。あのころのおまえと同じだよ。賢い娘だ。いい刑事になると思う」

わかっているのだろうか、と考える。知りたい。彼女が聞いているのかどうか、彼女がほんとうに耳を傾けているのかどうか、知ることができたらどんなにいいか。

「俺たちはこれまでどおりだよ。なにも変わらない。彼女は俺たちの娘と言ってもおかしくない歳だからね」

アンニはもっと食べたがった。茶色を二口、白を一口、スプーンで口に運んでやる。

「ただ、おまえにも知らせておきたかった」

ふたたび外階段に立った彼を迎えたのは、雪混じりの雨と風だった。マフラーを巻き、コートのボタンをいちばん上まで留める。階段を下り、駐車場を横切っているところで、携帯電話が鳴った。

スヴェン・スンドクヴィストだ。

「エーヴェルト？」

「なんだ」

「犯人の身元がわかった」

「連れてきて事情聴取しろ」

「外国籍なんだよ」

「他人の頭を蹴ったんだからな」

「カナダ人だ」

「とにかく連れてこい」

雨は激しさを増し、雪の混じった雨粒はだんだん大きく、重くなっていくように思える。

エーヴェルト・グレーンスは、そんなことをしてもなんの役にも立たないと知りながら、空を見上げ、永遠に続くかのようなこの冬を呪い、失せやがれ、と悪態をついた。

高いコンクリート塀に囲まれた巨大な刑務所に圧倒されているオハイオ州南部の小さな町は、まもなく夜明けを迎える。外は寒く、雪が降りつづいている。今年の冬はずっとそうだ。マーカスヴィルの住民は、自宅前の私道の雪かきで一日を始めることになるだろう。ヴァーノン・エリックセンは、囚人たちの閉じ込められている監房を、最後にぐるりとひとまわりした。

時刻は五時半。あと一時間で夜勤が終わる。私服に着替えて、メイン通りにあるメキシコ料理のレストラン〈ソフィオス〉まで歩いていくつもりだ。ブルーベリー・ホットケーキ二枚に、カリカリに焼いたベーコンという、しっかりとした朝食を出す店である。

西棟を離れ、東ブロックへ歩く。足音がコンクリートの壁にこだまする。この壁が築かれたのは、つい最近のような気がするが、実際はもう三十年ほど前のことだ。建設当時のようすは、いまも鮮明に覚えている。町はずれに、塀が、独房が築かれ、囚人たちが収容されるとあって、建設が徐々に進む一方で、マーカスヴィルの住民は真っ二つに割れた。新たな雇用の機会ができ、忘れ去られたこの町にやり直しのチャンスが与えられる、と歓迎する人々。

不動産価値の低下や、つねに犯罪者と隣り合わせで暮らす不安に、顔をしかめる人々。ヴァーノン自身は、あまり深く考えていなかった。当時十九歳だった彼は、新設されたこの刑務所の求人に応募した。以来、ずっとここに勤めている。したがって、彼はマーカスヴィルを離れたことがない。町に残った連中のひとりだ。独身のまま、仕事だけを抱きしめてきた。仕事が日常となって、あっという間に年月が過ぎ去り、こうしていま五十歳を過ぎてみると、この日常を断つにはもう手遅れとなっていた。コロンバスのダンスホールに行ったことは何度かある。数十キロほど南にあるホイーラーズバーグという町で、女性と夕食をともにしたこともある。が、それ以上は進展しなかった。それ以上親しくなることもなく、彼のほうから関係を断ってしまうのが常だった。

ヴァーノンの人生は、言ってみれば、死を中心に展開してきたようなものだった。

ときおりそのことに思いを馳《は》せる。死は、初めからずっと身近にあった。死を恐れていたわけではない。そうではなく、ただ、いつも彼のそばにあったというだけのことだ。彼は死とともに生き、死を生業《なりわい》としてきた。幼いころには、二階の自宅をこっそり抜け出し、階段の木柵越しに階下を見下ろして、マーカスヴィル唯一の葬儀社で客の相手をしている父親の姿を眺めたものだった。十代半ばになると家業を手伝うようになり、遺体をきれいにし、髪をとかし、服を着せた。失われた命を、束《つか》の間とはいえその体に返してやることを学んだ。葬儀屋の息子として、彼はしっかりと心得ていた――化粧などの職人技で、死人が生きているかのように見せかけること。それこそが、遺体を前にして涙を流し、別れを告げる遺族たちの望みなのだ、と。

ヴァーノンはあたりを見まわした。

三十年以上前に築かれた壁。この刑務所は老朽化しつつある。千人ほどの囚人たちが、罰を受けるべく収容され、ひたすら保管され、ときに釈放される。職員の数もこれに近く、七、八百人ほど。運営予算は五千五百万ドル。囚人一人当たりの年間費用は、約三万七千ドル。囚人一人当たり、一日当たりの費用は、百三ドル八十二セント。

彼の世界。隅から隅まで知りつくした世界。ここにいれば安心だった。

生と死がここにもある。ただし、塀の外とは違ったあり方で。

警備室のそばを通り、中にいる新人の看守に向かって軽くうなずいてみせる。新人看守はなにかの雑誌を読んでいたが、ヴァーノンが来たのに気づいてあわてて脇に押しやり、背筋をぴんと伸ばすと、いくつもある監視カメラの映像をじっくりと観察しはじめた。

ヴァーノン・エリックセンは、東ブロックへ続く扉を開けた。

死刑囚監房。

ここの看守長となって、二十二年。極刑に値する殺人《キャピタル・マーダー》で有罪となり、ひたすら残り時間を数えている連中、ここ以外の場所で生きることのない連中に囲まれて、二十二年を過ごしてきた。

オハイオ州では、二百九人の囚人が死を待っている。男性が二百八人、女性が一人。

アフリカ系が百五人、白人が九十七人、ヒスパニック系が三人、〝その他〟四人。

その大半が、遅かれ早かれ、ここマーカスヴィルにたどり着く。

マーカスヴィル以外の刑務所に収容されている死刑囚も、人生最後の日を迎えると、ここに移送されてくる。オハイオ州での死刑はすべて、ここマーカスヴィルで執行されるのだ。

連中は私の庇護《ひご》下にある、とヴァーノンは考える。

連中のことは、ひとり残らず知っている。私の、人生。家庭を築く機会に恵まれなかった自分にとって、彼らは家族のようなものだ。毎日、彼らとともに生きている。それは結婚生活にも似ている。

いい、いい、死がわれらを分かつまで。

ヴァーノンは長身の体で伸びをした。いまだ細身の体型を保ち、体調も悪くはなく、短い髪も金髪のままだが、顔はやつれ、頬の中央に深い皺が刻まれている。疲れを感じる。長い夜だった。例のコロンビア人がいつも以上にうるさく騒いだうえ、二十二番独房の新入りは当然のことながら一睡もせず、子どものように泣きじゃくっていた。初めのころはみんなそうだ。加えて、この寒さ。オハイオ州南部の今年の冬は、観測史上まれに見る厳しさだ。暖房がろくに効かないうちに止まってしまうので、新しい暖房を設置する予定になってはいるが、役所の手続きがなかなか進まない。それもそのはず、役人どもはここで働いているのではないから、寒い思いをすることもないわけだ。

ヴァーノンは廊下の中央をゆっくり歩いた。そこには、ある種の平安があった。いくつもの独房から、深い寝息が聞こえてくる。夜明け前、暗闇が破られる直前、監房は眠気に覆われている。

今日もまた、あの場所へ向かっている。退屈な夜勤で疲れ果て、今晩もまた当たり前のように出勤してくるには新たなエネルギーが必要だ、そう感じると、いつも行く、あの場所へ。独房をひとつ、またひとつ素通りする。左に、右に、ちらりと目をやる。どちら側も異状はなさそうだ。

近づいてきた。廊下の中央に引かれた線を離れ、右側の鉄柵に近づく。十二番独房をのぞき込み、ブルックスが仰向けに寝ているのを確認する。十番独房をのぞき込み、ルイスが片腕を枕の下に敷いて、壁に頭をつけるようにして寝ているのを確認する。

それから立ち止まった。

八番独房。

中をのぞき込む。これまでに何度もそうしてきたように。

中は空《から》だ。

ここで、ひとりの囚人が命を落とした。それ以来、この独房は使わないことになった。迷信と言われればそれまでだ。が、囚人が予定よりも前に独房で死ぬなどということがあってはならない。死刑執行まで、健康な状態で生かしておかなければならないのだ。

ヴァーノン・エリックセンはしばらくのあいだ、空の独房に視線をさまよわせた。喜びのとき、悲しみのときも。消えることのない天井灯、寝具のないベッド。死がわれらを分かつまで。だれにも睨《にら》まれることのない汚れた壁を見つめ、だれにも使われることのない便器からの音を聞いた。

両脚に力が戻ってきた。頭痛が軽くなるのを感じた。

彼は微笑んでいた。

家にはだれもいなかった。本来なら、掃除でもして、食事の用意をし、目と鼻の先にある幼稚園へオスカルを迎えに行くべきところだ。

ジョンは眠ろうと試みた。午前中ずっと、ベッドカバーの上に横になり、クッションを頭に押しつけては寝返りを打った。寝室の窓のブラインド越しに差し込んでくる光が、白く塗った壁に反射し、彼は吐き気がするほどの頭痛を覚えた。

起き上がり、いつもヘレナが寝ている側の床に置いてある柔らかいマットに両足を載せる。汗をかいている。あの男の顔を蹴ってしまった。両手が震えるので、腿に当ててぐっと押したが、どんなに強く押しても震えは止まらなかった。

もうすぐヘレナが帰ってくるはずだ。さきほど電話をかけて、長い夜だったので疲れている、邪魔なしで数時間ほど眠りたいから、オスカルを迎えに行ってくれないか、と頼んだとき、ヘレナはそっとため息をついていた。

〝ジョン、なにをするにせよ、警察の世話になるようなことは絶対にするんじゃないぞ〟

父はそうささやき、長いこと彼を抱擁してから、きびすを返し、永遠に姿を消した。

玄関扉の向こうで、エレベーターの動く音がした。だれかが上がってきている。エレベーターが止まり、二人分の足音が聞こえてくる。階段じゅうに響きわたるほどの、大きな高い声。母親が布製のハンドバッグのどこかに入っているはずの鍵を探しているあいだ、呼び鈴をしつこく長いこと鳴らす、小さな指。

「パパ！」

玄関からオスカルが走ってきた。寝室の戸口でつまずき、ばたんと床に倒れる。短い沈黙。が、オスカルは泣かないと決めたらしい。すっくと立ち上がり、ベッドに向かって走ってきた。両腕を前に差し出している。

「パパ！　帰ってきてたんだね！」

ジョンは息子を見つめた。小さな顔にこぼれそうな笑みをうかべている。ジョンは身をかがめると、息子を抱き上げ、強く抱きしめた。やがて、ほっそりとした体が腕の中でもがきはじめた。じっとしていることにもう飽きて、さっさと身を振りほどこうとしているのだ。まるで初めてこのアパートを訪れたかのような勢いで駆けていく五歳の子どもを、ジョンは目で追った。彼女の足音も聞こえてきた。戸口に目をやる。ヘレナが立っている。

「ただいま」

美しいヘレナ。赤毛の髪。愛されていると感じさせてくれる瞳《ひとみ》。

「おかえり。おいで」

ジョンは片手を伸ばすと、彼女を引き寄せて抱きしめた。冷えきったコートの生地が頬に当たった。

いつもどおりに振る舞おうとした。ヘレナがこっそり自分のようすをうかがっていることには気づいている。なにかが違うと感じているのだろう。彼女はなにも言わなかったが、ジョンにはわかった。とはいえ、いつもどおり振る舞っていれば、彼女が質問してくる理由もないはずだ。

「ねえ、いったいどうしたの？」

「なにが？」

「ジョン、わかるのよ。なにかあったんでしょう」

オスカルは四階に住むヒルダの家へ遊びに行っている。ヒルダは六歳、オスカルに負けないエネルギーの持ち主だ。オスカルはしばらく帰ってこない。話すならいまだ。

「なんでもないよ。少し疲れてるだけだ」

ジョンは皿洗いをしている。皿洗いはいつもどおりの行動だ。

ヘレナは彼の隣に立った。半分ほどミルクの入ったグラスをいくつか、ジョンの目の前、蛇口の下に置いた。

「あなたは三日間留守にしてた。いまはまだ昼間。オスカルは家にいない。ジョン、あなたはこういうとき、かならず私を抱こうとする。ここぞとばかりに近寄ってくる。〝なんでもない〟ですって。嘘《うそ》をつくなら、もう少しましな嘘ついたらどうなの」

ヘレナはジョンのそばに立ったまま、じっと答えを待っていたが、突然、一歩後ろに下がった。頭からすっぽりと抜ける厚手のセーターが、ジーンズのボタンをはずしている指が、床に落ちたタンクトップが、ブラジャーが、パンティーが、ジョンの視界の隅に映った。そして、彼女は待っていた。美しい。寒さに少し震えている彼女の肌。明るい色の硬い恥毛。指先に触れるときの、忘れがたい感触。

「抱いてよ」

彼には身動きする気力すらなかった。

「ジョン。私を見て」

胸がひどく締めつけられる。

ヘレナは彼に近づき、裸の体を寄せた。ジョンは彼女を抱きたいと思った。彼女が必要だった。

「だめだ。できない。話さなきゃならないことがある」

ジョンは自分のガウンを持ってきて、寒さに震えているヘレナにはおらせた。ふたりはキッチンの食卓についた。ジョンが煙草を吸ってもいいかと聞くと、驚いたことにヘレナはなにも言わず、ただ肩をすくめた。彼は、食器棚の最上段、深皿やグラスの入っている段に置いてあった煙草の箱を手に取った。

「昔、エリザベスという名前の女の子がいた。俺は十七歳だった。愛したのは彼女だけだった。きみに出会うまでは」

煙草に火をつける。

「昨日、彼女を見かけた。本人じゃなかったが、よく似てた。きみにもよく似てた」

煙を吸い込み、長いこと中にとどめてから、ふうと吐き出した。このアパートでは、煙草を吸うことはおろか、煙草にさわること自体が初めてかもしれない。

「俺たちが演奏してるあいだ、彼女は踊ってた。きみと同じように、汗をかいて踊ってた。楽しんで、よく笑ってた。ところが、酔っぱらったフィンランド人が彼女にさわりはじめた。痴漢だ。彼女にぴったり寄り添って、離れようとしなかった」

ジョンは緊張していた。訛《なま》りが強くなった。気持ちが高ぶっているとき、怒っているとき、悲しいとき、楽しいとき、いつもそうなる。アメリカ人ふうの訛りが、よりはっきりと表われる。

「喧嘩になった。俺はそいつの顔を蹴った」

彼女は身動きひとつしなかった。

「ごめん、ヘレナ」

彼女はまだ微動だにせず、ジョンを見つめている。長いこと黙っていたが、ようやく口を開いた。

「エリザベス。私。女の人が汗をかいてた。あなたが人の顔を蹴った。わからないわ、いったいどういうことなのか」

打ち明けたいのだ。すべてを。だが、それができない。過去は完全に封じ込められていて、手の届かないところにあった。ふたたび、男を蹴ったことについて話す。その男が自分の目の前で、意識をなくして倒れたこと。彼女は予想どおりの反応を示した。大声をあげたのだ。ひどいことを。刑務所に入れられるかもしれないのよ。傷害罪、いえ、きっと重傷害罪だわ。それから、泣き出した。あなたはいったいだれなの、と言った。こんな人、他人に暴力をふるうような人、私は知らない。あなたがいったいだれなのか、わからなくなってきた。

「ヘレナ、聞いてくれ」

彼女を抱きしめ、両手をガウンの下に入れる。温かみであり、安らぎそのものである、彼女の肌。怖い。こんなに怖い思いをするのは初めてだ。すぐそばにある孤独が、怖い。

「説明するから」

ジョンは彼女の両手をとり、自分の頬に当てた。

「きみに話してないことが、たくさん、たくさんあるんだ。いまから話すよ」

普通に呼吸しようとする。体を引き裂かれるような不安。息を吸い込み、自分の知る唯一の真実を語りはじめようとしたところで、呼び鈴が鳴った。

ジョンはヘレナを見つめ、ためらった。ふたたび呼び鈴の音が響いた。

彼は立ち上がり、音のする方向へ歩いていった。

スヴェン・スンドクヴィストは、白いプラスチックのドア枠に設置された新品らしい呼び鈴を強く押した。その甲高い音に、早朝グスタフスベリからストックホルムの中心街へ向かうバスの中でよく耳にする、携帯電話の音を思い出した。都心の学校へ向かう若者たちが手にしている、あの腹立たしいおもちゃの音だ。

扉を見つめる。ここにいるのが、実は不本意だった。

ダンス音楽を演奏するバンドの歌手が聴衆のひとりの頭を蹴りつけたということで、当直の検察官が逮捕を決定した。そこで訴訟法二十四章八条に基づき、その男を事情聴取のため連行し、殺人未遂の被疑事実を伝え、弁護士をつける権利についても伝えることになった。エーヴェルトが何度もしつこく電話をかけてきて、ヘルマンソンとおまえが行け、と命令してきた。スヴェンは反論した。署で五本の指に入る事情聴取のエキスパートとして、事情聴取を成功させるための第一のルール――険悪な雰囲気で被疑者と向き合ってはならない――を、あえて無視する気にはどうしてもなれなかった。

事情聴取を成功に導くテクニック。それは、きわめて単純なことだ。

取調官と調べを受ける側とのあいだに信頼関係を築くこと。

その信頼関係を維持すること。

それを利用すること。

スヴェンは、パトロール隊に行かせたらどうだ、いつもそうしているじゃないか、と提案してみたが、たちまちエーヴェルトにさえぎられた。ぐずぐず言ってないでさっさと行け。なにがなんでも連れてくるんだ。相手は船の上で他人の頭が砕けるほど強く蹴りつけるような男だ。とにかく気に入らん。

スヴェンは大きくため息をついた。こうして彼は、十四階にあるアパートの玄関前に立ち、被疑者と初めて顔を合わせることになった。

かぶりを振り、隣の同僚に目をやる。若い女性だ。ショートカットの黒髪。強いスコーネ訛り。彼女は冷静だ。閉じた扉を、ただじっと見つめている。心の準備はできているようだが、息を詰めてはいない。

「どう思う？」

スヴェンは郵便受けに貼ってある名前を指差した。名字は合っている。

「そのうち出てくるでしょう」

ヘルマンソンのことは気に入っている。初めて会ったのは、昨年の夏。スコーネ地方のマルメ出身で、ストックホルム市警の臨時職員として働いていた彼女は、スヴェンがこれまでに経験した中でもきわめて異様な事件、売春婦が人質を取ってスウェーデン有数の大病院の遺体安置所に立てこもった事件の捜査に、いきなり深くかかわることになったのだった。エーヴェルト・グレーンスと彼女とともに、救急外来の手術室から捜査を進めたあの事件は、けっして幸福な結末とはならなかった。が、いずれにせよ、ヘルマンソンは強烈な印象を残した。彼女は賢明で、有能で、自信に満ちていた。

そしていま、彼女は警部補に昇格した。警察官になってわずか三年で。

スヴェンは沈黙に耳を傾けた。時間があまりない。署の机の上には、三件の殺人事件の捜査資料が積まれている。それだけでもじゅうぶんすぎるほどなのに、せいぜい殺人未遂でしかないこの事件まで加わるとは。胸が軽く締めつけられるような感覚。もう手一杯だ。

歯がゆい思いで、呼び鈴をふたたび長いこと押しつづける。

「出てきますよ」

ヘルマンソンがドアに向かってうなずいた。たしかに、扉の向こうでだれかが歩いている。足音がゆっくりと近づいてきた。

現われたのは、ごくありふれた風貌《ふうぼう》の男だった。目が合ったとき、暴行、つま先のとがったブーツで蹴りつけた、などといった言葉は、スヴェンの頭にうかばなかった。小柄で、おそらく身長百七十五センチに満たない。痩《や》せた体、冬らしく蒼白《あおじろ》い肌、ぼさぼさの薄い髪。泣いたにちがいない。スヴェンはそう確信した。

「ストックホルム市警のスヴェン・スンドクヴィスト警部補です。こちらはマリアナ・ヘルマンソン警部補。ジョン・シュワルツさんにお会いしたいのですが」

戸口に立った男は、ふたりが突き出した身分証に目をやると、くるりと振り返り、不安そうな視線をアパート内に泳がせた。ほかにもだれかいるのだ。

「あなたがジョン・シュワルツさん？」

男はうなずいた。顔はアパート内に向けたままだ。まるで逃げたいが逃げられないかのように。

「署までご同行願います。下で車が待機してます。理由はおわかりでしょう」

〝ジョン、なにをするにせよ、警察の世話になるようなことは絶対にするんじゃないぞ〟

「五分、時間をください」

カナダ国籍というのはおそらく真実だろう。英語圏出身者特有の訛りがある。スヴェンは軽くうなずいた。五分ならかまわないだろう。ふたりは彼のあとについて玄関に入り、そこで待つことにした。ジョンはさきほど視線を向けた奥の部屋へ消えていった。スヴェンはヘルマンソンに目をやった。あいかわらず落ち着いている。彼女が微笑みかけてきたので、スヴェンも笑みを返した。奥のほうから声が聞こえてくる。シュワルツの声と、もうひとり、女性の声。静かに会話を交わしているが、女性のほうは動揺を隠せない。なにを話しているのかはわからない。女性は泣いている。声のピッチが上がった。スヴェンが中に踏み込む覚悟を決めたところで、ぼさぼさ頭のやつれた顔が戻ってきた。帽子棚の下のコート掛けから革ジャンを取り、床のかごから長いマフラーを取り出す。それからふたりとともに玄関を出て、扉を閉めた。

ナッカ地区北のアルプヒュッデ通りから、ストックホルム都心、クングスホルメン島のベリィ通りへ向かう道中、ジョン・シュワルツはひとことも口をきかなかった。スヴェンはたびたびシュワルツを見やった。初めのうちは発作的な暴力もあり得ると身構えていたが、やがて心配になってきた。シュワルツは完全に自分を閉ざしている。まるでそこにいないかのようだ。初めて目にする光景ではない。逮捕した犯罪者がときおり、精神的に参って狂気の世界へ去ってしまうことがあるが、その直前、彼らはまさにいまのシュワルツのような状態になる。

運転しているヘルマンソンは、首都のひどく錯綜《さくそう》した道路網を、スヴェンと同じくらい熟知しているらしかった。シュワルツ家へ向かう道中、アパートの前に車を停《と》めてエレベーターで上がっていく直前まで、ヘルマンソンと交わしていた会話の内容を、スヴェンはふと思い出した。ヘルマンソンは何度も同じ質問を繰り返し、答えを得るまで諦めなかった――いったいどういう経緯で自分が警部補のポストに就くことになったのか。自分より勤続年数の長い警官はたくさんいるのに、なぜ自分がその列をすり抜けることができたのか。エーヴェルト・グレーンス警部はこの決定とどうかかわっているのか。スヴェンはありのままに答えた。エーヴェルトが決めたからだ、と。エーヴェルトが決めれば、そうなるのだ、と。署の連中はあまり認めたがらないが、エーヴェルトが裏で強大な権力を握っていることは厳然たる事実である。階級にしたがって、また正式な手続きにのっとって決断が下されることは、実際にはほとんどない。そういった裏の現実世界では、エーヴェルトこそが長なのだ。

ジョン・シュワルツはあいかわらず黙ったままだ。なにも見ていない。なにも聞こえていない。そこにいない。車が停まったときも、車から降りたときも、クロノベリ拘置所のエレベーターが開き、身体検査室へ向かって歩き出したときも、まったく変わらなかった。拘置所の看守ふたりが彼らを迎え、シュワルツが服を脱ぐのを見守り、全裸となった体を隅々まで調べ、着ていた服のポケットもすべて調べてから、着替えを差し出した。刑事施設管理局のロゴの入った、ぶかぶかのシャツとズボンだ。看守のひとりが特別監視付き独房の扉を開けたそのとき、ジョン・シュワルツははたと立ち止まり、あたりを見まわしてがくがくと震えはじめた。簡易ベッドのある便所のような狭い部屋を前にして、彼は体を前後に振って抵抗し、英語で恐怖の叫び声を上げはじめた。

「いやだ《ノー》！　その中はいやだ《ノット・イン・ゼア》！」

やみくもに腕を振りまわすので、看守たちはふたりがかりでその腕をつかみ、壁に押しつけた。スヴェンとヘルマンソンがあわてて駆け寄る。ジョンの叫び声は止まなかった。

「息ができない！　その中はいやだ！　息ができないんだ！」

ジョンは刑事たちを、看守たちを目にした。彼らに押さえつけられた――〝いやだ！〟――せいか、それとも、殺風景な独房の壁が放っていた強いにおいのせいか、彼は――〝息ができない！〟――自分が叫んでいることを感じながら、叫びを抑えることはできず、両脚が

――〝だめだ！〟――へなへなと力を失い、あたりが明るかったのが突然真っ暗になった。

スヴェン・スンドクヴィストはヘルマンソンを見やった。彼女はうなずいた。拘置所の看守ふたりも、ちらりと視線を投げかけてきた。全員の見方が一致していた。彼らが壁に押しつけている、ジョン・シュワルツという名のこの男は、精神的に崩壊しかかっている。彼らは抵抗する腕をつかむ力を緩めた。

「落ち着きなさい。この独房に入ってもらう。が、自分の足で入るんだ。扉も開けたままにしておく」

看守ふたりのうち、年配のほうは六十代、かつては黒かった髪もすっかり白髪になっている。彼はこれまでに、似たような光景を何度も目にしてきた。他人の顔を蹴りつけたくせに、独房に入ることとの恐怖には耐えられない連中。昔は、こういう人間には罰が値すると考え、むりやり中に閉じ込めていたが、いまはもう、狂気の人間がもたらす騒ぎも混乱もまっぴらだった。今回もそうなりかねない。彼は同僚のほうを向くと、こいつといっしょに独房の中に入って、しばらくそばにいてやりなさい、扉は開けたままにしておくように、と指示した。この被疑者がひきつけを起こしてばったり倒れるのであれば、少なくともそれが自分の勤務中に起こることは避けたかった。

ジョンは腕にかかっていた圧力が弱まるのを感じ――だれかが空気をくれた――、彼を囲んで立っていた刑事たちや看守たちが一、二歩後ろに下がり、開いている扉を──息をしろ、とだれかが言った──、においのする独房を──だれかが袋越しに空気をくれた──指差しているのを見た。ジョンは体を動かそうと試みた。両足が硬い床の上を引きずられるように進み、彼は独房の中へ入った。

スヴェン・スンドクヴィストは紺色のパスポートを手に持っていた。拘置所の廊下の強烈な蛍光灯に照らされ、つやつやと光っている。〝ジュワルツ、ウィリアム・ジョン。国籍──カナダ〟。中をぱらぱらとめくってみる。写真の男は、わずか数メートル先の特別監視付き独房でしゃがみこんでいる男と、どうやら同一人物のようだ。生年月日も正しいように思える。三十五歳。聞いたこともない田舎町の出身らしい。

スヴェンはパスポートをヘルマンソンに渡し、鑑識課にまわして調べてもらうよう頼んだ。

「わかりました。でも、あとで。ここが一段落してから行きます」

彼女は笑みをうかべた。私は新人だけど、あなたのアシスタントじゃない。頼まれたことは喜んでやりますが、立場は対等ですよ。スヴェンは笑みを返した。わかったよ。自己主張したいなら、好きなだけやりなさい。僕《ぼく》だって若いころはそうしたものだった。

拘置所の医務官は若かった。三十歳そこそこだろう。長い廊下の向こうからゆっくり近づいてくる彼を見て、拘置所の医務官はみんな若いな、とスヴェンは思った。免許を取ったばかりの若い医師。拘置所の医務官というのは、社会的な地位があまり高くない。とにかくどこかに就職して、経験を積むこと、それだけのために、彼らは拘置所で働く。医務官がシュワルツの腕をとり、DNA鑑定にまわす血液サンプルを採取しているあいだ、シュワルツは床に視線を落とし、なにやらぶつぶつとつぶやいていた。狭い独房に満ちていた不安は、少し和らいだように見える。シュワルツはもう震えていない。呼吸も落ち着いてきた。が、突然、立ち上がって叫び出した。体がまた痙攣《けいれん》している。

「それはもういやだ《ノット・アゲイン》！」

医務官の手を指差している。そこには、肛門から挿入する鎮静薬ステソリドがあった。

「もうやめてくれ《ノット・アゲィン》！」

若い医務官は、血液サンプルの採取という用件を済ませ、帰りがけに鎮静薬を与えようとしたのだった。彼は独房の中にいる看守を見つめ、それからスヴェンとヘルマンソンに目をやると、かぶりを振り、両腕を広げて肩をすくめてみせた。そして、乳白色をしたチューブを鞄《かばん》に戻した。

だれかに薬を入れられた。だれかが俺を袋に入れた。だれかが酸素をくれた。数分おきに、人工呼吸をしてくれた。

ジョン・シュワルツは、扉の開いた特別監視付き独房で、ベッドに座って前かがみになっている。もう叫んではいない。身動きひとつしない。スヴェン・スンドクヴィストとヘルマンソンは、彼が腰を下ろし、ひとまずパニックがおさまったように見えるまで、その場にとどまった。それから数分後、エーヴェルト・グレーンスから電話がかかってきた。約一時間後にシュワルツ家の家宅捜索を始めるから、ふたりとも行って立ち会うように、との指示だった。家宅捜索は念のため、かならず行なうことになっている。シュワルツは現場を逃れて自宅に帰っているから、服や靴を鑑識に調べさせ、確固たる物的証拠を手に入れる必要があった。本人の自白があり、複数の目撃者がいても、勾留《こうりゅう》手続きを担当する判事が納得しないことがたまにあるのだ。

独房で静かに座っている男を最後にちらりと見やってから、ふたりはその場を離れ、エレベーターで階下に下り、自分たちのオフィスへ歩いていった。

「ああいうこと、よくあるんですか？」

「シュワルツか」

「ええ」

スヴェンは、警察官として過ごした約二十年分の映像を探った。

「いや。独房に入れられるとなると、とたんにびびる連中はいる。だが、あれほど大騒ぎすることはない。こんなに激しい反応を見たのは、たぶん初めてだ」

彼らは歩きつづけ、廊下を区切る扉の暗証番号を押し、なにも言わずに進んだ。ふたりとも、どんな過去があればどの恐怖を引き起こし得るのか、狭い空間をあれほどまでに恐れるとは、過去にいったいどんな経験をしたのか、理解しようと試みていた。

「僕の息子がね」

スヴェンがヘルマンソンのほうを向いて切り出した。

「名前はヨーナス。七歳で、もうすぐ八歳になる。養子だ。うちに来てからの二年間、まさにいまのシュワルツと同じだった。アニータにも僕にも理解できなかった」

もうすぐ目的地にたどり着く。ふたりは歩みの速度を緩めた。ふたりとも、この会話を最後まで続けたかった。

「あんなふうに叫んでいたよ。パニック状態だった。強く抱きしめたとき。長いこと抱きしめたとき。狭くて身動きのとれない場所にいるとき。あらゆるところに相談に行った。いまだに理由はわからない。でも、どうやら、カンボジアの孤児院で、体を布でくるまれていたらしいんだ。体全体を、かなりきつく」

ふたりはコピー機の前を通り、スヴェンのオフィスの前で立ち止まった。

「証拠はない。ただ、シュワルツのようすを見て、ヨーナスと同じだ、と思った」

スヴェンはヘルマンソンを見つめた。

「おそらくまちがいない。あの男は、以前にも閉じ込められたことがあるんだ」

火曜日

マリアナ・ヘルマンソンは落ち着かない夜を過ごした。拘置所の長い廊下で昨日ジョン・シュワルツが発したのに似た叫び声で、少なくとも二度は目が覚めた。自分が叫んだのか、寝室の窓の外を通った人が叫んだのか、よくわからない。あるいはそんな叫び声などなかったのかもしれない。疲れた脳の彷徨《ほうこう》から生まれた、ただの夢だったのかもしれない。

マリアナ・ヘルマンソンは二十五歳、ここクングスホルメン島西部のアパートを又借りして住むようになってから、六週間が経っている。家賃は高く、元の住人が自分の家具工房で作ったというたくさんの椅子がいやというほど置いてある。が、住宅難のストックホルムで、警察署から徒歩圏内に住めるのであれば、数千クローナよけいに支払う価値はあった。

いまだ寒さの厳しい中、彼女はヴェステル橋の北側にある自宅アパートの扉に鍵をかけると、ローラムスホーヴ公園を通り抜け、水辺の遊歩道へ向かった。広々とした公園を歩き、湖のにおいを吸い込み、十分ほど経ったところで、ふたたびアスファルトの世界へ入っていく。

夜の眠りを妨げたあの叫び声が、頭から離れなかった。

彼女はいまもなお、扉の開いた特別監視付き独房にいた。ベッドに座って体を震わせ、近くにいる人々からもはるか遠くにいる人々からも身を隠そうとしている、あの男のそばにいた。

男の不安はあまりにも激しく、見ているだけで同じ思いにとらわれた。不安が伝染し、振り払うことができないような気がした。

澄んでいると言えないこともない空気を吸い込み、湖を眺めながら何度か深呼吸をする。一艘《そう》の船が、ロングホルメン島とセーデルマルム島のあいだを抜け、雪で白くなった木々の向こうへ遠ざかっていくのを、じっと目で追う。首都での生活にもだんだん慣れてきた。犯罪者の数は多く、渋滞もひどく、この街にずっと住むという実感はいまだに湧いてこないが、それでも一日が過ぎるごとに、少しずつ孤独感とうまく折り合えるようになってきた。昼間は仕事、夜も仕事。彼女は自らそういう生活を選んだ。体だけでなく、心もこの街の住人となるまでは、仕事中心の生活をするつもりだ。それに、仕事は気に入っている。クロノベリ地区にある古めかしい警察署の建物は、職場として悪くなかった。グレーンス警部はあいかわらず気性が激しく、騒々しく、それでいて、目にはなにやら悲しみのようなものをうかべている。スヴェン・スンドクヴィストのことも、だんだんわかってきた。初めは内気なのかと思っていたが、やがてそれが思慮深さの表われであることに気づいた。賢明で気さくな人物。いかにも良き夫、良き父親といった感じ。グスタフスベリの自宅で、奥さんと、養子の息子とともに、食卓を囲んでいる姿が目にうかぶよう。

到着だ。建物の壁を蹴って靴についた雪を振り落としてから、中に入った。左側のドアを開け、階段を上がって、鑑識課へ向かう。昨日、年配の鑑識官ニルス・クランツ――ごく普通の巡査としてスタートし、署内研修を受けて鑑識官になったにちがいない、いかにも叩き上げの警察官といった印象の男――が、シュワルツのパスポートを調べて今朝返すと約束してくれたので、取りに行くことになっている。パスポートを渡したとき、クランツはため息をついた。鑑識の人たちはいつもため息をつく。が、受け取ってくれた。そしてすぐさま机に向かうと、問題のパスポートをぱらぱらとめくりはじめ、それきり彼女のほうを振り向くことはなかった。

ドアを開けると、クランツはもうそこにいた。眼鏡《めがね》を額の上に載せている。あいかわらず、髪には櫛《くし》を入れた形跡がみられない。声をかけずとも、パスポートは机の上に置いてあった。彼女が入ってきたことに気づくと、クランツは立ち上がり、パスポートを指差して軽くかぶりを振ってみせた。そして、親しみをこめているのか、それとも皮肉をこめているのか、彼女にはいまだに判断がつかない、いつもの笑みをうかべて言った。

「ジョン・ドウだね」

聞きまちがいだろうか、と彼女は思った。

「えっ？」

「こいつのことだよ。ジョン・ドウ。身元の確認が取れないってことだ。おめでとうさん」

エーヴェルト・グレーンスは留守だった。どんなに椅子を凝視してみたところで、それは変わらなかった。が、マリアナ・ヘルマンソンは焦っていた。どういうわけか、みぞおちのあたりに不安が滞り、なんともいえない不快感がある。なにかに追いかけられているような気がして、どうしても息が荒くなってしまう。ついさきほど医師と話をし、頭を蹴られたあのユリコスキという男が重体であることを聞かされたから、つまり、いつ殺人罪に切り替えることになってもおかしくないからなのか、それとも、特別監視付き独房の外でシュワルツがみせた反応、あのおびえきった叫び声のせいなのか、それとも手に持っているこの偽造パスポートのせいなのか、自分でもよくわからない。とにかくこの感覚を、力を奪っていくこの不快感を振り払いたい。そのためには、だれもいないグレーンスのオフィスを離れ、どこか別のところに行かなければ。

そこで、この事件の捜査を担当することになった検察官、ラーシュ・オーゲスタムに会いに行き、クランツから聞いた内容を簡潔に報告した。それから警察署の自分のオフィスに戻り、ちょうど二十四時間ほど前に作成された被害届に目を通してから、ナッカ地区での逮捕と家宅捜索について書いた自らの報告書を読んだ。

彼女は不安でしかたがなかった。それは珍しいことだった。

この不快感が、恐怖におびえていると同時にうつろだったあの男の顔が、彼女の行く手をさえぎっている。とにかく前に進みたくて、彼女は山積みになっている未解決事件の捜査資料に手を伸ばした。

それでもだめだった。

オーゲスタムに指示されたとおり、カナダ大使館に電話をかけ、目の前の机に置いてあるパスポートについて質問をする。応対した大使館職員は、まさに彼女が望んでいない答えを返してきた。彼女は職員をさえぎり、受話器を持ったまま立ち上がると、いまからそちらに行きます、直接会ってお話ししましょう、と告げた。

上着のボタンをかけながら、廊下を早足で歩いていくうちに、グレーンス警部のオフィスの前にさしかかった。

警部は中にいる。ここに来る前からわかっていた。いつもの音楽が、廊下に高々と響きわたっているからだ。彼女がまだ生まれていない時代の音楽。シーヴ・マルムクヴィストが歌い、エーヴェルトがそのリズムに合わせて椅子の上で体を動かしている。だれも見ていないと思ってか、彼がオフィスの中央で、中身のない音楽にあわせてひとり踊っているのを、彼女は何度か目にしたことがあった。いつか本人に聞いてみよう――机のそばで、シーヴ・マルムクヴィストのリフレインに合わせて、彼が腕に抱いて踊っている相手は、いったいだれなのか？

ヘルマンソンは開いている扉をノックした。エーヴェルトは苛立った表情で顔を上げた。重要な仕事をしているところを邪魔された、とでも言いたげだ。

「なんだ」

彼女はそれには答えず、ただオフィスに足を踏み入れると、訪問者用の椅子に腰を下ろした。エーヴェルトは驚いて彼女を見つめた。入れと言っていないのに他人がオフィスに上がりこんでくることには慣れていなかった。

ヘルマンソンは彼を見つめて切り出した。

「今朝……」

エーヴェルト・グレーンスは人差し指を立て、口元に寄せた。

「待て。これが終わるまで」

そして目を閉じると、部屋を満たす声に、六〇年代であり、若さであり、未来そのものである声に耳を傾けた。一、二分ほどで声は消え、次いでバックバンドが沈黙した。

エーヴェルトはヘルマンソンの目を見つめた。

「なんの用だ」

ヘルマンソンは、エーヴェルトが音楽を聴き終わるまで待たされることについての自分の意見を、ここで伝えるべきかどうか考えた。

今回はやめておくことにする。

「今朝、クランツさんのところに行ってきました。昨日、ずいぶん時間をかけて調べてくださったようです」

エーヴェルトはさっさと用件を話せとばかりに両手を振ってみせた。ヘルマンソンは言葉を継いだが、どういうわけか、必要以上に急《せ》かされているような息苦しさを感じた。

「ジョン・シュワルツのパスポートですが、偽造されたものであることがわかりました。クランツさんの話だと、写真もスタンプも改竄《かいざん》された跡がある、まちがいない、とのことです」

エーヴェルト・グレーンスは大きくため息をついた。急に疲れが襲ってきた。

いやな一日だ。

幕開けからしてよくなかった。今朝、六時過ぎに出勤してきたときにはもう、あちこちの捜査の失敗を告げるいやな雰囲気が署に漂っていた。無意味な事情聴取について報告してきた馬鹿者。尾行が失敗に終わって戻ってきた馬鹿者。中身のない検死報告書を携えてきた馬鹿者。エーヴェルトはなにもせずに二時間ほど過ごし、名前のない小さな公園をぶらりと散歩してから、出ていったときと同じように空っぽな部屋へ戻ってきたのだった。

ジョン・ドウ。

拘置所にいるのは、身元不明の外国人男性だという。

追い打ちをかけるとはこのことか。

「失礼」

エーヴェルトは立ち上がり、オフィスを出た。少し離れたところにあるコーヒーマシンの前で立ち止まる。ブラックコーヒーを一杯。プラスチックのコップの熱さを手のひらに感じながら、床のカーペットの上を、コーヒーをこぼさないようゆっくりと歩く。

コーヒーにふうと息をふきかけ、コップを机の上に置いて冷ました。

「ありがとうございます」

エーヴェルトはもの問いたげにヘルマンソンを見つめた。

「なにが？」

「コーヒー、私の分も持ってきてくださって」

「飲みたいのか」

「ええ。どうも」

エーヴェルト・グレーンスは熱いコップをこれ見よがしに口元へ近づけ、最初の数滴を味わった。

「身元不明の外国人か。こりゃ厄介なことになるぞ。わかるか？」

エーヴェルトはヘルマンソンの皮肉を理解したにもかかわらず、それを無視した。彼女は怒りを感じたが、つばをごくりとのみ込んで話しはじめた。

「私はたしかにまだ経験が浅いですけど、それでもわかります。シュワルツがみせた、あの反応。昨晩、夜中、今朝までずっと、彼のようすが頭から離れませんでした。あの男にはなにかある。そうとしか考えられません」

エーヴェルトは耳を傾けた。

「カナダ大使館に電話しました。これから向かうつもりです。というのも、警部、パスポートの番号は正しいんです」

ヘルマンソンは片手を挙げた。

「しかも、まちがいなく、ジョン・シュワルツという男性の名義で発行されてます」

また息が苦しくなってきた。

「それなのに、写真もスタンプも改竄されてるのに、盗難届は出てないんです」

握りしめたパスポートを振ってみせる。

「警部、これはどう考えてもおかしいですよ」

クロノベリ拘置所の特別監視付き独房の扉は、まだ開いたままだ。ジョン・シュワルツはベッドに腰かけ、両手で頭を抱えている。昨晩からずっと、夜中じゅう、その姿勢で座っていた。呼吸をひとつひとつ数える。突然止まってしまうのが怖い。自分が息をしていることを、空気が喉を通って肺に到達していることを、確かめずにはいられなかった。眠る勇気が湧かない。眠れない。眠ってしまえば、自分が息をしているかどうかわからなくなる。息をしなければ、死んでしまう。

いまだ。

ついさきほど、ジョンの傍らに座っていた看守が交代した。新しくやってきた看守は、被疑者に声をかけ、話をしようとした。が、頭を抱えたジョンにはなにも聞こえず、なにも見えなかった。彼の意識は、体の奥深く、はるか奥深くに埋もれていた。

俺は、いま死ぬんだ。

夜中、二度にわたって立ち上がり、鉄格子に額をガンガンと打ちつけたので、看守が彼をつかんで鉄格子から引き離した。なにやら英語で叫んでいたが、なにを言っているのかはだれにもわからなかった。それは言葉というよりもむしろ音でしかなかった。

俺は、もう死んでいる。

拘置所に収容された被疑者がこれほどの存在感を発揮するのは久しぶりのことだった。ジョン・シュワルツに暴力的なところはなかったが、それでも勤務中の看守たちは増援や当直医を呼んだ。厄介な事態になりつつあるという気がしてならなかった。シュワルツは彼らの目の前で、まさに崩壊しようとしていた。

曙《あけぼの》が朝となり、午前となった。

時刻はおそらく、九時半。あるいは、少し過ぎたところ。ジョン・シュワルツは突然立ち上がり、看守たちを見つめると、拘置所に来てから初めて、支離滅裂でない言葉を発した。

「俺の体がにおう」

独房の中で、彼の隣に座っていた看守も、同じように立ち上がった。

「におう?」

「このにおいを落とさなくては」

看守は独房のすぐ外に立っている同僚のほうを向いた。昨日も勤務していた銀髪の看守だ。

彼はうなずいた。

「シャワーを許可する。が、浴びているあいだも監視させてもらうぞ」

「ひとりになりたい」

「普通ならそれでもいい。シャワールームのドアに鍵をかけて、外に看守を配置するまでだ。

が、今回はそうするわけにいかない。シャワールームで被疑者に自殺されてはたまらんからな。シャワーはわれわれの監視のもとで浴びてもらう」

彼は濡れた床に腰を下ろした。排水ロの上で膝を抱え、硬い壁に背中をつける。エリザベスの、笑いに満ちた目。シャワーの湯が体を叩く。水流を強め、温度を上げる。熱い湯の粒が肌に当たる。彼らの憎しみが、俺にはわからない。顔を上げ、目を閉じる。ひりひりする。どうしても消えない思いを、なんとか振り払おうとする。親父《おやじ》が泣いてる。俺を抱きしめてくれる。親父の涙を見るのは初めてだ。そうして三十分間、じっと座っていた。近すぎるほど近くにいる看守の姿も、やがて見えなくなった。湯のおかげで、熱さのおかげで、耐えられた。少なくとも、しばらくのあいだは。

ジョン・シュワルツは悟った。

ここを出なければならない。

もう一度死ぬ気力など残っていない。

マリアナ・ヘルマンソンがエーヴェルト・グレーンスのもとを離れ、彼のオフィスを出ようとしたところで、また音楽が鳴り出した。さきほどと同じ大音量だ。彼女は笑みをうかべた。エーヴェルト・グレーンスは、我が道を行く人間だ。彼女は我が道を行く人間が好きだった。

手に持っているのは、本来は存在しないはずのパスポートだ。

これが発端にすぎず、事件はさらに大きく発展するということを、彼女はまだ知らなかったが、それでもすでにいやな予感があった。昨日からずっと、シュワルツに追いかけられ、思いを蝕《むしば》まれつづけている。彼女は東へ、ストックホルムの中心部へ向かって、ベリィ通りを、シェーレ通りを、ハントヴェルカル通りを急いだ。やがて数百メートルほど先、〈ホテル・シェラトン〉の隣に、味気ない建物が見えてきた。ふと立ち止まり、上層階にあるカナダ大使館の窓をぼんやりと探していると、突然、背後から声に襲われた。

「おい、そこの外人女」

ヘルマンソンは振り返った。

その男は、高い鉄柵の向こう、クングスホルム教会の墓地の芝生に立っていた。中年の男だ。彼女を食い入るように見つめている。

「外人女、これ見ろよ」

男はズボンのボタンをはずし、股間のファスナーをいじりはじめた。

それ以上見る必要はなかった。

見なくてもわかった。

「出せるもんなら出してみなさい」

彼女は上着の内側にさっと手を入れた。わずか一秒ほどで、手には拳銃《けんじゅう》を握っていた。

「さあ、早く」

男を見据えたまま、穏やかな声で言う。

「出したが最後、銃でぶち抜いてやるから。警察が最近採用した、破壊力抜群のソフトポイント弾でね。もう二度と見せびらかせなくなるよ」

銃を構え、自分は警察官だと言うこの〝外人女〟を、男は長いこと見つめていた。それから逃げ出した。走りながら、股間のファスナーを閉めようとしている。読みにくい文字が刻まれ、端のほうが苔《こけ》に覆われた小さな墓石につまずいて倒れたが、その後も振り返ることなく走り去った。

彼女はかぶりを振った。

まったく、馬鹿なやつらばっかり。

こういう連中を、都会は生み出し、育み、匿《かくま》っている。

マリアナ・ヘルマンソンはしばらくあとを追ったが、やがて男が藪《やぶ》の向こうに消えると、ふたたびもとの道を歩き出した。市庁舎を素通りし、高架橋の下をくぐり、数分ほど歩く。それから、エレベーターに乗った。呼び鈴を押すと、ガラスのドアが内側から開いた。彼女は待たれていた。


カナダ大使館の職員はティモシー・D・クローズと名乗った。背が高く、金髪を短く刈った若い男だ。気さくそうな顔をしている。歩き方も、話し方も、いかにも大使館職員といった感じだ。ヘルマンソンはこれまで、事件の捜査過程で大使館職員数人と顔を合わせたことがあり、彼らがみなよく似ていることに驚いていた。大使館職員という人種。国籍も出自も関係ない。外交官らしい歩き方、動き方。外交官らしい話し方。生まれつきそういう人間だから、大使館で働こうと思うのだろうか。それとも、目立たないようまわりに合わせているうちに、だんだんと大使館の色に染まっていくのだろうか。

ヘルマンソンは、拘置所の特別監視付き独房に収容されている殺人未遂の被疑者のパスポートを、クローズに手渡した。クローズは紺色の表紙や中のページを指先でめくると、パスポート番号と個人情報をチェックしはじめた。

さほど長い時間はかからなかった。話しはじめた彼の声に迷いはなかった。

「本物ですよ。まちがいありません。情報もすべて合っています。さきほどお電話をいただいたときに、番号で検索して調べたとおりです。個人情報も、パスポートの申請内容と一致しています」

ヘルマンソンはクローズを見つめた。二歩ほど近づき、コンピュータを指差す。

「見せてください」

「いま申し上げた以上の情報はありませんよ。残念ですが。これで全部です」

「この人の顔が見たいんです」

クローズは彼女の要求を検討した。

「とても重要なことなんです」

彼は肩をすくめた。

「わかりました。かまわないでしょう。わざわざここにいらっしゃったわけですからね。ほかの情報はすべて差し上げましたし」

彼は椅子を持ってくると、自分の隣に置き、彼女に座るようすすめた。グラスに水を注ぎ、コンピュータがネットワークに接続するのに時間がかかることを詫《わ》びた。

黒いコートを着た男性がふたり、ガラスの扉の外に立っている。女性職員が扉を開けて彼らを迎え入れた。男たちはクローズと知り合いらしく、軽く会釈して彼の席のそばを通り過ぎた。

「もうすぐですよ。ほら、つながった」

画面が生命を帯びた。クローズはパスワードを入力してから、名簿のようなものを開いた。

ウィンドウがさらに二つ開いた。名前がアルファベット順に並んでいる。ジョン・シュワルツという名のカナダ人は、合計で二十二人いた。

「上から五番目のジョン・シュワルツです。ほら、このパスポートの番号だ」

クローズはスクリーンに向かってうなずいた。

「顔が見たいとおっしゃいましたね」

新たな名簿。新たなパスワード。

机の上のパスポートを申請し受け取ったジョン・シュワルツ、スウェーデン移民局を通じてスウェーデンの永住権も取得しているジョン・シュワルツの顔写真が、コンピュータの画面を埋めた。

クローズは黙ったまま、その写真を見つめた。

下を向き、パスポートをめくり、写真と個人情報の書かれたページを開いて、スクリーンの横に掲げている。

ヘルマンソンには彼の考えていることがわかった。

パスポートの写真の男は、白人だ。

殺人未遂罪の被疑者として、拘置所の独房に収容されている男は、白人だ。

だが、カナダ大使館のコンピュータで微笑んでいる男、クローズが掲げているパスポートの正当な所持者である男は、白人ではなかった。

エーヴェルト・グレーンスは苛立っていた。午前六時、警察署の扉を開けたときからすでに雲行きの怪しかった今日という一日は、午前がゆっくりと過ぎて昼を迎えたいまになっても、改善の兆しをまったく見せていない。これ以上馬鹿どもに付き合っている気力はなかった。オフィスに閉じこもって大音量で音楽をかけ、もうとっくに終わらせていなければならないはずの数々の捜査のうち、少なくとも一件の資料にはしっかり目を通したいと思った。ところが資料を開いたとたん、ノックの音がするのだ。意味のない質問やあやふやな報告は、いつもどおり鼻で笑ってやり、ボリュームを下げてくれませんかと言いにきた連中には、失せろと言ってやった。

彼女に会いたい。

彼女を抱きしめ、その規則正しい息遣いを感じたい。

昨日行ったばかりだ。ふだんなら数日は間を置くところだが、もう午後にでも行かずにはいられない。車の中でハンバーガーでも食べればいい。ほんの短いあいだの訪問なら間に合うはずだ。

エーヴェルトはシーヴが歌い終わるのを待ってから、いまだに使い方のよくわからないコードレス電話を手に取ると、介護ホームに電話をかけた。電話に出たのは若手の女性職員で、エーヴェルトとは顔見知りだった。彼は約一時間後に行くと告げ、医師の診察やホームの行事と重ならないことを確認した。

たちまち気分が良くなった。胸の中にいつも棲《す》みついている怒りが少し小さくなり、余裕が生まれた。ふたたび音楽に合わせて歌う力が湧いてきた。

恋してるキミ　考え過ぎないで　あまり悩まないで
恋はいつだって　明るい気分で楽しむものよ

口笛まで吹きはじめる。『恋してるキミ』、一九六四年。音程のずれた口笛の音が、部屋を容赦なく切り裂いた。

恋してるキミ　泣いてばかりじゃだめ　泣くのはまちがいよ
恋はいつだって　涙こらえて楽しむものよ

十分間。平穏が与えられたのはそれだけだった。また、ノックの音。まったく、この馬鹿どもときたら、寂しいのだろうか？　エーヴェルトはため息をつき、読んでいた捜査資料を脇へ押しやった。

ヘルマンソンだ。手招きして迎え入れる。

「座れ」

なぜだかわからない。自分の反応をどう理解したらいいのか、自分でもよくわからない。が、とにかく、彼女に会うと気分が良くなる。若い女だから？　いや、それは違う。それは絶対に違う。

これは、また別の感情だ。

あのだだっ広い自宅に戻って眠ろうか、と考えることが多くなった。もしかしたら我慢できるかもしれないという気がするのだ。

《ダーゲンス・ニューヘーテル》紙の映画広告を見ている自分に気づいて驚くこともあった。映画館など、一九七九年以来、一度も足を踏み入れていない。あのとき観《み》たのは、ジェームズ・ボンド映画『ムーンレイカー』で、しかも宇宙飛行の退屈な描写が延々と続くので寝入ってしまった。

ショッピング・ストリートに足を向け、新しい服を試着してみようかという気になったことすら何度かあった。実行はしなかったが、その気になったことは事実だった。

ヘルマンソンはエーヴェルトの机の上にA４の紙を一枚置いた。男性の顔写真。パスポート写真だ。

「これがジョン・シュワルツです」

三十歳前後の男性。短い黒髪、茶色の瞳、褐色の肌。

「この人が、例のパスポートの本来の所持者です」

エーヴェルトは写真を見つめ、ジョン・シュワルツと自称している男のことを思った。スヴェンからも、ヘルマンソンからも、拘置所の職員からも異口同音に、シュワルツはかなり参っているようだとの報告を受けている。そしていま、彼は名前をなくした。スウェーデンの警察に関するかぎり、彼は名前のない人間となった。奇妙な振る舞い。激しい恐怖。他人の頭を蹴りつけたこと。あの男はなにかを抱えている。なにかしら過去があるはずだ。

だれなんだ？　どこから来た？　なぜ？

殺人未遂事件の捜査が、一気に広がりをみせた。

「事情聴取の準備をしてくれ」

エーヴェルトは例によって例のごとく、そわそわと部屋の中を歩きまわりはじめた。机から、ときおりベッド代わりにしている古ぼけたソファーへ。机へ。またソファーへ。

「おまえが相手なら、あいつは口を割るにちがいない。おまえなら、俺よりも、スヴェンよりもうまくやれる。あいつの心に届く」

そして立ち止まり、ソファーに腰を下ろした。

「素性を聞き出すんだ。スウェーデンでいったいなにをやってるのか。ただのダンス音楽の歌手が、どういうわけで、偽のパスポートを使って身分を隠さなきゃならないのか」

背もたれに体をあずける。数えきれないほど多くの夜をこのソファーの上で過ごした体は、その詰め物の硬さに慣れきっている。

「それからだな、ヘルマンソン、成果は俺に直接報告しろ。オーゲスタムから情報を知らされるのはごめんだ」

「それは、今朝報告しようとしたときに、警部がここにいらっしゃらなかったから」

「おまえの上司は俺だ。わかったか？」

「次回、警部がお留守でなければ、あるいはともかくも連絡のつくところにいらっしゃれば、喜んで警部に報告します。いらっしゃらなければ担当検察官に報告するまでです」

ヘルマンソンは部屋を出た。こんなに憤慨したくはないのに、どうしても腹が立ってしかたがない。自分のオフィスに向かって歩き出したが、やがて立ち止まり、きびすを返した。そうせずにはいられなかった。

ふたたびドアをノックする。前回のノックから、二十分しか経っていない。

「もうひとつお話ししたいことが」

エーヴェルトはソファーに座ったままだった。ヘルマンソンに聞こえるよう、あからさまにため息をついてみせてから、両腕を突き出し、さっさと話せ、と促した。

「どうしても知りたいんです」

ヘルマンソンは部屋の中に一歩踏み込んだ。

「どうして私を採用したんですか？　私より勤続年数の長い巡査はたくさんいるのに、その列を通り越して、私が警部補になったのはどういうわけですか？」

その質問はエーヴェルト・グレーンスの耳に届いた。が、からかわれているのか、真剣な問いなのか、よくわからなかった。

「そんなことはどうでもいいだろう」

「それに私、警部が女性の警官をどう思ってらっしゃるか知ってます」

からかわれているわけではないようだ。

「それで？」

「だから、説明していただきたいんです」

「ストックホルム市警は年に六十人ほど採用してる。なにを説明しろと？　おまえが有能だと言ってほしいのか？」

「理由が知りたいんです」

エーヴェルトは肩をすくめた。

「おまえが有能だからだ。ひどく有能だからだ」

「女なのに？」

「言っておくがな、おまえは有能だが、それは例外だ。女の警官など認めん」

三十分後、エーヴェルトは車に乗り、恋しい女のもとへ向かっていた。ヴァルハラ通りの売店でハンバーガーと低アルコールビールを買ってから、リディンゲ島へ向かう道路に入る。外はあいかわらずの寒さで、昼間なのに零度にすら達していない。肌寒い。食事のあとはいつもそうだ。しかもいまいましいことに、車のヒーターがほとんど効いていない。

オーゲスタムに電話をかける。電話の向こうのオーゲスタムは、息を切らし、まるで裏声のような高い声だ。エーヴェルトはこの若い検察官を心底嫌っている。オーゲスタムも彼を嫌っている。ふたりはここ数年、しかたなく何度かともに仕事をし、そのたびに激しく言い争った。事件のたびに対立は深まった。エーヴェルト・グレーンスにはどうすることもできなかった。嫌いなものは嫌いなのだからしかたがない。現実の世界と、そこに暮らしている、学のない人々に立ち向かう盾として、細い縦縞《たてじま》の入ったスーツを制服代わりにしている連中を、彼は心の底から嫌っていた。

が、今日は歯を食いしばった。これからアンニに会いに行く。この訪問、すでに自分を満たしているこの幸福感を、台無しにしたくはない。だから毒舌は封印することにした。

そして、地方裁判所の書類ではまだ〝ジョン・シュワルツ〟と呼ばれているあの男に対して、オーゲスタムが午後行なうことになっている勾留手続きについて、冷静に情報を求めた。話題はユリコスキの脳浮腫《ふしゅ》にも及んだ。彼はカロリンスカ大学病院の神経外科に入院し、いまだ麻酔をかけられた状態のまま、人工呼吸器で息をしているという。拘置所の廊下でシュワルツが異常なほど独房におびえていた事実について議論を交わし、彼が身分を偽っていた件についても簡単に話をした。いずれにせよ、シュワルツと名乗っているあの男はすでに実質的な勾留状態にある。そのことはふたりともわかっていた。

「重傷害罪ですね」

エーヴェルト・グレーンスはびくりと体を震わせた。反対車線に近づいてしまい、あやうく白い中央線を越えそうになったが、あわててハンドルを握りしめ、よろめく車をぐいと右車線に戻した。

「重傷害罪だと？　オーゲスタム、本気か？　あれは殺人未遂だぞ！」

「シュワルツに殺人の意図はありませんでした」

「おまえ、脳出血や脳浮腫ってのがどういうことかわからんのか？　どんな結果になるかってことが？　あの男はな、人の頭を力のかぎりに蹴りとばしたんだぞ！」

エーヴェルトは若き検察官の答えを待ちつつ、無意識のうちにアクセルを踏み込んだ。スピードが上がる。

「おっしゃりたいことはわかりますよ、グレーンスさん。しかし、法律的な判断を下す権限があるのは僕ですから。捜査責任者は僕で、適切な罪名を決めるのも僕です」

「だがな……」

「だから僕の一存で決めさせてもらいますよ」

オーゲスタムの生意気きわまりない発言に、エーヴェルトはふだんなら声を荒らげているところだが、今日はそうしなかった。ただうんざりして電話を切り、リディンゲ橋を越えたところでスピードを下げ、大きな建物や豪華な一軒家のそばを通り過ぎた。道路がだんだん空いてきた。オーゲスタムがなんと言おうと、あれは殺人未遂だ。エーヴェルトはアンニのもとへ向かいながら、そう確信していた。

介護ホームは美しい灯りに照らされていた。昼間だというのに、イルミネーションが古い建物の正面を覆っている。初めて目にする光景だ。

車を降りると、体がふと温かくなるのを感じた。毎回、同じ感覚がある。緊張がふっと解ける感覚。あたりを警戒する必要はない。腹を立てる必要すらない。この建物は、信頼と規則性の象徴だ。そして、中で待っている彼女は、いつでも許してくれる。エーヴェルトがエーヴェルトらしくあることを、いつもそのまま受け入れてくれる。

彼女はいつもどおり窓辺に座っていた。自分の参加していない人生が窓の外にあることを、彼女も理解しているのだろう。だから、彼女なりの方法で、可能なかぎり、自分の人生を味わおうとしているのだろう。

入口で若い職員に迎えられた。私服の上に白衣を着ている。彼女が医学生で、ここでのアルバイト代を学生ローンの返済の足しにしていることを、エーヴェルトは知っている。有能で、アンニの面倒をよくみてくれている。彼女の卒業が延びればいいのに、と思う。

「お待ちですよ」

「外から見えたよ。窓辺に座ってる。嬉《うれ》しそうな顔だった」

「いらっしゃることがおわかりなんですよ、きっと」

アンニの部屋のドアを開ける。彼女にはその音が聞こえなかったようだ。エーヴェルトは戸口で足を止め、車椅子の背もたれの上に突き出した彼女の背中を眺めた。明るい色の長い髪は、きちんと梳《けず》られている。

俺はおまえを抱いていた。おまえの頭から血が流れているあいだ。

アンニに近寄り、頬にキスをする。彼女の顔に微笑みがうかんだような気がした。ベッド脇の椅子に掛かっていたカーディガンを片付けると、彼女の隣に椅子を置いて腰を下ろした。

彼女はまだ外を見ている。視線は動かない。彼女がなにを見つめているのか知りたくなった
エーヴェルトは、同じように外へ視線を向け、同じ方角に目をやった。海だ。はるか遠く、リディンゲ島とストックホルム市街を隔てる海峡を、船が行き来している。ほんとうに見えているのだろうか？　もし見えているのなら、自分が来る日も来る日も窓の向こうになにを探しているのか、彼女は自分でわかっているのだろうか？

俺がもっと早く反応していれば。すぐにぴんと来ていれば。そうすれば、おまえは俺のもとに残ってくれたのかもしれないのに。

エーヴェルトはアンニの手に自分の手を重ねた。

「きれいだよ」

声が聞こえたらしい。少なくとも彼女は振り返ってこちらを見た。

「今日は朝から大変だったんだ。で、来ずにはいられなかった。おまえに会いたくてな」

アンニは笑い出した。彼の愛してやまない、うがいのような笑い声。

「おまえと俺と、ふたりきりだ」

ふたりは並んで座り、三十分近く窓の外を見つめていた。言葉は交わさず、ただいっしょに座っていた。エーヴェルト・グレーンスは彼女のテンポに合わせて呼吸をしながら、ふた

りでのんびり散歩を楽しんだ過去に、あの事故さえなければまったく違っていただろう日々に思いを馳《は》せた。昨日のことを、今朝のことを思い出す。素性のわからない被疑者のことを考える。あの男のせいで、ほかの仕事が手につかない。スヴェンのことを考える。彼を高く評価していることを、もっとはっきり示してやるべきかもしれない。ヘルマンソンのことを考える。彼女のことはよくわからない。

「昨日、若い女を雇ったって言っただろ。おまえによく似てるんだ。気が強くて、自信に満ちてる。まるでおまえがまた署に現われたみたいだ。わかるか？　もちろん、俺たちの関係に変わりはない。けど、ときどき忘れそうになるんだ——あれがおまえじゃないってことを」

予定よりも長居してしまった。それでもまだしばらく窓辺にとどまった。アンニが咳をしたので、エーヴェルトは水を持ってきた。彼女がよだれを垂らしたので、彼は顎を拭いてやった。

そのときだった。

アンニがすぐそばに座っていた、遠くを過ぎ去っていく船がくっきりと見えた、そのとき。

アンニが手を振った。

エーヴェルトはそれを目にした。まちがいない。アンニが手を振った。

ストックホルムと沖の群島を結ぶ白い大きな船が汽笛を鳴らしたそのとき、アンニは笑い声を上げ、手をほんの少し上げると、数回にわたって前後に振ったのだった。

エーヴェルトは動揺した。

彼女にそんなことができるはずがないのはわかっている。神経外科の専門医たちはみな口を揃《そろ》えて、彼女がこのように自ら意識して体を動かすことはおそらく一生ないだろう、と言いきったのだ。

エーヴェルトは廊下に駆け出した。足を引きずりながらぎこちなく進み、さきほど会った若い女性職員を大声で呼ぶ。彼女を連れてアンニの部屋へ駆け足でとって返すと、エーヴェルトはさきほど目にした光景を彼女に話して聞かせた。

スサンヌという名のその職員は、しっかりと耳を傾けてくれた。片手をエーヴェルトの肩に、もう片方の手をアンニの腕に置いて、最後まで話を聞いてくれた。それから、ゆっくりとエーヴェルトに言い聞かせた——それは勘違いにすぎないのだ、と。アンニを愛する気持ち、昔の彼女に戻ってほしい気持ちはよくわかる。だからそのような光景を見たくてしかたがないのもよくわかる。それでも、事実は事実として受け入れなくてはいけない。アンニが手を振るとは考えられない。見たと思った光景は錯覚にすぎない。

だが、アンニはたしかに、数回にわたって手を前後に振った。

見誤るはずなどないではないか。

エーヴェルト・グレーンスはホームを去るやいなや焦りに駆られた。ストックホルムの都心へ、自分を待ち受けている午後へ近づいても、彼の心にはまだアンニがとどまっていた。

後れをとっているというこのいやな感じを押し殺すため、彼はブリーフケースの中から携帯電話を取り出して、メモリに入れてある数少ない電話番号のひとつにかけた。

呼び出し音が二度鳴り、ヘルマンソンの強いスコーネ訛りが聞こえてきた。

「もしもし」

「どうだ、進み具合は」

「手に入った資料すべてに目を通しました。準備万端です。勾留手続きが終わったら、すぐに事情聴取を始めます」

アンニが手を振った。

「よし」

きっと、また手を振る。

「それを聞くためだけに、わざわざ電話をくださったんですか?」

エーヴェルトは前の車に意識を集中した。しばらく忘れなければならない。事が終わったら、そのあとなら、またアンニのことを考えつづけてもいいのだから。いまはとにかく、フィンランド人の男がカロリンスカ大学病院に入院している。彼もまた、これからずっと人生を窓から眺める側にまわるかどうかの瀬戸際に立たされているのだ。

「いや。話はまだある。とにかくあのろくでなしの素性が知りたい」

「私はもう……」

「インターポールに連絡しろ」

「いまですか？」

「あいつの記録を探すんだ。どこかに残ってるにちがいない。あれほどの暴力をふるったんだ……前にもやったことがあるはずだ」

エーヴェルトはヘルマンソンの答えを待たずに続けた。

「C棟のインターポールに行け。イェンス・クレーヴィエと話をして、あのろくでなしを探させるんだ。写真と指紋を持っていけ」

材料が足りない、とオーゲスタムは言った。それなら、材料をもっと集めてやるまでだ。

「ジョン・シュワルツの正体を、明日までにはっきりさせる。どこかの国の前科記録に名前があるはずだ。絶対にな」

ヘルマンソンが自分のオフィスを出てから、C棟にあるイェンス・クレーヴィエのはるかに広いオフィスにたどり着くまで、きっかり五分を要した。インターポールを訪れるのはこれが初めてだが、クレーヴィエは警察学校の授業に講師として招かれていたから、彼の顔はよく知っていた。歳のころはグレーンスと同じだ。彼女がドアを開けると、クレーヴィエはうなずいたが、ほかの仕事に気をとられているようすだった。彼女は、また人の邪魔をしてしまった、というみじめな感覚に襲われた。

クレーヴィエの机の上に偽造パスポートを置き、その隣に採取したばかりの指紋を置く。

「正確な身元はわかっていません」

クレーヴィエはため息をついた。

「またか」

「本人はジョン・シュワルツと名乗っています。パスポートに記されている年齢や身長などの情報は、ほぼ合っているように思われます」

「急ぎかい？」

「あと一時間ほどで勾留手続きが終わる予定です」

クレーヴィエはパスポートをめくって一ページずつ目を通し、それから指紋を見つめた。なにやら口ずさんでいる。ヘルマンソンの知らないメロディーだ。

「ほかには？」

「明日にはDNA情報もお渡しできるはずです。でも、それまで待っていたくはないんです。シュワルツは絶対にどこかの前科記録に載っているはずだ、とグレーンス警部は言っています」

イェンス・クレーヴィエは受け取った資料をクリアファイルに入れると、それを手に持ったまま考え込んだ。

「その男の話し方は？」

「とおっしゃると？」

「スウェーデン語は話せるのか？」

ヘルマンソンは、車の後部座席で両手に顔を埋めて沈黙していたジョン・シュワルツを、拘置所の廊下で両手を前に突き出して英語で叫んでいたジョン・シュワルツを思い浮かべた。

「ほとんど口をきかないんです。が、迎えに行ったときに聞いたかぎりでは……ええ、話せます」

「訛りは？」

「イギリス人のようでした。アメリカ人かもしれません。パスポートはカナダのものです」

クレーヴィエは笑みをうかべた。

「これで調べる範囲が多少狭まったな」

彼はクリアファイルをコンピュータ脇のラックに入れた。

「十五分後にこの情報を向こうに送る。まずは英語圏の国が対象だ。時差があるから、少なくとも数時間はかかると思うが、結果がわかり次第すぐに連絡する」

ヘルマンソンはうなずいた。クレーヴィエもうなずき返した。ヘルマンソンはきびすを返して歩きはじめた。

「グレーンスさんは正しいと思うよ」

彼女がオフィスを出ようとしたところで、クレーヴィエが口を開いた。

「絶対に見つかるさ」

看守たちの硬い足音に、ジョン・シュワルツと自称する男の発する抑揚のない声が混じり合い、古い石階段に響きわたった。ストックホルム地方裁判所の二階にある法廷へ向かっているところだ。看守たちのうちのひとりが、シュワルツの痩せ細った両手首に手錠をかけた瞬間から、シュワルツはずっと声を発している。耳をつんざくような、癇《かん》に障る甲高い声。法廷に近づくにつれ、その声が大きくなっていく。

拘置所から支給されたぶかぶかの服が肌にこすれる。しかも薄手なので、ジョンは寒さに震えていた。外は寒く、この大きな建物の中も同じくらい寒い。天井が高いうえ、暖房がところどころにしか配置されていないせいだ。昨日の午後と同じ看守たち。銀髪の看守と、背が高く、青いフレームの眼鏡をかけた若い看守だ。ふたりはジョンをはさむようにして歩いている。ジョンが一歩進めば、彼らも一歩。だが、ジョンは彼らの存在にほとんど気づいていない。声の勢いを強め、歯を食いしばり、ひたすら前を見据えている。

木の扉が開いている。中に人がいる。

検察官ラーシュ・オーゲスタム（検）：昨日行なわれたジョン・シュワルツ氏宅の家宅捜索で、このズボンと靴が見つかりました。
弁護人クリスティーナ・ビヨルンソン（弁）：シュワルツ氏は、ユリコスキ氏の頭を蹴ったことを認めています。

だれかが天井の灯りをつけた。日暮れまでにはまだ時間があるが、今日は午前中に早くも日差しが途絶えたかのようで、薄闇が首都をすっぽりと覆い隠してしまっている。銀髪の看守が被疑者の目を見つめ、手錠をはずした。ジョン・シュワルツと名乗っている男は、あいかわらず抑揚のない声を発し、弱々しく光る大きな窓の外に視線を走らせた。彼はおそらく考えをめぐらせたことだろう——が、地面ははるか下だ。飛び降りる勇気はない。

検：ズボンの布からはユリコスキ氏の唾液が、靴からはユリコスキ氏の毛髪と血液が検出されました。
弁：シュワルツ氏は罪を認めてはいますが、その目的は、ダンスフロアでのユリコスキ氏による痴漢行為をやめさせることでした。

彼は弁護人の隣に座っている。弁護人は苛立っている。彼はその苛立ちを感じ取った。が、彼女の笑みはやさしかった。

「その声ですけど。おやめになったほうがいいと思いますよ」

だが彼の発している奇声が邪魔になり、弁護人の言葉は彼の耳に届かなかった。声を止める勇気がない。この声のおかげで歯を食いしばっていることができるのだ。声を出すのを止めてしまえば、もう叫ぶしかなくなる。

「あなたに不利になるかもしれませんよ。そんなふうに声を出していると」

声。まだ止めない。

「私の言っていること、おわかりですか？　英語で話したほうがいいのかしら？　いま行なわれているのは、あなたを勾留するか否かを決めるための話し合いです。私の経験から言うと、被疑者はできるかぎりふつうに振る舞ったほうが、その主張が認められやすいんです」

彼は声を小さくした。

が、止めはしなかった。

この声は彼のものだ。この法廷で唯一、声だけが彼のものだ。

検：シュワルツ氏の本名はシュワルツではありません。氏の身元は不明です。重傷害罪の容疑に加え、逃亡などによって捜査を難航させるおそれがあることから、氏の勾留を請求いたします。
弁：シュワルツ氏に危害を加える意図はありませんでした。そのうえ彼は重度の閉所恐怖症です。したがって、氏を勾留することはきわめて非人道的であると言わざるを得ません。

重傷害罪の容疑で勾留するとの決定を判事に告げられると、ジョンはようやく沈黙した。そして床にくずおれ、なにも聞きたくないというように、両手を耳に当ててしゃがみこんだ。判事は困ったようすで赤毛をかきあげ、立ち上がるよう被疑者に繰り返し求めた。

看守たちが彼の腕をがっしりとつかみ、ふたりがかりで引っぱり上げて立ち上がらせた。両手首にふたたび手錠がかけられる。第十法廷から連れ出され、石階段を下りていくジョンの体は震えていた。

さきほどと同じように足音が響きわたる。銀髪の看守は落胆したようすだ。ジョンに寄り添って歩きながら、ときには小声で非難がましく、ときには少し声を荒らげて言った。

「弁護士と相談してあんな戦略をとったのか？」

「こりゃあ、すぐには出られないぞ」

「おまえの素性がわかって、名前がはっきりするまで、閉じ込められることになる」

ジョンは看守を見やり、かぶりを振った。

いやだった。

耳を傾けるのも。話すのも。

銀髪の看守は諦めない。大股《おおまた》で数歩先に進むと、ジョンの目の前、石階段の最下段で立ち止まって振り返った。こうしてふたりの頭の高さはほぼ同じになり、ふたりの息が混じり合った。

看守は両腕を広げてみせた。

「わからんのか？　クロノベリ拘置所はな、おまえみたいな身元不明の外国人どもであふれかえってる。いつまでたっても勾留されっぱなしだ。なぜ本名を明かさない？　本名を明かせば釈放されるかもしれないのに？　連中はな、いくら時間がかかっても、おまえが降参するまで待つつもりだぞ。おまえの負けは決まってるんだ。ここに閉じ込められて、必要以上に長いこと面会を禁止される。家族や友だちとも会えない」

拘置所の服が肌にこすれる。たったいま勾留が決まったこの痩せ細った被疑者は、疲れ切っている。彼は銀髪の看守を見つめ、弱々しい声で言った。

「あなたはわかっていない」

硬い石階段で、そわそわと体を揺らす。

「僕の名は……」

彼は咳払いをすると、やや強い声で言った。

「僕の名は、ジョン・シュワルツなんです」

イェンス・クレーヴィェは三時過ぎ、ついさきほど勾留が決定した三十五歳前後の自称ジョン・シュワルツに関する複数の資料を、ファックスで送信した。さしあたり、送信先は英語を主な公用語とする国に限定することにした。ヘルマンソンがはっきりと、被疑者に英語圏出身者特有の訛りがあると証言しているので、彼の母語は英語であろうとたやすく推測できた。

数分後、世界各地のインターポール事務所で、何人もの手が、スウェーデンから送られてきた問い合わせをファックス受信箱から拾い上げた。

ため息をついて書類を脇に置く者もいれば、あとで検索しようと準備を始める者もいた。何人かはただちにコンピュータ画面に向かい、記録簿の検索を開始した。

ワシントンのインターポールに勤務するマーク・ブロックもそのひとりだった。机の上、プラスチックの蓋のついた紙コップには、カフェラテがまだ半分ほど残っている。ペンシルベニア・アヴェニューの〈スターバックス・コーヒー〉でカフェラテを買うのが毎朝の習慣になっているのだ。彼はゆっくりそれを飲みながら、たったいま手に取ったファックスをぼんやりと眺めていた。

このファックスが来たということは、仕事をしなければならない、コンピュータの前で精神を集中しなければならない、ということだ。が、彼はまだ眠かった。とにかく気の乗らない朝だった。

窓の外を眺める。

一月十一日。あいかわらずの寒さ。春の兆しはまだない。

マーク・ブロックは欠伸《あくび》をした。

例のファックスは、書類の山のいちばん上に置いてある。彼は山ごと書類を引き寄せた。

スウェーデンからの問い合わせだ。

スウェーデンがどこにあるかは知っている。北ヨーロッパ。スカンジナビア半島。若かりしころ、美しい女性に恋をして、ストックホルムを訪れたこともある。

概要はわかりやすい英語でまとめてあった。スウェーデン出身ではないとみられる男性が、重傷害罪の容疑で勾留されている。身元不明のその男はシュワルツと名乗っているが、パスポートは偽造であることがわかっている。本人も本名を明かそうとしない。

ブロックは写真を眺めた。硬い笑みをうかべ、不安そうな目をした、蒼白い肌の男だ。

その顔に見覚えがあるような気もした。

コンピュータの電源を入れ、必要とされる記録簿を開き、スウェーデン警察からの情報を入力する——写真、判明している個人情報、指紋。なるべく急いで対応してほしいというのがスウェーデン側の要望だ。

さして時間はかからないだろう。ただの検索だ、すぐに終わる。眠気と闘いながらであっても。

彼はカフェラテを飲み、もうひとつ欠伸をした。それから画面に目をやったが、自分が見ているものの意味がわからなかった。

頭をひと振りする。

つじつまが合わない。

彼はじっと座ったまま画面に見入った。あまりに見入っていたせいで視界がぼやけてきた。立ち上がり、部屋の中をひとまわりしてから、ふたたび腰を下ろすと、もう一度初めからやりなおそうと考えた。ログアウトしてコンピュータの電源を切り、数秒ほど待ってから、ふたたび電源を入れる。ログイン。記録簿をすべて開く。北欧の街でわずか数時間前に勾留決定が下された、ジョン・シュワルツと名乗る男の情報を、もう一度検索してみる。

待っているあいだ、机をじっと見下ろしていた。それからおもむろに顔を上げ、画面に目をやった。

さきほどと同じ答えが返ってきた。

マーク・ブロックは不安にかられ、ごくりとつばをのみ込んだ。

おかしい。どう考えてもつじつまが合わない。

写真の男、その顔に見覚えがあるような気がしたこの男は、すでに死んでいるはずなのだ。

エーヴェルト・グレーンスは、自分が目にした光景を疑っていなかった。二十五年間、この瞬間を待ち望んできた。不可能だと言われようが、どうでもよかった。アンニは船を目にして、手を振った。何回も。手を、前に、後ろに。彼女はまちがいなく、意識して手を動かしたのだ。彼女がどんな表情をうかべるか、どんな顔つきをすることができるかは、ほかでもない彼がいちばんよく知っている。長年寄り添って暮らしてきた人間だけにわかることだ。

あれはストックホルムと沖の群島を結ぶ船だった。そういう船はどれも同じに見える。エーヴェルトはシュワルツに関する捜査資料を机の隅に押しやると、メモ帳を出し、群島への定期便を運航しているヴァクスホルム社に電話をかけた。コンピュータ音声が応答し、ご用件に該当する番号を押してくださいと何度も指示してくるので、エーヴェルトは大声で悪態をついた。受話器に向かって〝いいから人間と話させろ〟と怒鳴りつけ、たたきつけるように受話器を置く。それからしばらくじっと座っていた。目の前には、白紙のままのメモ帳と、置かれた受話器。やがて古いカセットプレーヤーのほうを向くと、シーヴ・マルムクヴィストの全曲を年代順に集めたカセット三本のうち、一本をプレーヤーにセットした。一九六八年の『ヨン・アンドレアスの歌』まで早送りする。一風変わった曲で、エーヴェルトはとても気に入っている。まず、曲全体を通して聴く。四分十五秒。そうして心を落ち着けてから、巻き戻し、ボリュームを下げてもう一度再生すると、受話器を上げた。さきほどと同じ、あのいまいましいコンピュータ音声。言われたとおりに番号を押し、待てと言われたとおりに待っていると、やがてほんものの人間の声が聞こえてきた。

エーヴェルト・グレーンスは時刻と場所を告げ、あのとき介護ホームから見えた船の名前を尋ねた。同時にチケットの予約も申し込んだ。人数は二名。今週中に乗船する。

ほんものの人間の声をした女性は親切だった。

あのときアンニがまちがいなく手を振った船は、セーデルアルム号という名前で、リディンゲ島のゴースハーガ桟橋から四十分でヴァクスホルムに到着するという。

そう言ったんだろう、アンニ。

あの船に乗りたい、って。

エーヴェルトはふたたびボリュームを上げた。三度目の『ヨン・アンドレアスの歌』。声を合わせて歌い、立ち上がると、オフィスでひとり踊り、彼女を抱擁した。

開いているドアをだれかがノックした。

「すみません。少し早かったかも」

エーヴェルトはヘルマンソンの姿を認め、うなずいて招き入れると、訪問者用の椅子を指差した。カーペットの上をゆっくりと動きつづける。曲はまだ終わっていない。

それから腰を下ろした。額に汗がにじんでいる。息が切れている。

ヘルマンソンは彼を見つめ、笑みをうかべた。

「いつも同じ歌手の曲ですよね」

エーヴェルトは呼吸がおさまるのを待った。ようやく落ち着いてきた。

「ほかの歌手など認めない。少なくともこの部屋では」

「警部、窓を開けてみたら。外の、現実の世界は、まったく別の時代になってるんですよ」

「おまえにはわからんだろう、ヘルマンソン。まだ若いからな。思い出ってもんだ。人生が終わったら、あとに残るのはそれだけなんだよ」

彼女はかぶりを振った。

「おっしゃるとおりです。私にはわからないし、かならずしも賛成できません。いずれにせよ、ダンスお上手ですね」

エーヴェルトは笑い声をあげそうになった。めったにないことだ。

「昔はよくやったからな」

「昔って、どのくらいですか？」

「二十五年前。いや、それ以上だ」

「二十五年前？」

「いまはもうやらない。見ればわかるだろう。普通に歩けないし、首もこわばって動かない」

ふたりはしばらく黙っていた。やがてエーヴェルトが身を乗り出し、電話を引き寄せた。

「外で待っててくれ。ほかのふたりが来るまで。電話をかけなきゃならないから」

ヘルマンソンはオフィスを出て扉を閉めた。エーヴェルトは介護ホームの番号を押し、施設長を呼び出した。アンニを船に乗せてやるつもりだ、職員に同行してほしい、例の医学生のスサンヌがいい、と話す。スサンヌが時給制でアルバイトをしている学生であることを、エーヴェルトは知っていた。彼女への報酬は自分で払うと主張した。どうしてもスサンヌでなくてはならないのだ。施設長はしばらく反対していたが、最終的にはエーヴェルトの要求が容《い》れられた。彼は満ち足りた気分でオフィスのドアを開け、廊下のコーヒーマシンの前で待っていた三人を迎え入れた。

スヴェンはいつもどおり、ミルクを模した粉の入ったコーヒーを飲んでいる。ヘルマンソンが飲んでいるのは紅茶らしい。オーゲスタムからはココアのにおいが漂っている。エーヴェルトは三人に座るよう促すと、飲みものを取りにオフィスの外へ出た。ブラックコーヒーだ。それ以外はあり得ない。

半分ほど飲み、温かさが胸を満たすのを感じる。

「シュワルツだが」

エーヴェルトは三人を見つめた。三人とも、同じように感じていることだろう。こんな事件に取り組む気力のある人間などいるだろうか？

「クレーヴィエが問い合わせてくれた。あいつに関する情報はすべて、英語圏のあらゆる国に送ってある。どこかの前科記録に載ってるかどうか、あと数時間ほどで判明するはずだ」

三人は、エーヴェルトがベッド代わりに使っている古ぼけたソファーに並んで腰かけている。スヴェンとオーゲスタムがヘルマンソンをはさんで両側に座っていた。

「意見を聞かせてもらおうか」

ヘルマンソンが紅茶に息を吹きかけてから口を開いた。

「カナダには〝ジョン・シュワルツ〟という名の人物が二十二人います。カナダ大使館の、今朝も協力してくれた大使館員に頼んで、その二十二人について調べてもらいました」

「それで？」

「現在クロノベリ拘置所に収容されているあの男と一致する人物はいないそうです」

オーゲスタムの鼻の下にココアがついている。

「彼の素性はまだわかっていません。出身地も不明です。わかっているのは、彼が他人の頭を蹴ることのできる人間だということ、それと同時に、過去を暴かれるのを激しく恐れているということだけです。今日の勾留手続きでのようすはひどかった。勾留の決定が下ったとき、彼は床に倒れてがたがた震えていたんですよ。あんな場面を見たのは初めてだ」

エーヴェルト・グレーンスは鼻で笑ってみせた。

「ほう、そうか。顔にココアがついてるぞ、まるでガキだな。いったいこれまでどんな場面を見てきたっていうんだ？」

ラーシュ・オーゲスタムは立ち上がると、そのほっそりとした脚でオフィス内をつかつかと歩きまわりはじめた。何度も髪をかきあげ、前髪が乱れていないことを確認する。憤慨しているときの癖だ。

「少なくとも、刑事が進行中の捜査を差し置いて、あまり重要でない事件を優先するという場面は、初めて目にしますね。捜査を担当している刑事が、勝手な罪名を検察官に押しつけようとする場面も、まったく初めてです」

もう一度、髪に手をやる。

「グレーンスさん、ご自身の私的な事情に基づいて、この件を優先なさっているのではありませんか?」

エーヴェルト・グレーンスは、開いている机の引き出しふたつのうち、ひとつを力一杯に殴りつけた。

「どうでもいいことをごちゃごちゃ言うな！　あんなふうに頭を怪我《けが》させられたらどうなるか、俺と同じくらいの知識があれば、おまえだって同じようにこの事件を優先しただろうよ」

そう言いながら開いている引き出しをつかみ、それを押して勢いをつけ、椅子をくるりと回転させた。オーゲスタムに背中を向ける。軽蔑の念の表われだ。

スヴェン・スンドクヴィストは、オーゲスタムとエーヴェルト・グレーンスの言い争いにうんざりしていた。オーゲスタムがエーヴェルトの後頭部を凝視して生まれた沈黙にどうしても耐えられず、あわてて口をはさんだ。

「シュワルツのみせた反応だが、あれは、シュワルツが今回暴力をふるったこととは関係ないんじゃないかと僕は思う」

「ほう」

「拘置所へ連行したとき、彼は無気力状態で完全にうわの空だった。ところが急に、こっちが不安になるほどの叫び声をあげはじめた。あれはいわゆるショック症状だと思う。おびえているんだ。過去にあったなにかにおびえている。それは今回の事件となんらかの形でつながっているにちがいない。監禁された、管理下に置かれた、押さえつけられた、そういう経験があるんだ。しかもその経験でひどく傷ついた」

エーヴェルト・グレーンスは耳を傾けた。スヴェンは賢明な男だ。ときどきそのことを忘れてしまう。いつか彼に、自分がそう思っていることを伝えてやらなければ。エーヴェルトは黙ったまま、ひとりひとりの顔をじっと見つめ、それから口を開いた。

「事情聴取をしよう。いますぐだ。このミーティングが終わったら」

オーゲスタムがうなずき、スヴェンのほうを向く。

「スンドクヴィストさん、あなたにお願いしましょう。いまあなたがおっしゃったことは当たっていると思いますから」

エーヴェルトがさえぎった。

「俺もそう思う。だがな、この事情聴取は、ヘルマンソンにやってもらう」

取調官マリアナ・ヘルマンソン（取）：こんにちは。（聞き取れず）
被疑者ジョン・シュワルツ（被）：
取：マリアナといいます。
被：（聞き取れず）
取：おっしゃることが聞こえません。もう少し大きな声で話してください。

ラーシュ・オーゲスタムは驚いた表情でエーヴェルト・グレーンスに目を向けた。
「ヘルマンソンさんですか？　失礼ですが――スンドクヴィストさんのほうが適役では？」
「なにもわかっちゃいないな、オーゲスタム。今回の件では、中年男よりも若い女のほうがうまくいくに決まってるんだ」

取：大丈夫ですか？
被：ええ。
取：緊張なさるのはわかりますよ。取り調べなんて、慣れていらっしゃらないでしょうし。

「信頼だよ。ヘルマンソンはこの男の信頼を勝ちとるんだ。まずはちょっとしたことで助けになってやる」

取：煙草は吸いますか？
被：はい。
取：ありますけど、吸います？
被：どうも。

「感じよく接して、力になってやる。ヘルマンソンは、俺たちみたいな不愉快な連中とは違う、そう思わせる」

取：お名前は？
被：ジョンです。
取：ほんとうの名前は？
被：い、い、い、ほんとうです。ジョンが本名です。
取：そうですか。じゃあ、そういうことにしておきましょう。ジョン？
被：はい。
取：二時間ぐらい前に、奥さんがここにいらしてたこと、ご存じですか？

「わかるだろう、オーゲスタム。嘘をつかなきゃならない事情があるにしても、親切にしてくれる相手に嘘をつきとおすのはつらいもんだ。だから、シュワルツに信じ込ませる――ヘルマンソンは自分のためを思って、心底親切にしてくれている、と」

取：あなたは勾留中で、外部との接触を禁じられています。話してくださらないかぎり、つまり、捜査を妨げているかぎり、外の人たちとは接触できない。ですから、奥さんに会うこともできません。わかりますね？

被：はい。

取：奥さんは小さなお子さんを連れていらっしゃいました。四、五歳ほどの男の子でした。息子さんでしょう？ 息子さんに会うことも許可されていないんです。

被：僕は……

取：でも、なんとかしましょう。

「しばらくすると、ヘルマンソン取調官は取調室の外でも活躍しはじめる。外でもこいつの力になってやるんだ。彼女はやさしい。彼女はわかってくれる」

取：この建物のすぐ外に公園があります。ご存じですか？

被：いいえ。

取：そこで息子さんと会わせてあげましょう。私も同伴することが条件ですけど。あなたが五歳の男の子に会ったからといって、捜査の妨げになるとは思えませんし。いかがですか？

「あいつは絶対にしゃべりだすぞ、オーゲスタム。こういう連中はいずれ口を開く。ヘルマンソンの親しみやすさ、親切さ、ものわかりの良さが積み重なって、シュワルツに届く瞬間がやってくる。シュワルツがそれを受け止めたところで、ヘルマンソンは次のステップに移る。要求をはじめる。親切の見返りを求めるんだ」

エーヴェルト・グレーンスは立ち上がり、ドアへ向かった。ソファーに座っていた三人が立ち上がるのを見守る。

「そこからあとは、あの男が俺たちに力を貸す番だ」

ミーティングは終わった。

エーヴェルトは確信していた。シュワルツはかならずしゃべりだす、と。シュワルツの本名も、どこから来たのかも、まもなくわかるはずだ、と。

ケヴィン・ハットンは、シンシナティのメイン通り五五〇番地、九〇〇〇号室にいた。いつもの習慣で、ブラインドは下ろしてある。コンピュータ画面を目で追うとき、太陽の光が邪魔になるからだ。最近は、コンピュータを使う仕事ばかりになってきている。オフィスにこもり、ネットワークを介して通信し合うのだ。ケヴィン・ハットンは三十六歳、連邦《F》捜査《B》局《I》の西オハイオ支局で働きはじめて十年ほどになる。デジタル世界の情報爆発で、仕事の内容は様変わりした。ハットンの肩書きは支局担当特別捜査官で、地方のＦＢＩ支局ではこれ以上の出世を望みようのない地位だが、それでもいまの仕事の内容は、このオフィスのドアを初めて開けたときに夢見ていたのとは似ても似つかないものになっている。自分は本来、外に、現実の世界にいるべきだ。が、実際にはデスクワークばかりが増え、彼はときおり別の職場で働くことを夢見ていた。

　かなりの量の水を飲んでいる。まだ午前十時だというのに、駐車場のそばの曲がり角にある店で買った高価なミネラルウォーターはもう三本目だ。一日じゅう座りっぱなしのせいか体重が増えたので、朝のコーヒーをやめて水を飲むようになった。トイレに行く回数は増えたものの、効果はあるようだった。

グラスに水を注いだところで、ワシントンの本部から電話がかかってきた。短い通話だった。それでも、ハットンはすぐに悟った――水の入ったグラスは脇に押しやることになりそうだ、と。今日という一日がいま、その表情をがらりと変えた。インターポールのマーク・ブロックなる人物の電話番号を受け取った。ここに電話しろという。情報はすべてそこにあるから、と。

マーク・ブロックはこの一時間、アクセスできるデータベースで三回も検索を繰り返し、つじつまの合わないこの情報がどうやら真実らしいということを、ゆっくりと理解しはじめていた。

写真の男、捜されているこの男は、すでに死んでいる。何度検索を繰り返してもそれは変わらなかった。しかし、あり得ないことだ。とくに、この男がどこで死んだかを考えると。

ブロックは情報の発信元に電話をかけた。助力を求めてきたスウェーデンのインターポール事務所、担当者はクレーヴィエなる人物だ。相手が電話に出るのを待つあいだ、ブロックはふとストックホルムに思いを馳せ――あの女の子の名前はまだ覚えている――、いくつもの島から成り、湖と海に囲まれた美しい都市を思い浮かべた。彼女と手をとり合い、何日も歩きまわったものだった。受話器を耳に当てながら、もし彼女のもとに残っていたら、自分はいまごろどんな人生を送っていただろう、と考える。

スウェーデンから聞こえてきた声はかしこまった口調で、スカンジナビア訛りはあるが正確な英語を話した。クレーヴィエが電話に出た瞬間、ブロックは時差の存在を忘れていたことに気づいて、思わず謝罪した。ストックホルムがいま何時かということを考えていなかったのだ。どうやら午後らしい。クレーヴィエの返答で思い出した。六時間の時差。そうだった。

こわばった微笑。不安げな目。

ブロックは頼み込んだ。ジョン・シュワルツと名乗っている男の写真が、ほんとうにその男のものなのか確かめたい。カナダのパスポートに掲載された写真だけでなく、現実のジョン・シュワルツと照らし合わせて、確かめてほしい。

二十分後、写真はまちがいなくジョン・シュワルツのものであることを、クレーヴィエが確認した。自ら拘置所に出向き、被疑者の収容されている独房を訪れて、パスポート写真の顔と現実の顔が一致することを、自らの目で確かめてくれたのだ。

マーク・ブロックは礼を言い、またかけ直すと言って電話を切った。そしてすぐにまた受話器を上げた。FBI本部の連中は、俺の頭がおかしくなったと思うだろうな、と考えながら。

ケヴィン・ハットンは、インターポールのマーク・ブロックなる人物に電話をかけるよう命じられた。

そうするつもりだ。もうすぐ。

彼は椅子に座ったまま向きを変え、シンシナティの街を眺めた。この西オハイオ支局での仕事に応募し、採用されて以来、ずっと暮らしてきた街だ。高層ビルが見える。数多くの車が行き交うバイパス道路が見える。

何度か息をつく。何秒か沈黙する。まだ体が震えている。

もしこれがほんとうなら――FBI本部から知らされたこの簡潔な一次情報が正しいのであれば、彼は窓を開け、街の喧噪《けんそう》に向かって叫び声をあげずにはいられない。どう考えてもあり得ない。

ほかならぬ彼こそ、そのことをいちばんよく知っていた。

マーク・ブロックは、FBI本部の言うとおりだ、と言った。

ハットンはブロックの声に不安を感じ取った。ブロックも理解に苦しんでいるのだろう。面倒に巻き込まれたくないから、受け取った情報をとにかく他人に投げようとしているのだ。

おまえは死んでいるはずじゃないか。

その写真の男がだれか、ケヴィン・ハットンはすぐにわかった。

顔は二十歳分年老いている。髪は短くなり、肌は白くなっている。

だが、まちがいなくあの男だ。ハットンはそう確信した。

彼は窓を開けると、凍《い》てつくような一月の空気へ身を乗り出した。目を閉じる。寒い。なにかを知りたくないときに人がそうするように、ただひたすら、目を閉じる。

彼女が手を動かした。

本来なら、歌い、笑うべきだろう。涙を流すべきかもしれない。エーヴェルト・グレーンスにはその気力がなかった。

この長い年月で、彼はいわば望みを失っていたのだった。いま、自分の感情が自分でもよくわからない——悲しみ、罪悪感、喪失感。呪われているような感覚。彼女が手を振ったことで、それ以外のこと、彼女がしないことのほうが、いっそうはっきり見えてきた。ようやく遠ざけていられるようになった、あのいまいましい罪悪感が、いまふたたび彼を追いかけ、苛《さいな》む。逃げることなどできない。どんなに隠れても、罪の意識は彼の居場所を突き止め、その容赦のない暗闇で彼を汚していく。

ふたりで生きていくつもりだった。が、エーヴェルトが彼女の頭を車で轢いた。たったの一瞬で、ふたりの人生は道半ばで終わってしまった。

彼女を愛している。

彼女のほかにはだれもいない。

今夜は家に帰らないつもりだ。ここに残り、目がかすんで見えなくなるまでシュワルツ事件の捜査資料と向き合ってから、ソファーに身を横たえて眠る。そして、まだ暗いうちに起き出す。夜明けは欠かせない。

エーヴェルトはチーズサンドイッチを食べた。廊下のコーヒーマシンのそばにある、ちょっとした食料品を売っている自動販売機で買ったものだ。サンドイッチを包んでいたビニールが、バターなどでべたべたしている。

ヘルマンソンはいい事情聴取をやってくれた。シュワルツと彼女のあいだには、ほどなく信頼関係が生まれるだろう。それにしても奇妙な男だ。向かいの椅子に座って彼を見つめているわれわれから、身を隠そうとしているかのようだった。

珍しいことに、オフィスは沈黙に包まれている。エーヴェルトは棚に目をやり、カセットテープを、シーヴの写真を見つめたが、だめだった。アンニが手を振った。いま、この部屋に音楽の入る余地はない。だめだ。だめだ。

こんな気持ちは初めてだった。

いつもなら、シーヴの声に慰められるのに。彼女の声が、あのころの記憶で部屋を満たしてくれるのに。

今日は、いまは、それが叶わない。

ノックの音がし、半開きになっていたドアが開いた。イェンス・クレーヴィエだ。顔を赤くしている。C棟から足早に廊下をたどり、階段を駆け下りてきたのだ。手に紙の束を持っている。ファックスで送られてきたばかりの書類だ。エーヴェルト、これを読んだほうがい い、とりあえず受け取った分だけ渡しにきた、これからまたすぐ机に戻って、さらに書類が送られてくるのを待つつもりだ、という。

エーヴェルトはチーズサンドイッチを食べ終え、机の上のパンくずを集めると、べとべとになったビニール包装といっしょにくずかごへ放り込んだ。

一九八八年九月二十五日(金)十六時二十三分

無線自動車九〇三号(コワルスキ巡査部長、ラリガン巡査、スミス巡査)、マーカスヴィル、マーン・リフ通り三十一番地で発砲があったとの報を受け、現場に急行するよう指示を受けた。

書類に目をやる。数えてみると五枚ある。彼はそれらを手に取った。

現場到着直後、外階段を上がったところにある玄関の鍵が開いていることが判明した。扉の内側にはカーテンがかかっており、閉まっていた。家の中は灯りがついていたが、物音はしなかった。

意気地のない巡査の書いた報告書は、これまでに何千回も読んだことがある。この報告書はアメリカの警察官が書いたもので、人名や地名はスウェーデンのそれと異なっているが、それでも冗長さは変わらない。形式上のミスを犯すまいとびくびくしているのは、どこの警察でも同じことのようだ。

エーヴェルトは立ち上がった。どうも落ち着かない。彼の中では、シュワルツやその過去よりもはるかに興味深い、まったく別のプロセスが進行していた。部屋を何度かぐるりとまわる。静けさを感じる。慣れていないこの静けさが、シーヴ・マルムクヴィストよりも、長ったらしい捜査報告書よりも、大音量で響きわたる。

医者どもが不可能と断言したことを、アンニはやってのけた。

二十五年かかった。が、アンニはまちがいなく手を振った。俺がこの目で見たのだ。

遅すぎるとわかってはいたが、どうしても我慢できなかった。エーヴェルトはふたたび腰を下ろすと、介護ホームの番号を押した。

「グレーンスだ。遅くに申しわけない」

電話の向こうで相手が一瞬ためらった。

「申しわけありませんが、こんな遅くに電話をおつなぎするわけにはいきません」

相手の声に聞き覚えがある。声はそのまま続けた。

「アンニさんにとって、睡眠はとても大事なんです。おわかりでしょう。もうおやすみになっている時間です」

医学生のスサンヌだ。船に乗るときには彼女に同行してもらう予定になっている。エーヴェルトは感じのよい口調を心がけた。

「あんたと話したかったんだ。今週、いっしょに出かけることになってる。あんた本人にも話が伝わってるかどうか確かめたかった」

彼女がため息をついたかどうか、判断はつきかねた。

「ええ、聞きました。ご同行するつもりです」

エーヴェルトはもう一度謝罪してから電話を切った。彼女はもう一度ため息をついたかもしれない。わからない。彼はあえて耳を傾けないほうを選んだ。


玄関に掲げられた表札によると、家はエドワードおよびアリス・フィニガンの住まいである。十二部屋あるこの家を、われわれはいわゆるS法を用いて捜索した。

エーヴェルトはアメリカから送られてきたファックスをふたたび手に取った。さきほどよりも集中している。電話をかけて確認したからだ。彼女は眠っている。大丈夫だ。だから仕事をしよう。かつてのジョン・シュワルツについて探っていこう。


玄関の右側にある寝室の扉が半開きになっていた。ラリガン巡査は、寝室の扉を開けようとしたところで、扉の内側の床に女性がひとり倒れていることに気づいた。

グレーンスは身を乗り出した。

この感じ。なにかが始まる予感。

読み進めていくうちに、クレーヴィエの言葉の意味がわかってきた。なぜあんなに息を切らしていたのか、戸口から中をのぞき込んだ彼の顔がなぜ真っ赤になっていたのか、エーヴェルトにも徐々にわかってきた。

寝室に入り、倒れている女性（被害者）がいかなる武器も身につけていないことを確認したうえで、ラリガン巡査は医師と救急隊員に対し、ただちに家の中へ入ってくるよう呼びかけた。ラリガン巡査は、女性が右側を下にして横向きに倒れていることを確認した。女性の目が半開きになっており、頭がかすかに動いていた。

人がひとり死んでいるのだ。マーカスヴィルとかいう田舎町の一軒家で床に倒れていた彼女は、やがて徐々に命を失っていった。

数秒後、救急車A915号車所属の救急隊員およびルデンスキ医師が家の中に入ってきた。彼らはただちに女性を運び出し、玄関に仰向けに寝かせた。応急処置が行なわれ、脈が弱まっていることが確認された。数分後、女性はパイク郡病院に搬送され、十七時十六分に到着した。女性の受付番号は1988-25-6880とされた。

イェンス・クレーヴィエはさらに書類が送られてくる予定だと言っていた。ここから数百メートルほど離れた拘置所の独房に収容されている、ジョン・シュワルツと名乗る男に対し、十八年前に行なわれた捜査の資料である。

エーヴェルト・グレーンスはにわかに焦りを感じた。

いっこうに暖かくならない。

ヴァーノン・エリックセンは、刑務所のコンクリート壁に設置されていながら機能していない暖房を、腹立たしげな目で凝視した。寒い。今週中は我慢するつもりだが、それ以上はごめんだ。来週には、このマーカスヴィル刑務所に暖かさが戻ってこなくてはならない。受刑者は、獣とは違うのだ――塀の外の社会が折にふれ、そうした見方を表明するとはいえ。とりわけ寒さの厳しいのが東ブロック、そしてそこにある死刑囚監房だった。死刑囚たちは夜になると、まるで犬かなにかのように寒さに震えた。眠れないものだから、独房はどこも騒がしい。いつもわめいているコロンビア人に加え、二十二番独房の新入りも二晩連続で泣きじゃくっている。それだけでもたまらないのに、このいまいましい寒さのせいで、ほかの死刑囚たち、ふだんは物音ひとつたてない連中までもが、つられて声を上げていた。

ヴァーノンはずらりと並ぶ金属の檻《おり》に目をやった。

ここにいる連中は、みな、知っている。

残り時間を数えているのだ。ほかになにをすることがあろう？　ただひたすら待っている。

恩赦を求めたり、死刑執行を延ばすよう求めたりすることはあっても、だからといってどこか別の場所に行けるわけでもない。彼らはただ、待っている。日々が過ぎていくのを。年月が過ぎていくのを。

本来ならもう自宅にいる時間だ。勤務時間は四時間前に終わっている。ふだんは刑務所を出て〈ソフィオス〉へ歩いていき、いつものブルーベリー・ホットケーキを食べる。それから遠まわりしてマーン・リフ通りに向かい、通りがかりにフィニガン家のキッチンをのぞき込む。アリスの背中がちらりと見え、いつもどおり、ふと温かな気持ちになる。それから町はずれの自宅に戻る。いまごろはもう眠っている時間だ。眠っていないにしても、だれもない傍らの枕に読みかけの朝刊を置き、少なくとも横になってはいるはずだった。

彼はわざと帰宅を避けていた。

もうすぐ。

もうすぐ帰るつもりだ。

さきほど突然所長室に呼ばれ、ヴァーノンは完全に不意を突かれた。ふたりはほとんど言葉を交わさないが、互いのことはよく知っている。すべてがうまくいっているかぎり、ふたりが顔を合わせる必要はなかった。

所長から電話がかかってきた瞬間、ぴんと来た。

なにかあったのだ、と。

所長は張り詰めた声で、妙にはっきりと話した。不安を隠そうとして、いかにも不安でなさそうなようすを装っているように聞こえた。

所長はヴァーノンに微笑みかけると、広々とした所長室に招き入れた。革張りのソファーに、会議用テーブル。ふたつ合わさっているのかと思うほど大きな窓からは、正面出入口が見渡せる。所長は果物とミントケーキをすすめ、視線をあちこちにさまよわせていたが、やがて落ち着きを取り戻すと、ヴァーノンに尋ねた。南オハイオ矯正施設、つまりここマーカスヴィル刑務所の看守長として、死刑囚監房で働きはじめて、いったい何年になるのか、と。

二十二年です、とヴァーノンは答えた。

二十二年か、と所長は繰り返した。ずいぶん長いな。

ええ、長いほうですね。

全員のことを覚えているかい？

全員、とおっしゃると？

囚人だよ。きみの担当する監房に収容されていた囚人たちのことだ。

ええ。覚えています。

所長は目の前の机に置いてある書類を指先でいじっていた。なにか書いてある。用件と関係があるにちがいない。所長は書類の端に手を置いていた。ヴァーノンは内容を盗み読もうとしたが、文字は小さく、反対側から読むことはとてもできそうになかった。

きみが担当した囚人は百人以上いるんだぞ、ヴァーノン。釈放された連中もいれば、死刑になった連中もいる。おおかたはまだここに残っている。それでも全員を覚えていると？

ええ。

なぜだ？

どうしてそんな質問をされるのです？

知りたいからだよ。

書類。ヴァーノンは内容を盗み見ようと身を乗り出した。だめだ。所長の腕が邪魔になって見えない。

覚えているのは、私がここで看守として働いているからです。彼らの世話をし、更生させるのが私の仕事です。彼らのことを気にかけているんです。ほかに気にかける相手もあまりいませんし。

所長はさらに果物をすすめてきた。ヴァーノンは断わったが、ミントケーキをもうひとつ手にとり、ケーキが口の中で溶けていくにまかせた。だんだんわかってきた。果物を断わり、ミントケーキをふた切れ食べたそのとき、彼はこの部屋に呼ばれた理由を理解しはじめた。

覚悟はできていなかった。

覚悟しておくべきだったのだが。

それなら、と所長は言った。ジョン・マイヤー・フライという死刑囚のことも覚えているだろうね？

ヴァーノンははっと息を吸い込んだかもしれない。革張りのソファーの上で体勢を変えたかもしれない。自分でもよくわからなかった。あまりにも突然やってきたその質問を、彼は受け止め、それに反応し、その反応を隠そうとするのに必死で、外から客観的に自分を見ることなどできなかった。胸の中でさまざまな思いが渦巻いた。息を詰まらせないようにするので精一杯だった。

もちろん。はっきり覚えていますよ。ジョン・マイヤー・フライのことは。

そうか。

それがなにか？

ヴァーノン、この刑務所で、刑を執行される前に死んだ死刑囚は、いったい何人いるだろう？

多くはないでしょう。ゼロではありません。が、そういう例はまれです。

ジョン・マイヤー・フライが死んだときのことだが。なにか変わったことはなかったか？

変わったこと、ですか？

なんでもいいんだ。

ヴァーノンは考え込むふりをした。そのあいだの沈黙を利用して、気を鎮め、考えをまとめ、練習したとおりの答えを思い出そうとした。

いいえ。とくに、なにもなかったと思います。

なにも？

フライはまだ若かった。人が若くして亡くなるというのは、それ自体が変わったことです。しかし、それを除けば、とくになにも思いつきません。

ほんとうに?

ええ。

ヴァーノン、そうなるとだな、少々問題が出てくるんだよ。ついさきほど、FBIのシンシナティ支局で働いている、ケヴィン・ハットンという人物から電話があった。いくつか質問があるというんだ。

質問、というと?

たとえば、ジョン・マイヤー・フライの死亡を確認したのはだれか、とか。

なぜそんなことを?

フライの検死報告書はどこにあるのか、とか。

なぜですか?

これから説明するよ、ヴァーノン。だがまずは、死亡を確認したのがだれなのか、検死報告書がいまどこにあるのか、きみと私で考えよう。というのも、FBIが調べたところによると、そうした情報の記された書類がなにひとつ残っていないというんだ。

ヴァーノン・エリックセンは、ミントケーキをもうひとつ手に取るべきだったかもしれない。大きな窓からしばらく外を眺めるべきだったかもしれない。だが、話が終わると――FBIが関心を寄せている理由について、所長が説明を終えると、ヴァーノンは慇懃《いんぎん》に礼を述べ、なにか思い出したらご連絡します、と言って、その場をあとにし、ゆっくりと階段を下りて、死刑囚監房へ戻ったのだった。

ずらりと並ぶ金属の檻はそのままだった。

少なくとも、しくじってはいないはずだ。

効かない暖房から吹き出てくる、冷たい空気。

彼はふたたび腹立たしげな視線を向け、履いている黒いブーツで暖房を強く蹴りつけた。

もうすぐ家に帰るつもりだ。本来の勤務終了時間よりも、数時間遅れて。

その前に、少しだけ寄り道をしよう。八番独房へ。

〝全員のことを覚えているかい?〟

〝全員、とおっしゃると?〟

〝囚人だよ。きみの担当する監房に収容されていた囚人たちのことだ〟

〝ええ、覚えています〟

彼はいつものように鉄柵の前に立ち、だれもいないベッドを見つめた。

が、今日は笑みをうかべなかった。

長い夜になりそうだ。

意気地のないアメリカ人の巡査が書いた報告書を読んでいるうちに、エーヴェルト・グレーンスはそう感じた。根拠のない直感。一年に一、二度あるかないかだが、ありきたりの捜査がありきたりのものでなくなるとき、この感覚が襲ってくる。最近では、昨年の夏、リトアニア出身の売春婦が人質をとり、遺体安置所を木っ端微塵《みじん》に爆破しようとしたとき。おとしの夏、娘を殺された父親が自ら法の鉄槌《てっつい》を下し、犯人を射殺するという事件が起こったとき。

あのときと同じ感覚が、また襲ってきた。

シュワルツの過去には闇があった。はじめは見えなかった闇が。

ついさきほどまで単なる傷害事件にすぎなかったこの事件。だがいま、エーヴェルトは不意に悟った。これは大変な仕事になる。苛立ちや罵言《ばげん》にまみれることになる。

女性はパイク郡病院に到着した時点ですでに死亡していた。蘇生措置が試みられたが、その甲斐なく、十七時三十五分に女性の死亡が確認された。

クレーヴィエは夜のあいだに三回、それぞれ三十分ほどの間をおいて、ファックスで新たに受け取った報告書を携えてやってきた。

被害者エリザベス・フィニガンの遺体には銃創が三カ所あった。左胸、心臓付近に二カ所と、喉頭隆起の約十センチ下に一カ所である。

エーヴェルトはあまりにも長くこの職業に就いている。彼にはわかった。知らず知らず、心の準備をしている自分に気づく。

今夜、眠ることはないだろう。

ハリソン警部との協議の結果、コロンバスの検死局への搬送を待つあいだ、女性の遺体をパイク郡病院の冷蔵室に安置する旨が決定された。

プラスチックカップ入りのブラックコーヒーを二杯。新品のコピー機と化石のようなファックスにはさまれるようにして置かれているコーヒーマシンが、震えてがたがたと音をたてた。夜になると、ときおりそういうことがある。コーヒーマシンも夜には休息が必要なのにと苛立っているのかもしれない。エーヴェルトは一杯目を一気に飲み干した。熱が胸を貫き、心臓の鼓動が少し速くなる。まるでカフェインを逃れようと焦っているかのように。

クレーヴィエが持参した書類の山は、夜のあいだにかなり高さを増していた。山から次々と書類を手に取る。ほかの巡査たちによる報告書。彼らの報告内容もほぼ同じだ。馬鹿馬鹿しいほどの数の語彙《ごい》を駆使して正確を期した検死報告書。現場検証にあたった鑑識官による詳しい報告書。

窓の外に闇が広がる中、エーヴェルト・グレーンスは机に向かい、なんとか理解しようとしていた。

最後の書類を持つ手に力が入る。正式名称を南オハイオ矯正施設という刑務所からの報告書。問題の女性が死んだ町、マーカスヴィルの刑務所だ。

エーヴェルト・グレーンスはその報告書を読んだ。

読み返した。

また読み返した。

そして、理解した——これは大事件のはじまりだ。国境をはるかに越えたところまで影響が及ぶ。もうすぐどこかの馬鹿者が、この事件の処理は警察でなく政治家にまかせるべきだ、とわめきだし、圧力をかけてくるにちがいない。

ちくしょう、冗談じゃない。

エーヴェルトは受話器をとると、ストックホルム近郊、グスタフスベリの電話番号にかけた。時間が遅いとわかってはいるが、気にかけることはなかった。

応答はない。

応答があるまで、呼び出し音を鳴らしつづける。

「はい」

「グレーンスだ」

つばをのみ込み、咳払いをする音。眠っていた声をなんとか起こそうとしている。

「エーヴェルト？」

「明日の朝、七時にここに来い」

「明日は遅番だよ。言っただろう。ヨーナスの学校で……」

「七時だぞ」

スヴェンはベッドの上で上半身を起こしたらしい。そんな音がした。

「なんの件だ？」

スヴェン・スンドクヴィスト警部補の寝室に響きわたっている欠伸の音は、エーヴェルトには聞こえなかった。裸のスヴェンがベッドの端で寒さに震えていることにも、エーヴェルトは気づかなかった。

「シュワルツだ」

「なにかあったのか？」

「これから大変なことになる。ほかの捜査は全部あとまわしだ。シュワルツ事件を最優先しろ」

・スヴェンはささやき声だ。隣にアニータがいるのだろう。

「エーヴェルト、どういうことなのか説明してくれないか」

「説明は明日の朝だ」

「いま説明してくれたっていいじゃないか。どうせ起きているんだ」

「七時に」

グレーンスは別れの挨拶すらしなかった。電話を切ると、すぐにまた受話器を上げ、通話トーンが鳴っているのを確認した。

ヘルマンソンは起きていた。彼女がひとりなのかどうかはよくわからなかった。エーヴェルトはそうでないことを願った。

オーゲスタムはちょうどベッドに入るところだった。驚いたようすだ。グレーンス警部にどう思われているか承知しているので、こんなふうに自宅に電話がかかってくるとは思っていなかったのだろう。

ふたりとも、いったいどういうことなのかと問いかけたが、答えは得られず、朝の七時にエーヴェルト・グレーンスのオフィスを訪れ、訪問者用の椅子に並んで腰かけることを約束した。

エーヴェルトはそれからもしばらく書類を読み進めた。

三十分。それから立ち上がり、ぎこちない動きでオフィスの中を歩きまわった。

三十分。それから古ぼけたソファーに横たわり、天井に視線をさまよわせた。

彼は突然笑い出した。

おまえがあれほどおびえるのも無理はないな。

エーヴェルト・グレーンスのやかましい笑い声が自由に戯《たわむ》れるのは、彼がこの部屋にひとりでいるときだけだ。他人のいるところで、ここ以外の場所で、こんなふうに笑うことが一度でもできたかどうか、自分でも思い出せない。

シュワルツ。もう、どこにも逃げられんぞ。

たったいま繰り返し読んだ、マーカスヴィル刑務所の報告書に思いを馳せる。死刑という神話を、まるで独自の生活様式のように、かたくなに守りつづけている大国に思いを馳せる。こうして横になり、ここからわずか数メートルほど離れた机の上に悪魔がいる、もうすぐその悪魔を野に放つことになる、そう知りながら笑い声を上げるのは、なんとも気持ちのよいものだった。

スウェーデンから捜査協力の正式な要請があったとき、時刻は米国時間で夜の十時をまわっていた。ケヴィン・ハットンは、シンシナティの街を見渡せるメイン通りのオフィスにとどまっている。協力要請が来るのを待っていたのだ。奇妙な午後、奇妙な夜だった。次々と煙草を吸い、ミネラルウォーターを飲みつづけ、ついには腹が悲鳴を上げた。ここ一時間は、フィルターなしの煙草と、共用のキッチンで見つけた硬いクラッカーを、交互に口へ運んでいる。疲労困憊《こんぱい》していたが、家に帰る気にはなれなかった。インターポールのマーク・ブロックから送られてきた情報を目にすると、彼はまずめまいを覚えた。それから怒りに駆られた。やがて忌まわしいほどの虚《むな》しさに包み込まれ、椅子からどうやって立ち上がればいいかすらわからなくなった。

おまえは死んだはずなのに。

長年ＦＢＩで働いてきたが、こんな気持ちを味わうのは初めてだった。大事件が目の前にある。こんな日を夢見てきたのでは？　こんな日のために生きているのでは？　記憶に残る一日。漫然と来て去っていく日常とは違う一日。ほかのだれも経験したことのない事件。問題があることにだれも気づかなかったせいで、だれも答えにたどりついていない事件。こういう事件を担当することで、足跡を残せるのではないか。巨大な組織にあって、自分の存在を認めさせることができるのではないか。それなのに、彼がいま味わっているのは、果てしない虚無感だけなのだ。

一時間後、彼は南へ向かう車の中にいた。助手席に座っているのは、部下であるベンジャミン・クラーク特別捜査官補佐だ。クラークに事の次第を説明したとき、ハットンは自分の話があまりにも荒唐無稽《こうとうむけい》に響くことに気づいた。それでもクラークは納得し、電話を切ってすぐに支局へ来てくれた。

外は暗く、道路は薄い氷に覆われている。

もっとスピードを落としたほうがよさそうだ。が、こうして目的地に向かっていると、一刻も早く到着したくてしかたがなかった。マーカスヴィルへ行くのは久しぶりだ。二十年近く住んでいたのに、いまとなってはなんのつながりもない。別の時代、別の人生。昔の写真をときおり目にすることがあっても、まるで自分ではないような、別人のような気がしてならなかった。両親とはかなり長いこと連絡をとっていないし、二人いる兄弟もマーカスヴィルを離れたいま、もうあの町に彼が必要とするものはなにもなかった。彼の子ども時代はもはや、どこかの棚で埃《ほこり》をかぶっている写真でしかなかった。

しかしいま、その埃の一部を払い落とすことになる。

一時間半もしないうちに到着した。暗闇の中、フロントガラスの向こうに目を凝らす。見慣れた風景でありながら、同時にそうではない。あのころは、まだわからなかったのだ――マーカスヴィルがどんなに独特な場所であるか。広さは四平方キロメートルほど、人口二千人にも満たない小さな町。ちっぽけで、狭く、未来のない町。外に出て、つながりを断ち切らないかぎり、そういったことは見えてこない。アメリカのほかの土地と比べる必要すらなく、オハイオ州のほかの土地と比べてみるだけでじゅうぶんだ。世帯当たりの所得は平均を下まわっている。世帯当たりの資産額も平均を下まわっている。人口に占めるアフリカ系住民の割合は、平均を大きく下まわっている。人口に占めるヒスパニック系住民の割合も、平均を大きく下まわっている。外国生まれの住民の割合も、平均を大きく下まわっている。大学進学者の数は平均を下まわっている。高等教育を受けた住民の数も平均を下まわっている。……こうしてリストは延々と続く。故郷が恋しいという気にはならない。記憶は遠いところにある。

この時間、町にはほとんど人の気配がない。出かけるところはなく、出かけたいと思うところもないからだ。どの家にも見覚えがある。灯りのついている窓がいくつかあり、窓辺に置かれた植木鉢や、花柄のカーテンが見える。中で人が動いているのが見える。マーカスヴィルの住人たち。自分も、もし別の人生を求めてここを離れなかったとしたら、きっとこうして生きていたのだろう。

車がマーン・リフ通りにさしかかり、ハットンはかつてエリザベス・フィニガンの住んでいた家に目をやった。彼女の両親はまだここに住み、娘の死を悼みつづけているはずだ。エリザベスは十六歳だった。

ルーベン・フライはわずかに角をひとつ曲がったところに住んでいる。インディアン通りという名の短い通りだ。昔と同じ家。なにも変わっていない。ケヴィン・ハットンは車を停め、部下を見やった。自分が感じていることを話したい。なにかを感じていることはまちがいない。小さな庭の脇に車を停め、玄関と、通りに面した窓を見つめているいま、みぞおちのあたりでなにかを感じている。ここには何度も泊まった。ルーベンは小柄で肥満体、少々変わったところのある人物だったが、ケヴィンの両親が理解しようとすらしないことを、彼はなにもかもわかってくれた。家の正面の灯りを壊してしまったときにも、ルーベンは叱《しか》らなかったし、寄木張りの美しい床にうっかり泥だらけの靴で上がりこんでも、大騒ぎなどしなかった。こうしたことはルーベンにとって、さして重要ではなかったのだ。靴を脱ぎなさい、床を拭きなさい、とは言ったが、声を荒らげることはなかった。頭の中でがんがんと反響するような鋭い声を上げることはなかった。

好人物そのもののルーベン。なんと不公平なことだろう。

いま、ケヴィンは車を降り、扉をノックする。いくつか質問をさせてほしいと告げる。彼は寒さに震えた。コートを着ているのに、それでも寒かった。

ルーベン・フライは、ケヴィンが扉をノックしたほとんど次の瞬間に扉を開けた。彼もまた変わっていなかった。髪が少々薄くなり、少し痩せたような気もするが、それを除けば、まるで二十年間ずっと眠っていたかのようだ。ふたりは暗闇に包まれて見つめ合った。空気が冷たいせいで、ふたりの呼吸が荒くなっていることがはっきりとわかった。

「なんの用かね？」

「こんな遅くに申しわけありません。僕のことはおわかりになりますか？」

ふたりは黙ったまま、ふたたび見つめ合った。

「わかるよ、ケヴィン。大人になったな。だが昔から変わっていない」

「ルーベン、こちらはベンジャミン・クラーク。シンシナティのＦＢＩに勤める同僚です」

小柄な老人と背の高い若者は握手を交わした。

「実はですね、ルーベン、いくつかお聞きしなければならないことがあるんです。いや、たくさん、と言うべきかもしれません」

ルーベン・フライは耳を傾け、ケヴィンの視線を受け止めた。

「もう零時近い。私は疲れているんだ。どういった用件かね？　明日にすることはできないのかな？」

「できません」

「どういった用件なのかね？」

「お邪魔してもかまいませんか？」

中に入ったとたん、家にがっしりとつかまれたような気がした。ケヴィンは壁紙を、カーペットを、二階へ続くパイン材の狭い階段を、玄関のあちこちに並んでいる銅製の桶《おけ》を眺めた。が、なによりも印象的なのはにおいだった。あのころと同じ、十代の少年の思いと結びついたにおい。少し淀《よど》んだ空気。パイプのにおいが少々、焼きたてのパンのにおいが少々。

彼らはキッチンの食卓に腰を下ろした。テーブルの中央に、クリスマス用の赤いテーブルセンターが置きっぱなしになっている。おそらく夏になるまでこのままだろう。

「昔と変わりませんね」

「そうかもしれんな。この暮らしが気に入っているし、慣れきってしまっているから、自分ではよくわからない」

「いい家ですよ、ルーベン。ここではいつも楽しかった」

ルーベン・フライは長方形のテーブルの短い辺に向かって座っている。これも昔と同じだ。ベンジャミン・クラークとケヴィンはそれぞれ、長い辺に向かって座っている。ふたりともルーベンを見つめている。ルーベンはこころなしか身を縮めているようにも見える。

「さあ、用件はなにかな？」

クラークがジャケットの内ポケットに手をやった。写真を一枚取り出し、パイン材のテーブルの上、ルーベン・フライの目の前に置く。

「この男に関することです。だれだかはおわかりだと思いますが」

フライは写真を凝視した。三十五歳ほどの男性の顔だ。蒼白い肌。ほっそりとした顔立ち。褐色の短髪。

点滴が行なわれているのが見える。医者が注射針を腿のあたりに突き刺し、解毒剤を打ち込んでいるのも見える。目覚めてもらわなくてはならない。モルヒネが呼吸を抑えている。

揺れる車内で、私はあの子の脚をおさえていた。あの子の両目が見える。なにが起こっているのか皆目わからず、おびえた目をしている。

「これはいったいなにかね、ケヴィン？」

「その質問にはあなたが答えてください」

ルーベン・フライはひたすら写真を凝視していた。片手を出し、写真を手に取る。

「私にはわからん。なぜわからんのか、きみなら承知しているはずだろう？」

ケヴィン・ハットンはルーベンを見つめた。彼には好感を持っている。その丸い顔に、写真を見下ろしている両目にうかんでいるなにかを、なんとか読み取ろうとする。驚きなのか、狼狽《ろうばい》なのか、それともただの芝居なのか、よくわからない。

「だれなのかはわかりますよね？」

ルーベン・フライは首を横に振った。

「私の息子は死んだ」

息子の姿が見える。これが最後だ。私はそのことを知っている。最後でなければならない。息子はおびえているようだ。あの飛行機に乗れば、すべてが終わる。あまり怖がらないでほしい。これが終われば楽になる。楽になるはずだ。

「ルーベン、もう一度写真を見てください」

「その必要はないよ。髪は短いし、肌も白いが、この人物は息子によく似ている。大きな違いは、この人物が生きているらしいということだろう」

ケヴィン・ハットンは身を乗り出した。こうやって近づけば、もしかしたら、事実を告げるのが少しは楽になるかもしれない。

「ルーベン、どうかよく聞いてください。この写真は、二十八時間前に撮影されました。スウェーデンの首都、ストックホルムでのことです。写真の男は、ジョン・シュワルツと名乗っています」

「ジョン・シュワルツ？」

「本名ではありません。スウェーデンの警察がこの男の指紋とDNA情報を送ってくれました。それが、ここにある情報、ここでかつて採取された指紋やDNAと一致したんです」

ハットンは少し間を置いた。最後の言葉は、ルーベン・フライの目を見て告げたかった。

「あなたの息子さんの指紋とDNAです」

ルーベン・フライはため息をついた。あるいは鼻で笑ったのかもしれない。判断はつきかねた。

「息子は死んだ。きみも承知しているはずだ」

「写真の顔は、まちがいなくジョン・マイヤー・フライのものです」

「葬式にだって出てくれたじゃないか」

ケヴィン・ハットンはルーベンの腕に手を置いた。ルーベンはシャツの袖を肘《ひじ》までまくりあげている。昔と同じだ。

「ルーベン、僕たちといっしょにシンシナティへ来ていただけませんか。そこで今夜のうちに事情を聞かせてもらいます。それから、シンシナティに泊まっていただきます。きちんとベッドを用意します。明日もおそらく、補足的な事情聴取を続けることになるでしょう」

ルーベン・フライが大きすぎる鞄に洗面用具や着替えをゆっくりと詰めているあいだ、ケヴィン・ハットンとベンジャミン・クラークは玄関で待っていた。

急かすつもりはない。

ルーベン・フライはたったいま、死んだはずの息子が、昨日撮影された写真に写っているのを目にしたのだから。

第二部　七年前

一月

大晦日《おおみそか》からまだ丸一日も経っていないというのに、年の変わり目ははるか昔のことだったような気がする。ヴァーノン・エリックセンは安堵《あんど》していた。やっと終わった。うるさくてしかたのないおしゃべり。新たな年への期待。人々は一世一代のパーティーに向けて準備をし、着飾り、あげくのはてに落胆するのだ。夢が夢でしかないとはっきりしたときの失望感。

いつも変わらぬ不愉快さ。

時間が押し寄せてきて、皮膚にべっとりと貼りつく。一年の最後の日、さまざまな記憶がよみがえってくる。それがいやでしかたがない。怖いとすら言ってもいい。自分のもとを去っていった人々の記憶。孤独がいっそうくっきりとうかび上がる。

ヴァーノンが二十歳を迎える前に、母は癌《がん》で突然この世を去った。父は自らの葬儀社で母の旅支度を整えた。ヴァーノンは少し離れたところに立って、白い肌をていねいに拭いている父の手を、母の髪をとかしつけながら泣いているその姿を眺めていた。

六週間後、父は地下室の天井梁《はり》に縄をかけて首を吊《つ》った。

ヴァーノンはいまでもときおり、宙にうかんだ両足を、真っ赤に充血した両目を、必死で頭から振り払うことがあった。〝生死を決めるのは私だよ〟。遺体の支度を整えているとき、遺族との最後の対面にそなえて、遺体に命を満たしてやっているとき、父はいつもきらりと目を光らせてそう言った。〝ヴァーノン、わかるか。神さまでもなければ、ほかのだれでもない。私が決めるんだよ〟。そう言うときの父はいつもよりも朗らかなようすで、ヴァーノンはそんな父が大好きだった。ふたりは互いに見つめ合い、そうやって、だれもが考えることすらいやがる葬儀屋の仕事を耐えしのんだ。あの日の午後、天井梁にぶら下がっている父を見つけたヴァーノンは、父の口癖を思い出し、呪文《じゅもん》のように何度もつぶやいた。効き目はあった。父親の遺体を下ろし、抱きかかえることができた。もしかすると、ただの自殺ではなかったのかもしれない。自分自身の死をも自分で決めるという、父なりの意思表示だったのかもしれない。

時間は消えていった。べっとりと貼りついてくる映像も、自分を打ちすえる孤独も、消えていった。

新しい年だ。

昨晩からずっと雪がちらついている。澄みわたった空気。軽く息をしながら、足元で雪がきしむ音に耳を傾ける。早朝、まだ暗いうちにマーカスヴィルの自宅を出ると、車に乗り、少し遠まわりしてマーン・リフ通りに向かった。十九歳だったあのころから、こうして通りがかりにフィニガン家の大邸宅を横目で見やるのが習慣になっている。キッチンと居間に灯りがついている。中にいるアリスに目が留まるたび、いつもなんらかの感情が襲ってくる。それは、しばしば、喪失感。ときには、悲しみ。ときには、少なくともしばらくのあいだ、ひとりの女性と親しくなることができたという、喜びであったりもする。

永遠の愛を誓い合ったと思っていた。当時十九歳だった彼は、別れを告げる彼女の言葉を理解したくなかった。まず癌が母を奪い、次いで天井梁から父が吊り下がっていた、あの奇妙な数週間のあいだのことだった。

不意に彼を取り囲んだ、巨大な虚無。彼はその中で溺《おぼ》れた。

インディアン通りに車を進めると、すでに扉に鍵をかけ、玄関先のポーチで待っていたルーベン・フライを助手席に乗せた。ふたりとも上着を着たままだ。今年の冬は、車の暖房がなかなか効かない。修理に出すべきなのだろうが、金がかかるので、一週間、また一週間と先延ばしにしている。いずれにせよ、あと二カ月もすれば春だ。

ヴァーノンとルーベンはそれぞれ、運転席と助手席で黙りこくっている。ヴァーノンは国道二十三号線に入ると、コロンバスを目指して北へ走り出した。ふたりは昔からの知り合いだ。初めは、マーカスヴィルの住人の例に漏れず、店で出会えば世間話をしたり、道端で顔を合わせれば挨拶を交わしたりする仲だった。ところがあの日、最悪の事態になり――エリザベス・フィニガンが銃弾を受けて自宅の床に倒れているところを発見され、彼女の体内からジョン・マイヤー・フライの精液が検出されたことで、ふたりの関係は一変した。ヴァーノンはマーカスヴィル刑務所東ブロックの死刑囚監房を担当する看守長で、ルーベンはそこに収容された十七歳の少年の父親だったからだ。

そのまま数年が過ぎた。ルーベンは町に出ること自体を避けていた。ごくまれに姿を現し、道端で出会うことがあっても、彼は視線をそらした。恥の感覚が彼にそうさせていた。

ある朝、ヴァーノンとルーベンは〈ソフィオス〉でそれぞれ別のテーブルにつき、ブルーベリー・ホットケーキを食べ、《ポーツマス・ポスト》紙を読んでいたが、やがてふたりの視線が合った。彼らはかすかに微笑みを交わした。ルーベン・フライが自分の隣の空席に手をやった。ここに座ったらどうだ。ここに座って、また話をしようじゃないか。昔のように。

ヴァーノンは目の前に延びる道路をまっすぐに見つめている。漆黒の闇の中、ヘッドライトがまるで大きな両眼のようだ。ふたりを取り巻く湿った空気にようやく暖房の熱がまわりはじめ、ヴァーノンは体の力がふっと抜け、ハンドルを握る手がこころなしか緩まるのを感じた。パイクトンのあたりでさらにスピードを上げる。コロンバスまであと九十キロ。一時間ほどで到着するはずだ。

「もう死刑に立ち会うつもりはない。その話はしたっけ？」

ルーベン・フライはヴァーノンのほうに顔を向け、首を横に振った。

「いや。だが、そうだろうとは思っていたよ」

「初めて死刑に立ち会ったとき、私は二十二歳だった。立ち会う看守は十二人、死刑囚はウィルソンという名の若い黒人だった。二件の殺人と何件かの強姦《ごうかん》で死刑判決を受けた男だ。私の仕事は、もうひとりの看守と協力して、そいつを椅子に縛りつけることだった。それが終わると、あとは見学だ」

急カーブにさしかかり、ヴァーノン・エリックセンはギアを下げながら、つばをごくりとのみ込んだ。彼はふたたび、あの場所に戻っていた――〝償い〟の現場を初めて目にした、あの部屋に。

「だが、最初に加えられた二千ボルトで、片方の脚につけていた電極が焼き切れてはずれてしまった。別の看守が右脚の毛を剃る係だったのだが、そいつがきちんと剃っていなかったというわけだ。そこで私が剃りなおすことになった。私はていねいに毛を剃って、新しい電極の準備が整うまで、脚をしっかりとつかんでいた」

ヴァーノンは助手席を横目で見やった。ルーベンはなにも言わず、ただまっすぐに暗闇を見つめていた。

「二度目の電気ショックは三分間にわたって加えられた。あのときの光景は一生忘れない。首の腱《けん》がぴんと張った。両手が真っ赤になり、それから真っ白になった。手の指、足の指、顔、すべてが歪んだ。それから、音――あのいやな音。肉を焼くときのような音がした。わかるか？　両目が――頭巾《ずきん》をかぶっていたが、それでもわかるんだ、両目が飛び出して頬にずり落ちた。便が漏れた。よだれが垂れた。血を吐いた」

カーブがふたつ続いたあとで、ふたたび直線道路になり、ヴァーノンはギアを上げ、アクセルを踏み込んだ。

「三度目の電気ショックで、ルーベン、彼は燃えたんだ！　体から火が出て、私たちは消火作業に追われた！　だが、なによりも耐えがたかったのは――うまく説明できないが、耐えがたかったのは、あのにおいだ。甘い、肉の焼けるにおい。夏の夜のバーベキューみたいなものだよ。マーカスヴィルじゅうの庭で、夕方になるとまるで霧みたいに発生する、あのにおいだ」

ルーベン・フライは耳を傾けた。車の外では、朝がためらいがちに光を迎え入れ、昼が夜にとってかわりつつあった。息子の姿を思い浮かべる。独房がずらりと並ぶ、長く暗い廊下。ジョンはそこに閉じ込められたまま、毎日、毎週、毎月、人生の終わる日を、せわしなく近づいてくる死を待っている。

「実のところ、そのときに決心したようなものだ。初めてあれを目にした日にね。もうたくさんだと思った。生死を自分で決められない以上、もう二度と参加しない、と決めた。次の死刑執行のときには病欠した。以来、死刑執行のたびにそうしてきた」

車は夜明けの光の中、最後の十キロメートルほどを進んだ。はるか遠くに、コロンバスの街の輪郭が見えてきた。人口は百万には満たないものの、五十万は超えている。オハイオ州にある大都市のひとつ。州の中心都市であるコロンバスには、仕事がある。百キロ離れたマーカスヴィルから毎日通勤してくる人も多い。

オハイオ・ヘルス・ドクターズ病院の駐車場は、すでに満車となっていた。ヴァーノンは駐車場をぐるりと二度まわったところで、女性がひとり、のんびりとした足取りで自分の車に向かい、やがて発車して去っていくのを見つけ、その場所に急いだ。たどり着いた瞬間、大きなジープが同時にやってきた。二台の車は向き合う形となり、ヴァーノンは相手をじろりとにらみつけた。結局、相手の運転手が諦め、中指を突き立ててから去っていった。

「ルーベン、私はこれまでの長い年月、人を殺した人間をたくさん目にしてきた。あらゆる種類の人殺しに出会った」

ふたりは車から降りずに座ったままだ。ヴァーノンは語りたかった。ルーベンも聞きたがっているにちがいないと思った。

「人を殺した人間がどんなふうに見えるものか、私はよく知っている。連中の振る舞い。考え方。こっちを見つめる視線」

「ジョンは無実なんだ。私にはわかる」

「ルーベン、そのことは私も確信しているよ。そうでなけりゃ、今日ここに来るはずがない」

ヴァーノンはそれまでにも何度か、この病院を訪れたことがある。迷うことなく正面入口をくぐると、案内カウンターを素通りし、九階と下界をつなぐエレベーターへ向かう。ふたりは肩を並べてエレベーターに乗った。中にはいやでも目に入る大きな鏡がふたつあった。背が高く、薄くなった髪をとかしつけてオールバックにしたヴァーノン。背が低く、標準体重を三、四十キロは超えているルーベン。

「なあ、ルーベン。世界のあちこちで調査したところによると、刑務所に収容されている囚人のうち、約二パーセント、ことによったら三パーセント近くが、実際とは違う罪状で有罪とされたか、あるいはまったくの無実だそうだ。この割合はもっと多いはずだと主張している犯罪学者もいる。そして、ジョン、あんたの息子のジョンは、この二、三パーセントのうちのひとりだ。あんたと同じように、私もそのことは確信している」

鏡の中で、背の低い太った男が片手を顔にやった。よく見ると、声を出さずに泣いているのがわかる。

「その二パーセントはもちろん、私のところにも、あの死刑囚監房にもいるんだよ、ルーベン。連中は死を待っている。連中の命を奪うのは、われわれ、オハイオ州だ」

ヴァーノンは鏡の中でうつむいている男を見つめ、その肩を抱いた。

「絶対に許してはならないことだ。少なくとも、私の考えでは」

礼拝室は九階の廊下を少し歩いたところにあった。

おそらく祭壇のつもりなのだろう、台の上に、白いろうそくが二本ともしてある。

少し離れたところに椅子が数脚あり、テーブルが出してある。

ジェニングズ神父がいた。ふたりの医師も姿を見せている。若いほうがローサー・グリーンウッド、年上のほうがバージット・ビアコフ。ヴァーノンは彼らに挨拶し、ルーベンを紹介した。全員がルーベンと握手を交わし、彼を歓迎した。あなたの息子さんをけっして死なせはしない、そのために協力し合うのだ、と言った。

二月

　二月も三週目に入ったころ、マーカスヴィルの南オハイオ矯正施設において、オハイオ州では数年ぶりとなる死刑が執行された。エドワード・フィニガンは、立会室と呼ばれる、五十人ほどが入れる緑のビニール床の部屋で、じっと待っていた。しばらくのあいだ、身動きひとつせずに立ったまま、ほかの立会人約二十名とともに、床と同じ緑色に塗られた円形の鉄の檻を見つめていた。檻の全面に大きな窓があり、あらゆる方向を向いているのが、まるで虫の複眼のようだ。そして、中に男がいる。歳のころは四十代。ほぼ十年、ここの死刑囚監房で死を待ちつづけてきた男だ。痩せ細った黒人で、名前はベリー。パン屋のレジにいた五十三歳の男性のこめかみを撃って殺害し、三十三ドルを奪ったかどで、死刑を宣告された。

　ベリーは眠っているかのようだ。かすかに頭を傾け、両目を閉じている。執行にあたって白いベッドから動くことのないよう、縦に二本、横に六本、太いベルトで体を締めつけられている。ベッドは綿がたっぷり詰め込まれ、なかなか柔らかそうに見える。

　刑務所の制服を着た看守がひとり、檻の中の小部屋に通じるドアを開け、たったいま死んだ男に近づいていった。遺体の腕をそっと持ち上げ、三本ある注射針のうち、最初の一本を抜き取っている。

エドワード・フィニガンは動けなかった。

もう息をしていない人間を見つめる。被害者の妹とその夫を見つめる。憎みつづけてきた男を目の前にして、悲しみと安堵の涙を流している。大切な家族がこれで戻ってくるわけではないにせよ、彼の命を奪った男が、こうしていま同じように命を奪われ、死を迎えた。男は罰を受け、遺族は償いを受けた。

遺族は前に進むことができる。

これで終わりだ。

前に進んでいく。進んでいく、いく。

フィニガンはぶるっと身震いし、体が自分の意思にかかわらず動きだすのを感じた。彼自身、長いこと待ちつづけている。十年。娘を殺した男は、ほぼ十年、ここから少し離れたところ、この大きな刑務所の別の区画に収容され、ただひたすら生きつづけている。いまいましい死刑廃止活動家どもや弁護士どもが、二度にわたって死刑執行の延期に成功した。もうたくさんだ。もう許さない。オハイオ州での死刑執行は今日から再開された。もうすぐ自分たちの番だ。自分とアリスの番だ。心の平安を得ること。償いを受けること。過去を清算して、前に進んでいくこと。

娘を奪った少年——あのころ、男はまだ少年だった——も、この男と同じように、自らの罪の代償を払うことになる。

あの男もまた、もうすぐこの小部屋に横たわり、三本の注射針を体に差し込まれ、心臓を止められるのだ。

フィニガンはいつもと同じように待った。ほかの人たちがみな、気が済むまで見つめ、泣き、あるいは怒り、やがて立会室から出ていくのを、フィニガンはじっと待った。それから、ゆっくりとした足取りで窓を三つ素通りした。これから死ぬことになる連中を見に行くのだ。命には命を。もうなにも奪うことのない連中に向かって、つばを吐きかけてやるのだ。

所長とは話をつけてある。死刑に立ち会ったあと、死刑囚監房を訪れるつもりだと、東ブロックの警備室にも知らせてある。久しぶりの訪問だ。とにかく、あの男がどうなっているかを見たい。変わっているだろうか。死に蝕まれはじめているだろうか。じめじめとした空気。いつもそうだ。それでも、毎回忘れている――両側に独房の並ぶ廊下の空気が、どれほどむっと淀んでいるか。

二メートルほどを残して立ち止まった。あの男はまだ気づいていない。それから大股で数歩進み、八番独房の鉄柵の前にたたずんだ。

「次はおまえの番だぞ。夏が終わったら」

ジョン・マイヤー・フライは奥の壁のほうを向いて横たわっていた。眠ってはいない。ただ、だるさのようなものに襲われている。

「帰ってください」

だが、声はまた聞こえてきた。フィニガンの声には耳を傾けないようにしているが、それでも聞こえてくる。

「久しぶりだな、フライ」

「帰ってください」

「ついさっき、おまえの仲間を見てきたぞ。もうこの世からいなくなった。秋にはな、フライ、おまえもこの世からいなくなる。今回ばかりは恩赦を願い出ても無駄だ」

「仲間なんかいない」

ジョン・マイヤー・フライは二十八歳になったばかりだ。ここに来た日、彼は十七歳だった。事態をよくのみ込めないまま、あっという間に、ここでひたすら待つ身となった。

「おまえの精液があった。体内に！」

「愛してたんだ」

「殺したくせに！」

「俺はやってない」

ジョンは目の前の男を見つめた。口ひげ。オールバックの黒髪。彼の目を見つめる。こんな目を見るのは初めてだ。ここにいる連中ですら、こんな目はしない。

「読み聞かせをしてやろう。何年ぶりかな」

フィニガンが両手に持った本。赤い表紙。ページの側面が金色に塗られている。

「今日は、民数記三十五章十六節と十九節だ。この教えは忘れてほしくないからな、フライ」

ジョンはなにも言わなかった。言葉を発する気力すらなかった。

「〝人が鉄の道具で他人を打って死なせるなら、その人は殺害者である。殺害者は死刑に処せられる……〟」

フィニガンの声。不自然な、抱えてきたものを絞り出すような声。

「〝……血の復讐《ふくしゅう》をする者は、自ら殺害者を殺すことができる。どこで彼と出会おうと、自ら殺すことができる〟」

フィニガンは聖書を閉じた。ぱたんという音が、人のいない廊下に響きわたった。

「夏が終わったら、覚悟するんだな、フライ。オハイオ州は新たな時代に入った。夏が終わったら、活動家どもがどんなに死刑執行猶予を求めようと無駄だ。私の職場がどこかは知っているだろう。職業柄知り得る情報というものがある。夏が終わったら、三度目の読み聞かせをしてやろう。それが最後だ」

「俺が死んでも、エリザベスは生き返らない」

フィニガンは一歩前に踏み出し、鉄柵に触れた。そして独房の中につばを吐いた。

「だが私は前に進める！　アリスは前に進める！　それに、人々はニュースを読んだり聞いたりして学ぶんだ。命を奪う人間は、自らの命を差し出すことになる、と」

ジョンは微動だにしない。

「まわりを見てくださいよ、フィニガンさん。ここが満員なのはどうしてですか？　みんなが学んだ結果ですか？」

「おまえは死ぬんだ！　われわれのひとり娘を……！」

「俺はやってない」

外では風が吹いている。死刑囚監房に天気は関係ない。なにも見えないからだ。だが、聞こえてはくる。死を待つ囚人たちは、しばらく時が経つと、風の音や、打ちつける雨の音が聞こえてくることに気づく。ジョンはときおり、雪の降る音、屋根に雪が積もる音までも聞こえるような気がした。いまもそんな音がする。フィニガンのあざけりが始まった、そのとき。まるで降りしきる雪のような音。

「フライ、おまえみたいな連中に対する判決の内容を、私はひとつ残らず把握しているんだ！」

フィニガンは廊下を駆け、両側の独房に向かって拳を振り上げた。死刑囚たちはみな、耐えきれずに爆発している人間のほうに顔を向けた。

「こいつはな、フライ、ここにいるサヴェッジはな、未成年者殺害で死刑を宣告された！裁判のあいだずっと、自分は無罪だとほざきつづけたがな！」

エドワード・フィニガンは足を前後に動かしながら、柵の向こうにいる男を指差している。遠くのほうで警備室の扉が開き、制服姿の看守が三人、コンクリート床の廊下を急いでいる音も、彼の耳には届かない。

「それから、こいつだ、フライ！　こののっぽの黒人野郎、ジャクソンはな、強姦殺人で死刑を宣告された！　検死官の話では、屍姦《しかん》まではたらいていたというじゃないか！　だがな、フライ、知っているか？ こいつも裁判のあいだじゅう、自分は無罪だと主張しつづけたんだ！」

三人の看守たちはすばやく移動し、あざけりをやめないフィニガンを取り囲んだ。いくつもの白手袋がその体をおさえつける。フィニガンを連れて出口へ向かう看守たちの腿のあたりで、鍵のついた長いチェーンがゆらゆらと揺れた。通り過ぎていく彼らに向かって、すべての独房から中指を立てた手が突き出されたが、看守たちは反応しなかった。

ジョンは疲れを感じた。

気にかけていないふりをしていても、自分で認めていなくとも、エリザベスの父親の憎しみに多大なエネルギーを奪われる。そのうえ、フィニガンが突きつけてきた、もうすぐ時が来る、死刑執行猶予の見通しが低くなっているとの脅しは、ジョンを傷つけるためだけに放たれた虚言ではなさそうだ。フィニガンの言葉が真実だと、ジョンにはわかっていた。残り時間は少なくなってきている。自分はもうすぐ負けるのだ。

ジョンはふたたびベッドに横たわった。

耳を傾ける。聞こえてきた。

二月に入ってからかなり降ったというのに、まだ続いている。夜の近づいてくるこの時間帯こそ、よく聞こえるのだ。雪の降り積もる音らしき、あの音が。

三月

三月も末に近づき、ヴァーノン・エリックセンがルーベン・フライを助手席に乗せ、マーカスヴィルの自宅とコロンバスにあるオハイオ・ヘルス・ドクターズ病院とのあいだを往復するのは、この三カ月近くですでに八度目となっていた。ルーベン・フライはそのたびに少しずつ縮んでいった。恰幅のいい体は変わらないが、それでもどことなく小さくなったように見える。希望が徐々にしぼんでいき、抱きつづけることが難しくなるとき、人もまたこんなふうにしぼむものなのだ。近づいてきている。そんな気がした。

今日の駐車場は満車にはほど遠く、九階に上がるエレベーターにもすぐに乗れた。礼拝室のドアは開いていて、いつもどおり、ジェニングズ神父が中で待っていた。その横に、医師のローサー・グリーンウッドとバージット・ビアコフがいる。奥のほうに見慣れない顔がふたつあった。法律家のアンナ・モズリーとメアリー・モアハウス。ふたりの若い女性に、ヴァーノンとルーベンは挨拶し、来訪を感謝した。

五十三歳のパン屋店主を殺害したウィルフォード・ベリーの死刑が一カ月ほど前に執行さ

れたことで、彼らが何年もともに進めてきた仕事は水泡に帰したも同然となった。オハイオ州では長いこと死刑が執行されていなかったので、ついに別の考え方が受け入れられる余地が生まれたのかと期待していた。死刑反対派の主張が認められつつあるような気がしていたのだ。

が、州知事の四ページにわたる声明で、すべてが一変した。

弁護士たちによる法的な観点からの異議はごみ箱行きとなった。死刑反対を唱える市民たちの声もごみ箱に捨てられた。ベリーは深刻な精神疾患を抱えていたとする医学面からの異議も、イエス・キリストがともに十字架にかけられた殺人犯たちを祝福したとの逸話を引用した、教会関係者による倫理面からの異議も、すべてごみ箱に放り投げられた。オハイオ州知事は、その四ページにわたる声明の中で、こうした反対勢力をすべて退けた。彼は死刑の存続を公約に掲げて選挙戦を戦い、いまその公約を実行に移している。精神を病んだベリーの体に注射された薬物は、初めての麻薬注射のようなものだ。知事の権力を裏付ける麻薬。知事がこれで満足できるはずがない——薬物依存症者が注射をやめられなくなるのと同じだ。オハイオ州がこうして死刑執行を再開した以上、今後も着々と死刑が執行されるだろうということは、だれの目にも明らかだった。ヴァーノンにもそれはわかっていたし、ルーベン・フライにもそれはわかっていた。死刑囚たちはこれから次々と、死刑囚監房から死刑執行棟へ、権力者の心を安らかにする注射へと、連行されていくことになるだろう。

彼らは互いに顔を見合わせてから、礼拝室の祭壇の前に置かれたテーブルを囲んで腰を下ろした。ジェニングズ神父、医師たち、法律家たち、ヴァーノン、ルーベン。〝オハイオ死刑廃止連合〟と名乗るグループの、ほんの一部だ。

急がなければならないと、彼らにはわかっていた。

ウィルフォード・ベリーが死刑判決を受けたのは、一九八九年の春。執行まで十年待ったことになる。

ジョン・マイヤー・フライは、ウィルフォード・ベリーが収容されていたのと同じ監房の独房で、いまもなお待ちつづけている。彼が死刑を宣告されたのは、同じ年、わずか数カ月後のことだ。

四月

ウィルフォード・ベリーの死刑執行の影響がオハイオ州全体に波及したのは、四月半ばのことだった。二カ月前、精神を病んだ殺人犯ベリーの心臓が、百ミリグラムの塩化カリウムによって動きを止めたのは、死刑支持派と反対派のあいだの溝をさらに広げる象徴的な出来事だった。州政府に人間の命を奪う権利はないとする主張は、遺族には償いを受ける権利があるとする主張にかき消された。犯罪の防止を目的としたさまざまな措置の成果よりも、死刑執行による見せしめ効果のほうが、価値が高いとみなされた。

死刑執行棟にあるふたつの独房は、何年ものあいだ、まったくの空《から》だった。だがいま、オハイオ州の大多数の住民が、ふたたび死を目撃したがっていた。

そのうえ、候補者は有り余るほどいた。

こうして、マーカスヴィル刑務所の死刑囚監房の囚人たちは、夜になるとますます大きな叫び声を上げるようになった。残り時間を数える日々が、ふたたび始まった。

ジョン・マイヤー・フライは八番独房にいる。

州知事が、州には人の命を奪う権利があると宣言したいま、すべては終わりに近づいているのだと、彼にはわかっている。

そして、風の強い日、風向きによっては、あの声がジョンの耳に届いた。塀の向こう、門のそばで響きわたり、天井近くの細長い窓から入り込んでくる、叫び声。外にいるデモ隊の声だ。ここ数日で、その人数はどんどん増え、その声はどんどん激しくなっている。

だれの声か、ジョンにはわかった。

デモ隊の先頭に立ち、だれよりも大きな声で〝死ね、ジョン、死ね〟と叫んでいるのが、エドワード・フィニガンであると、彼にはわかった。

五月

おそらく、晴ればれとした気持ちの良い日なのだろう。五月の第一週、春、新緑、希望。だが、事態は悪化の一途をたどっていた。

ヴァーノン・エリックセンは早朝に起き出した。昨晩遅くに決心したのだ。またコロンバスの病院へ赴き、グリーンウッド医師とビアコフ医師に会う。ふたりとも昼間の勤務のはずだ。もう待っているわけにはいかない。手をこまねいて見ているうちに、時間切れになってしまう。事態は一刻を争う。ジョン・マイヤー・フライは、政治問題、オハイオ州知事の体面にかかわる問題となった。ジョンは死ななければならない。権力がそれを望んでいる。彼が死ぬことで、死刑支持派は新たな象徴を得、エドワード・フィニガンは償いを受ける。州はそのために、無実の人間の命を奪おうとしているのだ。

日付が変わる直前、ルーベン・フライがヴァーノン宅の玄関に立ち、扉をがんがんと叩いたので、ヴァーノンはあわてて扉を開け、ルーベンを中に引っぱり込んだ。彼の口を両手でぐっとおさえ、以前にもしたことのある説明をもう一度繰り返す。どんなことがあっても、自分が死刑囚の家族と交際していることを公にするわけにはいかない。自分もおそらく同僚たちと同様、定期的に監視され、盗聴されているのだろうし、マーカスヴィル刑務所の看守長として働きつづけるためには、当然、死刑を心から支持しているという姿勢を見せなければならないのだから。

だが、ルーベン・フライには聞こえていない。ヴァーノンはやむを得ず彼の顔を強く叩いた。ブラインドを下ろし、ルーベンとともに食卓につく。それぞれカナディアン・ウイスキーの入ったグラスを手に、三十分ほど沈黙したのち、ルーベンはようやく話ができるようになった。

かすれた、不安定な声だ。

死刑は必要だと私は思っている、とルーベンはささやくように言った。昔からずっとそう考えてきた。ヴァーノン、わかってもらえるだろうか？

いや。

命を奪った以上、命をもって償うしかない。私はそう思う。

そう単純な話じゃないだろう、ルーベン。

だから――こっちを見てくれ、ヴァーノン！――もしほんとうにジョンが罪を犯したのなら、もしほんとうにエリザベス・フィニガンを殺したのなら、死刑に処されてしかるべきなんだ。

ヴァーノンがまだ一口も飲まないうちに、ルーベン・フライはもう小さなグラスの中身を空《から》けていた。彼が空のグラスを指差すと、ヴァーノンはうなずき、ウイスキーを注いだ。

だが、息子は無実だ！

彼は手を伸ばしてヴァーノンの手をとろうとしたが、届かなかった。あるいは、ヴァーノンが手を引っ込めたのかもしれない。近づきすぎだ、という意思表示だったのかもしれない。無実の人間を殺すことなどできないはずだ！　そうだろう？　息子がやっていないのなら、やっていないのなら……

やさしげな目をした肥満体の男は、そこで言葉を途切らせると、ヴァーノン・エリックセン家の食卓の椅子に座ったまま、ぐったりと頭を垂れ、テーブルに頭を強くぶつけた。

心臓発作か、とヴァーノンは思った。

ルーベン・フライが目の前で死んだのかと思った。

ルーベンはしばらく意識を失っていた。ひどく汗をかいている。ヴァーノンは彼を助けて立ち上がらせ、体を支えてやりながら、ゆっくりと二階の寝室へ向かった。この家にある唯一のベッドに、服を着たままのルーベンをそっと横たえ、震える体に毛布をかけてやる。ルーベンが眠りにつくまで枕元にとどまり、それからキッチンに下りていった。キッチンではウイスキーが待っていた。長い夜の始まりだった。

そして、ヴァーノンは決心した。

暗闇の中、ひとりきりで、ルーベンのくぐもったいびきが家じゅうに響く中、彼は決心を固めた。

腕に注射針を刺され、ベッドに縛りつけられて死ぬ、そんな最期は、ジョン・マイヤー・

フライにはけっして迎えさせない、と。

いつもどおり、夜明け前にマーカスヴィルを離れた。うっすらとかかる霧もかまわず、かなりのスピードでオハイオ州を突っ切る。十キロほど走ったのち、ガソリンスタンドで停車し、電話を借りて――これなら盗聴されている可能性は低い――、これから行く、と医師たちに伝えた。ふたりは救急病棟で忙しい朝を過ごしていた。一時間ほど前、ちょうど暗闇のいちばん深いころに、コロンバス郊外でバスの事故が二件発生していたのだ。それにもかかわらず、ふたりはヴァーノンの来訪を承諾した。空き部屋ならどこかにかならずあるはずだし、仮の診断を下したり救急措置をとったりしている合間に時間を割くことはいつでもできるだろう。

その後、ヴァーノンはもう一件電話をかけた。

寝ぼけたようすのルーベン・フライが電話に出た。まだヴァーノン宅のベッドにいる。眠そうな声だ。ヴァーノンは彼に、コロンバスのウェスト・ヘンダーソン通りにあるオハイオ貯蓄銀行コロンバス支店に連絡して、フライ宅を担保に入れる準備を始めるよう指示した。すべて事前に話し合って決めたとおりだ。マーカスヴィル以外の銀行なら、行員が好奇心にかられて探りを入れてくることもない。これから次のステップへ進むためには、まとまった金が必要だ。

ヴァーノンはいつもと変わらぬ早足でドクターズ病院に入ったが、今回はすぐに右へ曲がり、長い廊下を歩き出した。長さ数百メートルもありそうな、いやに明るいまっすぐな廊下を進み、赤い金属製の重い扉をいくつも開ける。

最後の扉を開けた瞬間、彼は状況を理解した。救急病棟はまるで戦場さながらの様相を呈していた。意識のある人々、意識のない人々が、担架に載せられ、廊下のあちこちに散らばっている。泣いている家族、じっと待っている家族、受付で憤りをあらわにしている家族。白衣や緑衣の医師や看護師、オレンジ色の服の救急隊員らがいる。初めにグリーンウッド医師の姿が、それから数分ほどしてビアコフ医師の姿がちらりと見えたが、ふたりはヴァーノンに気づかないまま、患者たちと検査室のあいだをせわしなく行き来していた。ヴァーノンは色の薄い木材でできたベンチに腰を下ろした。しばらく待つことにしよう。廊下の混雑がやわらぐまで。血を流している人々が手当てを受けるまで。

一時間半後、彼らは救急病棟で唯一空いていた診察室に腰を下ろした。若いローサー・グリーンウッド医師の顔は汗に濡れ、バージット・ビアコフ医師の白衣のわきの下には汗のしみができている。ヴァーノンはふたりを待たせて部屋を出ると、人の流れのとぎれた待合室に入り、その片隅、子ども向けの本や読み古されたゴシップ週刊誌の並ぶ本棚の脇に置いてある、飲料の自動販売機を目指した。五十セント硬貨を三枚使い、ブラックコーヒーの入った紙コップ三つを両手に持って歩き出す。コーヒーは思ったよりも熱く、手のひらがひりひりした。

三人はそれぞれ患者用の椅子に座り、だれも横たわっていない簡易ベッドをテーブル代わりにしてコーヒーを置いた。飲んでいるうちに、疲れた体に温かさがゆっくりとしみわたった。

これから彼らが下す決断は、彼らの人生を永遠に変えることになる。いい、いなにをするかが問題なのではない。それはもう承知している。これまで何度も会合を重ね、最後の手段であるこの作戦の計画を、細かいところまで固め尽くしたのだから。問題はむしろ、ほんとうに決行するのか、ということだった。

ヴァーノンはコーヒーを飲み干すと、グリーンウッド医師とビアコフ医師をじっと見つめた。そして、現在の状況をあらためて総括した。どの方面からの訴えも実を結ばなかった。法律家、医師、教会がともに行なった、人道的な措置を求める訴え、州政府に人間の命を奪う権利はないとする主張は、またしてもごみ箱行きになった。オハイオ州知事が決断を下したのだ。恩赦も死刑執行猶予も許可しない。五月に入り、日時までもが決定された。ジョン・マイヤー・フライは九月三日二十一時、薬物注射により死刑を執行される。

残された時間は四カ月もなかった。

「エリックセンさん」

「うむ？」

「これは、あなたにとって重要なことなんですね」

「そのとおりだ」

「なぜです？」

グリーンウッドもビアコフも結婚し子どもがいる。彼らにわかってもらえるかどうか、ヴァーノンには確信がなかった。

「言ってみれば……私は、友人が死んでいくのを見たくない。もうたくさんだ。たぶん、そういうことだと思う。家族のようなものなんだ……ほかに家族と呼べる相手はあまりいないからね。きみたちには理解しがたい心情かもしれない。だが、これが正直なところだ」

ローサー・グリーンウッドは頭をゆっくりと上下に動かした。うなずいているように見えないこともなかった。

「悲しいことですね」

ヴァーノン・エリックセンは深く息をついた。

「あの刑務所に行って、連中を監視するのが私の仕事だ。社会が償いを求めている連中、社会が復讐し、殺そうとしている連中を、私は毎日見張っている。そうすることによって、私はいわば……直接、関与している。死刑執行までの過程に、殺人に、立ち会っているんだ。わかるだろう？」

両腕を広げてみせる。

「だが、私は復讐するつもりなどない。償い、復讐、社会が人の命を奪う権利、そういったことを、私はもうまったく信じていないんだ。そのうえ、ジョンは……私は確信している。ジョンは無実だ」

ヴァーノンは黙りこくった医師たちを見つめ、ふたりでしばらく考えるよう促してから、ふたたび待合室に行き、紙コップを三つ持って戻ってきた。

医師たちは決心を固めていた。

彼らの姿を見ただけでそうとわかった。ふたりともはっきり意思を表明したわけではない。が、互いに向かってかすかに身を乗り出し、すでに頭に叩き込まれているあの計画を復唱していた。

ローサー・グリーンウッドとバージット・ビアコフはさっそく今日の午後、マーカスヴィル刑務所の医務官の求人に応募する。早春からずっと求人広告が出ているにもかかわらず、いまだ応募者のないポストだ。ふたりはそれぞれ、コロンバスの病院でも働きつづけたいからという理由で、五十パーセントのパートタイム勤務を希望し、早くも六月一日から勤務開始可能だとアピールする。

ヴァーノンは刑務所の看守長室で、引き続きジョンの食事に、細かく砕いて粉末状にしたハルドール（抗統合失調症薬）とトコン（催吐作用のある植物）を混ぜる。今年初めからやっていることだ。

グリーンウッドとビアコフは刑務所での勤務を開始するやいなや、八番独房の囚人を診察する。この囚人は、知らないうちにハルドールとトコンを投与されているせいで、どういうわけか体がだるく吐き気がする、と訴えつづけているからだ。そしてまもなく医師たちは、すでに銀行の貸金庫に保管してあるレントゲン写真を根拠に、〝心筋症〟との診断を下す。ジョンの心筋が正常に機能していない、心臓がゆっくりと肥大している、と断言するのだ。

そして、夏が過ぎるのを待つ。八月半ばが決行の時だ。ずっと前から、あらゆる段階、あらゆる詳細が、一秒ごと、一分ごとに、すべて計画され、検討しつくされている。ジョン・マイヤー・フライは、だれひとり成し遂げていないことを成し遂げる。死刑囚監房から脱走するのだ。死を逃れるために、彼は死ぬ。

第三部

水曜日

エーヴェルト・グレーンスはどうやら、オフィスの小さなソファーで背中を折り曲げるようにして、五時から六時のあいだ、一時間ほど眠ったようだった。昨晩クレーヴィエが何度も往復して届けてくれたファックスの束が、床のあちこちに散らばっている。検死報告書、巡査による報告書、鑑識報告書、すべてごちゃ混ぜになっている。ページ数がついているのがせめてもの救いだった。

オハイオ州南部の刑務所に収容されていた囚人に関する調査の報告書は、腹の上に載っていた。しわくちゃになり、複数のページに食べもののしみがついている。

エーヴェルトはいまいましい猫のことを思い出した。

眠ろうとしているときに、中庭のほうから鳴き声が聞こえた。警察の駐車場にいるらしい。発情期なのか、なにかに怒っているのか、単に寂しがっているのか、よくわからなかったし、さしてわかりたいとも思わなかったが、とにかくその猫はさかんに鳴き声をあげつづけた。

拳銃を取り出し、規則に従って二発ほど警告発砲した記憶がうっすら残っている。もちろん狙いははずしたものの、うるさい猫を数分ほど黙らせるのにはじゅうぶんな近さだった。しかし当然のことながら、しばらくすると猫はふたたび鳴きはじめ、エーヴェルトはもう一度発砲しようか、今度は本気で狙ってやろうかと考えたが、やめた。そのうち、猫が静かになったのか、それとも鳴き声の聞こえないところへ移動しただけなのかはわからないが、とにかくエーヴェルトはうとうとと眠りに落ちた。

体を起こす。

背中に穴が開いたような感じがする。

机の端に置いてある目覚まし時計に目をやる。スヴェンやヘルマンソン、オーゲスタムに電話をかけたのは、かなり遅い時間だったが、それでも彼らは納得してくれた。一時間後、午前七時に、彼らはこのオフィスに現われる。そして、エーヴェルトがこの長い夜に読み込んだ、前代未聞の事件の内容に耳を傾けることになる。

三人とも、時間より早くやってきた。

訪問者用の椅子に腰を下ろす三人を、エーヴェルト・グレーンスは満足げに眺めた。三人とも疲れ切った目をしている。冬の肌がいつにも増して蒼白い。最初に到着したオーゲスタムなど、いつもは完璧《かんぺき》に整えられている七三分けの前髪が少し乱れている。

エーヴェルトは小さな声で話しはじめた。

そこで言葉を切る。これほどの面白い話は、できるかぎり秘密にしておきたいような気さえする。

「やつは死んだよ」

三人の表情。エーヴェルトは彼らの狼狽を楽しんだ。大声を出すだろうか？　冗談だと思っているのか？　それとも、まだ眠くてぴんと来ないのか？

「けど、エーヴェルト、つい昨日まで……」

エーヴェルト・グレーンスはスヴェンに向かって手を振り、腰を下ろして黙って聞くよう合図した。

「ああ、まだクロノベリ拘置所の独房にいるよ」

エーヴェルトは自らの後方、拘置所の方向を指差した。

「まあ、六年半前に死んだにしては、元気だと言っていいだろうな」

「グレーンスさん、いったいどういうことです？」

ラーシュ・オーゲスタム検察官が立ち上がった。そのかぼそい脚がいかにも不安げだ。

「おまえもだ、オーゲスタム。座れ」

「説明してください」

「座ったら説明してやる」

エーヴェルトは微笑み、さらに間を置いた。

「ちゃんと座ったら、説明してやるよ。事件の優先順位を決めるときに、私的な事情を考えに入れたほうがいいこともある、その理由をな」

オーゲスタムはあたりを見まわしてから、ゆっくりと時間をかけて腰を下ろした。

「ジョン・シュワルツは、オハイオ州南部にある田舎町マーカスヴィルの刑務所で、死刑を待っているあいだに、死んだ」

ふたたび、三人の表情。まだ、わけがわからない、という顔をしている。

「当時はジョン・マイヤー・フライという名前だった。十六歳の少女を殺したかどで、死刑囚監房に十年以上収容されてた。が、独房でそのまま亡くなった。心筋症とかいう病気だった」

エーヴェルトは肩をすくめた。

「なんでも、心臓がどんどん大きくなっちまう病気だそうだ」

それから身を乗り出すと、目覚まし時計の脇に置いてあるグラスを手に取った。入っていた水を飲み干し、うすぎたない水差しからふたたび注ぎ入れる。

「飲むか？」

三人とも首を横に振った。

エーヴェルトはグラスの水を三口で飲み干した。

「身元不明者《ジョン・ドウ》のジョン・シュワルツ、本名はジョン・マイヤー・フライ。死んでるはずのアメリカ人」

微笑む。

「つまり俺たちは、たぐいまれなることをやってのけた」

笑みがさらに広がる。

「死体を逮捕したというわけだよ」

ヘドヴィグ・エレオノーラ教会の鐘が七時を打ったちょうどそのとき、トールウルフ・ヴィンゲはニーブロー通りにある自宅マンションの表玄関を開け、かすかながらも冷たい風の中へ出ていった。すぐに通りを渡る。早朝から開店しているカフェで、紙コップに入った搾りたてのオレンジジュースを買い求めるのが、いつもの習慣だ。シナモンロールなど、茶色くどっしりとした甘ったるい菓子パンのにおいが、すでに店内に漂っている。

最悪の朝だった。

ワシントンから外務省経由で自宅にかかってきた緊急の電話に出て、話を終えたとき、時刻は朝の四時半になっていた。ヴィンゲ外務次官は長年の経験で、こうしたことには慣れきっている。なにかの問題への答えを早急に出さなければならない、夜明けまでに決断を下さなければならない、等々、さまざまな事情で眠りを妨げられるのは、さして珍しいことではない。

が、今朝の件はまさに前代未聞だった。

死刑囚監房に収容されていたアメリカ人死刑囚が、刑の執行を待たずして亡くなった。六年以上前のことだ。その男がいま、ストックホルムのクロノベリ拘置所にいるという。トールウルフ・ヴィンゲは、エステルマルム地区のニーブロー通りから、ストックホルムの都心、グスタフ・アドルフ広場にある外務省まで歩いていった。数年前に六十歳を迎えたが、それでも体調は万全で、体型はほっそりしている。背筋はぴんと伸び、褐色の髪もまだ豊かだ。働きづめの毎日だが、それでも休息時間が少ないせいでだんだんと燃え尽き症候群に陥っていく同僚たちとは一線を画し、若さと活力を保っている。いや、逆に、長時間働いているからこそ、若さと活力が保たれている。仕事こそが彼のエネルギー源であり、彼のすべてと言ってよかった。

果肉のたっぷり入ったジュースを飲み干し、冬を吸い込んでは吐き出す。頭の中で、長かった通話を、その奇怪な内容を反芻《はんすう》し、頭の中で形をとりはじめた解決策を検討する。それがヴィンゲのやり方だ。危機のさなかで、さっそく解決策を探りはじめる。それが得意だと自覚しているし、周囲にもそう認められている。

似たような事件はよくある。

受刑者の脱走。犯罪者が処罰を逃れ、自由の身になって人生を謳歌《おうか》する。が、やがて母国へ送り返され、塀の中の住人となる。

だが今回の件はまったく違う。

体面がかかっている。これは、象徴的な問題だ。

〝罪〟〝罰〟〝償いを受ける被害者の権利〟などの概念は、アメリカ社会において特別な意味を持っている。近年、新たな刑務所が次々と建設され、刑の期間はどんどん長くなり、知事たちが、上院議員たちが、大統領が、エスカレートする暴力の悪循環を断つため処罰を強化することを公約に掲げて、選挙戦を勝ち抜いている。いまスウェーデンの拘置所に収容されているこの男のことが大々的に報道されれば、再選を狙う政治家たちにとって命取りとなりかねない。なんとしても米国に連れ戻し、元の独房に戻し、死刑を執行しなければならない。そうすれば、国民も行政も拍手喝采《かっさい》するだろう。〝目には目を〟――それがアメリカ社会を支配する法なのだ。

つまり、アメリカは、死刑囚の引き渡しを求めてくるだろう。

北欧の小国にすぎないスウェーデンは、その要請に従うものと期待されている。が、欧州連合《EU》と米国とのあいだに、引き渡しに関する新たな協定が締結されたのを受けて、スウェーデンの法務省も外務省もここ数年、再三にわたって明言しているのだ――いずれのEU加盟国も、死刑に処されることがわかっている人物の引き渡しにはけっして応じない、と。

トールウルフ・ヴィングゲはまわりを見ながらロータリーを横断し、かつて王太子宮殿だった外務省の建物へ向かった。車の数は少なく、あたりはまだ静かだ。国家権力を担うこの界隈を行き交う人影も、国会議事堂や内閣府へ向かう人の流れも、まだまばらだった。

ヴィングゲは扉を開け、巨大な建物に入った。

時間が要る。

静けさが要る。

行動の自由が要る。この件が公になるのは、遅ければ遅いほど良い。

エーヴェルト・グレーンスは三人を眺め、満面の笑みをうかべている。この状況を楽しんでいるにちがいない――ラーシュ・オーゲスタムはそう確信した。シュワルツの過去を説明し、皮肉たっぷりに〝死体を逮捕したというわけだよ〟との言葉をオフィスに放ったとき、エーヴェルト・グレーンスはまるで死の淵《ふち》から復活を遂げたかのようだった。疲れた体と苦々しげな顔に、活力がみなぎっていた。厄介きわまりない事件のさなかにあって、グレーンスは輝いていた。昔、彼とともに仕事をしたことのある人たちが、全盛期の彼は輝いていた、と語るのを聞いたことがある。まさにそんなようすだった。

オーゲスタムは微動だにしなかった。たしかに前代未聞だ。頭の中を駆けめぐる無数の質問のうち、ひとつを投げかけようとしたところで、電話が鳴った。上着の内ポケットに手を入れ、詫びを言うと、グレーンスの顔に表われた苛立ちを無視して彼のオフィスを離れ、廊下に出た。埃と、なにか別のもの――食べものかなにかのにおいが漂っている。

相手の名前は知っていた。

が、話をするのは初めてだ。

「おはよう。外務次官のトールウルフ・ヴィンゲという者だが」

ラーシュ・オーゲスタムにはそれだけでじゅうぶんだった。ヴィンゲが言葉を継ぐ前に、なんの用件かは見当がついた。

「私の受け取った情報が正しいかどうか確認したいのだが、先日逮捕されたジョン・シュワルツなる人物に関する捜査の担当検察官は、きみということでまちがいないね？」

「なぜです？」

「いいから質問に答えなさい」

「だれが勾留されているかいないかについては、守秘義務というものがありますから」

「私に向かって法律の講義をするつもりかね」

オーゲスタムの目に、廊下を近づいてくる警察官たちの姿が映った。これから勤務を開始するところか、あるいは夜勤を終えて帰宅するところなのかもしれない。オーゲスタムは少し移動した。盗み聞きされたくはなかった。

「あなたがほのめかしていらっしゃること、あなたの言わんとすることは、警察の捜査に対する圧力であるように思われますが」

ヴィンゲが息を吸い込み、大きな声を出す準備をしているのが聞こえた。

「〝ジョン・シュワルツ事件〟は、公式には存在しない。したがって、今後どんなことがあっても、被疑者に関する質問に答えてはならん。箝口令《かんこうれい》だよ、オーゲスタム君、箝口令！」

ラーシュ・オーゲスタムは憤りと驚きをごくりとのみ込んだ。

「この、外務次官殿からの……隠蔽《いんぺい》命令、とでも申しましょうか……これは、外務大臣直々の指令である、と解釈してよろしいのでしょうか？」

「まったく面倒な屁理屈《へりくつ》を……よし、五分待ちなさい。そうしたら電話がかかってくるから、ぜひ応答したまえ」

オーゲスタムはコーヒーマシンのそばに立っていた。グレーンス警部がよく手にしている、まずいコーヒー。いくつも並んでいる四角いボタンの表示を読み、そのうちのひとつを押した。あまり美味《おい》しそうには見えない。が、それでも彼はコーヒーの入った紙コップを手に取り、中身を飲んだ。それが必要だったから。

きっかり五分後、ふたたび電話が鳴った。

今度はよく知った声だった。ストックホルム地方検察庁の首席検察官。直属の上司だ。

伝言は短かった。

現在勾留されている被疑者ジョン・シュワルツに関する捜査は、今後、極秘扱いとせよ。

ラーシュ・オーゲスタムはしばらく廊下にとどまり、味のないコーヒーを飲み干した。なんとか気を落ち着けようとする。上からの命令。公正とは思えないが、それでも命令であることに変わりはない。外務次官の不愉快きわまりない、脅すような口調。ああいうのを古狸《ふるだぬき》というのだろう。あまりにも長いこと権力を手にしているせいで、自分でそのことが見えなくなっている、それが当たり前になっている、だからあんなもの言いをするのだ。

閉じた扉の外に立ち、取っ手を見つめる。心の準備をしてから扉を開けた。

エーヴェルト・グレーンスはあいかわらず立ったまま、報告書を何枚か手にし、内容を読み上げている。スヴェン・スンドクヴィストとマリアナ・ヘルマンソンは少し離れたところに座り、耳を傾けている。報告書の内容に少なからず動揺しているようすだ。オーゲスタムは二十分前に離れた自分の椅子に向かった。全員の視線が彼に集まった。

「いったいなんのつもりだ？　このミーティングをさぼって出ていくほど大事な用件だったのか？」

「ええ。大事な用件でしたよ」

エーヴェルト・グレーンスはオーゲスタムに向かって書類の束を振ってみせた。

「で？　なんだったんだ？」

「このジョン・シュワルツの件ですが、今後は完全な極秘扱いとなるそうです。この事件の話をしてはいけない。相手がだれであっても」

「なんだと？」

グレーンスは手に持っていた書類を投げつけた。白い紙が部屋の中をひらひらと舞い、ゆっくりと床に落ちた。

「上からの命令です」

「おい、オーゲスタム、ふざけるな！　極秘にするもなにも、この件の捜査はまだ始まってすらいないじゃないか！　少なくとも俺の知ってるかぎりでは、いまのところジョン・シュワルツに関する件といったら、フィンランドからのフェリーでの重傷害容疑だけだ。そんな事件をどうして極秘にする必要がある？」

ヘルマンソンは居心地悪そうに身をよじらせ、スヴェンを横目で見やった。エーヴェルト・グレーンスが怒るとどうなるか、噂《うわさ》は聞いたことがある。が、ここストックホルム市警で働きはじめて半年ほど経過しているにもかかわらず、自分の目で見たことはなかった。スヴェンは目立たないようこっそりとかぶりを振っただけだった。そして、ヘルマンソンは理解した――彼女が肌で感じている、オフィスの壁に反響している、この激しい攻撃性は、どうにも止めようがないのだ、と。

「言ってみろ、オーゲスタム、いったいどこからそんな命令が来た？」

ラーシュ・オーゲスタムは片手をズボンにこすりつけた。これじゃまるで使い走りだ、と考える。僕は、自分でも正しいと思えない決定をそのまま伝える使い走りにすぎない。

「僕の上司です」

「上司？　首席検察官か」

「ええ」

「いつからそいつと寝てやってるんだ？」

「いまの発言は聞かなかったことにしますよ」

「ふん。首席検察官か。まったく、おべっか使いどもめが！　そいつも上から命令されたんだろう。首席検察官だって、オーゲスタム、おまえと変わらんからな――品行方正な優等生、上からの命令を素直に繰り返すだけの人間だ」

ヘルマンソンにはもう耐えられなかった。完全に品位を失いつつあるエーヴェルト、いまにも殴りかかっていきそうなオーゲスタム、座ったままなにもせず、この状況を受け入れているスヴェン。彼女は立ち上がると、三人の目をじっと見つめ、ささやくような小声で言った。

「もうやめてください」

もし大声を出していたら、その声は同じように声を荒らげているふたりの口論にかき消されていたにちがいない。だが、彼女が大声の連鎖を断ったことで、エーヴェルトもオーゲスタムも耳を傾けざるを得なくなった。

「口論はやめてください。意地の張り合いはもうたくさんです。この捜査のことで苛立つのはわかります。もしシュワルツが――もし彼がほんとうに死刑囚監房を脱走した囚人なのだとしたら。しかも、私たちは死刑を支持してないのに、シュワルツの本国送還に協力させられるとしたら。苛立つのも当然です。こうして言い争いをしてるほうがはるかに楽でしょう。でも、そんな時間はないんです。上からの命令。ずっと上のほうからの命令です。どういうことかおわかりですね？　この捜査で、私たちは疲れ果てることになります。だから、エネルギーは蓄えておきましょう。協力し合いましょう」

彼女はさらに声を低くした。ささやき声だ。

「そうしないと……大変なことになるような気がします」

ヴァーノン・エリックセンは自分の冷静さに驚いていた。

逃げるべきではないか。

隠れるべきではないか。

動揺のあまり、心臓が激しく鼓動しているべきではないか。この嘘を抱えて生きてきた長い歳月、何度も考えた。今日こそ、今日こそばれるにちがいない、すべて終わりだ、私はもう終わりだ、と。

それなのに、私はいま、ここにいる。死刑囚監房の廊下に立っている。

彼らの眠りに耳を傾ける。だれもいない八番独房に近づいていく。それでも、なぜか……穏やかな気持ちだ。

マーカスヴィル刑務所の時計は、水曜日の午前一時半を指している。所長に呼ばれ、天井からシャンデリアが下がり、床に分厚い赤絨毯《じゅうたん》の敷いてある所長室で、果物とミントケーキをすすめられてから、まもなく丸一日。北ヨーロッパのどこかでジョンが逮捕されたという知らせを受けてから、まもなく丸一日。六年以上前にオハイオ州の刑務所の独房で死刑囚が亡くなった件が、困惑とともにふたたび注目されはじめてから、丸一日が経過しようとしている。

おまえは、あのとき死んだ。

私は、おまえが死ぬ手助けをしてやった。

おまえはそうして生きつづけた。

私は、おまえが生きつづける手助けをしてやった。

ヴァーノンはいつものように、だれもいない独房の前に長いことたたずんでいた。彼らの計画は成功した。失敗と隣り合わせの計画だったが、失うものはなにもなかった——ジョンはいずれにせよ、あと数週間で死刑に処される身だったのだから。

本人は、なにも知らなかった。

それが大前提だった。ジョンはなにも知らされない。彼はこちらの計画どおり、ハルドールとトコンのせいで何カ月も倦怠《けんたい》感と吐き気に苦しみ、心筋症との診断に恐れおののいた。治療が必要ということで、パートタイムで新たに勤務を開始した医師ふたりが彼のもとを定期的に訪れ、偽りの病気の薬を処方した。彼が病気であると偽ることが、その後の逃走計画を成功させるために不可欠だったのだ。

ヴァーノンは笑みをうかべた。

ジョンはほんとうに死んだ。

あの日の朝、ジョンはいつにも増して気分が悪いと訴えた。もちろん計画どおりだった。ヴァーノンはその朝、グリーンウッド医師の指示にしたがい、ジョン・マイヤー・フライの食事にいつものハルドールとトコンを混ぜたうえ、交感神経β受容体遮断薬なる薬も、同じように細かく砕いて大量に混ぜ込んでいた。血圧の低下したジョンはめまいに襲われ、独房で倒れた――グリーンウッド医師とビアコフ医師が同時に東ブロックで勤務している、三十分のあいだに。計算どおりだった。

ヴァーノンは一歩前に踏み出すと、独房の扉の鉄柵を両手で握り、残っていないはずの痕《こん》跡《せき》を目で探った。

どの薬の効果も完璧だった。

最初に独房に到着したのはバージット・ビアコフ医師だった。汗をびっしょりかいているジョンの傍らで床に膝をつき、彼の腹を両腕で抱え込んだ。そして、出せるかぎりの大声で叫んだ――心臓だわ、心筋症です、薬を投与しなければ。

最初に与えた薬は、ベンゾジアゼピン。健忘を引き起こす薬。万が一、本人が突然目を覚ましても、なにがあったかを思い出すことのないようにするためだ。それからビアコフ医師は、ジョンがはいているオレンジ色の囚人服のズボンを下ろすと、鎮静薬ステソリドを肛門から挿入した。この計画を成功させるためには、本人を鎮静させ、眠らせなければならない――事前の会合で、彼女はそんなふうに説明していた。

同じ建物の別の区画にいたローサー・グリーンウッド医師も駆けつけた。彼は通りすがりに、ヴァーノンと看守三人が独房の外に立っているのを目にとめた。ふたりの視線が一瞬交わった。ふたりは真実を共有していたが、それを表に出すことはなかった。ビアコフ医師がグリーンウッド医師に、それまでに行なった処置について簡潔に報告した。とはいえ、グリーンウッド医師はすべて承知していた――何カ月も前からともに計画してきたのだから。彼は報告を聞きながら、患者の記憶にさらなる影響を及ぼす、即効性のある薬を取り出した。モルヒネだ。健忘を引き起こすと同時に、呼吸を抑制する効果もある。

ジョンは半ば意識を失い、ズボンを下げられた状態で横になっていた。グリーンウッド医師が彼のペニスを手にとった。もう片方の手に注射器を持っている。性器の血管内へ、静脈注射。薬剤の名はパンクロニウム。体を麻痺《まひ》させる効果のある薬で、かつて南アメリカで狩猟用の毒物として用いられ、その後筋弛緩剤《きんしかんざい》としても用いられるようになったクラーレによく似ている。グリーンウッド医師は二日前に行った最後の会合で、ひじの裏や鼠径部《そけいぶ》、首筋などに注射することもできるが、海綿体のあるペニスのほうがいい、なるべく痕跡を残さないようにしたいから、と説明していた。

ジョンはこうして地獄に足を踏み入れた。

なにも知らない本人を、死の恐怖が襲った。彼は生きながらにして死を経験した。

目覚めていながら、体が完全に麻痺している。

完全な筋弛緩状態。指一本動かせない。呼吸すらできずにいた。

この間数分ほど、ヴァーノンは独房の外に立ってそのようすを見ていたが、それでいて見てはいなかった。

見つめる気力がなかったのだ。

目の前の床に横たわっている若い男は、真の意味で死の淵にいる。それなのに、自分はこうして突っ立ったまま、ただ見ているだけだ。

最悪の結果になる可能性があることを、彼らは承知していた。自分たちが冒すことになるリスクについては、さんざん話し合ってきた。与えられた時間は、わずか数分。

ビアコフ医師が目薬の入った瓶を取り出した。

アトロピン。瞳孔を散大させ、光に対する調節を不可能にする。

死人のような瞳孔をつくりあげる薬だ。

ヴァーノンはいまでもありありと思い出せる。長い歳月を経て好感を抱くようになった相手、まったくの無実であるジョンが、目の前で横たわり死んでいくのを、外からただ眺めていた、あのときの気持ち。そう、眺めているだけのように見えたはずだ。彼は身動きひとつしなかった。ただ、ひたすら見つめていた。計画を忘れ、独房の中に走り込んでしまいそうになるのを、ぐっとこらえていた。

どうにも解決不可能な問題がひとつあった。脈拍である。

医学的にもっともらしい形で脈拍を止めることはできなかった。グリーンウッド医師がモルヒネ誘導体を使って脈拍を大きく抑えたものの、それでも危険な綱渡りであることに変わりはない。結局、ふたりの医師が協力し合って、抑えられているとはいえ確実に打っている脈を隠しつづけるしかなかった。そのほかの面でじゅうぶんにもっともらしく振る舞えば、なんとか乗り越えられる。

タイムリミットは八分。

二分ごとに人工呼吸を行ない、ジョンの肺に自分たちの息を送り込む。うまくいくはずだ。八分以内に人工呼吸を始めれば。それ以上時間が経つと……脳が損なわれる。大きく。永遠に。

グリーンウッド医師が立ち上がり、ヴァーノンと三人の看守たちのほうを向いた。彼らに向かって、それぞれの独房で事態の推移に耳を傾けていた死刑囚たちに向かって、大声で宣言する。その声はいまでもヴァーノンの耳の奥に残っている。グリーンウッドの叫ぶような声。〝だめだ。もう亡くなっている〟

一時四十五分。建物の外で夜が息づいている。風がいつものようにうなり声をあげている。ヴァーノンは天井近くの細長い窓を見上げた。すきまをふさがなければ。この音は癇に障る。

八番独房を離れると、ずらりと独房の並ぶ廊下を歩き、事務所へ続く扉を目指した。ここでリスクを冒すのは愚かなことだ。が、不意に、急がなければ、と思った。もっと早く知らせておくべきだった。知らせることが自分の義務ではないか。管理部門の部屋のひとつに入る。秘書のオフィスだ。夜中にここの電話をだれかが盗聴している可能性は低い。

彼らの番号はそらで覚えていた。

まず、オーストリアに電話。向こうが何時なのかはわからないが、そんなことはどうでもいい。この電話が鳴ったら、彼女はかならず応答することになっている。

バージット・ビアコフとの通話は一分弱で終わった。

受話器を置くと、今度はコロラド州デンヴァーへ。ローサー・グリーンウッドは寡黙だった。ただ、耳を傾け、感謝を述べた。

ふたりとも、六年前から名前を変え、新しい経歴と新しい医師免許を手にし、新しい人生を歩んでいる。

ふたりは存在しながらにして、存在していない。

マリアナ・ヘルマンソンは、上司のエーヴェルト・グレーンス警部が一時間ほど前にみせた怒りの発作をどうとらえたらいいのか、いまだによくわからずにいた。あれは、あまりにも……無意味な怒りだった。もちろん、ジョン・シュワルツ事件を政治的に、見方によっては倫理的原則を無視してまでも封印しようとするあの命令が、不合理であることは彼女も承知している。が、エーヴェルトがぶちまけたあの怒り――彼がいつも抱え、相手かまわずぶちまけ、昔から周囲をおびえさせてきたらしいあの攻撃性が、いま、彼女を苦しめている。彼女は動揺していた。悲しみのようなものを感じてもいた。

攻撃性についてはよく知っている。彼女はそれに囲まれて育った。

だが、エーヴェルトのそれは、どうしても理解できなかった。

マリアナ・ヘルマンソンの母親はスウェーデン人、父親は移民で、彼女はスコーネ地方、マルメのローセンゴードという地区で、百を超えるさまざまな国からの移民たちに囲まれて少女期を過ごした。この地区には、政治の力もほとんど届かない。移民の多く住むローセンゴードを避ける人は多く、恥ずべき地区ととらえている人もいる。そこには独自の力、独自の生命があり、攻撃性があふれていた。街をうろついてはあたりに火をつける連中がいた。だが、そこでの攻撃性はまさに、火のようにぱっと燃え上がっては、ぱっと消える、それだけのものだった。

エーヴェルトの攻撃性、彼をすっぽりと覆っている重苦しい怒り、周囲にべっとりと貼りついて痛みをもたらす彼の怒りは、ヘルマンソンにとって扱いにくく、受け入れにくく、きわめて醜く、心を乱すものだった。いつか時間があるときに、エーヴェルトとこのことについて話し合ってみよう。その怒りがどこから来ているのか、彼が自分で自覚しているのか、制することは可能なのか、彼女は知りたかった。

マリアナ・ヘルマンソンはストックホルム市警に正式採用される前、半年ほど臨時職員として働いていた。さして長期間ではないが、ここクロノベリ拘置所を訪れる機会は何度かあった。スヴェン・スンドクヴィストが隣を歩いている。彼もまた、エーヴェルトのオフィスを出てからずっと黙ったままだ。スヴェンは慣れているのだ、と彼女にはわかった。もう諦めているのだろうか？　それとも、親しい同僚として十年間ともに仕事をしてきた彼にも、やはり理解できないのだろうか？　こうして歩きながら、会話もせずにうわの空でいる彼もまた、エーヴェルトのことを考えているのだろうか？

シュワルツは廊下のいちばん奥の独房に収容されていた。いや、フライは、と言うべきか。それが本名なのだから。が、ここではまだ、ジョン・シュワルツのままだ。扉の脇の貼り紙に目をやる。彼の名前が記され、その下に〝外部との連絡・接触をいっさい禁ずる〟との指示がある。

ヘルマンソンはもう一度それを読んでから、貼り紙を指差し、うわの空のスヴェンに呼びかけた。

「これ、どう思われます？」

「シュワルツのことか？」

「〝外部との連絡・接触をいっさい禁ずる〟っていう指示のことです」

スヴェンは肩をすくめた。

「言いたいことはわかるよ。だが、僕はべつに驚いていない」

ヘルマンソンは苛立ちをあらわにし、貼り紙をびりりとはがした。

「私にはわかりません。オーゲスタムさんはどうして、シュワルツの外部との接触をいっさい禁じたんでしょう？　いまのシュワルツが捜査を妨害するとは思えません。奥さんや息子さんに会うことのなにがいけないんですか？」

「言いたいことはわかる。僕もそう思う。だがね、さっきも言ったとおり、僕はまったく驚いていない」

ヘルマンソンは紙を元の場所に貼りつけた。紙はしわくちゃになり、テープの粘着力も落ちている。

「私、約束したじゃないですか。事情聴取のときに」

「諦めるのはまだ早いよ。家族に会わせることで捜査が進むのであれば、オーゲスタムだって大目に見てくれると思う。というのも、これはほかでもない、捜査戦略の問題だからね。オーゲスタムだって、外部との接触を禁じなければならないとは一瞬も思っちゃいないよ。たとえシュワルツが捜査を妨害しようとしたところで、できることは限られている。そのことはオーゲスタムもわかっているはずだ。目的はむしろ、こうして外部との接触を断つことで、シュワルツにしゃべらせることなんだ。検察がよく使う手だよ。被疑者につらくあたって、いやがらせをすれば、事情聴取に勢いがついて、被疑者がさっさとしゃべりだす、そう思っているんだ。連中は認めやしないだろうが、それが本音だよ。僕は知っている」

ヘルマンソンは閉じたドアを前に立ちつくした。中にいる男がいったいだれなのか、彼女にはよくわからない。だがこの男は、重傷害容疑で逮捕され、事実関係を認めているにもかかわらず、新聞も読めず、ラジオも聞けず、テレビも見られず、手紙を書いたり受け取ったりすることもできず、弁護士や拘置所付きの牧師、看守、彼女自身を含む捜査官たちを除いては、だれにも会うことができないのだ。どう考えてもおかしい、と彼女は思った。

看守がひとり近づいてきた。扉の中央の小窓から中をのぞき込み、ようすを確認し納得してから、扉を開けた。

ジョン・シュワルツ、いや、ジョン・マイヤー・フライは、顔面蒼白だった。

床に座ったまま、開いた扉に向かってうつろな視線を投げかけた。

「ジョン」

答えはない。

「少し話があります」

ヘルマンソンが独房に入り、彼に近寄ると、その肩に手を置いた。

「スリッパを履いて、支度してください。待っていますから」

ジョンは座ったまま肩をすくめた。

「どうしてですか？」

「新たに質問したいことがたくさん出てきたので」

「いますぐ？」

「ええ」

彼らはジョンを独房に残し、扉を開け放したまま廊下で待った。時間はかかったが、ジョンは言われたとおりに出てきた。少し離れたところにある取調室まで、両足を引きずるようにして歩いていく。取調室ではグレーンスとオーゲスタムが待機していた。

ジョンは戸口で立ち止まり、あたりを見まわした。相手の人数をかぞえ、四人は多すぎると思っているようだ。

「どうぞ、お入りください」

ジョンはためらった。

「さっさと中に入れ。ここに座るんだ」

エーヴェルト・グレーンスは苛立っていた。そのことを隠そうともしなかった。

「これから行なうのは、正式な事情聴取とは違う。フィンランドからのフェリーでおまえが起こした傷害事件については、いっさい話をしない」

ジョンは殺風景な部屋の中でひとつだけ空いている椅子に腰を下ろした。ほかの四人、刑事三人と検察官一人が、その向かい側に座り、彼の表情を、反応をうかがっている。

「だが、おまえは身分を偽って暮らしてきた。これから裁判に向けて足場を固めていくにあたって、まずそのことについて理解しておきたい。そこで、言ってみれば……おまえに聞きたいことが二、三あるというわけだ。ところで、ジョン、弁護士に同席してほしいか？」

奥の壁に、格子窓がひとつある。ほかにはなにもない。

「いいえ」

「弁護士はいらないと？」

ジョンは諦めきったようすでうなずいた。

「何度いらないと言えばわかってもらえますか」

「わかったよ」

エーヴェルトはぶかぶかの服を身にまとっている痩せた男を見つめた。短い間を置いてから、話しはじめる。

「まずは簡単な質問からだ。ジョン、おまえが死んだ人間だってことは、おまえ自身よくわかってるだろうな？」

取調室は彼らが入室する前のように静まりかえった。ジョンは簡素な椅子に座ったまま身動きひとつしない。エーヴェルト・グレーンスは満足げにニヤニヤと笑っている。そんな独善的なエーヴェルトを、オーゲスタムがにらみつけている。ヘルマンソンは、不快感が部屋を隅々まで勢いよく汚していくのを感じている。スヴェン・スンドクヴィストは、目の前の男が過去へ消えていくのを見たくないがために、床を見下ろしている。

若い男の医者がそばに立っている。

そして、言っている。俺が死んだ、と。

死亡宣告。ジョン・マイヤー・フライは死んだ、と……

……ジョン・マイヤー・フライは、マーカスヴィルの南オハイオ矯正施設にて、九時十三分、死亡確認、と。

俺はまだ生きているのに。

エーヴェルト・グレーンスは、ジョンがなんらかの反応を示すことを期待していた。どんな反応でもかまわない。とにかくこの男が事態の深刻さを理解したことを示す、なんらかの反応が返ってくるものと思っていた。

だが、なにも得られなかった。

ジョンは座ったまま動かない。まばたきひとつしなかった。

「死んでなどいません。見ればわかるでしょう、生きているって」

エーヴェルトがいきなり立ち上がった。その勢いで、簡素な椅子が後ろにひっくり返った。

「昨晩、ワシントンのインターポール、それからワシントンとシンシナティのＦＢＩと連絡をとったよ。連中が持ってる資料によれば——いいか、しっかり聞けよ——おまえはジョン・マイヤー・フライなる男と同一人物だという」

彼らの向かいに座っている、蒼白く痩せた男は、びくりと体を震わせた。ほんの少しの震えではあったが、彼らの目にはたしかに映った。

ジョンがこの名を耳にしたのは六年以上ぶりだ。周囲のだれも、この名を口にすることはなかった。

「しかも、フ、ラ、イ、連中の持ってる資料によれば、おまえはマーカスヴィル刑務所に収容されてて、そこの独房で死んだことになってる。罪状は、十六歳の少女を殺した第一級殺人。彼女をレイプしてから、拳銃で何発も撃ったそうじゃないか。少女は自宅の床に瀕死《ひんし》で倒れてるところを見つかった」

ジョンはもうびくりとはしなかった。その代わり、まるで痙攣でも起こしているかのように体が震えている。彼はささやき声を発した。

「愛していたんだ」

「そのうえおまえは愚かなことに、少女の体内に自分の精液を残したまま現場を去った」

「レイプしたんじゃない。愛し合っていたんだ。僕はどんなことがあっても……」

「FBIの話によれば、おまえは死刑執行のわずか一ヵ月ほど前に、独房で息を引き取った。まったく、うまくやったもんだな、フライ」

ジョンは立ち上がると、うすぎたない床に腰を下ろし、壁に寄りかかって両手に顔を埋めた。

「おまえの父親は、ルーベン・フライという名前だ。違うか？」

ジョンはさらに体を丸めた。床は冷たく、どこかからすきま風も入ってきていたが、そのせいではなく、ジョンはかつてないほどの寒さに襲われていた。

「つい数時間ほど前、ＦＢＩのシンシナティ支局が、親父さんと最初の事情聴取をしたよ。おまえがなぜここでこうして生きてるのかについて、親父さんはまったく心当たりがないと言ったそうだ。おまえは死んで、マーカスヴィルの西数十キロほどのところにあるオトウェイとかいう町の墓地、おまえのお袋さんが眠ってるのと同じ墓地に埋葬されてる。自分で葬式を手配して、葬儀代も支払った、実際に葬式に出て、棺《ひつぎ》が土の中に下りてくのも見たし、ほかにも出席者が二十人ほどいたのだからまちがいない、と」

親父の声。

もう六年以上も聞いていない。

「だが、親父さんがなんと言おうと、おまえがジョン・マイヤー・フライであることは百パーセント確かだ」

親父もかかわっている。

どうかかわっているのかは知らない。親父はひとことも言わなかった。が、車の後部座席にいた親父の顔は、いまでもはっきり思い出せる。

「どうだ、なにか言いたいことはあるか？」

いつも公正で、公平で、役所や官憲ともめたことなど一度もない親父。

その親父が、またFBIに事情聴取されている。

俺のために！

この俺のせいで！

ヘルマンソンはエーヴェルトの隣に座って耳を傾けていた。胸を締めつけてくる不快感を少しずつ振り切り、彼女はいま刑事として、この事情聴取に集中していた。重傷害罪の容疑をかけられたジョンの自宅を訪れ、彼を連行し、最初の事情聴取を行なったのは、自分だ。煙草や飲み物をすすめ、家族に会えるよう手配すると約束し、もう少しで彼の信用を勝ちとるところまでこぎつけたのも、自分だ。

彼女はエーヴェルトの肩に手を置いた。次の質問をどうかのみ込んでほしい、自分に質問させてほしい、という合図だ。

エーヴェルト・グレーンスはうなずいた。

「ジョン」

ヘルマンソンはジョンに近づいていくと、傍らに腰を下ろし、彼と同じように、ひんやりとした壁に背中をあずけた。

「これでわかったでしょう。いま言ったことはすでに判明しているんです。もうどうしようもない。あなたにはぜひ協力してほしい。あなた自身のためにも」

彼女は上着の内ポケットから煙草の箱を出し、軽く振って煙草を一本振り出した。

ジョンは煙草に目をやった。

「吸います？」

「ええ」

ヘルマンソンは煙草を手渡し、火をつけてやった。そしてジョンが煙草を吸い終わるまで数分ほど待った。

「まず妻と話をさせてくれませんか。彼女はなにも知らないんです。彼女には、僕の口から真実を聞く権利がある」

ヘルマンソンはジョンにもう一本煙草を渡すと、オーゲスタムのほうに顔を向けた。

「いかがです？」

「無理です」

「なんですって？」

「この件は極秘ですから。奥さんといえども例外は認められません」

ヘルマンソンはオーゲスタムから視線を離さずに言った。

「考え直していただけませんか。奥さんが捜査の障害になるとは思えません。私たちは真実を知る必要があります」

「だめと言ったらだめです」

「外で少しお話させていただけます？」

ヘルマンソンはドアを指差した。オーゲスタムが肩をすくめる。

「いいでしょう」

ラーシュ・オーゲスタムが最初に取調室を去り、ヘルマンソンがあとに続いた。彼女は部屋の中に残っている三人を見ないようにしながらドアを閉めた。

自分が正しいとわかっている。だが、同時に、全員の前でオーゲスタムに恥をかかせるようなことをすれば、正義を貫ける可能性が低くなることもわかっていた。

彼女はオーゲスタムを見つめ、落ち着いた声で言った。

「同時に進めるということではどうですか。ジョンは私たちに事情を話す。そのとき、奥さんに同席してもらう。奥さんにも同時に聞いてもらうんです。こうすれば、彼自身の口から奥さんに話したことになる。彼が要求しているのはそれだけでしょう？」

オーゲスタムは黙っている。

「オーゲスタムさん、おわかりだと思いますが、こうするのが捜査のためにもいちばんいいんです。捜査の目的は、すべての事実を明らかにすること、それ以外のなにものでもないんですから」

ラーシュ・オーゲスタムは髪に手をやり、すでにきちんと整っている前髪を整えた。

ヘルマンソンの言うことは筋が通っている。マニュアルには反しているし、外部との接触を禁ずる決定にも逆らうことになるが、捜査が進展することはまちがいない。

彼はため息をつくと、向きを変え、ドアを開けた。

「この非公式な事情聴取はしばらく中断します。奥さんを呼びましょう。それで死人が話をしてくれるのであれば」

ケヴィン・ハットンは本来ならもう眠っているべきだった。オハイオ州は朝の三時で、彼は暗闇の中、シンシナティとコロンバスを結ぶ幅の広い、ほとんど車の走っていない道路を進みながら、まぶたが重くなるのを感じていた。

だが、眠ってしまうわけにはいかなかった。

この奇妙な事件が今後どうなるのか、いったいなにが起こったのか、知らなければならない。子どものころから知っている友人、その死を悼み、葬儀にも出席した友人が、ほんとうに生きているというのか。なんらかの方法で、この国でも最高レベルの警備体制をそなえた刑務所からの脱走に成功したというのか。なんらかの方法で、死刑執行のわずか一ヵ月ほど前に、死刑囚監房からの脱走に成功したというのか。

距離は二百キロ。すでに半分まで来ている。あと一時間もすれば到着だ。夜中も開いているサービスエリア内のレストランに入り、妙に小さく黄色がかったパンを使ったホットドッグと、ブドウ糖入りのよくあるスタミナドリンクを買い求めた。疲労困憊というほどではないが、降雪と暗闇に加え、ヘッドライトを上向き加減にして走る対向車のせいで、目がちかちかし、頭痛がする。しばらくのあいだはめまいにも苦しまされていた。が、新鮮な空気を少し吸い、ホットドッグを少し食べ、ブドウ糖を少し摂取しただけで、かなり気分が良くなってきた。

ルーベン・フライはまだシンシナティにいる。夜半過ぎ、ＦＢＩのオフィスで、暗闇に広がる街を見下ろしながら、一時間ほどにわたって事情聴取を行なった。だがルーベンは、息子は死んだ、それ以外のことはなにも知らない、六年が経ったいまも悲しみは癒《い》えていない、この一点張りだった。

ジョンが亡くなる四カ月ほど前、オハイオ貯蓄銀行コロンバス支店で自宅を抵当に十五万ドルを借り入れた理由についても、ルーベンはなんら筋の通った説明をすることができなかった。どんなに迫っても答えは得られず、やがてルーベンは泣き出し、癒えかけた傷をふたたびえぐるような真似はやめてほしい、と懇願してきた。

ルーベン・フライはいま、シンシナティのはずれにある、たいした宿でもないくせにやたらと値の張る〈ラマダ・イン〉に宿泊している。費用は州の負担だ。ベンジャミン・クラークがその隣室に泊まっている。ルーベンが逃走するとは思えなかったが、それでもケヴィンは慎重を期した。ＦＢＩに十年以上勤務してきて、こんな事件は初めてだった。

刑務所の死刑囚監房から囚人が脱走したなどという話を聞くのは初めてだ。

生きた死人にかかわるのも初めてだ。

そのうえ、かつて親しくしていた人を相手に捜査をするのも初めてだった。

記憶にあるかぎりずっと、ジョン・マイヤー・フライは彼のそばにいた。マーカスヴィルでは家が近所で、ふたりは公園の砂場で赤い消防車を手にしてともに遊んだ。学校でも同じクラスになり、毎日肩を並べてともに通学した。アメリカンフットボールをやるには華奢《きゃしゃ》すぎると追い返されたふたりは、マーカスヴィルのあちこちのチームでサッカーに興じた。ガールフレンドができる日をともに夢見て、スティーブンズさんが捨てたポルノ雑誌をごみ箱に見つけては――二週間ごと、新たな号が発売されるたびに、古い号が捨ててあることをふたりは知っていた――、緑色の壁の地下室でマスターベーションにふけった。

やがて、ジョンがエリザベスに出会ってほんもののセックスをするようになり、また二度にわたって深刻な暴力事件を起こして少年院に入れられたこともあって、ふたりはだんだんと疎遠になった。

十七歳になるころにはふたりとも、もうふたりの道が交わることはないだろう、と感じていた。

ケヴィンはFBIの特別捜査官になった。

ジョンは殺人罪で死刑を宣告された。

だがケヴィンは、いったいなにが起こったのか、ほんとうのところはよくわからなかった。たしかにジョンは頭に血がのぼりやすく、粗野に振る舞うこともあり、自らもめ事を起こして楽しむようなところがあったが、それでもガールフレンドと寝たあとに彼女を撃ち殺し、平然とその場を立ち去るような人間とは思えなかった。

最初の何年かは、刑務所へ何度も面会に行った。警察官として与えられている権利とは関係なく、私人として、友人として、会いに行こうと決めたのだった。だが、まさに自分が警察官であるせいで、面会に行くたびに面倒な手続きがつきまとった。所持品の検査は大げさすぎるほどで、しかも面会時の会話はかならず聞かれ、メモされていたから、好きなように話もできなかった。それで、行く気が失せてしまった。面会の頻度はだんだんと減り、最後の一年はまったく行かなかった。

そして、突然、ジョンは亡くなったのだった。

当然のことながら、死刑が執行される前に面会に行こうと思っていた。ルーベンや法律家たちの訴えを新聞で読み、州知事がこれ以上執行を延期することはないだろうと理解した。恩赦はもうあり得ない。ジョンは薬物注射で死刑に処される。オハイオ州はこうして、死刑執行の統計に本気で加わる意思があることを示す。

そんなときに、ジョンは独房で息をひきとった。

ケヴィンはハンドルを強く握りしめ、残りのブドウ糖を飲んだ。

あのときは最悪の心地がした。

それまでは心のどこかで、ジョンとの友情を過小評価していたのだろう。少年時代はもう終わった、自分たちは互いにとってあまり大切ではなくなった、そう思っていた。自分がもう面会に行っていないこと自体、ふたりの友情が徐々に弱まり、消えてしまったことの証《あか》しだと思っていた。

だが、あのとき感じたことは、いまでもありありと思い出せる。

墓地に立って、神父の説教や、数人の短いスピーチに耳を傾けながら、彼は自分の一部が死んだと感じた。目の前で土中に葬られていくのは、自分の一部なのだと思った。

あと四十キロ。ケヴィンはスピードを上げた。

遅刻は避けたい。

かなり高価な車の運転席で、彼はふと自分自身の笑い声を耳にした。真夜中、時速百キロで走りながら、彼はたったひとり、喜びの欠けた笑い声を上げていた。

「歓声を上げるべきじゃないのか」声に出して言う。

おまえがいまも生きているのなら。

だが、そんな気にはなれない。わかるか？

ヘッドライトに照らされて、なにかの動物が路肩を走っているのが見え、彼はびくりと体を震わせた。ずいぶん大きな野うさぎだ。それが視界から消えるのを待ってから、彼はふたたびスピードを上げた。

ちくしょう、ジョン、おまえは殺人罪で死刑を宣告されていたんだぞ！

おまえは人の命を奪った。

人の命を奪った以上、自分の命をもって償うしかないんだ。

昨晩、ルーベン・フライに同行を求めるためマーカスヴィルへ向かっていた途中、すでにリンドン・ロビンズに電話をかけてあった。ロビンズはジョンが亡くなった時期にマーカスヴィル刑務所の医務部長をしていた人物で、現在はコロンバスの西十番街にあるオハイオ州立大学病院で指導医をしている。

ロビンズとは病院で四時に会う予定だ。もっと遅くてもいいのではないか、少なくとも朝まで待てないのか、とロビンズは言ったが、ケヴィン・ハットンは議論を避け、ただ、四時きっかりに病院の入口にいてください、とだけロビンズに告げた。

病院入口の外で待っていたリンドン・ロビンズは大柄な男で、平均的な身長のケヴィンよりもはるかに背が高く、しかも堂々たる体格だった。体重は百三十キロほどありそうだ、とケヴィンは推測した。

ふたりは握手を交わした。ロビンズの目には疲れがにじみ、髪も整っていなかったが、それでも気さくな態度で、寛容そうに見えた。ふたりは大病院の中に入った。ロビンズが果てしなく長い廊下を指差し、彼らはしばらくその廊下を歩いた。扉をひとつ抜け、階段を二階分上がり、さらにもうひとつ扉を開けた。

ロビンズのオフィスは狭く、机が大きすぎるうえ、あちこちに段ボール箱が積まれていて、ケヴィンは部屋に入ってドアを閉めると、いったいどこに座ればいいのだろうと考え込んだ。部屋はロビンズひとりで手一杯といった風情で、彼の大きな体が空間を占領し、壁がその体にまとわりついているような気さえするほどだ。がらくたに紛れて窓のそばに置いてあったスツールをロビンズが指差し、ケヴィンは身をかがめてそれをつかむと、腰を下ろした。

リンドン・ロビンズの息が荒くなっている。歩いて移動し、階段を上ってきたせいで、彼は一月の寒さにもかかわらず汗をかいていた。

「さて、ケヴィン・ハットンさん。支局担当特別捜査官とおっしゃいましたっけ？」

「そのとおりです」

「ご用件をうかがいましょう。私でお力になれることでしょうか？」

その声に緊張は感じ取れない。緊張を隠すため、無理に落ち着いた声を出そうとしているようすもない。

人がなにかを隠しているとき、不安を感じているとき、言うべきことを言っていないとき、ケヴィンはたいていすぐにそれを感じ取ることができる。が、いまはそのような感じがしない。リンドン・ロビンズはハンカチを出して額の汗をぬぐい、笑みをうかべた。彼の言葉に嘘はない。力になりたいと心から思っているのだ。

「ええ。おそらく。お力をお借りしたいのは、この件に関してです」

ケヴィン・ハットンは携えてきた薄手のブリーフケースを床から拾い上げ、開けると、書類の一枚入った封筒を取り出した。

「六年ほど前の死亡診断書です。マーカスヴィル刑務所で亡くなった、ジョン・マイヤー・フライという死刑囚のものです」

ロビンズは読書用眼鏡を探し、上着のポケットにそれを見つけると、ケヴィンが差し出した書類を受け取って読みはじめた。

「ええ。死亡診断書ですね。この診断書のために、夜明け前にわざわざこうしてお会いしているわけですか？」

「署名なさったのはあなたですね？」

「そうです」

「でしたら、まさにそのとおり、この診断書のために、夜明け前にわざわざこうしてお会いしているわけです」

ロビンズはもう一度書類に目を通してから、両手を広げて肩をすくめてみせた。

「お話がよくのみ込めません。私はマーカスヴィル刑務所で医務部長を務めていました。だれかが亡くなれば、死亡診断書に署名をするのは私の仕事でした。いったいなにが問題なのでしょう？」

「問題ですか？　問題は、ここに書かれた人物、死んだとされている人物が、いま北欧のストックホルムの拘置所に収容されている、ということですよ」

ロビンズはケヴィンを見つめ、手に持ったままの書類を見つめ、ふたたびケヴィンに視線を移した。

「申しわけないが、なにをおっしゃりたいのかますますわかりません」

「つまり、彼は生きているんです。ジョン・マイヤー・フライは生きている。何年も前にあなたが死亡診断書に署名したにもかかわらず」

「生きている？　どういうことですか？」

「どういうこともなにも、とにかく、彼は生きているんです」

ケヴィン・ハットンは、ロビンズのこわばった手の中でしわくちゃになりつつあった書類を取り返すと、フォルダーに入れてブリーフケースにしまった。

「質問が山ほどあります。ひとつ残らず答えていただきたい」

リンドン・ロビンズはうなずいた。

「お答えします」

ケヴィンは硬いスツールに座り直し、困惑した表情のロビンズを見つめた。

「ありがたい」

「ところで、ハットンさん、これは正式な事情聴取なのでしょうか?」

「いいえ。まだです。いまのところは、いくつか教えていただきたいことがあるというだけです」

ロビンズはふたたび額の汗をぬぐった。

「ジョン・マイヤー・フライはまちがいなく死にました」

そのうつろな視線がなにかに向けられている。壁かもしれない。彼はなにかを見つめていながら、同時になにも見ていなかった。

「私はマーカスヴィル刑務所で六年間働きました。そのあいだに所内で亡くなったのはわずか数人です。年配の受刑者もたくさんいたし、長期の受刑者もたくさんいたが、それでも亡くなった人間は少なかった。しかも、保証しますが、死刑囚監房で亡くなったのはジョン・

マイヤー・フライただひとりです。だから、ハットンさん、あのときのことははっきり覚えていますよ。ジョン・マイヤー・フライのこともね。彼が死んだ日のことは、鮮明に覚えています」

ヘレナ・シュワルツは鳥を思わせる女性だった。華奢な体がぶかぶかのセーターと幅の広いズボンに包まれているせいで、体の輪郭を見てとることができない。エーヴェルト・グレーンスが鳥を連想したのは、おそらくその顔のせいだろう。取調室に視線を走らせている不安げな目、絶えずがくがくと動いている顎、いまにも警戒の叫び、絶望の悲鳴をあげそうな口。

開いた戸口のそばで彼女がはたと立ち止まり、おそるおそる取調室をのぞき込んだそのとき、ジョンはさっと立ち上がり、なにやら叫びながら戸口へ駆けていった。オーゲスタムが止めようとしたが、エーヴェルトがその前に立ちはだかり、ヘルマンソンとともにオーゲスタムを座らせた。衝撃的な真実が語られる前に、夫妻が抱き合いたいのであれば、そうさせてやればいいではないか。

ふたりは戸口を入ったところで額を合わせて涙を流し、頰にくちづけを交わし、両手を握り合った。オーゲスタムもヘルマンソンもエーヴェルトもスヴェンも、それぞれ床を見下ろしたり書類を探したりと、自分の考えに気をとられているふりをした。野次馬のようにふたりを見つめることは避け、取調室という場所にあってもプライバシーをなんとか尊重しようとした。

それからエーヴェルトがふたりに近寄り、ジョンをもとの場所に戻らせ、新たに持ち込んで奥の壁沿いに置いてあった椅子をヘレナ・シュワルツにすすめた。

空気が重く淀んでいる。二、三人用の小さな部屋に六人がひしめき合い、酸素が足りないような気すらした。

「ジョン」

エーヴェルト・グレーンスは簡素な机にひじをつき、ジョンの座っているほうを向いた。ジョンの目が赤くなっている。その視線がヘレナの目を探している。

「約束したよな。本来なら外部との接触はいっさい禁止だが、それでも奥さんを呼ぶことは許可してやった。そうしたら、ジョン、おまえは事の次第を話す。そういう約束だった」

その言葉はジョンの耳に届き、彼はなにか言おうとしたように見えたが、結局なにも言わなかった。

「そうだろう、ジョン？」

ヘレナ・シュワルツがいつのまにか立ち上がり、駆け寄ろうとしていたところを、スヴェンが制止した。

「わけがわからないわ！　いったいどういうことですか？　ジョンが人を蹴って怪我させた、私にはまだ信じられない、私のジョンがそんなことするわけない、けど、こんなふうに彼を閉じ込めて、私は彼と話をすることもできなくて、こんな部屋に呼ばれて、彼に事の次第を話せ、って……あなたたち、いったいなにをするつもりなの？」

彼女は拳《こぶし》を握ってスヴェンの胸や腕を叩き、大声を上げた。スヴェンは彼女が静かになるまで羽交い締めにし、それから決然と彼女をもとの椅子に座らせた。

エーヴェルトはジョンを見つめ、それからヘレナを見つめた。そこまでとげとげしい声を出さなくてもよさそうなものを、彼の声は辛辣《しんらつ》だった。

「もう一回同じことをしたら、即刻パトカーで家に送り返しますよ。あんたに来てもらったのは、ジョンがそう望んだからだ。そこに座って、静かにしていてください。いいですね？」

ヘレナ・シュワルツはうつむいたまま弱々しくうなずいた。

「それでは」

エーヴェルト・グレーンスはふたたびジョンのほうを向いた。苛立ちを表わす小さな動作の数々。新たな情報を明かすべき人物に、その苛立ちが確実に伝わるように。

「今度こそ話してもらおうか、ジョン」

目の下に隈《くま》をつくった蒼白い顔の痩せた男は、緊張しきったようすでつばをのみ込み、唇をなめ、鼻から息を吐き出した。

「ヘレナ」

彼女に視線を向ける。

「こっちを見てくれ」

彼女は顔を上げ、目を細めて彼を見つめた。

「ヘレナ」

ジョンはふうと息をつき、ふたたび息を吸い込んでから話しはじめた。

「きみの知らないことがたくさんある。きみだけじゃない、だれも知らないことだ。でも、きみには話しておくべきだった。少なくとも、きみにだけは」

ふたたび深く息をつく。長い吐息。

「これから話すことを、ちゃんと聞いてほしい」

ため息。

「ヘレナ……俺の名前はジョン・シュワルツじゃない。俺は……俺はカナダのハリファックスで生まれたんじゃない。ある女性と恋に落ちてスウェーデンに来たのでもない」

ジョンはヘレナを見つめている。ヘレナもまた、ジョンを見つめている。

「俺の……ほんとうの名前は……ジョン・マイヤー・フライ。オハイオ州のマーカスヴィルという小さな町で生まれた。シュワルツなんていう名前の知り合いすらいない。スウェーデンがどこにあるのかも知らなかった。俺がこの国に来たのは、自分の身分と過去を売りたがってた男が、たまたまスウェーデンの永住権を持ってたからだ。俺は刑務所に入れられてた。死刑囚監房に十年以上収容されてたんだ。だが、そこから脱走した」

両目に涙がうかび、きつい灯りがその目の中で光っている。

「ヘレナ、俺は死刑囚だったんだ。わかるかい？　死刑の執行を待つ身だった。それなのに、脱走に成功した。どういうふうにして脱走したのかはいまだによくわからないが、とにかく俺は逃げた。うっすら覚えてるのは、クリーヴランドから船に乗ったこと、デトロイトからモスクワまで飛行機に乗ったこと、そこからまたストックホルムまで飛行機に乗ったこと」

彼は何度か咳払いをした。

「死刑を宣告されたのは冤罪《えんざい》だった。聞いてくれ、ヘレナ！　俺は十七歳だった。やってもいない殺人の罪を着せられた！　それで死ぬことになってたんだ！　裁判所が決めた――俺が死ぬ正確な日時を」

ジョンは立ち上がった。不恰好な拘置所のシャツの袖に顔を埋め、流れるものをぬぐい去る。

「でも、俺は死ななかった。死ななかった！　ここにいて、きみがいて、オスカルがいる。俺は死ななかったんだ！」

そのときの光景を、エーヴェルト・グレーンスは何度か目にしたことがあった。当事者になったこともあった。

ひとりの人間が突如、別人となる瞬間。わずか二言三言で、ひとりの人間の人生が消し去られる瞬間。過去が、ともに生きてきた時間が、一瞬にして消え去る。あとに残るのは、嘘だけだ。巨大な、いまいましい、偽りだけだ。

当然のことながら、パターンがあるわけではない。とはいえ、ヘレナ・シュワルツが見せた反応は、ほかの人々が似たような状況で示す反応と、ほぼ同じだった。見捨てられ、だまされ、踏みにじられ、恐怖におびえた女。

彼女はもちろん泣き、わめいた。まわりもそれを受け入れた。が、次の瞬間、まわりが反応する間もなく、彼女は急に立ち上がって駆け出すと、ジョンの顔を平手で何度も叩きはじめた。

ジョンは身動きひとつしなかった。

両手を挙げてかわすことも、身をかがめることもせず、ただ彼女の平手打ちを受け止めていた。

ヘレナはエーヴェルトのほうを向いて叫んだ――〝あなたもなにか言ったらどうなの！〟――が、彼は答えず、身動きもせず、彼女はまた叫んだ――〝こんな話を信じるわけ？〟――彼は肩をすくめた――〝私は信じないわ〟――彼女はエーヴェルトを見つめていたが、やがてジョンのほうに向き直り、ついさきほどまで知っていると思っていた相手を叩きつづけた。〝そんな話、信じないわ！〟彼女の声はかすれていた。〝この嘘つき、そんな話、信じるわけないでしょう！〟

リンドン・ロビンズの大きな体は、狭いオフィスの椅子の上で完全に静止していた。死んだはずの人間について、FBI捜査官からの質問を受けると、彼はできるかぎり答えを返した。マーカスヴィル刑務所で働きはじめたときにはまだ二十八歳で、その三年後に医務部長に昇進した。とはいえ、スピード出世というわけではない。刑務所の医務官は慢性的に不足していた。医師が刑務所で働こうと考えるのは、少なくとも高い社会的地位を得るためではない。医務官の社会的地位などないに等しいからだ。弱者の中の弱者、この社会に歴然と存在する価値判断基準によって最下層に位置づけられている人々を、なんとか助けたいという思いがあるか、あるいはただ単に、将来もっと魅力的な病院で魅力的な仕事をするための経験を積む場として刑務所を選んでいるか、そのどちらかである。ロビンズ自身の場合は、この両方の動機が混在していた。まだ若く、医師になったばかりで、経験のない自分を雇ってもらえただけでありがたかった。同時に、純粋に人助けをしたいという思いもあった――もっとも、患者から得られる見返りがあまりにも少ないせいで、そんな気持ちは徐々に薄れ、しぼんでいったのだが。

ケヴィン・ハットンは耳を傾けていたが、やがて徐々に寝不足がたたりはじめ、欠伸をいくつか押し殺した。ひとこと断わってからオフィスを離れ、廊下に自動販売機を見つけると、缶入りのミネラルウォーター二本に、ピンク色のアイシングが薄くかかったパイ菓子を二つ持って部屋に戻った。

缶の中身を半分飲み、菓子を半分かじってから、ハットンは質問を続け、ロビンズは回答を続けた。

「心筋症？」

「ええ」

「ご説明いただけますか」

「心筋が肥大する病気です。簡単に言えば、ジョン・マイヤー・フライの心臓は大きくなりすぎた。珍しいですが、実際に存在する病気です」

ケヴィン・ハットンは残り半分となった菓子を割り、乾いた硬い端の部分をミネラルウォーターに浸した。

「私はジョン・マイヤー・フライを幼いころから知っています。私の記憶にあるかぎり、彼が心臓の病気を抱えているという話は聞いたことがないのですが」

「だからといって心筋症でなかったとは言いきれません」

「しかし……」

「心筋症はある程度の年齢になってから発症することも多いのです。そのうえ、発見が遅れることも多々ある。フライの場合は、私の記憶が正しければ、亡くなるわずか三、四カ月前に心筋症と判明したはずです」

ハットンはブリーフケースからメモ帳を取り出し、なじみのない医学的情報を書き留めはじめた。

「その心筋症というのは、どういうふうに発見されるものですか？　たとえば、フライの場合はどうだったのでしょう？」

「さまざまな要素が重なり合って発見されることが多いですね。フライはよくあるケースでした。体のだるさ、疲労感、脱力感を訴えていた。だが、彼はまだ若かった。若い人の場合、心臓が原因かもしれないとすぐには思い至らないものです」

「それで？」

「原因がわかったのは、グリーンウッド医師とビアコフ医師が心臓のレントゲン検査をしたからです。たった一回の検査で、一目瞭然《りょうぜん》でした」

ハットンは医学的な説明を簡潔にメモしたそのすぐ下に、ふたつの名前を書き込んだ。

「グリーンウッド医師と、ビアコフ医師ですか」

「ローサー・グリーンウッドと、バージット・ビアコフ。ふたりとも有能な医師で、当時それぞれ五十パーセントのパートタイム契約で働きはじめたばかりでした。それ以外の時間は、ここコロンバスにあるオハイオ・ヘルス・ドクターズ病院で働いていました」

「有能、とおっしゃいましたね？」

「この国の刑務所で働いている医師たちの大半と比べたら、能力もあり、経験も豊富でしたよ」

「ということは、彼らが誤診をした可能性はないと？　心臓が肥大しているという診断のことですが」

「私自身、レントゲン写真を見ました。疑問の余地はありませんでした」

ハットンはメモ帳を脇に置くと、机の少し離れたところに置いてある電話に手を伸ばした。

「お借りしてもいいですか？　続ける前に、一件だけ電話をかけさせてください」

リンドン・ロビンズはうなずき、しばらく椅子に背をあずけて目を閉じた。ケヴィン・ハットンが番号を押し、呼び出し音を何度か鳴らして、クラークに向かって、クラークという名の同僚を起こしているのが聞こえてくる。彼は寝起きのクラークに向かって、グリーンウッドとビアコフなる医師についてコンピュータで調べるよう指示していた。

ハットンが受話器を置き、ふたりはふたたび見つめ合った。

「検死報告書ですが」

「はい」

「どこにあるかご存じですか？」

ロビンズは首を横に振った。

「フライのファイルに入っているはずでしょう。ほかの書類といっしょに」

「ええ、そのはずです。それがないんです」

リンドン・ロビンズは大きくため息をついた。

「なんてこった。いったいどうなってるんだ？」

ケヴィン・ハットンはふたたびメモ帳を手に取ると、数ページほどめくってから書きはじめた。

「検死についてご存じのことは？　正確にお答えください」

「私が知っていることですか？　あまりありませんよ。信頼できる有能な医師ふたり、おそらく私自身より有能だった彼らに、すべてを任せました。彼らが遺体を引き受けて、看守と協力し、解剖にまわしたはずです」

ロビンズは菓子を食べていなかった。礼を言って受け取りはしたものの、体重制限をしているので、こうしたピンク色のアイシングのたぐいは避け、健康的な食事をするよう心がけている、と語っていた。

しかしいま、彼はふたたびため息をつくと、ハンカチで額の汗を拭き——これで三回目だ——、それから菓子をわしづかみにして、ろくに噛むこともせずごくりとのみ込んだ。

「ストレスを感じるとね、つい。いつもやってしまいます」

ケヴィン・ハットンは肩をすくめた。

「私は爪を噛むのが癖でね。厄介な状況になってくると、無意識のうちに爪を噛んでいます。しかし、いまはとにかく、実際の検死結果についてあなたが把握している内容を、正確に教えていただきたい」

ロビンズは口元にわずかに残った菓子くずをぬぐってから答えた。

「正直に申し上げると、ハットンさん、私はいっさいなにも知らないのですよ。フライはもう亡くなっていました。そうでしょう？　私はマーカスヴィル刑務所の医務部長として、ほかにすることがたくさんあった。いつも時間に追われていました。フライは亡くなった。原因もわかっていた。部下の医師ふたりが対処にあたった。私はそれでじゅうぶんだと判断しました。ですから、解剖の結果についてはなにも存じません。すでに死んだ人間に割く時間も、そのためにわざわざエネルギーを使う理由もありませんでしたから」

「しかし、それがあなたの仕事だったのではありませんか？　事実を把握することが」

「もし、いま同じ状況に陥ったとしても、私はまた同じ判断をするでしょう。あなたもそうなさるはずです」

時刻は水曜日の朝、四時四十分だった。冬の夜明けは遅く、外はまだ暗い。ケヴィン・ハットンは、聞くべきことをすべて聞いた、と感じた。初めに抱いた印象は正しかった――リンドン・ロビンズは疑いなく真実を話している。ジョンの死の真相について、いっさいなにも把握していない。こうして貴重な時間を割き、率直な答えを返してくれたことに、ケヴィンが礼を言おうとした瞬間、ブリーフケースの中から着信音が聞こえてきた。五回鳴ったところでやっと電話が見つかった。

ベンジャミン・クラークからの電話だった。

存在しない、と言う。

ローサー・グリーンウッド医師とバージット・ビアコフ医師はもはや存在していなかった。

エーヴェルト・グレーンスとラーシュ・オーゲスタムは非公式の事情聴取を一時中断することで合意した。ヘレナ・シュワルツは気が済むまで夫に平手打ちを続けた。ジョンは身動きひとつせず、彼女の――そして、自分の――失意を受け止めた。ヘレナがわめき、ふたりは涙を流し、スヴェンはふたりの気が済むまでそっとしておいてやろうと、エーヴェルトとオーゲスタム、ヘルマンソンを促して廊下に出た。

一時間が経過し、クングスホルム教会の鐘が正午を告げた。空腹の四人はハントヴェルカル通りまで歩いていくと、窓辺にヤシの木を飾ってある少々高価なレストランに入った。四人は食事中、ひとことも口をきかなかった。それはけっして気まずい沈黙ではなく、それぞれが自分の考えにふける権利を暗黙のうちに尊重した、心地良い休息の時間だった。やがて彼らは立ち上がり、帰り支度をはじめた。スヴェン・スンドクヴィストはレジに向かうと、追加で〝本日のサラダ〟をふたり分注文した。持ち帰り用としてプラスチックの箱に入れ、使い捨てのフォークとナイフをつけてもらう。ジョンとヘレナ・シュワルツにも昼食が必要だろうと考えてのことだ。力が尽き果てているにちがいないから。

ふたりは部屋の中央で、床に腰を下ろしていた。ジョンがヘレナの鳥のような体を抱きしめている。ふたりは頬を寄せ、手を絡ませていた。スヴェンは部屋に入るとき、ヘレナを見やり、考えた。彼女は事態をほんとうに理解したのだろうか？　それとも彼女は、許すということを知っている、数少ない人間のひとりなのだろうか？

ラーシュ・オーゲスタムが入ってきた。しゃがみこむと、ふたりとも食事をしなさい、いまのうちに食べておいたほうがいい、ジョンは食事が終わったら、拘置所の屋上に設けられた柵で囲まれた運動場へ行くように、と告げる。オーゲスタムはちょうど、ジョンが一月の冷たくも新鮮な空気を吸えるよう、追加の休憩時間をとらせる許可を得てきたところだった。

ジョンが看守に付き添われて屋上の運動場へ行っているあいだ、ヘレナ・シュワルツは拘置所の廊下の椅子で待っていた。煙草を吸ってもいいかと聞くので、いちばん近くに立っていたエーヴェルト・グレーンスは肩をすくめた。ヘレナはそれを承諾のしるしと解釈し、上着のポケットを探ってメンソール煙草を取りだした。

「煙草なんて五年ぶりだわ」

火をつけ、息を吸い込む。まるで急いでいるかのように、しきりに煙を吸っては吐きだしている。

「あなたはどう思われます？」

そう言ったとき、彼女は少し震えていた。エーヴェルトは話をする気になれなかったが、それでも答えを返した。

「さっきも言ったとおり、勝手な推測をするつもりはありませんよ」

「あの人、ほんとうのことを話しているのかしら？」

「わからない。彼のことは、あなたがいちばんよくご存じのはずだ」

「そうともかぎらないみたいだわ」

看守がふたり、廊下の奥をうろついている。少し離れたところで清掃員が床を磨いている。

「あの人、刑務所に入っていたんですね？」

「アメリカの当局によれば、そのようですね」

「十年間？」

「そう」

「死刑を待っていた？」

「そのとおり」

彼女は静かに涙を流していた。

「人を殺したのね」

「それはまだわからない」

「でも、殺人罪で死刑を言い渡された」

「そのとおり。まあ、おそらく実際に殺したんでしょう。だが、ジョンがほかに話したこと

──本名や、死刑を宣告されていたこと、刑務所を脱走したことなどは、事実と合致している。したがって、自分は無実だという主張もほんとうである可能性はある」

エーヴェルトはいつもズボンのポケットに入れているハンカチをヘレナに手渡した。彼女はそれを受け取ると、涙をぬぐい、鼻を拭き、ふたたびエーヴェルトに視線を向けた。

「そういうこと、ほんとうにあるんですか」

「無実なのに有罪とされること？」

「ええ」

「ほとんどありませんよ。頻繁にあったら困るでしょう」

戻ってきたとき、ジョンの髪は濡れ、蒼白い頬は赤くなっていた。外は寒く、雪が降っていたのだ。厳しい冬はまだまだ続いていた。

全員が彼を待っていた。

刑事三人、検察官、ヘレナ。

全員がジョンを見つめ、自分の席に向かう彼の足取りを目で追った。事情聴取の再開だ。

「寒さっていうのは気持ちいいものですね。風が強くて、寒さに震えて、でも中に入ると暖まる、それがとても心地いい」

ジョンは彼らの目を見た。

「昔からそうでした。そんなふうに感じていました。故郷のオハイオ州で」

ヘルマンソンはそれまで長いこと黙っていた。いずれ自分の話す番が来るとわかっていたからだ。そして、いまこそ自分の番だった。

「ジョン、私たちは耳を傾けています。奥さんのヘレナさんも耳を傾けています」

昨日、この男との対話を始めたのは自分だ。それを終えるのも自分だ。

「でも、頭の中では、ジョン、みんなこう考えているんです——いったいなにを信じればいいのだろう？　この人の言っていることはほんとうだろうか？　もしそうだとすれば、なぜいまになって真実を語るのか？」

ジョンはうなずいた。

「信じてくれなくてもかまいません。これからお話しすることは、僕が知っていることのすべてです」

ヘルマンソンはしばらく黙っていたが、やがて片手を差し出した。どうぞ、という合図だ。

ジョンは背後の壁時計に苛立っている。いまでも時計は大嫌いだ。

「僕がまず知っているのは、自分がひどい人間だったということ。乱暴で、短気で、相手がだれであろうとなんであろうと食ってかかっていった。少年院に入れられたことも二回ある。僕はそれに値する人間だった」

彼は赤いプラスチックの時計のほうを向いた。

「あれ、はずしてもいいですか」

ヘルマンソンはその張り詰めたまなざしを品定めするように見つめた。

「ええ。どうぞ」

ジョンは立ち上がり、時計とそれが掛かっていたフックを取りはずすと、扉へ向かった。扉を開け、戸口の向こうに時計を置いてから、また閉める。

「それから僕が知っているのは、十六歳のときに、ヘレナ、きみ以外に唯一愛した女性と出会ったこと」

彼はヘレナを長いこと見つめ、それから緑がかったビニール床に視線を落とした。

「だがある日の午後、彼女は両親の寝室で倒れているところを見つかった。瀕死の状態だった。名字はフィニガン。彼女の体内に僕の精液が残っていた。彼女の体、家のあちこちに、僕の指紋が残っていた。当たり前だ。一年以上も付き合っていたんだから！　その後の裁判は、とにかく大混乱だった。マスコミの連中や政治家どもが、法廷の外に詰めかけていた。彼女は未成年で、美人で、しかも彼女の父親は州知事の側近だった。連中はみんな、憎しみの対象を欲しがっていた。彼女が死んだ以上、引き換えにだれかを殺さなければ気が済まない。それで僕は、殺人罪で有罪になった。十七歳だった僕は、マーカスヴィル刑務所の死刑囚監房に連れて行かれた。怖くてしかたがなかった。十年間そこに閉じ込められて、死を待っていた。ところがある日突然、目が覚めてみたら、大きな車に乗せられて、コロンバスとクリーヴランドのあいだを走っていた」

彼は両手を胸にやり、軽く叩いた。

「それだけです。僕がはっきり知っていることは、これで全部です」

ヘルマンソンが立ち上がり、部屋の中にいる面々を見つめてから、扉を指差した。

「この部屋、息が詰まりそう。どなたか、飲みものでもいります？　少なくとも、私はなにか飲みたいわ。ジョン、あなたも、なにか飲んだほうがよさそうですね」

やがて彼女はコーヒーを六杯携えて戻ってきた。もちろん、すべて違う種類だ。ミルク入り、ミルク無し、砂糖入り、砂糖とミルク入り……彼女は注文どおりのコーヒーを、コピー用紙の入っていた空き箱に載せて運んできた。全員がしばらくコーヒーを飲んだ。そうして、ジョンがふたたび話しはじめるのを待っていた。

「そのほかのことは……どうやって刑務所を出たのかは……わからない。ほんとうに知らないんです」

彼はかぶりを振った。

「うっすらと覚えているのは、まず、音。におい。ぼやけた映像。繰り返しやってくる暗闇。光。そして、また暗闇」

ヘルマンソンはコーヒーを飲み干した。ミルクと、砂糖が少し入ったコーヒーだ。

「思い出して。もっとあるはずです。私たちはもっと知りたい。もっと知らなきゃならない」

換気口もなく空気の淀んだ部屋で、ジョンは汗をびっしょりかきながら、心臓の病気になったこと、数カ月ほど体がだるくてしかたがなかったこと、あの日はとくに気分が悪かったことを語った。

「それで、看守が――たぶん看守長だったと思います。ヴァーノンという名前だった。彼がいきなり独房のドアを開けて、別の看守をふたり従えて入ってきた。手錠をかけるためです。彼がいつもそうでした。だれかが独房に入ったり、僕が独房を出たりするときは、かならず手錠をかけられて、何人も看守が見張っていた」

「お代わりは？」

ヘルマンソンが空《から》になった彼のコップを手で示した。

「いいえ。もう少しあとで」

「じゃあ、欲しいときに言ってくださいね」

ジョンは床を見下ろしていたが、ときおり顔を上げて妻のほうに目をやり、彼女の視線を探っていた。彼女が自分の言葉をきちんと受け止めているかどうか知りたいのだろう。

「女の医者が入ってきて、ズボンを脱げと言った。スポイト――たしかそういう名前ですよね、あの器具は――それを手に持っていて、ここに突っ込んで、なにかの液体を入れた」

彼は自分の尻を指した。

「体がだるくなった……いつもよりひどかった……あんな心地がしたのは、たぶんあれが最初で最後です……とにかくだるくてしかたがなかった。それから、たぶん、もうひとり医者が入ってきたと思う。確信はない。夢を見ていたのかもしれない、けど、男の医者だったと思う。女のほうよりも若くて、錠剤を手に持っていた。僕はなにかを飲まされた」

エーヴェルト・グレーンスがそわそわと体を動かした。椅子が座りにくいうえ、いつもながら背中が痛くてしかたがない。隣に座っているスヴェンやオーゲスタム、ヘルマンソンを見やり、目の前でかたちづくられていく奇妙な物語の邪魔をしないよう気をつけながら、体勢を変えようとする。

「僕は床に倒れていた。どうしてかはわからないが、とにかく床に倒れていて……起き上がる力がなかった。それから……なにかが刺さるのを感じた。ここに。わかります？　あれは注射にちがいないと思う。医者のどちらかが、僕のペニスに注射したんです」

ジョンは額に手を当て、涙を流しはじめた。泣きじゃくるでもなく、自暴自棄になるでもなく、ただゆっくりと、少しずつ、流さなければならない涙を流していた。

「僕は時を刻むことができるようになっていた。一秒、また一秒、まるで僕の中に時計があるみたいだった。死刑囚監房ですることといったらそれしかないんです。カウントダウン……でも、あのときは……注射されたあとは……もうなにもわからなくなった。すぐだったのか、それとも、長い時間が経っていたのか、わからない。とにかく……僕は息ができなくなった。体も動かせなくなった。まばたきもできなかった。心臓の鼓動が感じられなかった。完全に麻痺していた。目は覚めているのに、体が完全に麻痺していた！」

ヘルマンソンは空になったジョンのコップをつかみ、廊下に出ていった。彼女が戻ってきたとき、ジョンはもう泣いていなかった。彼はコーヒーを手に取ると、半分だけ飲み、ふたたび身を乗り出した。

「自分は死ぬんだ、と思った。死ぬんだ、と！　だれかが僕のまぶたをこじ開けて、目薬のようなものをさした。どうしてそんなことをするのか聞きたかったが、ぴくりとも動けなかった……まるで体がなくなったみたいだった。わかりますか？　わかりますか⁉　死ぬときに感じる、体の内側でどくどくと脈打つ、あの恐ろしい力。だれかが叫んでいた。〝死んでしまう！〟。それで……もう一本注射を打たれたような気がする。心臓に。喉になにか入れられているのがわかった。人工呼吸で空気が入ってきた。僕はたぶん、眠り込んだ。気を失ったのかもしれない。ほんとうにしばらくのあいだ死んでいたのではないかと思うこともある。だれかがそう叫んでいましたからね――〝死んでしまった！〟と。僕には意識があった。独房の床に倒れたまま、僕は自分の死亡宣告を聞いていました！　時刻と僕の名前を言っているのが聞こえた。わかりますか？　僕は自分の死亡宣告を聞いたんです！」

ジョンの最後の言葉が狭い取調室を駆けめぐり、耳を傾けている人々にぶつかって跳ね返った。ジョンは言葉を引き取って続けた。

「自分は死んだ、と思った。目を覚ましたとき……まわりが見えたとき……僕は確信した。自分はもう生きていないんだ、と。寒かった。僕は冷蔵庫のような部屋で横になっていた。隣にもうひとりいた。真っ白で、僕と同じように、簡易ベッドに仰向けに横たわっていた。僕にはわからなかった。死んだのに、どうしてものが見えるのか、どうして寒さを感じるのか」

彼はコーヒーを飲み干した。

「そして僕は気を失った。ただ、気を失った。そのあとは……たぶん、袋に入れられていたと思う。ビニール袋。あのかさかさという音はビニール袋にちがいない。ご存じですか……手錠をかけられた状態で、自由になろうともがいても、絶対に無理なんです。両手をせいぜい二十センチしか離せないんだから。その状態でもがいても……どうにもならない」

オーゲスタムとヘルマンソンが顔を見合わせ、合意に達した。ここで中断しよう。ジョンにはもう気力が残っていない。夕方まで待とう。ジョンには独房でしばらく横になって休んでもらい、それから再開することにしよう。

「中断する前に、ひとつだけお聞きしたい」

オーゲスタムがジョンのほうを向いている。

「さきほど、車に乗せられて、コロンバスとクリーヴランドのあいだを走っているところで目が覚めた、とおっしゃいましたね？」

「ええ。そのとおりです」

「では、その車を運転していたのはだれですか？　ほかにはだれか乗っていましたか？　隣にはだれがいましたか？」

ジョンは首を横に振った。

「いいえ。まだ」

「まだ？」

「まだ話したくありません」

外で待っていた看守ふたりがジョンを独房に連れ戻した。彼は何度か振り返り、取調室の扉のそばに立っているヘレナを見やった。ふたりの目が合った。彼女のそばにオーゲスタムとヘルマンソンがいて、ジェスチャーを交えながらなにやら話している。

エーヴェルト・グレーンスは、死刑を宣告された身であるフライ、なにも知らなかったヘレナ、落ち着き払って事情聴取にあたったヘルマンソン、ほんの一瞬賢いところをみせたと言えなくもないオーゲスタムを見つめた。

彼は早いうちから、これは外交上の爆弾になるだろうと気づいていた。フライから事情を聞いたいまになっても、事態のもつれはまったくほどけていない。まもなく、ジョン・マイヤー・フライの母国、超大国アメリカが、彼の引き渡しを求めてくるだろう。そうなれば、スウェーデンの官僚どもは、EU・米国間の引き渡し協定を引き合いに出そうとするだろう。アメリカは、ジョン・マイヤー・フライの死刑を執行する権利を主張するだろう。アメリカは、彼らの治安の改善に向けた断固たる措置を求めて、票を投じた有権者たち。アメリカは、彼らの信用を維持しなければならない。

エーヴェルトはまだ取調室から出てきていないスヴェン・スンドクヴィストを見やり、声をかけた。

「どう思う？」

スヴェンは顔をしかめた。

「この仕事をやっていると、まったく……驚きが尽きないよ」

エーヴェルトはスヴェンがそばに来るまで待ち、それから小声で言った。

「頼みがある」

「なんだい」

「拘置所の医務官を連れてこい。名前は知らんが、とにかくそいつを引っぱってきて、これまでにわかったことを知らせるんだ。それから、ただちにフライを検査してもらいたい。やつの心臓がどうなってるのか、刑務所から脱走するための作戦にすぎなかったのか、それとも、ちゃんとした治療が必要なのか。結果がわかったらすぐに知らせてくれ」

「手配するよ」

スヴェンが廊下を歩きはじめたところで、エーヴェルトが声を上げた。

「ここの独房で死なれちゃたまらんからな。習慣になっちまったら困るだろう」

オハイオ州はまだ朝で、ストックホルムではすでに午後となっている水曜日の一日が、これからはじまり、命を吹き込まれるところだ。ヴァーノン・エリックセンは、マーカスヴィル刑務所のロッカーに看守長の制服を入れ、鍵をかけた。夜勤の最終日がこれで終わった。週末にはまた昼勤に戻れると思うと、ありがたい気持ちになった。

夜勤をしているときのほうが、ありありと感じられる。人生の消え去っていくさまが。

友人は多くなく、そもそも自宅から出かけること自体ほとんどないのだが、それでもこうして夜に働き昼に眠っていると、一時も疲れが取れず、そのうえもうひとつの現実、塀の外の世界のだれとも、まったく顔を合わせることがない。

前庭に出る扉を開け、鍵のかかった正門へ向かう。グリーンウッドとビアコフには電話をかけた。ふたりとも、動揺したりおびえたりしているようすはなかった。彼らもまた待っていたかのようだった。この日が来ることを予見し、覚悟を決めていたのだ。むしろ、ついに知らせが来て、一日、また一日と希望をつなぐ日々に終止符を打つことができて、ほっとしているのかもしれなかった。

警備室からの遠隔操作で正門が開く。門の外に出たヴァーノンは安堵した。

グリーンウッドもビアコフも、やるべきことを隅々まで理解していた。事前の会合で、ふたりは薬の名前や診断内容、考え得る措置などをよどみなく挙げていった。心筋症、ベンゾジアゼピン、ハルドール、パンクロニウム、モルヒネ誘導体……人間を一時的に死なせ、死刑囚監房の独房から冷蔵室へ移動させ、遺体袋に入れて、検死のため搬送すると見せかけて、車に乗せて北へ向かう……彼らの計画は細部まですべてうまくいった。ふたりはその後も数カ月ほど、マーカスヴィル刑務所で働きつづけた。すぐに辞職すると不審に思われかねないからだ。もともと人の入れ替わりの激しい職場なので、彼らがのちに辞職を告げたとき、だれひとり立ち入った質問をすることはなかった。こうして、ジョンの葬式からしばらく時を経たある日、ローサー・グリーンウッドとバージット・ビアコフは白衣を返却し、マーカスヴィルからバスでコロンバスへ向かうと、新たな身分と医師免許を携えて、それぞれ別の方向へ去った。

雪がちらついている。ヴァーノンは空を見上げた。牡丹《ぼたん》雪があたりを舞い、地面を柔らかくしている。マーカスヴィルの中心へ近づいていく。ここにある通り、ここに立っている木、すべて把握している。記憶にあるかぎりずっと、この町で暮らしてきたのだ。

彼らはジョンの蘇生を試みた。少なくとも、そう見えるように行動した。

彼らの仕事ぶりを近くで見ていた者は、医師がふたりがかりで必死になって人命を救おうとしていた、としか証言のしようがなかった。

グリーンウッドはジョンの気管にチューブを挿入して必要な酸素を供給し、同時にビアコフが心臓マッサージを行なった。

ひとりが電話をかけて〝除細動器〟を持ってくるよう告げ、看守が箱を抱えて走ってきた。ジョンの心臓に電気的なショックを与えるための医療機器だ。

ふたりは事前の会合で、電気ショックは最小限に抑えなければならないと何度も言っていた。ジョンに電気ショックを与えるのは一回だけ。それが終わったら、心室細動がみられず、心電図が直線となっていることを根拠に、心停止を宣言する。

最後の注射は、心臓に直接。蘇生法としては当然の措置だ。が、中身はアドレナリンではなく、生理食塩水である。

ヴァーノンは、すぐ近くで見ているにもかかわらず、どこか非現実的に感じられたその事態のただなかで、うっすらと誇りめいたものを感じ、そのことに自分で恥じ入った。

医学的措置のうち、心電図の改竄がヴァーノンの役目だった。

彼はごく普通のラップを小さく切ってこれを実現した。

前日の夜、薄く透明なラップを電極と同じ大きさに切り抜いておいた。単純きわまりない方法だ。電極が体に触れる部分にラップを貼りつけて、見えない膜を張り、機械を騙《だま》す。裸の肌に触れる電極が、死人の心臓の鼓動をとらえることのないように。

マーカスヴィルは目覚めたばかりだ。雪があたりを舞う中、ヴァーノンは小道を歩きながら、食卓に集まっている家族をいくつも目にした。クリスマスからもうずいぶん経つのに、まだ窓辺にイルミネーションが飾ってある。朝食の時間で、子どもたちは大急ぎでコーンフレークをかき込み、親たちは子どもたちと自分たちの支度に忙しい。ヴァーノンは小さな芝生の庭のある小さな家々をのぞき込み、ほんの一瞬、一瞬だけ、疎外感を覚えた。なににも属していない自分。人生を生き、自分を気にかけてくれる存在を、家族を、塀の外に持たない自分。

ジョンはあのとき、独房の床で死んだ。事情を知らない人間の目にはそうとしか映らなかった。そこでふたりは彼の死亡を告げた。グリーンウッドが大きな声で言った。〝ジョン・マイヤー・フライ、マーカスヴィルの南オハイオ矯正施設にて、九時十三分、死亡確認〟。そばに立っていたビアコフがゆっくりとうなずいた。あらかじめ決めておいたとおり、諦めきった表情をうかべて。

タイムリミットは八分。

それを過ぎてしまえば、ジョンの脳は大きく損なわれる。

医師たちはのちにこう語った――囚人の死亡という衝撃的な出来事のせいで、周囲に大きな不安が広がっていたので、それをエスカレートさせることは避けたかった。こういう事件が起こると、ほかの死刑囚たちが馬鹿な真似をするおそれがある。突然の死を目撃した人間がどんな反応を示すかは、概して予測不可能だ――死を待つ身である囚人たちの場合はとくに。

そこで彼らはジョンを速やかに運び出し、八番独房を、東ブロックの死刑囚監房を離れた。

刑務所の廊下を進んでいるあいだ、だれも見ていないと確信できたところで、二分おきにビアコフが搬送用ベッドにかがみこみ、ジョンに人工呼吸を施した。いまだ完全な麻痺状態にある肺に、こっそり酸素を送り込んでやったわけだ。

冷蔵室にジョンを置き去りにするとき、ひどく奇妙な心地がした。

が、ほかに選択肢はなかった。ジョンはとにかく冷気の中に入らなければならない。グリーンウッドとビアコフの説明によれば、とにかく速やかにジョンの代謝を抑え、体内での酸素消費量を減らさなければならない、ということだった。

ヴァーノンはできるかぎり長いこと、冷蔵室の戸口に立っていた。

冷蔵室を訪れるのは久しぶりだった。数えてみると、二十年以上訪れていない計算だった。死刑執行の際に病欠するようになって以来、一度も訪れていない。彼が死刑囚監房で知り合い、見張り、世話をしてきた人間はみな、死んだあと、抜け殻となってここに運ばれる。もうひとつ、魂のための部屋があってもいいのではないか、彼はいつもそんなふうに感じていた。

ヴァーノンは戸口に立ったまま、微動だにしないジョンの体を見つめていた。意識と無意識とのあいだをさまよっている彼は、体を動かすことができず、なにが起こったのかもわかっていない。この扉を閉めるやいなや、恐怖と不安、三人にも容易に想像できる恐ろしい不安が、ジョンを襲うことになるのだろう。ひとりきり、この冷気の中で目覚める。自分が死んでいるのか生きているのか、それすらもわからない。それまでの出来事を断片的に、少しずつ思い出す。それでも、まだわからない。

ヴァーノンは立ち止まると、歩道の縁石を蹴って靴についた雪を落とし、そこでしばらくたたずんでから、最後の道のりを歩き出した。

マーン・リフ通りは、マーカスヴィルにあるほかの通りと、なんら変わるところがないように見えた。

職場から近いとはいえ、ここで立ち止まることはあまりない。ただ、素通りしつつ彼らの家の中を見やるのが習慣になっている。彼自身の自宅は町の反対側にある。この界隈に建っている家は、ほかの家々よりも少々高価で、少々大きい。こんな小さな町にも、一般庶民とは一線を画す上流階級というものが存在しているのだった。

フィニガン家は通りのいちばん奥の左手にあった。ヴァーノンは幼いころからエドワード・フィニガンを知っている。歳の差はほとんどなく、学校に通っていたのも同じ時期だが、親しくなることはなかった。ふたりに共通している点はなにもなかった――このオハイオ州南部の同じ町で暮らし、同じ女性を愛している、ということを除けば。

この家を訪れることは避けてきた。意識してのことではなく、自然とそうなっていた。自分でない男の家に彼女がいるのを目にするのは耐えがたかった。

高い柵に開いた門を開けながら、記憶をたどる。二回。この町で五十年ほど暮らしてきて、フィニガン夫妻のもとを訪れたのはたったの二回だ。一度目は、エドワードが州知事顧問としてコロンバスで働くことになったのを祝って、ある金曜日の夕方、フィニガン家でカクテルパーティーのようなものが開催され、重要人物が全員招待されたときのことだ。マーカスヴィルにおける最大の雇用主である刑務所で看守長を務めるヴァーノンは、どうやらエドワード・フィニガンの目に重要人物と映ったらしかった。彼は行きたくないと思った。この種の空疎なパーティーに出るのは気が進まなかった。が、結局は出席し、エドワードの門出を祝い、甘いカクテルを何杯か飲み、抜け出すことができるようになり次第早々に退散した。

二回目は、エリザベスが殺された翌日のこと。心からの悔やみを述べに行った。エリザベスのことは小さいころから知っていたし、その成長を見守ってきた。美しく、明るく、外向的な少女だった。両親の喪失感はよくわかった。

雪がだんだん激しくなってきた。ヴァーノンはドアをノックした。

出てきたのはアリスだった。

「ヴァーノンじゃないの。どうぞ、上がってちょうだい」

アリス。非凡な女性だ。高圧的な夫の陰に身をひそめている、寡黙な女性。が、町中の店や郵便局などで顔を合わせると、昔と変わらない気さくな態度で、とても話しやすい。そんなときの彼女は、かつてのように美しく、微笑みをうかべ、ときには声を上げて笑うこともある。夫のそばにいるときの彼女がそんなふうに振る舞うのを、ヴァーノンは見たことがない。

エドワード・フィニガンはろくでもない人間であるばかりか、ろくでもない夫でもあった。ヴァーノンとアリスは互いに見つめ合った。アリスは疲れたようすだが、そのまなざしには親しみがこもっている。ヴァーノンは考えた――彼女は悔やんでいるだろうか？　自分の選択はまちがっていた、あのとき別の選択をしていればよかった、などと思うことはあるのだろうか？

「どうぞ、上着はそこにかけて。いま、ちょうどお茶をいれているところなの」

「長居はしないつもりだよ。こんな朝早くに申しわけない。でも、ぜひ知らせたいことがある。きみにも、ご主人にも」

「お茶の一杯ぐらいかまわないでしょう。さあ、どうぞ、上がって」

ヴァーノンは広々とした玄関ホールを、その向こうを見渡した。記憶にあるのとなんら変わりがない。壁紙、家具、床に置かれた厚手のマット、すべてが昔と同じだ。前回ここを訪れたのは、十八年前。瀕死のエリザベスが発見されたのもこの家だ。ヴァーノンは思わず問題の部屋をのぞき込んだ。まるで彼女がまだそこに倒れているかのようだ。彼らの悲しみは変わっていない。さらに深くなっているようにも思える。それが肌で感じられる。ヴァーノンは悲しみの中に足を踏み入れた。顔にかかる悲しみを避けることはできそうになかった。

彼はキッチンに入る扉のそばで立ち止まった。

「エドワードは留守かい？」

「地下にいるわ。覚えているかどうかわからないけど、あの人、射撃をやってるのよ」

「初めてここにお邪魔したとき、射撃場を見せてもらったよ」

「初めてのお客さまには、あの人、たいていそうするわ」

シナモンティーと、なにかのパイのにおいがする。アップルパイだろうか。ガラス張りのオーブンの中に、大きな磁器製の型がちらりと見えた。

「エドワードを呼びに行ってもかまわないだろうか。射撃場もう一度見てみたい」

ヴァーノンはアリスに微笑みかけた。彼女も微笑み返した。彼女が地下の射撃場を嫌っているらしいことは、容易に想像がついた。

地下階の扉を開ける。かすかに湿気を感じる。淀んだ空気。換気をしたほうがよさそうだ。通路は長さ二十メートルほどあり、人がひとり立って射撃をしていても、難なくその後ろを通れるほどの幅がある。奥に的があり、中央にかなり近いところに五つ、いびつな形の穴が開いている。あと五発。フィニガンはじっと立ったまま射撃を続け、発砲のたびに深く息をついた。ヴァーノンはそのようすを見守った。なかなかの腕だ。十発とも、中央近くに命中している。

やっと訪問者に気づいたフィニガンは、しばらく待つようヴァーノンに合図してから、白いコンクリートの壁、肩の高さに設けられた赤いボタンを押した。的がワイヤーで移動し、かすかにきしる音がした。彼は片手でワイヤーから的をはずすと、それを見つめて結果を振り返った。

ヴァーノンはその満足げな顔をうかがった。

「かなりの腕前ですね」

「とくに朝はね。長い夜のあと、すぐここに来て、フライの顔を思い浮かべながら、精神を集中して的を狙うと、とても調子がいい」

フィニガンの目。死刑囚や精神を病んだ連中に囲まれて働いているヴァーノンだが、それでもこれほど憎しみに満ちた目に出会うことは稀《まれ》だった。

「あなたとアリスにお話ししたいことがあります」

「さして親しい仲でもないのに、いったいどういう用件かね？」

「できれば、上でお話ししたいのですが。おふたりに聞いていただきたいので」

フィニガンはうなずき、拳銃から弾倉を取り出すと、スライドを引いて残っていた弾薬を出した。それから、少し離れたところの壁に取りつけられた、銃をしまうための戸棚に近づいていった。

ヴァーノンは彼を見つめ、いったい何挺《ちょう》あるのだろうと考えた。セミオートマチック・ライフル、フルオートマチック・ライフル、さまざまな大きさの拳銃。考えてみれば、この国の至るところに武器庫があり、これだけの数の銃が収納されているのだ。フィニガンはガラス張りの戸棚の中に、自分の指紋のついた拳銃をしまい込んだ。

それからヴァーノンのほうを向いた。片付けは終わりだ。彼は的を丸めてポケットに突っ込むと、頭上を指差した。ふたりはともに階段へ向かった。

初めのうちは、人がときおり経験する、あの気まずい沈黙が下りていた。それぞれがティーカップを手にし、焼きたてのアップルパイを食べている。こんな早朝には甘すぎると感じたからだ。そうするのがいちばんいいと思ったが、それでもヴァーノンは食べた。

自らの死から逃れる費用だ。費用は十五万ドルかかった。

彼はエドワードとアリスを、ふたりの顔をちらりと見やった。

そういったことを、フィニガン夫妻はなにも知らない。

パスポートと過去の対価として、いまも定期的に金を受け取っている男が、カナダのどこかにいることも、このふたりは知らない。

降りしきる雪のこと、郵便局の隣に新しくできた、奇妙なメキシコ風内装の喫茶店のこと、通りかかるすべてに吠えかかる、隣家の大きな黒い犬のことなどを、少しずつ話す。

フィニガン夫妻は、この訪問の真の用件が切り出されるのを、辛抱強く待っている。

シュワルツを見つけるのには四カ月かかった。

ヴァーノンはふたたびふたりの表情をうかがった。

ジョンとほぼ同年代で、外国に永住権を持っていて、十五万ドルと引き換えに、自分のパスポートと経歴、自分の人生を差し出すことに同意した男。

もうこれ以上延ばすことはできない。なんと言おうか、彼らはどう反応するだろうかと、いつまでも考えつづけているわけにはいかない。

ヴァーノンはティーカップを置き、ふたりが同じようにカップを置くのを待った。

「話というのは、ジョン・マイヤー・フライのことです」

ふたりの顔を見つめ、六年以上封印してきた真実に終止符を打つ。

「ジョン・マイヤー・フライは生きています。いま、北欧スウェーデンの首都、ストックホルムの拘置所に収容されています。おととい逮捕されました。偽名を使っていたようです」

ふたりはヴァーノンの言葉の続きを待っている。

「確認もとれています。まちがいなくフライです」

ヴァーノンは現時点で明らかになっている数少ない事実を語りはじめた。死んで埋葬されたはずのフライが、今週初め、フィンランドからスウェーデンに向かう船中で男性に暴行を加えたとして逮捕、勾留された。それから二日ほどを経て、インターポールとFBIを通じ、彼の真の身元が確認された。死んだはずの男が生きていることがわかったのだ。ヴァーノンはフィニガン夫妻のあっけにとられた表情と向かい合い、質問をいくつも浴びた。いったいどうやって？　いつ？　なぜ？　が、答えることはできなかった。いまの時点で明らかになっていることは、ただひとつ——ジョン・マイヤー・フライが生きているということだけだった。

人間がこれほどまでに醜くなれるとは、実に驚くべきことだ。ヴァーノンにとっては、初めて見る光景ではない。死刑執行の日時が決まると、被害者の遺族がみせる、喜びのようなもの。人がもうひとり死ぬことを、復讐が果たされることを、被害者の死がもうひとつの死によって相殺され、一対一となることを、喜んでいる。彼らの体、その動き、その顔の表情、すべてが変化し、醜悪そのものとなっていくさまを、ヴァーノンは目にし、思案したものだった。

エドワード・フィニガンは彼の左側に座っていた。顎にアップルパイのかけらがついている。彼はヴァーノンの言わんとしていることをやっと理解した。理解不能な事実が徐々に理解可能となり、彼は立ち上がると、居間にあるガラス張りの戸棚へ駆けていった。片手にコニャックの瓶を、もう片方の手に小さなグラスを三つ持って戻ってくる。軽い足取り。喉を鳴らすような笑い声。もうすぐ人を殺す者だけが感じることのできる歓喜。

「なるほど、あいつは生きているのか！」

グラスをテーブルの上、それぞれのティーカップの奥に置き、コニャックを注ぎ入れる。

「あいつが死ぬのを、この目で見られるのか！」

ヴァーノンは片手を挙げてコニャックを断わった。アリスも彼をちらりと見やってから、同じように片手を挙げた。エドワード・フィニガンはかぶりを振ると、なにやらつぶやいた

――ヴァーノンには〝つまらんやつらだ〟と聞こえたような気がした。フィニガンはグラスの中身を一気に飲み干すと、テーブルを強く叩いた。

「十八年だぞ！　あの男の死をこの目で見届けるのを、十八年も待ちつづけた！　償いの日だ！　いまやっと、その時がやってきたというわけだ！」

両手を挙げてぐるりとまわる。また喉を鳴らすような笑い声。ふたたび瓶をつかみ、中身を注ぎ入れる。飲み、飲み、またぐるりとまわる。

ヴァーノンは、頭を垂れてテーブルを見下ろしているアリスを見つめた。彼女は皿の上で

塊になっているパイくずを見つめている。彼女もまた、エドワード・フィニガンのような連中が〝復讐を果たす〟と同じ意味で使っている言葉、〝償いを受ける〟ということにこだわっているのだろうか？　彼女の目には涙がうかんでいる。エドワードの憎しみについて、彼女とはもう何度か話をしたことがある、そんな気がした。

「私、もう少し眠ることにするわ。ここにはいたくない」

彼女は夫を見つめた。

「エドワード、これで満足？　これでじゅうぶん？　満足できる日が来るのかしら？」

彼女は階段へ急ぎ、二階へ駆け上がった。あらゆる言葉、あらゆる思いに、十八年分の悲しみが貼りついていた。

ヴァーノンは座ったまま、咳払いをした。

嫌悪感。

のみ込もうとしても、喉をふさぐように、頑として居座っている。

エーヴェルト・グレーンスは自室のドアを閉め、机に向かって腰を下ろした。目を閉じ、彼女の声に耳を傾ける。しばらくのあいだ、シーヴとふたりきりだ。捜査資料のすきまに過去が入り込む。歌の一節が終わるたびに、数年ずつ時をさかのぼっていく。若い警察官だった自分とアンニが出会ったころのこと。緊張して口ごもりながら彼女にかけた最初の言葉。初めて彼女を腕に抱いたときのこと。ついさっきのことのようでありながら、気が遠くなるほど昔のこと。二十年以上前の出来事だ。

大きすぎるカセットプレーヤーのほうを向き、最大限までボリュームを上げる。

トウィードル・トウィードル・トウィードル・ディー　あたしも恋のとりこ
天国への道見つけたの　愛ってなにかがわかったの

『トウィードル・ディー』、一九五五年、ハリー・アーノルド・オーケストラ。彼女の声はあまりにも若くはかなげだ。ことによると彼女のデビュー曲だったかもしれない。エーヴェルトには確信がなかったが、とにかくリズムに合わせてゆっくりと体を揺らした。アンニの手を握る。始まるはずだったすべて。始まらずに終わってしまったすべて。

耳を傾ける。二分四十五秒。長さは正確に覚えている。それから向きを変えると、ボリュームを少し下げた。現実に戻る。わずか三十分前のこと。シュワルツのことを考える。なにも知らなかった妻の姿を目にして、壊れそうになっていたシュワルツ。砕け散りそうになっていたふたり。エーヴェルトは初め、妻がなにも知らなかったわけはないと思っていた。それはあまりにも信じがたい気がした。いっしょに暮らしていながら、その恐るべき暗闇に気づかない、そんなことがあり得るだろうか？　だが、もう疑いは抱いていない。彼女はほんとうに知らなかった。あの痩せっぽちの男は、過去をまるごと隠し通すことに成功したのだ。芝居を重ね、記憶を抑え込んできたにちがいない。それが可能であることを、エーヴェルト・グレーンスはだれよりもよく知っていた。

彼は自室でひとり、ふん、と鼻を鳴らして笑った。

三十年以上警察官をやってきて、たいがいのことは経験したと思っていた。が、この事件ときたら、想像もはるかに及ばず、しかも日毎《ひごと》に驚きは増していくばかりだ。エーヴェルト・グレーンスには直感でわかった。これは真実だ、と。語られた言葉はひとつ残らず真実である、と。シュワルツはほかにだれひとりとして成し得なかったことをやってのけた。アメリカでも有数の警備体制を備えた刑務所で、死刑囚監房に収容されていたにもかかわらず、自らの死刑を逃れたのだ。まったく、こんな出来すぎた話があるだろうか！　あの痩せっぽちが、連中を騙しきってみせたのだ！　エーヴェルトは心から愉快だと感じていた。新たな刑務所を次々と建設して自らの首を絞め、エスカレートしていく暴力を制する最善の方法は厳しい刑罰であるとの信念に縛られ、徐々に身動きがとれなくなっている、そんな国の裏をかいてみせたのだ。なんと愉快な話だろう。愉快すぎる。

ノックの音が聞こえた。

「いま、よろしいですか」

「この曲が終わるまで待て」

グレーンス警部のかける能天気な歌は、どれも同じに聞こえる。が、椅子に座ったまま目を閉じ、リズムに合わせて大きな体を動かしている彼は、どことなく可愛らしいと言えないこともない。

ヘルマンソンは待った。彼女はすでに待つことを学んでいた。

「なにか用か？」

音楽が終わり、グレーンスが現在に戻ってきた。

「ええ。いっしょに踊りに行きませんか？」

エーヴェルト・グレーンスはびくりと体をこわばらせた。

「なにを言い出すんだ」

そういえば、昨日、彼女に聞かれた。最後にダンスをしたのはいつか。なぜいまは踊らないのか。自分がなんと答えたかも思い出した。〝見ればわかるだろう。普通に歩けないし、首もこわばって動かない〟

「で、用件は？」

ヘルマンソンはドアのほうを見やった。

「ヘレナ・シュワルツさんですけど。もうすぐここにいらっしゃいます。来てくださいって頼んだんです」

「ほう」

「彼女と話をしなくては。精神的にすっかり参ってたの、警部もお気づきになったでしょう。心のケアは私たちの責任だと思うんです」

「そうかねえ」

「でも、そのほうがシュワルツだって協力的になるはずです。彼女がいてくれたほうが。ヘレナさんがいなければ、彼は話を続けない。私はそう思います」

エーヴェルト・グレーンスは禿げ上がった頭になけなしの髪を撫《な》でつけ、眉毛《まゆげ》をつまんだ。ヘルマンソンは正しい。彼女の言っていることは当然正しい。

「取調室ではよくやったな。あいつを落ち着かせ、信頼を勝ちとった。被疑者の信頼を勝ちとれば、そいつはこっちの質問にも答えてくれるようになる」

「ありがとうございます」

「お世辞じゃないぞ。事実をありのままに述べてるだけだ」

「で、踊りに行くのはどうします？」

彼女にはエーヴェルトを困惑させる力がある。彼はきまりの悪さを覚えた。それを隠すため、いつものとおりに声を荒らげた。

「さっきからなにをごちゃごちゃ言ってる？」

「二十五年ですよ、警部。二十五年もダンスをしてないとおっしゃった。私が生まれたころからじゃないですか！　それなのに、いつもここで音楽を聞いて体を揺らしてらっしゃる。ほんとうは踊りたいんだわ。一目瞭然です」

「ヘルマンソン」

「今晩、いっしょにいかがですか。警部好みの音楽をかけるところに行きましょう。場所は私が決めますから、警部はついて来てくださるだけでいいんです」

エーヴェルトはまだどぎまぎしていた。

「ヘルマンソン、それは無理ってもんだ。もうダンスなんかできやしない。それに、もし万が一踊れるとしても、踊りたいとしても──俺はおまえの上司なんだぞ」

「それがなにか？」

「いくらなんでもまずいだろう」

「警部が私を誘ったとしたら、それはまずいかもしれませんね。でも、私が警部を誘ってるんですよ。もちろん、部下としてではなく、ひとりの友人としてお誘いしてるんです。その程度の区別は、私たち、きちんとつけられますよね」

エーヴェルトはふたたび頭に手をやった。

「それで済むことじゃないだろう。ヘルマンソン、冗談のつもりか？　おまえは若くて美人、俺はむさくるしい爺《じい》さんだ。友人として出かけるにしても、俺はどうも……若い女に手を出そうとする年寄りほど情けないものはないじゃないか」

ヘルマンソンは訪問者用の椅子から立ち上がると、腰に両手を当てた。

「警部、請けあいますけど、私はなにも心配してませんよ。若い女に手を出そうとするような人じゃないってわかってますから。いっしょに楽しい時間を過ごしたいだけです。警部が笑ってるところを見てみたいんです」

エーヴェルトが答えようとしたところで、スヴェンがヘレナ・シュワルツと並んで戸口に現われた。

「オフィスに案内するって約束したので」

エーヴェルトはスヴェンに向かってうなずいた。

「しばらく残ってくれないか？　おまえにも聞いてもらいたい」

ヘレナ・シュワルツは不安げなまなざしを壁に走らせながら、おそるおそる部屋に足を踏み入れた。あいかわらず鳥のようだ。ぶかぶかのタートルネックセーターは袖が長すぎるうえ、襟も厚すぎて、首がすっぽりとのみ込まれているように見える。ジーンズもぶかぶかで、サイズをまちがえているのではないかと思うほどだ。ショートカットの髪がそこかしこで突っ立っている。彼女はあたりを警戒し、いつでも逃げられるよう身構えている。窓に向かっていき、そのまま飛び去ってもおかしくないような気さえする。

「そこに座ってください」

エーヴェルトがヘルマンソンの隣の椅子を指差した。ヘレナ・シュワルツはそっと椅子に近寄ると、まっすぐ前を見据えたまま、なにも言わずに腰を下ろした。それから口を開いた。

「あの人、どうして弁護士がついていないんですか？」

彼女はエーヴェルトを見ようとした。不安げな視線があたりをさまよった。

「クリスティーナ・ビョルンソンという公選弁護人がいることにはいるんですが、ジョン自らが事情聴取での同席を拒否しましてね」

「どうして？」

「知りませんよ。本人に聞いたらどうですか」

エーヴェルト・グレーンスは拘置所の方向へさっと片手を振ってみせた。

「動揺なさるのはわかりますよ。私もこんな話を聞くのは初めてだ。が、彼の話はほんとうだと思う。残念ながらね。ジョンはほんとうのことを話していると思う。同じ歳ごろの少女を殺した罪で、死刑を宣告されたという話は、嘘ではないはずだ」

ヘレナ・シュワルツはエーヴェルトに殴られたかのようにびくりとした。

「いずれにせよ、知らせておきたいことがいくつかある。あなたにとっては喜ばしい話もありますよ」

彼女の声はあいかわらず弱々しく、取調室にいたときとほとんど変わらなかったが、それでもなお、いま彼女を囲んでいる三人は、その声の微妙な変化を、それまでにはなかった二ュアンスを感じ取った。

「喜ばしい話ですって？　まあ、なんてありがたいことでしょう」

エーヴェルト・グレーンスは彼女の皮肉に気づかないふりをした。

「第一に、ジョンに頭を蹴られた被害者のユリコスキ氏が、さきほど目を覚ましたそうです。意識ははっきりしていて、カロリンスカ大学病院で彼を担当した神経外科医によれば、脳に損傷が残るおそれはなさそうだとのことですよ」

ヘレナは反応しなかった――少なくとも、外にはなにも表わさなかった。いま言ったことがどれほど重要か、彼女にはわかっているのだろうか、とエーヴェルトは考えた。おそらくわかっていないのだろう。いまは。

彼は言葉を継いだ。

「第二に、取調室でジョンが名前を明かそうとしなかった人物がいる。かばおうとしているにちがいない」

「というと？」

「逃亡中、車にはほかにだれが乗っていたか、と尋ねたでしょう。覚えていますか？　ジョンは答えたがらなかった」

ヘレナはセーターを引っぱった。緑色の袖がさらに長くなった。

「私に聞かないでください。知らないことだらけですから。お気づきだと思いますけど」

「聞きませんよ。だれだかは見当がついているのでね」

エーヴェルトはヘレナを見つめた。

「その人物の名は、ルーベン・フライ。いま現在、FBIのシンシナティ支局で取り調べを受けています。ジョンが明かさずに済ませようとしたのは彼の名前でしょう」

「フライ、というと……」

「ジョンの父親です」

ヘレナ・シュワルツはうめき声をあげた。ごく短い、小さなうめき声だったが、それでも閉め切られた部屋の中で不安げに反響した。

「どういうことかわからないわ」

「ルーベン・フライはジョンの父親です。あなたの義理のお父さんですよ」

「お義父《とう》さんは亡くなってます」

「いいえ」

「だって、お義父さんもお義母さんも亡くなったってジョンが……」

「私の理解しているかぎり、母親は早くに亡くなったようですが、父親はぴんぴんしてますよ」

ヘルマンソンがヘレナ・シュワルツのか細い肩に腕をまわした。スヴェンが部屋を出ていき、水の入ったグラスを持って戻ってくると、ヘレナに手渡した。彼女は五口でごくごくと水を飲み干し、それから身を乗り出した。

「ルーベン・フライという名前なんですね？」

「そのとおり。ルーベン・マイヤー・フライ」

彼女はつばをのみ込み、しばらくしてからまたつばをのみ込んだ。もう泣かないと決意したかのようだった。

「ということは、私には義理のお父さんがいるのね？」

このオフィスに入ってからずっと血の気がなく、真っ白と言ってもいいほどだった彼女の顔に、初めて赤みがさした。

「会わなければ」

早くも頬が赤くなり、目が輝きはじめた。彼女は続けた。

「息子のオスカルにも、絶対に会わせなければ。だって、つまり、その人は……オスカルのおじいちゃんということになるのでしょう？」

刑務所で夜勤を終えたばかりだから帰って眠らなければと言って、ヴァーノン・エリックセンが暇《いとま》を告げたあとも、エドワード・フィニガンはキッチンでひとり座っていた。コニャックをさらに数杯あおり、体を伸ばす。胸の中が沸《わ》きかえっていて、じっと座っていることができない。われながら驚くほどのこのエネルギーを抱えて、いったいどこへ行けばいいのかわからない。走りまわりたい。跳びまわりたい。セックスをしたいという気さえする。もう何年もアリスと抱き合っていない。彼女を抱きたいとも、彼女が欲しいとも思えなかったからだ。だが、いま、急に欲望が湧いてきた。勃起《ぼっき》している。彼女の胸を、尻を、性器を欲している。彼女の中に入り、彼女に包まれたい。こんな朝は初めてだった。

キッチンのテーブルのそばで服を脱ぐと、裸で玄関を通り、階段を上がり、客用の寝室へ。三十分前にアリスが閉じこもった部屋だ。

その感触を、彼は忘れてしまっていた。

アリスのやわらかな体。昔はその肌に手を滑らせたものだった。どんな感じだったか、思い出せそうな気もした。

ドアを開ける。

「アリス？」

「エドワード、ひとりにしてちょうだい」

「アリス……おまえが必要なんだ」

沈黙。期待感と荒い息遣いに満ちたその沈黙が、徐々に拒否されることへの恥ずかしさに変わっていく。彼は一瞬、びくびくしながら相手の気を引こうとする少年に戻ったような気がした。

「アリス？　いったいどうした？」

彼女は耳の上まで毛布をかぶり、そっぽを向いて横たわっていた。顔はほんの一部しか見えず、そこに窓から差し込んだ光が当たっている。エドワードは部屋に足を踏み入れた。背の低い肥満体。肌は冬らしく真っ白だ。

「わからんのか、アリス。やっと片がつくんだ。あいつは生きている。だから、あいつは死ねる。あいつが死ぬのを、われわれは、エリザベスのために、この目で見届ける！　やっと終わるんだ！　やっと解放される。わからんのか？　やっとこの家で心穏やかに暮らせるようになる。この家がやっと、あいつのものではなく、私たちのものになる。あいつは死ぬ。われわれはそれを見届けるんだ！」

エドワードはベッドに腰を下ろし、アリスの足に手を置いた。

彼女はまるで痛みを感じたかのように両足を引っ込めた。

「おい、アリス、いったいどうしたというんだ？」

床にひざまずき、アリスの視線を自分に向けさせる。

「アリス、もうすぐ終わるんだぞ」

彼女はかぶりを振った。

「終わらないわ」

「なんだと？　なにが言いたい？」

「なにも変わりはしない。あなたは憎しみにとらわれすぎて、だれの声にも耳を傾けない。エドワード、ジョンが死んでも、あなたが復讐を果たしても、なにも終わりはしないのよ」

エドワードは寒さに震えた。ペニスは萎《な》えている。客用の寝室は寒かった。二階はあまり暖房をつけていないうえ、いまは厳しい冬のただ中だ。

「終わるに決まっているだろう。この日が来るのを、ずっと待っていたんだから！」

アリスはエドワードを横目で見やると、あからさまに毛布を頭までかぶってみせた。そして、エドワードから顔を隠したまま話しはじめた。

「あなたはそれでも憎みつづけるわ。わからないの？　エドワード、ジョンが死んでも、あなたは憎しみを抱きつづける。殺す相手がいなくなるだけ。あなたの憎しみ、あなたのいまいましい憎しみが、すべてを奪ったのよ！　あなたの憎しみが、私たちといっしょに食卓についていて、私たちをあざけりつづけた。私たちを操った。すべてを操った。それが永遠に続くのよ、エドワード。でも、ジョンは一度しか死ねないわ」

エドワード・フィニガンは裸のまま、ふたたびキッチンの椅子に腰を下ろした。彼の体内で踊り狂い、注意をひきつけてやまないあのエネルギーは、少しも弱まっていなかった。換気扇の脇の壁に掛かっている電話をつかみ、職場に電話をかける。直属の上司であり、最高責任者でもある、オハイオ州知事に。なにがあったかを説明するのに、さほど時間はかからなかった。州知事の驚きはまもなく実際の行動につながるだろう。死刑を宣告された男が、州知事自身を、彼の選挙公約を、アメリカという国の司法制度をあざけるかのように、ヨーロッパでのうのうと生きている。そのことの意味を理解した州知事は、電話を切ってくれ、ワシントンの外務省にすぐ連絡するから、とフィニガンに告げた。話をだれに通せばいいかは把握している、引き渡しを要求するという確約が得られるまで引き下がるつもりはない、という。とにかく、なんとしてでもその男を取り戻すのだ。ここオハイオ州に、マーカスヴィル刑務所に連行し、執行するはずだった死刑をあらためて行なうのだ。

彼らはともに警察署を横切り、拘置所の取調室へ向かった。ほんとうに続きを聞きたいのかと、ヘルマンソンがヘレナ・シュワルツに何度も尋ねたが、ヘレナはそのたびに決然たるまなざしで見つめ返してきた。シュワルツ夫人はどんなことがあっても、その場を離れるつもりはなかった。これはジョンの人生であると同時に、彼女自身の人生でもある。ジョンの偽りの人生には、彼女が望むと望まないとにかかわらず、彼女や息子のオスカルも含まれているのだ。ジョンが真実らしきものを語っているかぎり、彼女はいつまでも耳を傾ける決心を固めていた。

エーヴェルト・グレーンスがドアを押さえ、スヴェンとヘルマンソン、ヘレナ・シュワルツが部屋に入った。すでに中で待っていたジョンとオーゲスタムは、なにやら小声で話し合っていたが、全員が約二時間前と同じ席につくと、会話をやめた。

エーヴェルトが問いかけるような目でオーゲスタムを見つめた。なにを話していた？

が、オーゲスタムはただ両手を広げ、肩をすくめてみせた。なんでもありませんよ、ただリラックスさせようと、天気のことや、この長い冬のことを話してただけです。

ジョン・シュワルツは疲れたようすだった。

話をしたことで、エネルギーを消耗している。仮死状態になったあのときのこと、自分の死を確信したあのときのことを言葉にしたのは、おそらくこれが初めてなのだろう。独房で死に、あとから考えると冷蔵室だったにちがいない部屋でふと目を覚まし、それから刑務所を離れていく車の中で、ふたたび目を覚ましたこと。

このあとはもっと楽になる、と彼は思った。もっと楽に話ができるはずだ。大きな恐怖の壁は破られた。残りは、そう、残りでしかない。

「僕は後部座席で横になってました。暗い、と思ったことを覚えています。夜でした。車の中で横になって外を眺めていると、街灯がへんなふうに見えるな、と思いました」

実際、楽だった。このあとは、なにがあったかわかっている。目覚めていたし、意識もあった。現実だった。たぶん。すべてが現実的だった。

「僕はひどく……疲れていて、気分が悪かった。吐き気がおさまらなかった。場所を尋ねてみると、北に、クリーヴランドに向かっていて、ついさきほどコロンバスを過ぎたところだ、と言われました」

「だれに？」

ヘルマンソンがジョンの視線を探った。

「それはどうでもいいことです」

「車にはだれが乗っていたんですか？　隣にはだれがいましたか？　運転していたのはだれ

ですか？」

「僕自身以外の話をするつもりはありません」

ジョンは目を閉じ、一瞬、だれにも届かない彼だけの世界へ旅立った。

「僕たちはクリーヴランドに入るインターチェンジの近くにあったバーで車を停めて、食べものを買ってから、さらに走りました。向かった先は小さな町で、たしかエリーという名前だったと思います」

ラーシュ・オーゲスタムはもどかしくてしかたがなかった。背広の上着を脱ぐ。狭い取調室は暑く、彼は汗をかいていた。

「僕たち、ですか。いったいだれのことです？」

「言うつもりはありません。あなたにも、この人にも」

ジョンはオーゲスタムを見つめてそう言い、ヘルマンソンを指差した。オーゲスタムは小声だった。

「しかたありませんね。続けてください」

ヘレナ。

目の前で黙っているヘレナ。おれの話を信じてくれるかい？

おれという人間を知っているのは、この部屋でただひとり、きみだけだ。ほかの連中はどうでもいい。きみは、おれの言うことを信じてくれているのか？

「目は覚めていました。が、まだ……朦朧としていて、状況がよくのみ込めなかった。たしか、エリーの町から少し離れたところ、私有地の湖畔にある桟橋のそばで停車したと思います。湖が見渡すかぎり、黒々と広がっていた。ボートがありました。船のことはよく知りませんが、かなり馬力のある、スピードの出るボートであることはわかりました」

ヘレナ。

なにか言ってほしい。あの裁判のときですら、おれを、おれの話を信じてくれる、近しい人たちが何人かいた。

きみは？　信じてくれているのかい？

「どのくらい船に乗っていたのかわからない。少し眠ったような気がする。いずれにせよ、きれいなところでした。カナダ側にある岬、ロング・ポイントという土地。セント・トーマスに近い、小さな美しい村です。そこに車が待っていて、中に鍵が置いてあった。トロントまで三時間かかった。夏だったから、外は明るくなっていました」

ジョンが話しているあいだ、ラーシュ・オーゲスタムは背後の壁に向かい、換気扇の役割を果たすべきものと格闘していた。新鮮な空気が入ってこないせいで、酸素が足りないような気がする。

「失礼。この淀んだ暑さが耐えがたいものですから。換気をしなければ」

ジョンがその機をとらえて立ち上がり、背中を伸ばしてから、腰に手を当てて軽く上半身をかがめ、何度かストレッチをした。オーゲスタムはその反対側で、換気用パイプを二度叩いたが、なんの成果もなく、彼はやがて諦めて腰を下ろすと、片手を挙げ、ジョンに話を続けるよう合図した。

「それから、トロントの空港で一時間ほど待ったと思います。車の中で、新しいパスポートや書類をもらいました。名前を見ると、ジョン・シュワルツとありました。どこかで生きているこの男の名前と過去を、僕が受け継ぐらしい、ということだけ理解できました」

彼はそのまま続けた。

「ユナイテッド航空で、モスクワまで八、九時間――そんな細かいこと、われながらよく覚えているものですね。それからまた一時間ほど待って、ストックホルム行きに乗りました」

オーゲスタムは汗が止まらず、髪の生え際をぬぐった。

「飛行機はだれといっしょに乗ったんですか？」

ジョンは冷笑し、かぶりを振った。

「ストックホルムでは？　ここに来たあなたを、だれかが手助けしたはずです」

「そんなことはどうでもいいでしょう。僕はいまここにいる。あなたがたに頼まれたとおり、自分の素性を明かした。どこからどうやって来たのかも話しました。もしよければ、ヘレナと話がしたいんですが」

「だめです」

オーゲスタムはぶっきらぼうに言った。これ以上の質問は許さない、という口調だ。

「奥さんとふたりきりで話すことは許可できません」

「ほんの少しでも？」

「ええ」

「じゃあ、戻ります。独房に」

ジョンは立ち上がり、一刻も早く出ていきたいというように扉のほうを向いた。

「ちょっと待て。座りなさい」

この非公式の事情聴取のあいだ、エーヴェルト・グレーンスは一度も口を開かず、あえてヘルマンソンとオーゲスタムに質問を任せていた。被疑者を不安にさせる要素は少なければ少ないほどいい。が、もう待ちきれなかった。

「どうもわからんことがひとつある。シュワルツ、フライ、まあ名前はなんでもいいが」

エーヴェルトは椅子の上で座り直し、長い脚を伸ばした。

「独房で死んだとみせかけたのは理解できる。まったく、うまくやったもんだ。医者がふたりがかりでやれば、薬を使って人を仮死状態にすることぐらいじゅうぶん可能だろうし、しかも死んだようにみせかけるだけならたやすい。刑務所で働いてる医者が、囚人を死なせて独房から逃がすことにしたのなら、それはたしかにうまくいくだろうよ。そのあと、車やボートで逃げて、偽のパスポートで他人の人生を引き継いで、モスクワ経由でスウェーデンに入ったというのも、まあ理解できる。裏社会にちょっとしたコネがあって、うまく移動の手助けをする連中がいて、しかもたっぷりの金があれば、これもじゅうぶん可能だ」

エーヴェルト・グレーンスはかくかくと両手を動かしながら話しつづけた。

「だがな、シュワルツ、どうしてもわからんのは、冷蔵室からどうやって車へ移動したのかということだ。アメリカの警備レベル4の刑務所から、いったいどうやって外に出た？」エーヴェルトとジョンの目が合った。答えを迫るまなざし。たしかにこれは正式な事情聴取ではないが、それでも、答えを得るまで帰すつもりはない。

ジョンは肩をすくめた。

「知りません」

エーヴェルトは食い下がった。

「知らないだと？」

「ええ」

「ますますわからんな、シュワルツ」

拘置所から支給されたぶかぶかの服を着た蒼白い男は、息を吸い込んでから答えた。

「僕が覚えていること、知っていることは……あとから考えると冷蔵室だったにちがいない、あの部屋に入れられたこと。それから……車。それだけなんです。そのあいだのことは……なにも知りません」

「質問もしなかった？」

「ええ。しませんでした。僕は一度死んだ。少なくとも、僕自身はそう思っていた。質問したいことはほかに山ほどありました。十年間の刑務所暮らしから一転して、ヨーロッパ行きの飛行機に乗せられるまで、あっという間だった。こうしてあとから振り返ってみて、いったいどういうことだったんだろうと思うことは、もちろんありました。でも、質問する相手がいなかったんです」

エーヴェルト・グレーンスはそれ以上迫らなかった。

この男は真実を語っている。エーヴェルトはそう感じた。どういう経緯で脱走できたのか、シュワルツはほんとうに知らないのだ。連中はうまくやった。本人にすら知らせなかった——それこそ、計画を成功させるための必要条件だったにちがいない。

エーヴェルトはため息をついた。

死んだとみせかけ、その後あとかたもなく消え去った、巧みな手法。アメリカの当局がそろそろ圧力をかけてくることはまちがいないだろう。死刑囚がヨーロッパで自由を謳歌しているなど、アメリカにしてみれば、顔に泥を塗られたも同然だからだ。

長い一日だった。午後はすでに過ぎ、夕刻と呼ぶべき時間になっているが、それでもデスクランプを消し、外務省の自分のオフィスを出てニーブロー通りの自宅へ歩いて帰るまでには、まだ何時間も残っている。

朝の四時半にワシントンからの緊急の電話で起こされたトールウルフ・ヴィンゲ外務次官はこの日、キャンセルできる会議をすべてキャンセルしたうえで、カナダの偽造パスポートを持ったアメリカ人死刑囚がクロノベリ拘置所に収容された経緯について、なんとか理解しようと努めた。疲れは感じていない。彼は文句のひとつも言わず、むしろこの状況を楽しんでいた。厄介きわまりない状況や、外交界の迷走に対処するのは得意で、周囲も彼なら解決策を見つけてくれるものと期待している。実際に、解決策はだんだんと輪郭を現わしはじめていた。準備は万端だ。二つの異なるシナリオを検討し、外務大臣にどんな進言をしたらよいかも心得ている。アメリカ側が公式ルートを通じてどんなふうに接触してこようとも、これなら対応できる。そのうえ、あの若い生意気な検察官を黙らせることにも成功した――こうして、外務省が望まないかぎり、ジョン・シュワルツがスウェーデンの問題となることはなくなった。

ヴィンゲは体を伸ばした。スリムな体型で、とても六十代には見えない。毎日歩いて通勤しているうえ、週に二回は国会議事堂のジムで軽いウェイトトレーニングを欠かさない。人生は楽しい。だから、長いこと生きられる体を手に入れておきたかった。

電話が鳴った。思ったよりもはるかに早い。電話が来ることは予測していたが、この件がワシントンの知るところとなり、スウェーデンの外務省に転送されてきてから、まだ半日しか経っていないのだ。

アメリカ大使館の書記官が、簡潔に情報を伝えてきた。大使がすぐにでも非公式の会談を開きたがっている。外務次官の都合がよければの話だが。

いったいなんのための会談なのか、ヴィンゲには聞かずともわかっていた。彼もまた簡潔に、夜ならいつでも大丈夫だ、と答えた。

彼は外務省のすぐそばで待っていたにちがいなかった。

ヴィンゲは広いオフィスに入ってきたアメリカ大使を見つめた。あの電話から、大使が外務省の守衛のもとに現われるまで、きっかり十五分しかかからなかった。レオナルド・スティーブンズはなかなか感じのよい人物で、ヴィンゲはここ何年か、彼と少なからず連絡を取り合っている。あの9・11以降、ここスウェーデンにかぎらず世界の多くの国で、アメリカ大使館との接触の機会が増え、かなり密に連絡を取り合うことも多くなった。スティーブンズ大使はどことなく古風で粋《いき》な雰囲気を漂わせている人物で、ていねいに整えられた白髪と端整な顔立ちが、年老いた俳優を思わせる。その身のこなし、東海岸の出身らしい英語の話し方、深みのある低い声、まるで銀幕からそのまま出てきたかのようだと、ヴィンゲはたびたび感じていた。

会談はごく短く、外交という世界の核である、儀礼的な配慮と礼儀正しさに満ち満ちていた。

スティーブンズ大使は、まもなくアメリカ国務省から、米国籍のジョン・マイヤー・フライであることが確認された人物の、正式な引き渡し要請が来るはずだ、と話した。

その要請は、EU・米国間の引き渡し協定、すなわち〝EU加盟国は、犯罪の嫌疑をかけられている人物の米国への送還に協力しなければならない〟とする取り決めに基づいて、スウェーデン政府に直接なされる。

スティーブンズ大使はその後、両国がこれまでに築き上げてきた良好な関係、相互のコミュニケーションを深めようとする強い意志を、少々しつこく、あからさますぎるほどに称賛してみせた。アメリカ政府とスウェーデン政府がともに目指している密接な協力関係こそ、この広大な世界においてきわめて重要なものです。両国政府は今後も、協力関係の維持に向けて尽力していくはずですね。違いますか？

トールウルフ・ヴィンゲにとって、こうした外交辞令に隠された真意を知るのはたやすいことだった。

彼自身、外交辞令という言語を自由自在に操ることができる。昔からずっと使いこなしてきた。

スティーブンズ大使は、たったいま明言したのだ――スウェーデンは、ジョン・シュワルツことジョン・マイヤー・フライをアメリカに引き渡す。アメリカは彼を死刑囚監房に戻し、死刑執行の準備を始める。それ以外の道を、アメリカはけっして受け入れない。

ヴィンゲは二つの異なるシナリオを想定し、解決策を用意していた。

この展開は、都合の悪い、できれば避けたかったシナリオだった。

待ち合わせ場所はビヨルン庭園、メドボリヤル広場に面したホットドッグ売り場の前と決めていた。エーヴェルト・グレーンスは早々に到着した。いつものことだ。待っているあいだ、アスファルトの上をそわそわと、緊張したようすで行ったり来たりしている。着る服を選ぶのには苦労した。よそいきの背広はどれも十年以上前に買ったもので、クローゼットから出してベッドの上に並べてみると、上着の肩の部分が埃で白くなっていた。全部で七着。夏の夜にぴったりの白に近いものから、葬式用の黒いものまで、色合いはさまざまだ。すべて試着してみる。どれもまだ着られることに彼は気を良くした。四十五分かけて、候補をふたつにしぼった。少々光沢のあるダークグレーの背広と、白に近い色をした麻の背広だ。麻のほうは職場でのパーティーにそなえて買ったものだが、以来この種の催しには一度も参加していない。ワインを少し飲んだだけで、既婚者だというのに同僚どうしでいちゃついている、そんな光景に嫌気がさして、勤務時間外にこんな馬鹿どもと付き合うのはやめようと決心したのだ。彼は迷ったあげく、光沢のあるグレーのほうを選んだ。なんといってもいまは冬なのだし、それに、濃い色の背広を着ると瘦せて見える。

遊具のあるほうに下りていく階段で、麻薬中毒者どもが身を寄せ合っている。少し離れたところに、はるか昔に会った覚えのあるコソ泥が何人かいる。娼婦《しょうふ》が数人、ミニスカートと薄手のブーツという寒々しい恰好で、クスリを買いたいのに金が足りないのか、うろたえ、不安げな目をしている。あいかわらずの光景だ。警官隊の一員としてマイクロバスに乗っていたころから、いや、その前にパトカーで巡回をしていたあのころから、まったくなにも変わっていない。まるでなにごとも起きなかったかのようだ。

水曜日の夜のろくでなしどものあいだを縫うようにして、シェルホーヴ通りをパトカーが通り過ぎた。警官たちが挨拶してくる。エーヴェルトも短く挨拶を返した。

彼女は待ち合わせ時間の八時半きっかりにやってきた。地下鉄に乗ってきたらしく、出口を上がり、人の波をかき分けるように歩道を進んでいる。まわりの男たちが振り返って彼女を見つめている。古めかしいホテルの入口そばまで来たところで彼女が手を振ったので、エーヴェルトも片手を挙げた。彼女は嬉《うれ》しそうな顔をしている。彼女を目にして、エーヴェルトも嬉しくなった。

「いや、なんというか……やっぱり、さっき言ったとおりだろう……いやらしい年寄りのセリフそのものだが……とってもきれいだよ」

ヘルマンソンは笑った。恥ずかしがっているようにも見えた。

「ありがとうございます。警部も、ほら、背広着てらっしゃるんですね。そんなよそいきの服、お持ちじゃないと思ってたわ」

ふたりは歩きはじめた。閑散としたメドボリヤル広場をぐるりと迂回《うかい》するように、のんびりと歩を進める。レストランを探している年配の夫婦。どこに、なぜ行くのか、自分でもよくわかっていないにちがいない、若者たちのグループ。あとは、一日を終えて疲れ切り、翌日の消費に向けて力を蓄えている連中ばかりだ。エーヴェルトはいまになって、ヘルマンソンが今夜出かけようとしつこく言ってくれてよかった、と思った。今日はずっと身を隠して彼女を避け、聞こえないふりを続けてきたが、やがて断わる口実も尽きた。つい数時間ほど前のことを思い出す。ヘルマンソンは、悪態をつくエーヴェルトを尻目に、場所探しのため新聞を買いに行ったのだった。シーヴ・マルムクヴィストが好きで、ダンスを楽しんだほうがいいのに楽しんでいない、そんな男性にぴったりの場所をぜひとも探し出す——彼女はそう言っていた。

広場に冷たい風が吹き、ふたりは身を寄せ合って歩いた。やがてエーヴェルトが進行方向を指差し、小声で言った。

「〈ヨータ・シェラレ〉か。行くのは初めてだ」

ヘルマンソンには彼が緊張しているのがわかった。署内を歩いているときの彼の威厳、そばを歩いていると礼儀正しく距離を置かずにはいられない、そんな威厳が、ここではすっかり消えている。背広にネクタイ姿で、二十五年ぶりに女性と踊りに出かけようとしているエーヴェルト・グレーンスは、まったくの別人だった。そのことを感じ取った彼女は、エーヴェルトがここでも背筋を正し、出会う相手の視線をしっかりと受け止められるよう、彼を支えてあげようと考えた。

ふたりはクロークにコートを預けた。エーヴェルトははにかんだようすで、ふたたびヘルマンソンに賛辞を贈った。彼女に腕をとられ、背広がよく似合っていると言われると、顔を赤らめた。

給料日まではまだ遠く、クリスマスや新年のパーティーのあとの二日酔いからまだ回復しきっていない、そんな一月のぱっとしない週の水曜日だが、それでも中はほぼ満員だった。ヘルマンソンは、平均年齢が自分のほぼ二倍と思われる客たちを、驚きと好奇心のまじったまなざしで見つめている。ダンスフロアにいる人々も、バーにいる人々も、テーブルについてステーキを味わっている人々も、みな期待に満ち、幸せそうに見える。大声で笑いたいから、だれかを腕に抱きたいから、四拍子に合わせて汗をかきたいから、ここにやってきた。ここにいるあいだなら、人生はずいぶんとシンプルだ。

少し離れたところに広々とした木張りのダンスフロアがあり、ダンスを楽しむ人々とバンドがスポットライトを浴びてひしめき合っている。聞き覚えのある音楽だ、とエーヴェルトは思った。『オー・キャロル』。ラジオで聴いたことがある。そのとき、ほんの一瞬、自分でもほとんど気づかないほど短いあいだではあったが、みぞおちのあたりにまちがいなくあの感覚があった。胸の高鳴り。それが喜びというものであると彼にはわかった。一歩前に踏み出す。不自由な脚のせいで体が揺れ、いまにも踊り出しそうだ。

「警部、もう踊るんですか？」

ヘルマンソンが笑った。エーヴェルトは肩をすくめ、前進を続けた。〝おお、キャロル、きみは夏の日差しのように美しい〟――ふたりはバーのまわりにたむろしている連中をかき分け、カウンターにたどり着いた。エーヴェルトが二人分のビールを注文し、両手にグラスを持ってバランスをとりつつ、着飾った人々のあいだをすり抜け、空いているテーブルへ向かった。

「あのバンドは六〇年代の終わりから活動してるよ。何度か連中の演奏で踊ったことがある」

エーヴェルト・グレーンスはそう言ってバンドを指差した。黒いスーツを着て、シャツをズボンの外に出している、年配の男性五人組だ。彼らがいかにも愉快そうに、壇上で心からの笑みをうかべていることに、エーヴェルトは気づいた。毎晩、同じコードを奏で、同じ歌詞を歌っているというのに、なにが楽しいのかはわからないが。

「バンドの名前は〝トニックス〟。ラジオのヒットチャートで十回もトップになってる。アルバムが十九枚。どういうことかわかるか、ヘルマンソン？　こいつらの音楽、こういう音楽が、世間では売れるってことだよ」

ふたりはビールをすすり、まわりの人々を眺め、互いを何度か見やった。話題を見つけるのが急に難しくなった。バンドやほかの客についての話が尽き、仕事の話をするわけにもいかないという状況になってみると、ふたりの歳の差、実は互いのことをあまりよく知らないという事実が、はっきりした形で迫ってきた。

ヘルマンソンは本気で踊りたがっていた。笑みをうかべ、立ち上がろうとしている。エーヴェルトは耳を傾けていた。〝きみは僕の世界のすべて〟……音楽としては悪くない。踊ってもよさそうだ。

「踊りましょうか？」

「どうかな。いや。もう少し待とう」

ふたりはまたしばらくビールを飲み、人々を眺めた。それから、ヘルマンソンが慎重に切り出した。いったいだれの喪に服しているのか、と。そうなんでしょう？ 見てればわかります。きっとだれか、失った女の人のことを悲しんでるんだ、って。

エーヴェルトはしばらく黙っていたが、やがて口を開いた。話しはじめてから、彼女の話を他人にするのは初めてだと自分で気づいた。いまのヘルマンソンと同じ歳ごろだった、ある女のこと。同僚だった彼女と出会い、時とともに互いを意識するようになった。すべてがシンプルで、すべてがはっきりしていた。が、ある日、すべてが崩れた。

そして彼は黙り込んだ。ヘルマンソンもそれ以上は聞いてこなかった。

ふたりはビールを飲んだ。エーヴェルトが追加のビールを買いに行こうとしたところで、彼の携帯電話が鳴った。声を出さずに、唇の形だけで〝スヴェンからだ〟と伝えると、ヘルマンソンはうなずいた。通話は二分ほどで終わった。

「拘置所の医者から連絡が来たそうだ。シュワルツの検査をやって、聖ヨーラン病院でレントゲン検査もしたらしい。思ったとおりだった。心臓にはなんの異常もなかった。若くて健康そのものだそうだ。心筋症をわずらった跡もいっさいない」

肥満体の男女が手をとり合い、ダンスフロアを目指してテーブルのあいだを進んでいるのを見て、ヘルマンソンはかすかに椅子を引いた。彼らの姿をまじまじと見つめ、ゆっくりとしたメロディーに合わせてふたりが抱き合うのを見届けてから、口を開いた。

「つまり、心筋症という診断はまちがってたわけですね」

「シュワルツの話がほんとうなら、わざとまちがった診断を下したんだろう。薬を使って、あいつを病人に仕立てたうえで、そういう診断を下したんだ。若い男が独房で急死するもっともらしい理由をでっち上げるために」

スローテンポの曲が終わったかと思ったら、また似たような曲が始まった。エーヴェルトも、さきほど近くを通り、いまは抱き合うようにして踊っている、例のカップルを眺めていた。

「医者は、もし疑問が残るようなら検査をもう一種類やってもいい、と言ってくれたらしい。心筋生検とかいう検査だそうだ。だが、それにはある程度のリスクが伴う。そんな検査はしなくていい、とスヴェンから伝えてもらうことにした」

エーヴェルトは短い笑い声をあげた。

「まったく、連中ときたら、うまくやったもんだな、ヘルマンソン。何カ月も前から準備して、重病を装ってみせたんだ。そこまでやるとはな」

スローテンポの二曲目が終わるまで、ふたりはしばらく黙っていた。それから、ヘルマンソンが急に立ち上がった。ダンスフロアへ急ぐと、ペアになって次の曲を待っている客たちのあいだを縫って歩いていく。壇上のバンドメンバーのひとり、ギターとヴォーカルを担当している、金髪の、少々長すぎる髪の男に、ヘルマンソンが話しかけているのが見えた。戻ってきた彼女は、席につくことなく立ったまま言った。

「さあ、踊りますよ」

エーヴェルトが断わろうとしたところで、次の曲が聞こえてきた。シーヴ・マルムクヴィスト。『本気になんかならないわ』。いちばん好きな曲と言ってもいい。

彼はヘルマンソンを見やると、かぶりを振り、大声で笑った。それを見て、ヘルマンソンは思った――エーヴェルト・グレーンスがこんなふうに、心の底から、腹の底から、嬉しそうな笑い声を上げるのを見たのは初めてだ、と。

彼女はエーヴェルトの手をとってダンスフロアへ向かった。エーヴェルトはまだ笑っている。まるで笑いが止まらないかのようだ。

歌詞も、間奏も、二度ある転調部分も、すべてそらで覚えている。――〝もう本気になんかならないわ　どんなに懇願したって無駄よ〟――なんとも心地良い。リズムに合わせて動ける、たとえ脚がうまく動かなくとも、ぎこちなく見えはしない、そんな自信が湧いてくる。こんなふうに、幸せそうな人々に囲まれるのは久しぶりだ。そもそも、犯罪の被疑者でもなく、法医学局の解剖台に載った死体でもない女性に触れること自体が久しぶりだった。ヘルマンソンを、その顔を眺める。ふと、三十年前に戻る。別の女が自分を見つめている。エーヴェルトは彼女を腕に抱き、バンドの演奏に合わせてダンスをリードした。

さらに二曲踊った。初めて耳にするスローテンポの曲に、六〇年代のアメリカを思わせるアップテンポの曲。

エーヴェルトはバンドに向かって片手を挙げた。シーヴ・マルムクヴィストを演奏してくれたことへの感謝のしるしだ。ギターを持った長い金髪のヴォーカリストがにっこりと笑い、親指を立てた。ふたりは元のテーブルに戻った。さきほど席を立ったときと変わらず、ビールの少し残ったグラスが二つ置いてあった。

体がほてっている。ふたりはビールを飲み干した。

「なにかまだ飲むかい？　買ってこようか？」

「警部、私、飲みものぐらい自分で買えますから」

「おまえがむりやりここに連れてきてくれた。ありがたいと思ってる。だから、飲みものぐらいおごらせてくれ」

エーヴェルトは彼女がなにを飲むか決めるのを待った。

「コーラにしようかな。明日も朝は早いですし」

「俺もコーラにしよう。買ってくるよ」

エーヴェルトは向きを変え、バーへ向かった。ヘルマンソンも立ち上がってそのあとを追った。夜が更けてきたいま、ひとりきりでテーブルに残り、ダンスへの誘いを断わりつづけるのは気が進まなかったからだ。

あいかわらずの混雑で、ふたりはバーの端に陣取り、ひどく喉が渇いているらしい人々とぶつかり合うのを避けた。数分ほど待ったところで、エーヴェルトはだれかに背中をつかれていることに気づいた。

「おい、おまえ、何歳だ？」

目の前に立っている男は、かなり背が高く、口ひげも髪も黒く染めているように見えた。歳のころは四十代。アルコール臭を漂わせている。

エーヴェルト・グレーンスは男を眺め、それから背中を向けた。

ふたたび、背中をつつく指。

「おい、おまえに聞いてるんだよ。何歳なんだ？」

エーヴェルトは怒りをぐっとこらえた。

「おまえには関係のないことだ」

「じゃあ、この女は？　いくつだ？」

口ひげを黒く染めた酔っぱらいは一歩近づいてくると、ヘルマンソンを指差した。その指先は、彼女の目から数センチほどしか離れていない。

もうだめだ。

怒りを止めることができない。それはいま、胸の内でどくどくと脈打っている。

「ここから出ていきなさい」

目の前の男は笑い声を上げた。

「出ていくもんか。知りたいからな。このうすぎたねえ移民女に、いったいいくら払った?」

ヘルマンソンはまずエーヴェルトの目にそれを認めた。またたく間に湧き上がってきた憤怒。まるで別人のようだ。いや、本来の彼に戻ったと言うべきだろうか。背広がぴんと張り、背筋がぴんと伸び、体が大きくなる。エーヴェルト・グレーンスはいま、警察署の廊下に戻ったかのようだ。

彼のこんな声を耳にするのは初めてだった。

「これから言うこと、よく聞けよ。おまえがたったいま言ったことは、聞かなかったことにしてやる。さっさとここから出ていくことだ」

口ひげはあざけるような笑みをうかべた。

「聞こえなかったんなら、もう一回言ってやるよ。おまえがここに連れてきた、このうすぎたねえ移民女、いったいいくらだったのかって聞いてるんだ」

エーヴェルトの激しい怒りを肌で感じたヘルマンソンは、先に行動を起こさなくては、と考えた。

そこで片手を挙げ、酔っぱらいの頬に平手打ちを見舞った。男はよろめき、バーカウンターで体を支えた。彼女は財布のポケットに入れていた身分証を取り出した。

そして、男の目の前、さきほど指を突きつけられたのと同じくらい近いところに身分証を突きつけ、たったいま彼がうすぎたねえ移民女と呼んだ女はマリアナ・ヘルマンソンという名前で、ストックホルム市警の刑事である、あと一度でも同じ言葉を口にしたら、今晩はクロノベリ拘置所の取調室で夜を過ごしてもらう、と告げた。

ふたりはそれからまた踊った。男を払いのけようとするかのように。

緑色の制服を着た警備員がふたり駆け寄ってきて、警察の身分証を目にし、酔っぱらいを追い出してくれたことは事実だった。が、それだけでは足りなかった。男はまだそこにいた。熱気のこもった店内に、男の言葉が貼りついていた。どんなダンス音楽をもってしても、それをはがすことはできなかった。

ふたりは店を出て歩きはじめた。一月の冷たい空気が心地良いほどだった。

ほとんど言葉を交わさないまま、スルッセンを通り過ぎる。シェップスブロン通りを歩き、王宮の前を通り、橋を渡ってグスタフ・アドルフ広場にたどり着く。重要な建物に囲まれたこの広場で、オペラ劇場を背に、外務省を前にして立ち止まった。

ヘルマンソンはクングスホルメン島、ヴェステル橋の近くに住んでいる。エーヴェルトはスヴェア通りがオーデン通りと交わるあたりに住んでいる。ともに歩く道のりは終わり、ふたりはそれぞれ別の方向に足を向けた。

エーヴェルト・グレーンスは、ゆっくりと遠ざかっていくヘルマンソンの背中を目で追った。それから数分ほど逡巡《しゅんじゅん》していた。自宅に帰る気はしなかった。

癇に障る、このいまいましい孤独感。

しばらく天を仰ぎ、ちらつく雪が肌に触れるのを感じる。頬がすっかり冷たく、赤くなったところで、くるりと向きを変え、外務省の建物を見据えた。三階の窓にまだ電気が灯《とも》っている。

人の輪郭が見えたような気がした。

だれかが窓辺に立って、暗闇に包まれた街を眺めている。

きっと官僚だろう。ジョン・シュワルツ事件がもたらした外交上の罠《わな》と格闘するため、こんな時間まで残っているにちがいない。

いい気味だ。

零時まであと三十分。トールウルフ・ヴィンゲ外務次官は外務省の窓辺に立ち、グスタフ・アドルフ広場をぼんやりと眺めていた。年配の男と若い女が見える。別れるところらしく、女が男の頬に軽くキスをしてから去っていった。

トールウルフ・ヴィンゲは欠伸をし、両腕を上に挙げて伸びをすると、オフィスに戻った。疲れてきた。長い一日だったのが、数時間ほど前、さらに長くなった。レオナルド・スティーブンズ大使がヴィンゲに礼儀正しく挨拶し、階段を下り、黒塗りの車に乗ってヤーデット地区にあるアメリカ大使館へ戻っていった直後、ジョン・マイヤー・フライの正式な引き渡し要請がファックスで送られてきたのだ。

とはいえ、これこそ彼の生きがいだった。

権力者たちを観客にして行なわれる、外交という名のフェンシング。

だから、この日は外務大臣と何度も連絡を取り合った。首相とも二度話し合った。ここ三時間は実務レベルの同僚ふたりとオフィスに閉じこもり、EU・米国間の引き渡し協定の文言を隅々までチェックし、ほかの解決法について話し合い、引き渡しを拒んだ場合に両国関係がどうなるかを検討し、また引き渡しに応じた場合、その事実が公になったら国民やマスコミはどう反応するかを予測しようとした。

ヴィンゲはふたたび伸びをすると、理学療法士に以前教わったとおり、前屈をし、それから後屈をした。湯を沸かし、コップの上に置いた茶漉《ちゃこ》しに新しい茶葉を入れる。

夜明けまでには、まだ何時間もある。

日が昇るころには、できるかぎりスウェーデンに損害の及ばない形で、ジョン・マイヤー・フライの未来を決する提案がつくられていることだろう。

エーヴェルト・グレーンスは、寒く、わりに静かな夜のストックホルムを、徒歩で移動していた。よそいきの服を着た美しい女性がひとりきりで首都を歩くのは危険だからと、ヘルマンソンをなんとかタクシーに乗せようとしたが、彼女が自分の身ぐらい自分で守れると言い張ったので、呼んだタクシーをキャンセルするはめになった。もちろん、ヘルマンソンが問題なく自分で自分の身を守れることは、エーヴェルトも疑っていなかった。が、それでも気になるので、自分の番号を携帯電話のディスプレイに表示し、ボタンひとつで電話がかかる状態にして、携帯電話を手に持って歩きなさい、と言い聞かせた。

彼女はエーヴェルトの頰に軽くキスをすると、ありがとうございました、とても楽しかった、と言った。彼女が去ったとき、エーヴェルトは久しく感じていなかった喜びと孤独を同時に感じた。

いま、玄関扉を開け、がらんと広い自宅アパートを目の前にした彼は、なにもかも無意味だという思いに首を絞められているような気がした。そして出かけたときから変わっていないアパートの中を、うろうろと歩きまわった。

キッチンの蛇口に口を寄せ、氷のように冷たい水を直接飲む。

書斎の机に読みかけのまま置いてあった本をぱらぱらとめくる。

珍しいことにテレビまでつけて、別のチャンネルで何年も前に見た覚えのある刑事ドラマの後半を見る。単調な音楽に合わせて刑事たちが駆けまわり、リボルバーを両手で構えて撃ちまくっている、そんなドラマだ。

エーヴェルト・グレーンスはなにもかもがいやになった。

コートを着ると、タクシーを呼び、階下へ急ぐ。

署へ向かおう。オフィスへ、シーヴ・マルムクヴィストへ、シュワルツ事件の捜査資料へ。慣れ親しんだものたちに囲まれていると、夜が短く感じられるから。

木曜日

コーヒーの入ったコップがスヴェン・スンドクヴィストの手から滑り落ち、彼の堪忍袋の緒はそれだけで切れた。スヴェンは閑散とした廊下にこだまするほどの声で悪態をつくと、コーヒーマシン下部の茶色い金属板を思い切り蹴りつけた。それから身をかがめ、薄茶色の液体を手でできるかぎり隅へ押しやった。

時刻は朝の六時。スヴェンは疲れ、苛立っている。寛容と熟慮を旨とするふだんの姿は見る影もない。

家に帰りたい。ベッドに戻りたい。

二夜連続で、エーヴェルト・グレーンスからの電話に起こされた。二夜連続で、シュワルツ事件に関する早朝ミーティングに呼ばれた。

それだけではない。用件を告げたあとも、エーヴェルトはだらだらと話しつづけた。初めはジョン・シュワルツ事件など仕事の話だったのが、しばらくすると急にほかの話題になった。人生についてだとか、ふだんは話そうとしないことを、長々と語っている。スヴェンはしまいに、酔ってるのかい、と聞かずにいられなくなった。エーヴェルトはビールを二杯ほど飲んだことを認めた。が、もう何時間も前のことだ。文句でもあるのか？　スヴェンは電話を切ると、電話線を抜き、アニータに約束した時間まではなにがあっても家を出ないぞ、と決心したのだった。

入れ直したコーヒーを手に暗い廊下を歩き、エーヴェルトのオフィスに入ろうとしたところで、スヴェンははたと立ち止まった。だれかほかの訪問者がいる。高価そうなグレーの背広を着た男が、ドアに背を向け、軽く前かがみになっている。スヴェンは脇に退いた。いま行なわれているらしい、この別のミーティングが終わるまで、外で待っていようと考えたのだ。

「おい、スヴェン、どこ行くんだ？」

スヴェン・スンドクヴィストは戸口に戻った。グレーの背広の男を見つめる。エーヴェルトの声だ。が、彼とはとても思えない。

「どうした？」

「エーヴェルト？」

「なんだよ。おまえ、寝ぼけてるのか？」

「どうしたんだ、その恰好？」

エーヴェルト・グレーンスは戸口にいるスヴェンに向かってダンスのステップを踏んでみせた。

「〝ハンク〟の恰好だよ」

「なんの恰好だって？」

「〝ハンク〟。聞いたことないのか？」

「ないと思うけど」

「英語だよ。〝いい男〟って意味だ。昨日はヘルマンソンと踊りに行ってきた。あいつが俺のことを〝ハンク〟って言った。最近の若い連中の流行《はや》り言葉らしいぞ。よく覚えとけ、スヴェン、〝ハンク〟だぞ！」

約束の時間まではまだ数分ほどあり、スヴェンはかつては焦げ茶色で縞がくっきりしていたはずのコーデュロイのソファーに腰を下ろした。エーヴェルトがその前に立ちはだかる。きちんと背広を着ていると、一瞬、どこかの役人のように見える。スヴェンは話を続けるエーヴェルトの表情をうかがった。どことなくほっとした顔で、二十五年ぶりのダンスステップについて語っている。初めは緊張しきっていたこと。ヘルマンソンがバンドに『本気になんかならないわ』をリクエストしてくれたこと。笑いが止まらなかったこと。腹の底から湧き出て、喉から飛び出したその笑い声に、自分で驚いたこと。

ラーシュ・オーゲスタムは六時きっかりに現われた。ヘルマンソンは三分遅れてやってきた。

ふたりとも驚くほど元気そうで、スヴェンはそれを見て急に疲労感が増し、背もたれに体をあずけた。ふと見ると、上司がまだ昨晩の背広を着ていることに気づいたヘルマンソンが、愉快そうな笑みをうかべている。

「オーゲスタム、おまえ、死刑には賛成か？」

エーヴェルトは床に散らばった書類を探りながら尋ねた。

「いいえ、もちろん反対です」

「スヴェン、おまえは？」

「反対」

「ヘルマンソン？」

「反対です」

エーヴェルト・グレーンスはしゃがみこみ、紙を拾い上げては脇に積み上げた。

「そうだろう。俺も反対だ。したがって、俺たちはある問題にぶち当たる」

プリントアウトされた書類が十枚か十五枚ほど集まったところで、エーヴェルトは立ち上がった。スヴェンもほかのふたりと同様、目の前にいる大男の動きを目で追っていた。背広のことが頭から離れない。背広という、ごく普通で当たり前の服装が、皺だらけでだらしのない、サイズの合わない服ばかり着ている男、周囲もそれに慣れきっている男と組み合わさると、こんなにも奇妙に見えるものなのか。

「夜中、いろんな連中と話をしたんだが」

部屋の中にいるだれひとりとしてその言葉を疑う者はいなかった。

「連中、ずいぶんと焦ってるらしいぞ。オーゲスタム経由で箝口令を敷きやがった、おべっか使いどものことだがな」

ラーシュ・オーゲスタムは顔を紅潮させ、立ち上がりかけたが、思いとどまった。グレーンスはとにかく、なにもかもが気に入らないのだ。説明したってどうせわかりゃしない。

エーヴェルト・グレーンスは夜のあいだに電話で話した内容を詳しく再現してみせた。この拘置所に収容され、ストックホルム市警が重傷害罪容疑で取り調べることになっている人物はいま、アメリカの国務省とスウェーデンの外務省、両方の関心事となっている。彼が母国へ引き渡されるおそれが、もはやただのおそれではなくなっている。引き渡しを阻むにはどうしたらいいのか、見当もつかない。

彼は床から拾い上げた書類の束をスヴェンに手渡した。

「三人とも、こいつをもう一回読んでくれ。アメリカから送られてきたシュワルツ関連書類だ。俺たちはいま、スウェーデンという国の刑罰の基準を根本からひっくり返すプロセスに参加させられてる。重傷害罪の被疑者を死刑にしようとしてるんだからな」


シカゴ発ユナイテッド航空UA9358便は、予定より十五分早く、午前六時四十五分にストックホルム・アーランダ空港に着陸した。耳慣れない訛りで英語を話すパイロットの説明によれば、大西洋上で強い追い風に恵まれたためとのことだ。ルーベン・フライは、隣に座っている旅慣れたようすの男性に、高度一万メートルのところを飛んでいる飛行機に風向きが影響を与えるのか、と尋ねてみた。もっともらしい答えが長々と返ってきたが、その内容はすぐに忘れてしまった。

ルーベン・フライがヨーロッパを訪れるのはこれが初めてだった。それどころか、飛行機に乗ること自体が初めてだ。彼にとっては、オハイオ州だけでじゅうぶんだった。マーカスヴィルからときおりコロンバスへ、あるいは遠くクリーヴランドまで行くだけでも大きな刺激になり、それ以上のことは望んでいなかった。この日は、朝早くにマーカスヴィルで始まった。二十年近く乗りつづけている年代物のメルセデスを運転して、夜明けに自宅を出発し、シンシナティ空港を目指して西へ走った。チケットを買ったときに言われたとおり、出発の二時間前にチェックインを済ませ、手荷物を持って移動中の人々でごった返すレストランで高価な昼食をとった。シンシナティからシカゴへのフライトは短く、上がったと思ったら下降が始まった。それから、マーカスヴィルのあるオハイオ州サイオート郡と同じくらいの広さがありそうなシカゴ空港で、数時間ほど乗り継ぎを待った。シカゴからストックホルムへ向かう二度目のフライトは、一度目よりもはるかに長かった。キャビンアテンダントは親切で、通路の上にある小さなスクリーンに映し出されたコメディー映画も悪くはなかったが、それでも自宅に戻ったが最後、二度とオハイオ州を出ることはないだろうと彼は思った。

ストックホルムはマーカスヴィルよりも寒く、アーランダ空港からストックホルム市内へ向かうタクシーから外を眺めると、道路脇にはかなりの雪が積もっていた。タクシーの運転手は英語を解し、今後の天気予報を詳しく教えてくれた。数日後、さらに雪が降り、気温がぐっと下がる見込みだという。

ルーベン・フライは胸に痛みを覚えた。

ここ数日にしたような経験は、二度と繰り返したくない。フィニガン家の娘が殺され、自分の息子が犯人とされ、裁判にかけられて有罪を宣告されてから、十八年。十八年が経ったというのに、この事件はまだ終わらないのだ。

真実を知りながらそれを否定するのは、なんと難しいことか。シンシナティでの事情聴取はつらかった。幼いころから知っているハットンとその同僚に面と向かって嘘をつくのは、自分でもいやでしかたがなく、何度も立ち上がって真実を打ち明けてしまいそうになった。それにも増して難しかったのは、自ら埋葬したはずのひとり息子が生きていると知らされ、喜びと感謝にあふれた父親を演じることだった。ルーベンが大きくため息をついたので、運転手がバックミラー越しに彼をちらりと見やった。事情聴取では何度も取り乱しそうになった。FBIに逮捕されなかったのは幸運と言うべきだろう。逮捕されずに済んだのは、事情聴取を担当したのがケヴィン・ハットンだったからなのだろうか、とルーベンは自問した。

ベリィ通りにある警察署まで三十分ほどかかった。ストックホルムについては飛行機の中でいろいろと聞いた。いくつもの島々から成る街、美しい水の都だと聞いている。フィンランドとのあいだの海には、群島が果てしなく広がっているそうだ。

たしかに美しいのだろう。だが、ルーベンの目にはその美しさが見えなかった。美しいかどうかなど、はっきり言ってどうでもよかった。観光に来たのではない。息子をふたたび死の淵から救い出すため、ここにやってきたのだ。

タクシー代を払って車を降りる。朝はまだ早く、正面入口には鍵がかかったままだ。

だれを訪ねればいいかはわかっている。

数度にわたる事情聴取が終わったとき、ケヴィン・ハットンは机の上に書類を出していた。彼はそれをルーベンの目の前に置いたまま、ふと窓の外に視線を走らせた。そうして偶然を装い、ルーベンに書類を読む時間を与えてから、机に向き直り、書類を片付けた。

ルーベン・フライの事情聴取を求める捜査協力要請だった。

スウェーデンからファックスされてきた書類だ。発信元はスウェーデン外務省だが、エーヴェルト・グレーンス警部なる人物にも写しを送る旨が明記されていた。

スヴェン・スンドクヴィストは書類を手にしたまましばらく考え込んでいたが、やがて紙の束を膝の上に置くと、机の上の棚に並んだカセットテープを選んでいるエーヴェルトを見つめた。

「死刑執行に医師が立ち会うことは禁止されているそうだよ。知っていたかい？」

エーヴェルトは答えなかった。オーゲスタムもヘルマンソンも答えなかった。質問として発せられた言葉ではなかったからだ。

「社会が人を殺す場面に立ち会うことは、医師としての誓い、医師として尊重すると約束した倫理に反するからだ。だが、その代わり、なんとも不思議なことに、死刑執行に使われる薬物を調達するのは、医師の役目であり義務だとされている」

スヴェンはなんの反応も期待していなかった。自分の言葉が三人の耳に届いたかどうかすら確信はない。エーヴェルトはまだシーヴ・マルムクヴィストのカセットを選んでいるし、オーゲスタムもヘルマンソンも言われたとおりに書類を読んでいる。だれも聞いていなくてもかまわない、と思った。怒り狂った蝿のように頭のまわりを飛びまわっていた苛立ちは消え、昨晩起こされたことによる疲労感もだんだん薄れてきた。洒落《しゃれ》た背広を着て、自分は〝ハンク〟だとしつこく繰り返したエーヴェルト、朝早くから元気なヘルマンソンとオーゲスタム、手の中にある信じがたい物語、深刻な事態が迫っているという予感――スヴェン・スンドクヴィストは、窓の外で夜が明けていく中、こうして古ぼけたソファーに座っていることに、もはや苛立ちを感じていなかった。

「十七歳だったんですね」

ラーシュ・オーゲスタムがかぶりを振り、ほかの三人に目を向けた。

「未成年者が死刑を宣告されることはきわめて稀なんですよ。シュワルツ、いや、フライと呼ぶべきでしょうか、彼は成人とみなされ、成人と同じ刑を宣告された。たった十七歳で死刑判決が下るとは――よほどのことがないかぎりあり得ないことです」

グレーンスが能天気な音楽を小さくかけはじめたのがオーゲスタムの耳に届いた。シーヴ・マルムクヴィストが情けないBGMのように響く中、彼は続けた。

「こういう仕組みです――アメリカでは、死刑に反対の立場を取る人は、死刑判決が下る可能性のある裁判に、陪審員として参加することができません。わかります？　つまり、最初から、死刑賛成派の人だけが陪審員として選ばれているんです。そして、この陪審員たちが、被告人、この場合はフライですが、被告人が極刑に値する罪を犯したと判断した場合には、四十年後以降の恩赦の可能性を含む終身刑、恩赦の可能性を含まない終身刑、あるいは死刑、そのいずれかを選ぶことになります」

エーヴェルト・グレーンスはシーヴ・マルムクヴィストのボリュームを少々上げた。こうすることで気持ちが落ち着き、考えるのが楽になる。が、それと同時に、自分の知らないことを知っているオーゲスタムの話にも興味をひかれ、耳を傾けていた。オーゲスタムは腹立たしげな目でエーヴェルトとカセットプレーヤーを見やったが、エーヴェルトは手を振って先を促した。続けろ、聞いてやってるんだから。

「ということで、陪審員たちはフライを有罪と判断し、第三の選択肢、死刑を選んだわけです。たしかに、彼の指紋が家中に残っていました。たしかに、血液型鑑定の結果からすると、被害者の体内に残っていたのがフライの精液であるというのは、おそらく真実でしょう。しかし、ふたりには一年以上前から性的関係があったと、複数の証人が証言しているんですよ！　そうだとすれば、指紋が残っていたのも、精液が見つかったのも、ごく自然なことじゃないですか。陪審員たちにだって、そのことはすぐにわかったはずです」

ラーシュ・オーゲスタムの顔はみるみるうちに赤くなり、その華奢な体がますます落ち着きをなくした。彼は立ち上がり、部屋の中を歩きまわりながら言葉を継いだ。

「フライが無実だと言っているわけではありません。彼が犯人である可能性はあります。が、有罪にするには、しかもたった十七歳の少年に死刑を宣告するには、あまりにも証拠があやふやすぎる。死刑判決を勝ちとった検察官はうまくやったもんですね。僕にはきっとできない。いや、そもそもこの程度の証拠しかないのに起訴すること自体がためらわれます」

彼は怒っているような面持ちであたりを見まわした。無意識のうちに声が大きくなっている。

「殺人が行なわれた時刻に、現場でフライを目撃した人はいない。現場に彼の血液が残されていたわけでもない。彼の体や服から硝煙反応が出たかどうかも言及されていない。陪審員に提示され、いま私たちに提示されている証拠は、現場となった家を何度も訪れていた少年の指紋と、被害者と一年あまりにわたって性交渉を繰り返していた少年の精液だけです。それから、彼のそれまでの経歴もわかっています。暴力的だった彼は、二度にわたって数カ月ほど少年院に入れられている。ジョン・マイヤー・フライはたしかに品行方正な若者ではなかったようです。が、だからといって人殺しとはかぎらない。少なくとも、こんなあやふやな証拠だけで断じることはできない」

ルーベン・フライは守衛に近づくと、身分証明書を見せ、エーヴェルト・グレーンス警部にお会いしたいのだが、と告げた。なるべく明瞭に話し、本心とは裏腹に落ち着いた声を出すよう努めた。緑色の制服を着た守衛はガラス張りの部屋の中にいて、建物の外側のあちこちに設置された監視カメラの白黒映像を映し出すいくつものモニターに囲まれている。彼もさきほどのタクシーの運転手と同様、たどたどしくも正確な英語で、狭い入口に並べられた三脚の椅子のうち一脚に座って待つよう、突然の訪問者に短く告げた。

一睡もしていないせいで疲れが出てきた。飛行機の中で眠ろうとはしたものの、周囲のざわめきや、機内の天井灯のきつい光のせいで、寝入ることができなかったのだ。ルーベンは目をこすり、二度欠伸をして、週刊誌をぱらぱらとめくった。書かれている内容はさっぱりわからないが、それでも既視感にとらわれる。なにやら重要な公演の初日、赤絨毯の上をペアになって歩き、ポーズをとる有名人たちの写真が載っている、そんなたぐいの雑誌だ。マーカスヴィルの床屋や、レストラン〈ソフィオス〉の雑誌コーナーに置いてあるゴシップ週刊誌と、なんの変わりもない。言語も、載っている人々の顔ぶれも異なるが、内容はまったく同じだった。

十五分後、緑色の制服を着た守衛に名前を呼ばれ、ルーベン・フライはあわてて立ち上がると、大きな茶色い旅行鞄を手に持った。同じく緑色の制服を着た女性が現われ、行く先を手で示し、同伴してくれた。彼女はさきほどの守衛よりもはるかに英語が達者らしく、会話はほとんど交わさなかったものの、口を開けば流暢《りゅうちょう》な英語を話した。うすぎたない廊下を進み、鍵のかかった扉をいくつか通り抜け、やがて開いた扉の前で立ち止まった。部屋の中から音楽が聞こえる。音量が少々大きすぎるような気もする。

女性がドアをノックすると、中から大声が聞こえてきた。〝入れ〟と言ったらしい。

かなり広いオフィスだ。昨日数時間にわたって事情聴取を受けたＦＢＩシンシナティ支局の部屋よりも、はるかに広い。〝入れ〟と大声をあげた、部屋の中央に立っている男は、大柄で、洒落たグレーの背広を身にまとっている。おそらく自分と同年代だろうとルーベンは推測した。奥のほう、カーテンのかかっていない窓のそばに、さらに三人いる。女性がひとり、男性がふたり。茶色っぽい色の、幅の広いソファーに腰かけている。

彼は一歩前に踏み出し、旅行鞄を床に置いた。

「ルーベン・マイヤー・フライといいます」

部屋の中にいる四人は当然英語を解するものと考え、彼は口を開いた。この国ではだれもが英語がわかるらしいからだ。四人は黙ったままこちらを見つめている。背が低く肥満体で、赤い頰と疲れた目をしたアメリカ人が、言葉を継ぐのを待っている。

「エーヴェルト・グレーンスさんと話がしたいのですが」

背広を着た大柄な男がうなずいた。

「私です。どういったご用件でしょう？」

ルーベン・フライはカセットプレーヤーを手で示し、顔に笑みをうかべようとした。

「この歌は聞いたことがありますよ。コニー・フランシスだ。『エブリバディーズ・サムバディーズ・フール』。この言語で聞くのは初めてだが」

「『本気になんかならないわ』ですよ」

「えっ？」

「スウェーデン語のタイトルです。歌手はシーヴ・マルムクヴィスト」

ルーベン・フライは、少なくとも微笑みに似たものを返されたように感じ、実際にそうだったのだと思うことにした。彼はシャツのポケットから一枚の写真を取り出した。さしていい写真とは言えず、人物の輪郭はぼやけているし、日差しが強すぎて本来の色が出ていない。輪郭のぼやけた人物は、大きな岩に腰かけている。上半身裸で、両腕の力こぶを見せようとしている。十代の少年だ。長く伸ばした黒髪が目にかかり、後ろはひとつに結んで背中に垂らしてある。両頬ににきびが見える。鼻の下にぽつぽつと口ひげが生えている。

「これが私の息子、ジョンです。かなり昔の写真ですが。息子のことでお話があります。できれば、あなたとふたりだけで話がしたい」

コニー・フランシスと『エブリバディーズ・サムバディーズ・フール』を知っている人物は、それだけでエーヴェルト・グレーンスの尊敬を少し勝ち得ることができる。およそ三十分後、ふたりはエーヴェルトの机をはさんで向かい合っていた。互いへの敬意はさらに増しているように見えた。

ルーベン・フライは、エーヴェルトと話しはじめてまもなく、できるかぎり率直に、包み隠さず話をしよう、と決心した。つまり、昨日とは正反対の姿勢で臨むということだ。そうするほかなかった。エーヴェルト・グレーンスもまた、ここで話題にする犯罪はアメリカで起こったことだから、自分の権限は遠く及ばない、たとえ自分が行動を起こしたいと思ったとしても、できることはほとんどない、と強調していた。

しだいに昼が近づく中、窓の外では風が吹き荒れ、突風がガラス窓に何度も吹きつけた。

そのたびに轟音《ごうおん》が響くので、ふたりは何度か黙り込んでは振り返り、ガラス窓が壊れていないかどうか確かめずにはいられなかった。

ルーベン・フライはコーヒーを断わったが、ミネラルウォーターならいただきますと言うので、エーヴェルトは廊下の自動販売機で缶入りのミネラルウォーターを二つ買った。十クローナ硬貨を入れるこの販売機には、常にだれかの書いたメモがテープで貼られている。乱暴な字で、コインを入れたのになにも出てこなかった、金を返してほしい、とあり、いちばん下に内線番号が書かれているのだ。それを見て、エーヴェルト・グレーンスはしばしば思うのだった――よくこんなことにエネルギーを費やせるな。メモを残した連中のうち、販売機の管理会社から謝罪を受け、十クローナ硬貨を取り戻したやつなど、ひとりでもいるのだろうか？

ルーベンはミネラルウォーターを缶から直接、二口ほどで飲み干した。

「お子さんはいらっしゃいますかな？」

ルーベンは真剣な顔でそう問いかけた。エーヴェルトはふと机に視線を落とした。

「いいえ」

「なぜです？」

「失礼ながら、あなたには関係のないことだ」

ルーベンはふくらんだ頬を手でこすった。肥満体だと皺ができないのだろうか、とエーヴェルトはちらりと考えた。

「なるほど。では、質問のしかたを変えましょう。ひとり息子を失いかけている人間の気持ちがおわかりになりますか？」

エーヴェルト・グレーンスはある父親のことを思い出した。一昨年、性的暴行を受けて殺された五歳の少女。その父親。見ているだけでもつらかった彼の顔を、いやおうなしに襲ってきた苦しみを思い出す。

「いいえ。私には子どもがいませんから、わかりません。だが、子どもの死を悲しむ親に会ったことはある。その悲しみが彼らを内側から蝕んでいるのを、目にし、感じ取ったことはある」

「それなら、子どもの命を救うためならどんなことでもするという親の気持ちは、わかっていただけますね？」

その父親は、娘の命を奪った男を捜し出し、自ら射殺したのだった。エーヴェルトは捜査を進めながら、彼のとった行動がかならずしもまちがっているとは限らない、と考えている自分に気づいた。

「ええ。わかると思います」

ルーベン・フライはズボンのポケットをまさぐって煙草を取り出した。赤い箱。スウェーデンでは手に入らない銘柄だ。

「吸ってもかまいませんか？」

「屋内は禁煙ですよ。まあ、吸っても逮捕はしませんがね」

ルーベンは笑みをうかべ、煙草に火をつけた。背もたれに体をあずけ、肩の力を抜こうとする。何度か煙草をふかし、小さな白灰色の雲を目の前に漂わせた。

「私は死刑に賛成です。州知事選挙のたびに、死刑存続を公約に掲げる候補者に投票してきました。もし、息子が、ジョンが有罪なのだとしたら、死をもって償うのは当然のことです。目には目を、といいますからね。しかし……ジョンは人殺しなどしていない。たしかに乱暴な子ではあった。心理士には、衝動をコントロールする力が弱い、と言われましたよ。あれの母親、アントニアが早くに亡くなったせいだろう、母親が死んだ悲しみが問題の発端だ、と言ったのもいました。そんな話、私はちっとも信じちゃいませんがね。まったく、心理学者って連中はいつだって、もっともらしい仮説を並べ立てて、個人に責任を負わせまいとする。まあとにかく、ジョンは扱いにくい子だった。しかし、グレーンス警部、ジョンは人殺しをするような子ではありませんでした」

エーヴェルト・グレーンスはそれからの三十分弱、なにも質問をする必要がなかった。ルーベン・フライが煙草を吸いながら滔々《とうとう》と話しつづけたからだ。エリザベス・フィニガンの死によって掻き立てられた、憎しみに満ちた雰囲気。マスコミが勝手に〝象徴的な事件〟と位置づけ、記事を連載読み物にしてしまう、そんな殺人事件。犯人を突き止め、極刑をもって裁くことにだれもが躍起になり、時が経ち記事が増えるにつれてその勢いは増した。事件は人々のハイオ州各地で、新聞の売り上げに大きく貢献した。事件は人々の共有財産となり、共通の悲しみとなり、そしてなによりも、政治問題となった。将来有望だった美しい少女を手にかけた犯人が極刑を免れるなど、オハイオ州は断じて許さない、というわけだ。ルーベン・フライは時系列に沿って、冷静かつ穏やかに話を進めた。ジョンが逮捕された日について語ったときにも、裁判の始まりから、法廷で陪審が評決を言い渡した瞬間まで、ジョンに向けられつづけた憎しみについて語ったときにも、彼は落ち着きを保っていた。

ルーベンがこの話をするのは初めてなのだろう。頬が赤らみ、額は汗で湿っている。マーカスヴィルの家を出てから一度も服を着替えていないせいで、少しにおう。エーヴェルトはそれがいやだと思ったわけではなく、ただ気がついたので、よかったらこのあと警察署のシャワールームでさっぱりしてはどうか、と聞いてみた。ルーベンは礼を言い、自分が清潔感に欠けていることを詫びた。長い一日だったのだ。

強風が窓ガラスに打ちつける頻度が増した。外では雪が渦を巻いている。上から降っているだけでなく、下からも積もった雪が吹き上げられている。エーヴェルト・グレーンスは窓辺に近寄り、真っ白な屋外を眺めた。そして、待った。ルーベン・フライはたしかに疲れている、が、まだ話してもらいたいことがある。

「脱走の件は？」

「とおっしゃると？」

「ジョンの脱走については、なにをご存じでした？」

ルーベン・フライはこの質問が来るだろうと予測していた。箱からもう一本煙草を取り出そうとしたが、中は空《から》だった。

「あなた以外の人には知られたくないのですが」

「ご覧のとおり、この部屋にはほかにだれもいませんよ」

「他言はしないと約束していただけますか？」

「ええ。約束しましょう。他言はしません」

ルーベンは赤いロゴのついた煙草の箱を握りつぶし、エーヴェルトの机の下のごみ箱に向かって投げたが、狙いは大きくはずれた。太った体を二つに折り曲げ、しわくちゃになった箱を拾うと、もう一度投げる。またはずれた。

ルーベンは両手を広げて肩をすくめると、そのまま煙草の箱を床に放置した。

「全部知っていました」

「全部ですか？」

「ええ。計画段階から、トロントで、モスクワ行きの飛行機が離陸して、雲の合間に消えていくまで、ずっと参加していました。トロントやモスクワを経由するのはまわり道でしたが、われわれが頼った連中が、いつもそのルートを使っていましたのでね。計画実行のための資金を出したのも私です」

彼はため息をついた。

「六年前の話です。以来、息子には一度も会っていません。わかっていただけないかもしれないが、この六年間、私にとっての良い一日とは、なんの連絡もなく静かに過ぎた一日のことでした」

ルーベン・フライは、息子ジョンが部分的に語った逃亡の経緯を詳細にわたって再現してから、服を脱ぎ、ストックホルム市警のシャワールームに入っていった。ジョンの話にはいくつも穴があったが、それでも彼が語った内容はすべて、ルーベンがエーヴェルトのオフィスという密室で語った話と、ぴったり一致していた。エーヴェルト・グレーンスはこの話を信じることにした――ルーベン・フライと、ヴァーノン・エリックセンという名の看守、事件後に名前を変えたふたりの医師が、ジョンの無実を確信して、彼の脱走を計画し、実行したのだ。

青字に白の縞模様だったシャツが、白地に青の縞模様のシャツに変わり、黒い革のベストは茶色のスエードのベストに変わっていた。髪は濡れていて、ドアが開く前からアフターシェーブローションのにおいが漂った。ルーベンはさっぱりしたようすで、目に表われていた疲労も薄れたようだ。彼は大きな旅行鞄をもとの場所に置くと、どこか食べものを買えるところはあるかと尋ねた。エーヴェルトは廊下を指差した。ルーベンは歩き出したが、数歩ほど進んだところで振り返った。

「ひとつだけ質問があります」

「少し急いでいるのでね。質問の内容によっては、時間がなくて答えられないかもしれませんよ」

ルーベン・フライは濡れた髪に手をやり、突き出た腹の下にずり落ちたズボンとベルトを直した。

外はまだ強風だ。その音はふたりの耳に届いていた。

「六年間、毎日、起きているあいだ、ずっと息子のことを考えてきました。息子に会いたい。会わせていただけますか？」

二十分後、エーヴェルト・グレーンスはルーベン・フライと並んで拘置所の廊下を歩いていた。外部との接触が禁じられているとはいえ、抜け道はいくらでもある。エーヴェルトは許可を受けていない面会者を独房の中へ案内すると、邪魔にならないよう退き、窓辺から彼らを見守った。ふたりは抱き合いながら泣いていた。泣きじゃくるのではなく、静かに、そっと、涙を流していた。それは、何年も会いたいと願いながら会えずにいた人々が流す、再会の涙だった。

エーヴェルト・グレーンスはかなりのスピードで車を飛ばし、少なくとも二度は一方通行の小道を逆走した。すでに遅刻ぎみだ。これ以上遅れたくはない。

ルーベン・フライと息子を引き離すのは至難の業だった。

非公式の面会は終わりだ、もう行く時間だ、と告げなければならないのはつらかった。ジョンとルーベンは抱き合い、ほっそりとした顔とふっくらとした頬を寄せ合って、小声で話をしていた。なにを話していたのかは、エーヴェルトには聞こえなかったし、聞きたいとも思わなかった。彼はルーベン・フライをヴァーサ通りの〈ホテル・コンチネンタル〉へ送り届けるよう手配し、自分の名刺を手渡した。職場の番号や携帯電話の番号が記されたその名刺の裏面に、自宅の番号を手書きで書き添えた。

ダッシュボードの端の時計に目をやる。十一時二分。ゴースハーガ桟橋からの出航予定時刻は、十一時十七分。なんとか間に合うかもしれない。

窓辺でアンニのそばに立ち、彼女がかすかに手を振るのを目撃したのは、わずか二日前のことだった。

まちがいなく見たのだ。

ヘーグガーン湾を行く白い船が汽笛を鳴らしたとき、彼女はたしかに手を振った。エーヴェルトはそう確信していた。それなのにホームの職員たちは、そんなことは神経学的に考えて不可能だと言った。だからなんだというのだ？　彼女は手を振った。自分はその瞬間を目にした。いくら不可能と言われようと関係のないことだ。

たった二日前の出来事なのに、ずいぶん昔のことのように感じられる。もっと彼女のことを考えるべきだった。ふだんなら、アンニはいつも薄い膜のように、彼が起こす行動のすべて、彼が吸い込む空気のすべてを覆っている。彼がどこに足を向けても、アンニはあとをついてきた。時が経過するにつれ、彼はそのことを好み、しだいに依存症のような状態になっていた。

だが、ここ数日は、アンニのことを考える時間すらないような気がした。何度か、彼女のことをしばらく忘れている自分にふと気づき、彼女の顔や部屋のようすを思い浮かべ、彼女に会いたいと考えてみたものの、なかなかその気にはなれなかった。こうした思いにはエネルギーが要る。そのエネルギーすらなくなったのは初めてのことだった。

エーヴェルトはいつものように制限速度をオーバーしながらリディンゲ橋を渡ると、さらに東へ五、六キロほど車を走らせてリディンゲ島を横断した。豪邸の建ち並ぶ住宅街を抜けていく。この界隈の不動産価格は馬鹿馬鹿しいほど高い。ここに住むのがステータスであるという感覚が、エーヴェルトにはまったくわからない。静かで、海が近く、アンニにとってはいい環境だと思う。ストックホルムの中心からあまり離れていないので、面会にも気軽に来られる。が、アンニがホームに入ったのはもう二十五年も前のことだ。あのころの不動産事情は、いまとはまったく様相が異なっていた。

ふたたび時計を見やる。あと四分というところで、エーヴェルトは車を停め、降りた。待っている人が何人かいる。少し離れたところで、介護タクシーが後ろのドアを閉めて去っていくのが見えた。冷たい向かい風が顔に吹きつける中、エーヴェルトは桟橋に向かって坂を下りた。

簡素な桟橋だ。こうして遠くから見ると、海に流し込まれたセメントの大きな塊のように見える。まわりに分厚い氷が張り、桟橋と一体化しているので、雪が積もっているその下のどこまでが桟橋でどこまでが氷なのか、判断するのは難しい。船が通れるよう用意された水路はずいぶん細く、あんな大きな船がほんとうに通れるのだろうかとエーヴェルトはいぶかしんだ。

アンニは車椅子に座っていた。大きな白い毛糸の帽子をかぶり、エーヴェルトが一昨年のクリスマスにプレゼントした、茶色い毛皮の襟のついた厚手のコートに、ほっそりとした体を包んでいる。いつもと同じ、あの感覚が、みぞおちのあたりに湧き上がってくる。彼女を目にすると、やさしい気持ちになり、しばらくのあいだ平穏が訪れる。どこかへ急ぐ必要はない。エーヴェルトは黙ったままアンニに近寄り、赤みを帯びた冷たい頬を撫でた。アンニはエーヴェルトの手に頬を寄せた。

船はもう見えている。ストックホルムと沖の群島を結ぶ白い船が、遠くのほうからゴースハーガ桟橋に向かってきた。予定時刻を少し過ぎている。時刻表によれば、十一時十七分には桟橋に停泊し、シュー ッと音を立てながら、新たな乗客が乗り込むのを待っているはずだった。

アンニは船を目にすると、そのままじっと目で追った。エーヴェルトは彼女の頬を撫でつづけた。彼女は幸せそうに見えた。幸せであるにちがいない、とエーヴェルトは思った。

介護ホームでアルバイトをしている医学生のスサンヌと挨拶を交わす。エーヴェルトが名指しで同行を頼んだ職員で、今日の分の給料は彼が支払うことになっている。歳のころはヘルマンソンと同じくらいだが、ヘルマンソンよりも少々背が高く、少々ふくよかだ。ヘルマンソンは黒髪だが、スサンヌは金髪で、ふたりの外見はまったく違う。にもかかわらず、話し方や、自信にあふれた毅然《きぜん》とした態度などが、どことなく似ているようにも思える。あるいは自分が気づいていなかっただけで、若い女というのはみんなそうなのだろうか、とエーヴェルトは考えた。

桟橋の端に年配の夫婦がいる。黒革のジャケットとがっしりしたブーツを身につけた男がひとり、雪に覆われたベンチに座っている。数メートルほど前にいる少女ふたりは、こちらが気づいていないと思っているのか、ときおりこちらを見やってはおかしそうにくすくす笑っている。全員が、ときおり時計を眺めたり、雪の上で足踏みをして寒さをしのいだりしながら、船の到着を待っていた。

近づいてきた。ひとつの点でしかなかったものが、みるみるうちに大きくなった。船は沖にいるうちに汽笛を二度鳴らした。アンニはびくりと体を震わせた。それから、あの声を立てた。エーヴェルトが笑いと解釈している、喉の奥のあたりからくる、かすれたうがいのようなあの声。

セーデルアルム号。彼女が手を振った船。

いま、彼女はこの船に乗って旅をする。彼女はそれを望んでいる。だから彼女は手を振ったのだ。

思ったよりも大きい船だった。全長四十メートル、二階建てで、まばゆいほどに白く、煙突の部分が青と黄で彩られている。船尾から船首まで長いロープが渡されて、色とりどりの旗がはためき、ときおり強風にあおられてバタバタと音を立てている。エーヴェルトはアンニの車椅子を押して歩きはじめた。小さな車輪が乗船用の通路にひっかかって動かなくなり、はさまった車輪をやっとの思いではずすと、ようやく乗船した。一階のラウンジに入る。中は暖かく、木のベンチがいくつも空いている。奥のキッチンから、濃いコーヒーのにおいが漂っている。

スサンヌがアンニの帽子をとり、コートのボタンをはずした。アンニの髪が乱れていたので、エーヴェルトは目の粗いステンレスの櫛を取り出すと、からまった髪がまっすぐに整うまで、そっとときほぐしてやった。

「コーヒーでいいかい？」

エーヴェルトは車椅子の位置を調整しているスサンヌに向かって言った。スサンヌは力をこめて車椅子を何度か押したり引いたりしていたが、テーブルの脇にちょうどいい場所を見つけ、そこに落ち着いた。

「いいえ、結構です」

「俺が払う」

「飲みたくないんです」

「頼む。今日はいっしょに来てくれてほんとうにありがたいと思ってるんだ」

彼女はまだ下を向いたままだ。身をかがめ、車椅子の車輪をロックしている。

「そこまでおっしゃるのなら」

エーヴェルトは揺れる船内でバランスをとりながら狭い通路を歩いた。セーデルアルム号。いい名前だ。ストックホルム沖の群島に位置する、灯台のある土地。ラジオの海洋気象情報の、昔から変わらない単調な声が思い出される。〝セーデルアルム、南東の風、風速八メートル、視界良好〟。何度か行ったこともある。最果ての島。若かりしころ、父親といっしょにヨットで出かけた。父親とともになにかをした記憶はあまりないが、ヨットを楽しんだことは覚えている。シェルヴェン灯台の灯りが点滅し、同じ青色をした海と空が溶け合っていた。ほかに船の姿はなかった。生きものの存在がほとんど感じられない、むき出しの自然。まるで高山の山頂のようだった。海は遠くのほうまで果てしなく続いていた。

「セーデルアルム号っていう名前なんだな、この船」

茶色い木のカウンターの向こうに立って、カップ三杯にコーヒーを注いでいる少年──少年と言ってさしつかえない若さだ──は、怪訝《けげん》な顔をした。

「ええ、そうです。コーヒーのほかにはなにか？」

「どうしてセーデルアルム号っていうんだ？」

にきび面をした少年の目に焦りの色がうかんだ。彼は妙な質問をかわそうとした。

「知りません。勤めはじめたばかりですから。コーヒーだけでよろしいですか？」

「サンドイッチを三つ。そこにある、丸パンにチーズをはさんだやつを頼む」

三人はコーヒーを飲み、サンドイッチを食べ、窓の外を眺めた。氷にはさまれた細い水路に閉じ込められているにもかかわらず、波となって押し寄せてくる海水を、船はかき分けるようにして進んでいく。四十分間の船旅だ。十一時五十七分、ヴァクスホルムで船を降り、〈ヴァクスホルム・ホテル〉で魚料理の昼食を楽しむことになっている。海の見える窓辺のテーブルを、三人用に予約してあるのだ。

エーヴェルトはふっと肩の力を緩めた。穏やかな気持ちだった。が、それでもなお──外に広がる海、氷、だんだんと大きくなってくる群島の影にもかかわらず、あのいまいましいシュワルツが頭の中に入ってきた。ほんの数時間でいいから放っておいてほしいのに！　数時間だけでも忘れることができれば、そのあとは事件をとことんまで突き詰めるエネルギーも湧いてこようものを！　エーヴェルトは目を閉じると、とにかくシュワルツ以外のことを考えようとした。が、一、二分も経たないうちに、目の前にルーベン・フライが現われ、子どもを守るためにどこまでする覚悟があるか、と問いかけてきた。

ちくしょう、子どももなんかいないんだよ。俺たちには子どもなんかできなかった。その前に、アンニ、おまえが行ってしまったから。間に合わなかったんだ。もし、ヘルマンソンのような娘もし、子どもがいたとしたら、たとえば、ヘルマンソンのような娘がいたとしたら。

現実にはいない。が、もしいたとしたら、アンニ、俺は娘を守るためならどんなことでもしただろうな。わかるだろう、アンニ。

エーヴェルトはテーブルの上に身を乗り出すと、クリスマス用の赤いナプキンで、アンニの顎についたパンくずを拭ってやった。それから、外に出ようか、と言った。アンニにはぜひ、風を、海を感じてもらいたい。いつも、日がな一日部屋の中にいて、傍観者として世界を窓越しに眺めているだけなのだから、この機会を逃してはならない。なんといっても彼女は手を振ったのだ。

スピードはけっして速くなかった。船のスピードについて詳しいことはよく知らないが、カフェテリアでコーヒーをいれてくれた例のにきび面の少年によれば、この船の出せる最高速度は十二ノット。たいした速さとは思えなかった。エーヴェルトはアンニを抱き上げ、ぎこちない足取りで船の揺れを受け止め、バランスをとりながら階段を上がった。スサンヌがその後ろに続いた。甲板に出るドアを通れるよう、車椅子を折り畳んで携えている。

甲板に吹く風はさらに強く、じっと立っていられないほどで、エーヴェルトとスサンヌはふたりがかりでアンニの車椅子を支えた。高い波が押し寄せると、海水が数滴ほど頬に当たったが、朝に冷水でシャワーを浴びているような心地がして、なかなか気持ちがよかった。エーヴェルトはアンニを見やった。彼女は手すりのすぐそばに座っている。手すりはちょうど彼女の顎下の高さで、彼女は視界になんの妨げもなく、自らの生を生きるものたちを心おきなく眺めることができていた。あの喜びの感覚が、また湧き上がってきた。彼女がときおり与えてくれる喜び。彼女自身が嬉しさを素直に表現する、それだけで彼女が与えてくれる、喜び。

「なにを期待なさっているかは知っています。あなたがなさっていることも、あなたの献身ぶりも、すばらしいと思います。けれど、グレーンスさん、期待しすぎないほうがいいんじゃないでしょうか」

「エーヴェルトと呼んでくれてかまわんよ」

「意地悪を言うつもりじゃないんです。ただ、期待どおりにいかなかった場合、かえってつらい思いをすることになりますから」

「アンニはまちがいなく手を振ったんだ」

医学生のスサンヌは、片手をアンニの肩に置き、もう片方の手で車椅子の取っ手を握っている。彼女はエーヴェルトのほうを見ず、船の左のほうから近づいてくるヴァクスホルムに視線を向けながら言った。

「そう思っていらっしゃるのは知っています。ですが、それが神経学的に考えて不可能であることも知っています。反射運動ですよ。ただの反射で体が動いただけだと思います」

「この目で見たんだ。まちがいない」

スサンヌはエーヴェルトのほうに向き直った。

「あなたを傷つけたくはありません。ですが、もしこのことに大きな期待をかけすぎたら、あなたはほんとうに傷つくことになりますよ。私が言いたかったのはそれだけです。アンニさんをこんなふうに外に連れ出すのは、彼女のためになる、すばらしいことだと思います。それでじゅうぶんなのではありませんか？　アンニさんが喜んでいる、それだけでじゅうぶんなのでは？」

いったいなにを期待していたのか、自分でもよくわからなかった。船を見たらまた手を振るかもしれないと思ったのか？　ほんとうに手が振れることを証明し、わからず屋たちを唸《うな》らせるだろう、と？　三人は黙ったまま食事をとった。魚料理は評判どおりのおいしさだった。が、それ以外に話すことはほとんどなかった。アンニは食欲旺盛《おうせい》で、食べてはよだれを垂らし、食べものをこぼし、エーヴェルトとスサンヌは競い合うようにしてその後始末をした。一時半に予約してあった介護タクシーは時間どおりにやってきた。約一時間後、彼らはゴースハーガ桟橋で別れた。エーヴェルトはアンニの額にキスをすると、遅くとも月曜日までにはまた会いに来る、と約束した。ラッシュアワーまでにはまだ時間があり、ストックホルムの中心街までスムーズに車を走らせることができた。車の中からスヴェン・スンドクヴィストに電話をかけ、ここ数時間にあったことの報告を受けた。それから〈ホテル・コンチネンタル〉にいるルーベン・フライにも電話をかけた。あの哀れな男に、あらかじめ警告しておきたかったのだ――期待しすぎないほうがいいかもしれない、と。

こんな一日は初めてだ。十八年前のあの日、自分の寝室で、たったひとりの娘が死にかけているところを発見されたあの日にも、まったく似ていない。あのころの自分はまだ、感情の蓋を閉ざしておらず、無防備だった。娘の死を全身全霊で受け止め、感じ取り、それがまぎれもない事実なのだと理解した。生きがいをなくし、自ら命を絶とうと何度も考えた。以来、ずっと心を閉ざしてきた。初めのうちは、もうひとり子どもをもうけようと必死になったが、その時期を過ぎると、もはやアリスを、いや、ほかのだれをも腕に抱くことはできなくなっていた。まるで生ける屍《しかばね》のようだった。

エドワード・フィニガンは車を走らせ、国道二十三号線を北に向かっている。彼ははるか昔から、州知事の顧問として働いてきた。ロバートが州知事に選出される二十年ほど前、オハイオ州立大学法学部で出会ったのがきっかけだ。長い年月をかけてともに進めた政治活動が実を結び、ロバートがついに州知事の座に就くと、ふたりはコロンバスのサウス・ハイ・ストリートにある州知事事務所に仕事場を移した。骨身を削って働いた時間、頭をひねって戦略を練った時間のすべてが、こうして報われたのだった。エドワード・フィニガンは州知事の側近として、オハイオ州の権力の中枢であるこの州知事事務所から、公式に、あるいは非公式に発せられるすべての情報に精通し、すべてに自ら参加していた。

エリザベスが死んだあと、彼の仕事の効率はさらに上がった。なにも感じなくて済むよう、それまでにも増して仕事に励んだ。職場での手柄が私生活での喪失を癒《いや》してくれることを、心のどこかで望んでいた。

運転席の窓を開け、冷たい空気に向かって腹立たしげにつばを吐く。まったく、私としたことが、うまく騙されたものだ。

昨日の朝、マーカスヴィル刑務所で看守長を務めるヴァーノン・エリックセンが自宅にやってきた。エドワードはたちまち、自分が騙されていたことを理解した。突然、長いこと閉ざされていた感情の蓋が開き、ふたたびものを感じられるようになった。エリックセンが用件を告げたとき――フライが生きていて、北欧のどこかで拘置所に入れられている、と彼は語った――、フィニガンは拳骨《げんこつ》で殴られたような心地がした。ほんとうに痛みを感じるまで、何度も、繰り返し殴られた、そんな気がした。あの男が生きている。つまり、あの男はこれから死ぬことができる。エリックセンが去ったあと、エドワード・フィニガンは裸になり、アリスの肌を激しく求めた。ペニスは昔と同じように硬く勃起していた。が、アリスには理解されず、拒否された。

彼は当然電話をかけた。ロバートは当然わかってくれ、すぐにワシントンと連絡をとってくれた。なんとしてもフライを連れ戻す。ふたりの決意は共通していた。その決意に至った理由は異なるが――フィニガンは復讐を望み、州知事は再選を望んでいる――そんなことはどうでもいい。とにかくあの男を連れ戻し、死刑の執行をこの目でしかと見届けるのだ。

マーカスヴィルからコロンバスまでの距離は百二十キロ弱。エドワードは一年前に買ったばかりの愛車フォードで、この道のりを週に何度も往復している。もちろん、事務所からわずか数百メートルのところにマンションを持ってはいる。立派な建物の最上階で、州政府の経費でプロのインテリアデザイナーを雇って内装を整えた。が、狭いそのマンションは孤独そのもので、住むのは気が進まなかった。感情の蓋をしっかりと閉ざしていたにもかかわらず、どういうわけか、孤独だけは感じたくなかった。そこでマーカスヴィルから日々通勤している。早めに家を出れば混雑は避けられるし、速度制限オーバー気味で飛ばせば一時間ほどしかかからない。

今朝は道路が凍っていて少々滑りやすく、彼はいつもより遅いスピードで車を走らせた。暗闇のせいであたりがよく見えず、最初の十キロほどで二度もあやうく道路をはずれそうになった。やがて、オハイオ州の地理的・政治的中心である街が近づいてきた。人口は約七十万人。この街の住民の平均収入や教育水準、生活水準は、マーカスヴィルの住民と比べて格段に高い。エドワードは州知事に電話をかけ、早朝ミーティングの約束をとりつけた。場所は自分のオフィスだ。フライ事件の進捗《しんちょく》状況を知りたい。いや、もっと正確に言えば、ここ二十四時間でまったく進展していないように見えるのはどういうわけなのか、それが知りたい。

オフィスはサウス・ハイ・ストリート七十七番地の三十階にある。さして立派な部屋ではない。これまでに何人かの知人がここを訪れたが、州知事の側近ともあろう人物が、どこの会社にでもありそうなオフィス、ごく普通の公務員と変わらないオフィスを構えているのを見て、みな失望を隠しきれないようすだった。が、エドワード・フィニガンにとって、これは意識的な選択だった。陽当たりが良く、窓からコロンバスの半分を見渡せる眺めの良いオフィスであることは事実だが、あまり広くはなく、内装も簡素で機能的だ。こうして、節約と節度をアピールする。増税の危機と絶えず闘っている州政府としては重要なメッセージだった。

着いてみると、ロバートはすでに訪問者用の椅子に座って待っていた。机の上には、ドーナツのふたつ載った皿が置かれている。ロバートはこんがりと陽に灼《や》けている。コロラド州の高地、ロッキー山脈の山間にあるテルライドという町で、短いスキー休暇を楽しんできたからだ。長身で、鍛え抜かれた体をしているうえ、小麦色の肌と中分けにした金髪のおかげで、かなり若く――少なくともエドワードよりははるかに若く見える。ふたりの歳の差はわずか一ヵ月だが、いまのふたりを目にした者は、だれひとりとしてその事実を信じないだろう。引き締まった体と、締まりのない肥満体。豊かな髪と薄い髪。陽に灼けた小麦色の肌と、冬特有の蒼白い肌。だが、なによりもふたりを隔てているのは、エドワード・フィニガンがエリザベスを奪われて以来絶えず味わいつづけてきた、救いようのない悲しみと、そのせいで閉ざされた心だった。

「エドワード、率直に言わせてもらうが、ひどい顔をしているぞ」

フィニガンはオフィスに入った。柔らかなカーペットの上を早足で横切り、窓辺へ。遠くのほう、ビルの合間に太陽が見える。その強い日差しが不愉快で、彼は濃い色のブラインドをまわし、注目されたがっている朝の光を完全に遮断した。

「ボブ、聞かせてくれ。どうしてなにも起こらないんだ？」

州知事はドーナツをひとつ手に取り、半分かじった。残りを手に持ったまま口を開く。

「エドワード、きみは十八年間、ずっと待ちつづけてきた。十八年だ！　きみがどんなふうに感じ、なにを求めているかは、私がだれよりもよく知っている。だが、いましばらくは官僚たちに任せてやってくれないか。こんなに長いこと待ったんだ、もう少しだけ我慢してほしい。あの男は絶対に連れ戻す。マーカスヴィル刑務所の死刑囚監房に戻して、そこで死刑を執行する。約束するよ。散歩に出ようと支度するたびに、あのうすぎたない塀を目にするたびに、きみとアリスは思うことになるんだ。あの中にあいつがいた、あの中であいつが死んだ、とね」

エドワード・フィニガンは、ふん、と鼻を鳴らした。昔からの親友であるロバートに向かって、そんな態度をとったことが過去に一度でもあったかどうか、思い出すことはできなかった。彼は持参したブリーフケースの中をまさぐった。目的の封筒がクリアファイル二冊のあいだにはさまっていたせいでなかなか見つからず、大声で悪態をついたが、やっと見つけた。そして、封筒の中身を机の上に振り出すと、それを見るよう州知事に告げた。

写真だ。黒っぽいシャツを着た男がひとり写っている。落ち着かないようすで、カメラを避けようとしている。

「だれかわかるか？」

「想像はつく」

「こいつが憎いんだ！」

「まちがいないんだな？」

「髪は短くなった。昔よりも痩せている。瞳も以前より黒っぽく見えるし、皺も増えている。だが、まちがいない。こいつのことは、小学校に上がるころから知っているんだ。ジョン・マイヤー・フライだよ！」

州知事は写真を手に取ると、暗くなったオフィスの中でもっとよく見えるよう、デスクランプの灯りにかざした。

「それなら、心配することはない。かならず連れ戻す」

「もう待てないんだ！」

フィニガンはそわそわと部屋の中を歩きはじめた。州知事は彼の大声を不快に感じた。

「エドワード、頼むから座って落ち着いてくれ。さもないと、私はすぐにここを出ていくぞ。このことは何度も話し合ったじゃないか。私はきみの友人だ。きみは私の友人だと思っている。娘さんの成長も、幼いころから見守ってきた。ジョン・マイヤー・フライの死刑執行には、喜んでゴーサインを出すつもりだ。かならず実現する。ただし、きみが取り乱さないことが条件だ」

ふたりとも気づいているはずだが——長いこととともに働いている以上、ときおり自分たちの関係について思いをめぐらすのは当然のことだ——、ふたりの役割は、大学時代からすでにはっきりしていた。ロバートは政治家として立候補するタイプ。エドワードはつねにその相談相手。なにも話し合って決めたことではなく、気がついたらそうなっていた。ふたりはごく自然に自らの役割を練り上げ、それに満足してきた。しかし、だからといってふたりが互いに上下関係を意識することは、ほとんど、いや、まったくと言っていいほどなかった。ふたりはあくまでも友人どうしだった。友人どうしは怒鳴り合ったりしない。ロバートがいま珍しく声を荒らげ、苛立ちをあらわにしたことで、ふたりは一瞬はっとひるんだ。が、エドワードがすぐに一歩を踏み出し、ロバートの手から写真を奪い取った。

「いままで六年間、こいつは死んだと思わされていたんだ！　私には合法的に復讐を果たす権利があるのに、こいつは私を騙そうとした。そして私はいま、北極あたりのちっぽけな国で、こいつが生きていると知らされた！　いますぐここに連れ戻してくれ。いますぐだ！　これ以上待つつもりはない」

州知事は、エドワード・フィニガンのオフィスのドアが閉まっていることをしっかりと確認すると、エドワードの抗議を無視してブラインドを上げ、力の源となる光を招き入れた。

そのうえ窓を大きく開けて、はるか下の地上から聞こえてくる車の音をも部屋に入れ、彼らの大声と競わせた。

ふたりは怒鳴り合った。こんな怒鳴り合いは初めてだった。

昔からずっと、意識的に対立を避けてきた。強い調子の言葉を慎重に排して、ふたりの関係を築き上げた。いつか訪れるであろうこの日をずっと恐れてきた。そしていま、この日がやってきてみると、なにもかも吐き出すのは気持ちがいいと言えないこともなかった。外で聞き耳を立てている職員たちのことも、彼らにどう思われるだろうとも考えることなく、声が嗄れるまで怒鳴り合う。

怒鳴り合いは二十分後、暴力的な結末を迎えた。

激怒したロバートがエドワードを壁に押しつけ、その耳に口を寄せて小声で言った。ジョン・マイヤー・フライをほんとうに連れ戻したいのなら、個人的な復讐だと思われるような真似は禁物だぞ。あくまでも政治問題として、政治的な、客観的な論理で事を進めるんだ。十八年前と同じように、こちらに都合のいいジャーナリストたちを使って、少女殺しの犯人が野放しになり、アメリカの司法を馬鹿にしている、と書かせるんだ。

ロバートはそう言いながら、エドワードの襟首を両手でがしりとつかんでいた。

だが突然、エドワードが力まかせに身を振りほどき、拳骨でロバートを殴った。ロバートが床に倒れると、エドワードはペン立てをつかみ、彼の顔に向かって投げつけた。

州知事の額から血が流れ出した。親友であるエドワードが、彼を罵《ののし》りながらドアを開け、すさまじい勢いで出ていく音が、彼の耳に届いた。

ストックホルムは午後になっていた。あいかわらずの寒さと強風で、春はいつにも増して遠い。トールウルフ・ヴィンゲ外務次官はたったいま、昼食代わりに、昨晩遅くの会合以来テーブルの上に置きっぱなしになって干涸《ひから》びたシナモンロールをひとつ、アールグレイ一杯とともに喉へ流し込んだところだ。シナモンロールを熱い紅茶に浸して食べる。あまり味はしなかったが、ほんの一瞬だけ、栄養らしきものを感じることはできた。ここ数日、とにかく時間がまったくなかった。

外務省から内閣府までの短い道のりを歩く。頭を垂れ、凍りついたアスファルトに視線を据えているその姿は、顔に吹きつける一月の冷気をなんとかしのごうとしているほかの人々と、なんら変わるところがない。湖に沿って歩く。対岸に国会議事堂が見える。勝手知ったる界隈だ。権力の中枢たる建物の建ち並ぶこの界隈こそ、彼が昔からずっと慣れ親しんできた場所だった。

ガラス張りの警備室にいる守衛に向かって軽くうなずいてみせる。守衛は白っぽい制服のシャツを身につけ、額の部分になにやら真鍮《しんちゅう》のマークのついた茶色のベレー帽をかぶっている。年配の男で、ヴィンゲの記憶にあるかぎりずっとここで守衛をしている。彼は心得た顔でうなずき返すと、入口の扉を解錠するボタンを押した。

準備は万端だ。ジョン・マイヤー・フライ事件に関する、首相と外務大臣を交えた最初の会合。首相のスケジュールはすでにびっしり埋まっていたが、その合間になんとか時間を捻《ねん》出《しゅつ》することができた。

トールウルフ・ヴィンゲは息を吸い込み、壁にかかった時計を見た。

与えられた時間は、きっかり十五分。いま拘置所に収容されているアメリカ人を、なぜ明日の早朝には米国に送り返さなければならないのか、その理由を、十五分で説明するのだ。

エレベーター内の長方形の鏡に映ったエドワード・フィニガンの顔は、汗でぎらぎらと光っていた。さきほどにも増して息が荒くなっている。ロバートに向かって声を荒らげ、襟首をつかまれた状態から身を振りほどき、彼の顔をめがけてペン立てを投げつけた、それだけで、まるで何時間も走ったかのような心地がした。激しく体を動かしたわけでもないのに、倒れそうなほどの疲労を感じる。エレベーターで下に向かうあいだ、何人かが出たり入ったりしたが、彼らの姿はエドワードの目にほとんど映らなかった。代わりに目に映っていたのは、鏡の中にいる男だった。これからいったいどうすればいいのだろうと考えている五十五歳の男が、絶望的なまなざしで、こちらをじっと見つめていた。

怖い。

怒鳴ったり殴ったりしたことは後悔していない。が、自分にそんなことが——暴力をふるうことが——できるのだと不意に気づいたとき、恐怖が襲ってきた。これまで他人を殴ったことなどない。この場所で、つねに自分を制御できていたこの職場という場所で、自分は制御できない怒りに身を任せてしまった。

鏡の中の男は、ただひたすら、こちらを凝視しつづけた。

対立を長いこと恐れてきた。ロバートも同じように恐れてきたはずだ。二十年以上をともに過ごしながら、言い合いのひとつもしなかった。まるでふたりの友情が脆《もろ》すぎて、互いへの信頼がどこまで本物であるか、試すことをあえて避けてきたかのようだ。いま、自分でもよくわからないが、感じているのは〝不安〟だという気がする。ロバートに向かって怒鳴り、彼を殴ったことで、いったいどんな帰結が待っているのか。支えを――権力による支えを、いちばん必要なときに失いかけているのではないか。そんな不安が胸の中でうずいていた。

エレベーターが一階に停止するなり駆け降りた。外は寒く、人々は頭を垂れて風と寒さをしのいでいる。エドワードは受付のそばで立ち止まった。鮮やかな赤の制服を着たアフリカ系の男性に向かって、挨拶代わりに軽くうなずく。彼は毎朝、同じ制服を着て受付に立ち、通り過ぎていく人々のひとりひとりににっこりと微笑みかけている。それ以外の仕事をしている気配はなく、せいぜい〝大理石の床が濡れているため、滑る危険があります〟という黄色いプラスチックの立て札を置くくらいだ。フィニガンはいつもその文言に苛立った。だれかが滑って転び、捻挫《ねんざ》した足で弁護士を訪れて、床をきちんと乾かさなかった責任を問うべくビルのオーナーを訴えようと考えた場合に、われわれは立て札を置いていましたから、と主張できるようにしておく。それだけの意味しかない。この国の司法システムの大半は、そうしたなんの意味もない些末《さまつ》な裁判に追われているのだ。エドワードは目の前の立て札を蹴飛ばして壊してやりたい衝動に駆られた。

暖かい屋内でしばらく待つ。これからなにをするか、自分で確信が持てるまで。

それから、黄色いプラスチックの立て札を蹴り飛ばすことなく、本来駐車禁止であるはずの入口正面に駐めておいた車へ、早足で向かった。

ポート・コロンバス国際空港は目と鼻の先だ。エドワードは、運転しながらコートのポケットから電話を引っ張り出し、空港のチケットカウンターに直接電話をかけて、十時二十九分に離陸予定のユナイテッド航空に席をとった。

一時間のフライトを経て、眼下にワシントン・ダレス国際空港が見えてきた。機長は十一時三十五分に予定された着陸に向け、数分ほど前から準備を開始している。エドワード・フィニガンはここ数年、コロンバス—ワシントン間を数えきれないほど往復した。《USAトゥデイ》紙や《ニューヨーク・タイムズ》紙を読み、ビールを一杯飲んでサンドイッチをひとつほおばるのに、ちょうどいい長さのフライトだ。到着すると、その日の《ワシントン・ポスト》紙を買ってからタクシーを捕まえ、首都の中枢へ入っていくのが習慣になっている。

ギブ・アンド・テイク。

権力の黄金律を習い覚えたのは、もうはるか昔のことだ。

Dストリートをかなり進んだところでタクシーを降りた。キャピトル・ヒルにある〈ザ・モノクル〉は、ずいぶんと過大評価されているレストランだが、いずれにせよ食事を楽しむために来たのではない。この洒落たレストランの奥にあるテーブルで、以前にも何度か会合を開き、情報を交換し、互いへの支援を約束したことがあるからだ。

ギブ・アンド・テイク。

赤白のチェックのテーブルクロス、しっかり火が通っているのに柔らかい肉、新鮮な味のするサラダ、すべてが気に入っている。ウェイターたちはチップのにおいを嗅《か》ぎつけ、おもねるような態度で接してくるが、それも不愉快とは感じない。だが、なによりも気に入っているのは、このレストランの開放的なつくりだ。人の出入りが簡単に把握できるので、堂々とした態度を崩さないまま、声のボリュームだけを下げるタイミングを見計らいやすい。

ノーマン・ヒルは十五歳ほど年上だった。感じのよい、穏やかな紳士で、まるでこのキャピトル・ヒルで生まれ育ち、幼いころから上院議員になるべく教育されてきたかのようだ。体型は痩せ型で、フィニガンの記憶にあるよりもさらに痩せていたので、病気でもしているのか、と問いかける寸前までいったが、やめておいた。その目も、その顔も、あいかわらずだ。ノーマン・ヒル上院議員は昔もいまも、権力のオーラを放っている。だれもが耳を傾け、信用せずにはいられない。威厳と身体的な重みとはなんの関係もないのだな、とエドワード・フィニガンは思った。

会話を進めるうちに、フィニガンの表情が和らぎはじめた。ヴァーノン・エリックセンの訪問以来、初めて気が休まった。肩がゆっくりと下がり、喉のあたりの緊張が解けていくのを感じた。なんとも奇妙なことに、この状況はよく知っているという気がして、安心感すら覚えた――十八年前も、彼らはここから数百メートル離れたところにある別のレストランで、こんなふうに座っていたのだ。あのときも、フィニガンは政治面から圧力をかけるよう、ノーマン・ヒルに頼み込んだ。政治的な圧力は、マスコミによる圧力につながる。十七歳の少年が一歳下の少女の命を奪った、未成年でも容赦せず極刑とすべし、そんな世論を醸成するのだ。ヒル上院議員は、押すことのできるあらゆるボタンを押してくれた。その中には、フィニガンが耳にしたことのあるボタンもあれば、二十七番街とノース・キャピトル通りにはさまれた界隈で何十年も過ごしてきた者にしか知る由のないボタンもあった。

蓋を開けてみれば、エドワード・フィニガンが長々と話をする必要はなかった。彼はビーフステーキをレアで食べ、ヨーロッパ製の銘柄のビールを飲んだ。ヒルはシーザーサラダをつつき、ミネラルウォーターを追加で注文した。フィニガンは飛行機の中で、アメリカの司法システムに対する信頼を維持しなければならない、党の信頼性を強化しなければならない、犯罪防止策としての死刑制度維持に引き続き力を注がなければならない、等々、長い演説を用意していた。が、その必要はなかった。彼が数分ほど、ジョン・マイヤー・フライの死と復活について語ったところで、ノーマン・ヒルがほっそりとした手を挙げ、例の力に満ちた視線で話をさえぎった。なんの見返りも求められなかった。小柄な上院議員は食事の礼を述べると、両手でフィニガンの手を包み込み、言った。この件について、もうきみが心配することはない、と。

二十五分後、エドワード・フィニガンはペンシルベニア・アヴェニューを少し行ったところにある〈スターバックス・コーヒー〉で、ダブルエスプレッソを二杯注文した。ジェーン・ケテラー下院議員は、品のある歳の重ね方をしている女性だった。エドワード・フィニガンはそれまで、彼女が美しいと思った記憶はなかったが、いまはそう思えた。彼女が微笑むと、彼はアリスに退けられたあの欲望を感じ、彼女を抱きたい、丈の長いワンピースの下の肌に触れたい、という思いに駆られたが、ここに来たのは無論そのためではなく、さきほどと同じ件について話すためだ。彼女は耳を傾け、うなずき、怒りをあらわにした。フィニガンはさらに彼女を欲した。が、ふたりはやがてコーヒーを飲み干し、数分の間を置いてそれぞれ店をあとにした。

それから彼は〈ミスター・ヘンリーズ〉までタクシーに乗った。同じペンシルベニア・アヴェニューにあるとはいえ、二三七番地と六〇一番地ではかなり離れている。何年も前に一度だけ、ペンシルベニア・アヴェニューを端から端まで歩いてみたことがあるが、もう二度としないつもりだ。当時はいまよりもはるかに若かったが、黒い革靴のせいで靴擦れがいくつもでき、一週間経っても歩くのに難儀したのを覚えている。

〈ミスター・ヘンリーズ〉は、ワシントンにあるバーの中でも、エドワード・フィニガンが繰り返し訪れている数少ない店のひとつだ。客たちは小声で会話を交わし、バーテンダーも無理に笑いを取ろうとすることがない。この店には品格があり、安いビールで手っ取り早く酔っ払おうとする騒々しい連中とは一線を画している。

ジョナサン・アパノヴィッチは、エドワード・フィニガンよりもはるかに若い。四十歳前後だろうとフィニガンは推測している。背が高く、金髪で、ノーマン・ヒルと似た目をしている。人生の半分近くを《ワシントン・ポスト》紙のジャーナリストとして過ごしてきた人物だ。アパノヴィッチが来るのを待っているあいだ、エドワード・フィニガンは頭の中でざっと数えてみた。この店で彼に会うのは十二回目だ。この提携関係には、ふたりとも満足している。フィニガンは、アパノヴィッチを通じて、世間に植え付けたいメッセージを発することができ、アパノヴィッチのほうも、ニュースに鼻の利く調査報道ジャーナリストとしての地位をさらに固めることができる。

今回の事件はネタとして最高の部類に入る。フィニガンはできるかぎり相手をじらしながら話を進めた。そのあいだ、馬鹿馬鹿しいことながら――しかしそれが真実であり、否定するつもりはない――、娘の死、人生最大の悲しみが、あたかもすばらしい偉業であるかのように感じられた。娘が死んだおかげで、こうして人が欲しがる情報の源となった自分。そんなふうにでも考えなければやっていけないという気もした。

フィニガンはこの件についてコメントしてくれるであろう人物ふたりの名前をアパノヴィッチに渡した。ノーマン・ヒル上院議員と、ジェーン・ケテラー下院議員である。

ただし、条件がひとつある。すばやく事を進めること。アメリカ人死刑囚が病死を装って死刑囚監房を抜け出し、生きてヨーロッパの拘置所に収容されている、というこのニュースを、かならず明朝の新聞に載せること。

ギブ・アンド・テイクだ。

ジョナサン・アパノヴィッチはビールを飲み干す間もなく席を立つと、店を出て、約束どおり一ブロック離れたところに駐めた車のほうへ消えた。

ストックホルムは夜中だ。旧市街にある、名前を思い出せない教会の鐘が十二回鳴る中、内閣府に近づいていくにつれ、赤みを帯びたその建物が暗闇の中から姿を現わした。トールウルフ・ヴィンゲが外務省から内閣府までの道のりを歩くのは、今日これで二回目だ。首相の執務室で、ジョン・マイヤー・フライをまもなく国境の外に追い出さなければならない理由を説明するのに、十五分を与えられたあのときから、すでに半日近くが経過している。

寒い。背広の上に高価なコートをはおっただけでは、まるで薄紙をまとっているようなものだ。日が暮れてからかなりの時間が経っている。晴れた夜空は美しいが、そのせいで冷気がまるで進行性の癌のように広がり、あちこちに手を伸ばし、人々から活力を奪っていく。マイナス十七度という気温は、彼にとって我慢の限界を超えていた。

ヴィンゲと顔見知りの年配の守衛は帰宅したらしく、警備室には若い女性が座っていた。ヴィンゲにとっては初めて見る顔で、それは彼女にとっても同じだった。ヴィンゲが身分証を見せると、彼女はまずコンピュータで身分証の内容を確認したのち、電話をかけはじめた。ヴィンゲは金属製の窓枠を指先でコツコツと叩き、苛立ちをつのらせたが、やがて大きなガラス張りの扉が開き、ヴィンゲは中に入ることができた。

トールウルフ・ヴィンゲはあの十五分間で外相と首相の説得に成功した。アメリカ大使から、またワシントンから直接要請されているとおり、ジョン・マイヤー・フライを国外に追放することこそ妥当な道である、と納得させたのだ。少女を手にかけたうえ、船上でフィンランド人乗客の頭を蹴り飛ばすような男のせいで、ここまで苦労して築き上げてきたアメリカとの良好な関係に、ひびが入るようなことがあってはならない。その点で、三人の意見は一致していた。オーロフ・パルメ首相がベトナム戦争を声高に非難したあのころを出発点に、スウェーデン政府は少しずつ、段階を追って、世界に唯一残った超大国との相互理解に努めてきたのだ。その両国関係を、殺人罪で死刑を宣告された一囚人のために危うくすることは、それまでの政治努力に反するうえ、三人の抱いている政治的ビジョンからも大きくかけ離れていた。

ヴィンゲはこうして、ジョン・マイヤー・フライの国外追放をふたりに納得させた。が、どのようにして、という問いには、答えがないままだった。

彼はもっと時間が欲しいと告げ、スケジュールで埋めつくされた一日の終わりに約束をとりつけた。木曜日から金曜日にかけての寒さの厳しい夜、暗闇の中、零時二十分。

テーブルの上には、コーヒーの入った魔法瓶に、ティーポット、ミネラルウォーターの瓶数本に加え、中央にコーラのような味の炭酸飲料の缶がいくつか置いてあった。三人とも、長い労働時間には慣れている。あらゆる質問にいつでも完璧な答えを返さなければならず、少し躊躇《ちゅうちょ》しただけで問題視され、口先だけの答えを返せば調べつくされ、まちがった決断を下すたびに辞任を迫られる。そんな日々に慣れきっている。三人とも疲労感を覚え、家に帰りたいと思ってはいたが、それでもこの問題はなんとしても夜明けまでに解決しなければならなかった。

トールウルフ・ヴィンゲは首相と外相のために紅茶を注ぎ、自分のカップにはブラックコーヒーを注《つ》いだ。今夜眠れるかもしれないなどという考えはとうの昔に捨てていた。

立派な執務室だ。天井は高く、家具はすべてスウェーデン人デザイナーの手になるもので、広々とした開放的な空間である。ランプまでもが目に快い。強すぎる灯りのもとで一日を過ごし、目が疲れ切っているいまの状況でなければ、今回のような決断は下せないだろうな、とヴィンゲはふと考えた。

首相と外相を見つめる。ふたりとも、それぞれゆったりとした木の椅子に腰掛けている。椅子には柔らかそうな赤い布が張ってある。確信はないが、絹かもしれない。頬を寄せたら気持ちがよさそうだ。しばらく頭をもたせかける気になれればの話だが。

無駄話をしている場合ではない。なぜこうして集まっているのか、三人とも承知している。

首相と外相の視線がヴィンゲに集まり、彼は口を開いた。

「明日の《ワシントン・ポスト》紙に、これが載るそうです」

一時間前に受け取ったファックスを拡大コピーしてある。アメリカの首都で発行されている新聞の第一面を飾る記事の一部だ。彼は二枚あるコピーを首相と外相の前にそれぞれ置いた。

「アパノヴィッチとかいう名前の記者がこれを送ってきて、コメントを求めてきました」

首相と外相は黒いケースから手探りで読書用の眼鏡を取り出した。彼らの手の中で紙の擦《こす》れる音がした。ふたりは黙ったまま、じっくりとその内容を読んだ。何年も前に死刑囚監房で病死したはずのアメリカ人死刑囚が、いま、生きてスウェーデンの拘置所に収容されている。フライの犯罪と判決についてのまとめがあり、その隣に二枚の写真。オレンジ色の囚人服を着た少年が法廷にいる写真と、それよりもはるかに年上の、短髪で蒼白い、痩せ細った顔の男の写真。二枚目は偽造されたカナダのパスポートに貼りつけられていた写真で、明らかにスピード写真ボックスかなにかで撮影されたものだ。その後に、彼が重傷害罪の疑いで四日前にスウェーデンの警察に逮捕され、ストックホルムで勾留手続きが行なわれた旨の正確な記載が続いている。アパノヴィッチは情報源として複数の匿名の人物を挙げたのち、ヒル上院議員とケテラー下院議員からの怒りに満ちたコメントも紹介していた。

ヴィンゲは記事を読んでいるふたりを観察した。ふたりとも肥満体で、頭は白髪交じり、高価で立派な背広を身に着けてはいるものの、どことなく体に合っていない。ふたりのことは若いころから知っている。青年運動の組織で知り合い、ともに活動した仲だ。互いへの信頼は揺るがず、これまでにも何度か内密の会合で決断を下した。

「この、ヒルっていうのは、いったいどんな人物かね」

ノーマン・ヒル上院議員は明瞭ながらも隙《すき》のない言葉遣いでコメントを寄せていた。言わんとするところは、アメリカの司法制度による死刑執行の権利を、地図上でもほとんど見えないほどのちっぽけな国が侵害するなどという暴挙を許してはならない、ということだが、直截的《ちょくせつ》にそうは言っていない。国外に向けては如才なく振る舞い、国内に向けては威信を維持する、その微妙なバランスを心得た、老練かつ巧妙な言いまわしだった。

ヴィンゲは外相を見つめて答えた。

「ヒルは六十八歳、三十年にわたって上院議員を務めています。政界の重鎮で、次の大統領選では非公式ながら、現大統領の選挙運動の責任者を務めるようです。表にはあまり姿を現しませんが、共和党の中でもきわめて影響力の大きい人物として広く知られています」

遠くのほうで車がクラクションを鳴らしている。だれかが大声をあげている。窓の外の音が、風と冷気にかき消される。夜のストックホルムは今日も生きている。首都のあちこちで、人々が動きまわっている。内閣府の建物が街の中心にあり、商店や飲食店、ホームレスや観光客に囲まれているという事実には、象徴的な意味がある――国民に近い政治、というわけだ――が、同時にそれは皮肉なことでもあった。酔っぱらいが内閣府の外壁に小便をかけているあいだ、建物の中では、一国の最高権力者たちが人の生死を決めようとしているのだ。

トールウルフ・ヴィンゲは自分のカップにブラックコーヒーを注ぎ足し、首相と外相に向かって魔法瓶を指差してみせたが、ふたりは首を横に振った。ヴィンゲはコーヒーを飲み、上司たちのほうに向き直った。先に進みたい。議論を次の段階に持っていきたい。

「アメリカはけっして譲歩しないでしょう。われわれとしては、いますぐ決断してしまうか、それとも、しばらく決断を先延ばしして、厄介な状況に巻き込まれ、結局は同じ決断を迫られることになるか、そのどちらかです。先方はすでに毒物注射の準備を進めている状況です」

外相が両手で銀髪をかきあげた。考え事をしているとき、重圧を感じているときの、彼の癖だ。

「政治的な自殺行為だ」

「大使も、ワシントンも、はっきりと指摘してきましたよ。スウェーデンには、犯罪の嫌疑をかけられている人物を米国に引き渡す義務がある、とね。少なくとも、その人物がスウェーデン国民でない場合には、ということですが。フライはアメリカ人だ。死刑囚であろうとなかろうと」

「政治的な自殺行為だよ。このことが一般に知れたらどうなるか」

ヴィングはこれまでひとことも発していない首相の発言を待った。首相とヴィングは、三年前にルクセンブルクで、新たな引き渡し協定に関するEU・米国間の交渉に参加していた。二〇〇一年九月十一日の同時多発テロを経験したアメリカ政府の提案で始まった交渉だった。

首相は立ち上がると、眼鏡をはずし、上着を脱いで赤い布張りの椅子に掛けた。

「トールウルフ、あの交渉にはきみも出席していたね。あのとき受けた質問を覚えているだろう？　少なくとも私はよく覚えている。引き渡される人物が公正な裁判を受け、けっして死刑にならないという保証はあるのか、という質問だった。私はきみにアドバイスされたとおり、微笑みながら答えた」

「覚えていますよ。あなたはこうお答えになった。〃もちろん、EU加盟国のいずれも、死刑を宣告されるおそれのある人物の引き渡しには応じません〃。しかし、おわかりになりませんか？　われわれがしようとしていることは、それとはまた別だ。ジョン・マイヤー・フライは、死刑を宣告されるおそれがあるのではありません。すでに死刑を宣告されているんです」

背の高い首相がシャンデリアの下に立つと、きらめくガラスがまるで帽子のように彼の汗に濡れた額を縁取った。彼は疲れ切った視線をさまよわせ、そわそわと鼻に手をやり、無意識のうちに舌打ちした。

「きみには考えがあるんだろう。聞かせてもらおう。いつもそうしているようにね。それが終わったら、休憩しよう。もう夜も遅い。自宅に電話して、さらに遅くなると伝えなければならない。休憩が終わったら、私が決断を下す。さあ、トールウルフ、聞かせてくれたまえ」

なにをするべきかは、半日前にもう伝えてある。今度は、事を進める方法について説得を試みるのだ。

「こういった記事はもうごめんです」

ヴィンゲは、カップとともにテーブルの上に置いてある、ファックスで送信されてきた明日の《ワシントン・ポスト》紙のコピーを指差した。

「当たり前だ。いいから先を話しなさい」

首相は苛立ちをあらわにした。しかし苛立っても意味のないことで、トールウルフ・ヴィンゲは一瞬、そのことを指摘してやろうかとも考えたが、やめておいた。三人とも疲れ切っている。どんな策をとろうとも、たとえそれが国のために最善の策であろうとも、なんらかの形でモラルに反することになると、彼らにはわかっていた。三人とも、モラルに反することがしたいわけではないのだ。

「解決策の案がひとつあります」

シャンデリアの下に立っている首相も、両手を髪にうずめている外相も、耳を傾けている。

「フライがスウェーデンにやってきた際、カナダとロシアを経由したことがわかっています。トロントからモスクワに飛び、そこからストックホルムへ来たのです。なぜこのようなまわり道をしたのかわかりませんが、それはさしあたりどうでもいいことです。重要なのは、彼がロシアからスウェーデンへ来たということです。ですから、ロシアへ彼を送還するのです。ロシアで彼が死刑にされることはありません」

首相は身動きひとつしなかった。

「なんだと？」

「フライはロシアを経由して……」

「それは聞こえた。聞きまちがいであることを願うよ。フライをモスクワに送れば、そこからたちまちアメリカへ送り返されることは目に見えている」

「われわれの関知するところではありません」

「死刑囚監房へ送り返される」

「それは推測にすぎません。われわれには知る由のないことです」

「死刑にされるんだ」

「失礼ながら、それはわれわれの問題ではありません。われわれは形式上、非難されるようなことはなにもしていないのですから。彼をアメリカに送り返すのはわれわれではないのです」

ヴィンゲは訪問者用ソファーの上に掛かっている金色の時計を見やった。零時五十七分。たしかに休憩が要る。首相と外相がヴィンゲの言葉を消化し、これこそが唯一の道だと納得するための時間。ヴィンゲは黒いブリーフケースをふたたび開けると、記事のコピーの上に新たな書類を重ねて置いた。

「休憩なさる前に、これもご覧ください」

首相がヴィンゲに向かって苛立たしげに手を振った。

「いいから、なんの書類なのか言ってくれないか」

ヴィンゲは二ページから成るその書類を手に取った。

「移民局が出した送還決定です。さきほど発行してもらいました。もし、われわれが彼をこの国から追放する決断を下すのであれば、その旨はこうして書面になっています」

ヴィンゲはこの部屋へ来てから初めて笑みをうかべた。

「ロシアへの送還決定です」

彼はまた、似たような夜を過ごしていた。

エーヴェルト・グレーンスは、広い自宅をそわそわと歩きまわり、肩の力を抜くなり入り込んでくる虚無感と闘っていた。署のオフィスのソファーにとどまっているべきだった。あそこなら、考えをめぐらせすぎて頭痛がしても、少なくとも何時間かは眠ることができる。ここではとても無理だ。あまりに静かすぎて、一歩ごとに足音がこだまする。とくに体重をかけている右足が木の床に着地するたび、音があちこち跳ね返り、首筋にじんと響く。もう少しでヘルマンソンとアンニに電話をかけてしまうところだった。電話を手に取り、彼女たちの番号を押したものの、呼び出し音が鳴り出す前に受話器を置いた。自分がひとりであることなど、これまでほとんど気にしたことがなかった。孤独感とはいつも距離を保ち、たとえその訪問を受けても、単なる束《つか》の間の訪問者として扱ってきた。だが、いま、ヘルマンソンとダンスフロアで過ごした数時間、アンニと船の上で過ごした数時間のせいで、自分の孤独がよりくっきりとうかび上がってきたように思える。生き生きとしていたあの数時間と、このがらんとしたアパートを、どうしても比べてしまう。

彼はキッチンに向かった。パン二枚に高価なレバーペーストを塗り、オレンジジュースを半リットル。眠れない夜にはつい食べ過ぎてしまうが、それが自分の外見に及ぼす影響については、とうの昔に気にすることをやめていた。やがて食べものを嚙む音で沈黙が埋めつくされると、彼はテーブルの奥のトランジスタラジオに手を伸ばした。いつも聞くのは、スウェーデン公営ラジオのチャンネルP3で放送している深夜番組だ。単調でうるさい音楽も、馬鹿馬鹿しいトークもなく、声も音楽も穏やかな静けさに満ちている。多くの人が眠っているあいだに、さまざまな理由で起きている人々のための、品位のある番組だ。

そんなところに鳴った電話は、ひどく奇妙に聞こえた。

着信音はしばらくのあいだ、沈黙やスローテンポのジャズと混ざり合っていたが、あまりにも執拗《しつよう》に続くので、やがてそれしか聞こえなくなった。

エーヴェルトは腕時計を見やった。二時半。分別のある人間なら、こんな時間に電話をかけてくることはないはずだ。彼は食事を続けたが、七回目の着信音が広いキッチンに響きわたるに至り、ついに屈した。電話は壁に掛かっていて、立ち上がらずとも手が届いた。

「はい」

「エーヴェルト・グレーンスさん？」

「その前に、そちらがどなたか教えていただきたい」

「いつだったか、会ったことがあるはずだよ。私はトールウルフ・ヴィンゲ。外務次官をやっている」

エーヴェルトはトランジスタラジオに手を伸ばして音量を下げた。ベルベットのようになめらかな女性の声が、次の曲名を告げているところだった。外務次官を名乗るこの男に覚えはなかった。

「ほう」

「疑うのなら、そちらからかけ直してくれてもかまわない」

「いや、むしろ、どうやって私の電話番号を手に入れたかのほうに興味がありますね」

「かけ直すのか、どうなんだ？」

「用件を言ってもらえませんか。さっさと終わりにしましょう」

早くも胸騒ぎがした。この男の身分を疑っているわけではない。が、時刻は夜中の二時半だ。こんな時間に電話がかかってくるということは、厄介な状況になっているということだ。

「用件というのは、現在勾留中の、きみが捜査を担当している人物のことだ。ジョン・シュワルツ。いや、正確には、ジョン・マイヤー・フライ」

「ほう。すると、箝口令だのなんだのと、権力を振りかざしてあちこちで脅しをかけているお役人てのは、あんただったわけですか」

「とにかく、ジョン・マイヤー・フライだが、実は私の手元に一枚の決定書がある。移民局が出した送還決定だ。フライには遅くとも明日の朝七時までに国外へ出てもらう」

エーヴェルト・グレーンスは一瞬黙り込んだ。それから大声をあげた。

「なんだって？」

「決定は昨日の十九時ちょうどに下され、十二時間以内に実行することとなっている。そこで、送還に際してご協力いただこうと、こうして電話をかけているわけだ」

エーヴェルトは受話器を握りしめた。

「いったいどうやってそこまでこぎつけた？　たったの一日で！」

ヴィングゲは一瞬たりとも冷静さを失わなかった。ただ、淡々と用件を伝えた。

「ジョン・マイヤー・フライは不法滞在者だ」

「送り返せば殺されるんだぞ」

「ジョン・マイヤー・フライはロシア経由でスウェーデンに不法入国した」

「スウェーデンで勾留されている人間を死刑にする手助けをするつもりはない」

「いま私が手に持っている決定書によれば、フライはロシアへ強制送還されることになる」

スヴェン・スンドクヴィストは眠っているべきだった。ふだんは不眠に悩まされることなどない。アニータの息遣いを顔に感じ、その温かい肌に触れていると、安心してくつろぐことができる。

始まりは四時間前、ふたりが床についたときだった。スヴェンがアニータのそばに身を横たえると、いったいどうしたの、と彼女が尋ねた。なぜそんなことを聞かれるのか、スヴェンには皆目わからなかった。

いつもとようすが違うわ。

そうかい？

なにかあったんでしょう。

アニータに指摘されるまで、スヴェンはそのことを自覚すらしていなかった。そこで、いったいなにが問題なのか、なぜ自分が上の空なのか、横になったまましっくり考えてみた。何度も繰り返し、さまざまな形で自問を続けたが、そのたびに答えは同じところに行き着いた。

シュワルツだな。

なんですって？　シュワルツ？

彼のことを考えているんだと思う。

たしかにひどい話だとは思うわよ。でも、よりによって、ここで、私たちの寝室で、事件のことを考えなくてもいいんじゃない？

アニータにはぜひわかってほしい、とスヴェンは思った。自分が考えているのはむしろ、シュワルツの息子のことなのだ、と。シュワルツにどんな運命が待ち受けているかは、早々に予測がついた。が、シュワルツ家にも子どもがいるのだと知った瞬間、この事件が別の意味をもって迫ってきた。

シュワルツが無実かどうかには興味ないんだ。

それが大事なんじゃないの？

考えてしまうのは、子どものことだよ。

子ども？

行政が死刑を執行することで、子どもが両親とともに育つのか、それとも片親無しで育つのか、勝手に決めてしまうというのは、いったいどういうことなんだろう。

それが法律なのよ、スヴェン。

でも、子どもに罪はないんだ。

アメリカではそういうものなのよ。

だからといって正しいとはかぎらない。

国民が民主的に選んだ方法だわ。スウェーデンだって同じよ。終身刑があるでしょう。長いこと外出を許されない長期刑だってある。あなた自身、そのことはよく話題にしているじゃない。違う？

それとこれとはまったく違うよ。

いいえ、子どもにとっては、まったく同じことだわ。死刑になるのと、たとえば、そうね……二十年間、一度も会えないのと、なにが違うの？

わからない。

違いなんてないわ。同じことよ。

僕がわかっているのは、理解しているのは、ただひとつ、もし僕たちがシュワルツの送還に応じたら、彼の子ども、五歳になったばかりの息子は、永遠に父親を奪われるかもしれないっていうことだよ。わかるだろう、アニータ？　家族がいちばんつらいんだ。いちばん厳しい罰を受けるのは、本人の家族なんだ。

ふたりは横になったまま話を続けた。議論が尽きると、ベッドから起き上がってキッチンに下り、ときおりそうするように、ふたりでクロスワードパズルを解いた。スヴェンの大きな黒いセーターを身につけたアニータは美しく、やがてクロスワードパズルが解け、シュワルツの話題も口にのぼらなくなると、ふたりは寝室に上がり、愛し合いながら互いを強く抱きしめた。それからアニータは眠りに落ちた。彼女の寝息が軽いいびきに変わっていく中、スヴェンはあいかわらず眠れないまま横たわっていた。

エーヴェルト・グレーンスは受話器を持ったまま立ち上がり、壁の電話機に戻すべきか、それとも受話器が壊れるまでテーブルに叩きつけてやるべきか迷っていたが、結局どちらもしなかった。ただ、受話器を手から放した。さきほどまで座っていた椅子に受話器がぶつかるのがわかった。それからバルコニーに通じる扉を開けると、氷の張ったバルコニーへ、裸足《はだし》のまま出ていった。気温はマイナス二十度近い。眼下のスヴェア通りを走るまばらな車の音を耳にしながら、彼は力のかぎりに、ちくしょう、と叫んだ。

数分後、大きな冬用コートのポケットの中で鳴っている携帯電話を取りに玄関へ急いだとき、彼の両足は真っ赤になっていた。

上司と話をすることはめったにない。

エーヴェルトにはエーヴェルトの縄張りがある。それを尊重してやりさえすれば、彼はだれよりも多くの仕事をこなすことができる。こうしてエーヴェルトと警視正とのあいだには、歳月を経るにつれ、邪魔さえしなければ好きなようにさせてやる、という暗黙の了解が成立していた。警視正と最後に言葉を交わしたのがいつだったか、こんな夜中には思い出すこともできなかった。

「たったいま、ヴィンゲ外務次官と話をしましたよ。だから、まだ起きてらっしゃることは知っていました」

エーヴェルト・グレーンスは警視正の姿を思い浮かべた。十歳年下の、背広を着て髪を丁寧にとかしつけているタイプの男。オーゲスタムによく似ている。彼らの発する優等生らしさを、エーヴェルトは昔から敏感に感じ取り、嫌悪してきた。

「ほう、それはそれは」

「与えられた任務に納得なさらなかったそうですね」

「ああ、そういうことだ。あの似非《えせ》政治家め、被害者がまだ入院中で、ようやく命をとりとめたかどうかってときに、被疑者を外国に送るなんて、そんな勝手な真似させてたまるもんか」

「ヴィンゲさんにあなたの連絡先を教えたのは私です。つまり、あなたがなにをするべきかを決めたのも私です。ということで……」

「おまえもわかってるだろうが、この件、どう考えてもおかしいぞ」

「ということで、ストックホルム市警を代表して、送還決定の遂行に協力していただきます。

これは私からの命令です」

「おまえ、パジャマ着てるな？」

警視正はいま、青と白の縞模様のフランネルのパジャマでも着て、ベッドの端に座っているのだろう、とエーヴェルトは考えた。少なくともこいつは、夜中に洋服を身につけたまま、広い家の中を歩きまわるような男ではない。

「えっ？」

「言わせてもらうがね、俺の仕事は、腐敗しきったろくでなしどもが決めたことを、はいはいと実行することじゃないんだ」

「しかし……」

「それに、おまえもよくわかってるだろうが、フライにとって送還は死とイコールなんだぞ」

ヨーランソン警視正は咳払いをした。

「送還先はモスクワです。そこで死刑になることはありません」

「いくらおまえでもそこまで馬鹿じゃないはずだ」

ヨーランソンはふたたび、さきほどよりも大きく咳払いをした。声にとげとげしさが加わった。

「率直に言わせてもらいましょう。この件についてあなたがどう思おうとかまいません。あなたがそうやって自宅にいるうちはね。しかし、仕事の上では命令に従っていただきます。

いまから言うことは、これまで一度もはっきり言ったことがなかったし、今後繰り返すつもりもありませんが――もし今回、私からの直接の命令に従わないのであれば、明日にでもほかの仕事を探したほうがいいですよ」

エーヴェルトはバルコニーに続く扉の取っ手を握ると、ドアを開け、ふたたび外に出た。あいかわらずの寒さだったが、寒いとは感じない。去年の秋から置きっぱなしになっているプラスチックの椅子に腰を下ろす。クッションはがちがちに凍り、コンクリートの床にも氷が張っている。つるりとした氷面に、裸足の肌がくっつきそうになる。

夜空は澄みきっていた。

つねに灯りのついている都会で、空が完全に暗くなることはない。が、今夜の空は、これ以上暗くなることはあり得ないと思えるほどの漆黒で、明るく輝く星々が鮮やかにうかび上がっている。なんとも美しい夜だ。エーヴェルトはそのまま数分ほど星空を眺めた。周囲に建物の屋根が見える。遠くのほうから車の音が聞こえてくる。ふと、自分はこのバルコニーでほとんど時を過ごしていない、と思った。冬の夜に裸足でバルコニーに出たのは、おそらくこれが初めてだろう。

彼は短気な人間だ。毎日、何度も腹を立てている。が、いま感じているのは怒りではない。怒りほど単純ではない、なにか。彼は怒っていると同時に、苛立ち、動揺し、悲しみ、おびえ、恐れ、無力感にさいなまれていた。これらすべての感情が、同時に襲ってきた。そこには順番も秩序もなかった。

エーヴェルトはそのまま身動きひとつせずに座っていた。

やがて、なにをするべきかが見えてきた。少なくとも、いまするべきことが。これからの一時間は、電話のそばで過ごす。話をしなければならない相手が何人かいる。最初の番号を押しながら、彼は自分の赤くなった両足に目をとめ、どういうわけかまったく寒さを感じていないことに気づいた。

時刻は米国時間木曜日の午後九時、エドワード・フィニガンは数時間前にチェックインしたジョージタウン西のホテルで、階下のバーに下りていった。仕事でワシントンを訪れるときには、ほぼかならずこのホテルに泊まっている。五〇四号室は空いているかと彼が尋ねたとき、美しい目をした受付の女性はモナリザのような笑みをうかべ、彼の顔を見知ったようすでうなずいた。

ノーマン・ヒルはすでに奥のテーブルにつき、赤ワインのグラスを傾けていた。高価なワインを少量だけ飲み、醸造年度や貯蔵プロセスなどについても知識豊富で、まるで恋人の話でもするかのような愛情をもってワインの話をする、そんな人物だ。フィニガンも付き合って味見をし、社交辞令としていろいろ尋ねるのが習慣になっているが、実のところ、彼にはワインの良さがまったくわからなかった。彼にとって、アルコールとはくつろぐための手段であり、どの種類のブドウから作られているかなどはどうでもよかった。

ヒルは自ら選んだワインをもう一杯注文した。フィニガンはそれを味わい、あたりさわりのないコメントをした。それからテーブルの上に置いてある記事のコピーを見つめた。数時間後に印刷にまわされる《ワシントン・ポスト》紙の記事だ。一記者の独自取材によるもので、死刑囚が脱走していたこと、彼をもとの死刑囚監房に連れ戻す旨の要請が発せられたことが報じられている。フィニガンはそれを読み、スウェーデン政府とのやりとりについて語るヒルの話にじっくりと耳を傾け、明日フライを国外追放とする旨の決定が下されたことを知った。

「共産主義国から共産主義国へ、というわけだ」

「で、米国にはいつ？」

「そう焦るな、エドワード」

「いつですか？」

「飛行機が迎えに行くことになっている。フライを乗せてすぐに戻ってくるよ」

エドワード・フィニガンは立ち上がり、バーで葉巻を買い求めた。とはいえヒルには、ワインを――アデレード近郊のワイン農場でつくられたオーストラリアワインだ――先に飲み干すと約束してある。葉巻とワインの匂いが、いや、味だったかもしれないが、とにかくそれらが混ざるのを、ワイン愛好者は好まない。少なくともそのことだけはフィニガンも学んでいた。グラスが空《から》になったら、葉巻に火をつけるつもりだ。アリスに電話をかけるのもいい。彼女を求める気持ちがまた湧いてきた。

ヘレナ・シュワルツはエーヴェルトが恐れていたとおりの反応をみせた。彼の電話で、ヘレナだけでなく息子も目を覚ましたらしく、息子が眠そうながらも不安げな声を出しているのが電話の向こうから聞こえてきた。もちろん、夜中の三時半に電話をかければ当然そうなることはわかっていたが、ほかに選択肢はなかった。エーヴェルト・グレーンスは、バルコニーの凍てつくような寒さの中で、捜査を極秘裏に進めるなどの細かな規則をすべて無視することに決めたのだった。そして最初に電話をかけた相手がシュワルツ夫人だった。彼女には漠然とながら好感を抱いている。事情聴取のときに彼女がみせた反応、怒りと驚きに襲われながらも落ち着きを取り戻したそのようすには、彼の心を動かすなにかがあった。

ヘレナは泣き、怒鳴り、エーヴェルトはただ耳を傾けた。東のロシアに送還するのは、最終的に西のアメリカへ送り返すための、政治的なまわり道にすぎないのだと、ヘレナもすぐに理解した。声にならない声で〝そんなのあんまりだわ〟と繰り返す。息子もいるのに。ジョンは無実を主張しているのに。引き渡しに関する法律があるとはいえ、死刑になる場合は例外のはずなのに。ヘレナは何度もそう訴え、エーヴェルトは彼女が落ち着きを取り戻して静かになるまで待った。

彼女はしばらくエーヴェルトを電話口で待たせると、息子のようすを見に行き、水を飲んだ。それから、小声で通話を再開した。なにを話していたのだったか、エーヴェルトはもう思い出せないが、とにかく会話の最中に突然、いっしょに行ってあげてほしい、とヘレナが言い出した。

エーヴェルトには初め、その意味がわからなかった。

いっしょに行くって、どこへ？

彼女は説明し、泣き、また説明した。

もしほんとうに、ジョンが国外追放されるのであれば。捜査を担当している警部の意向にかかわらず、国外追放が実行されるのであれば。

あなたもジョンといっしょに行ってあげてほしい。ヘレナはそうエーヴェルトに懇願した。同僚の刑事さんたちも、ぜひ。あなたよりも少し若い、感じのよさそうな男の刑事さんと、少し外国風の顔立ちをした、事情聴取のとき夫が信頼を寄せているように見えた、若い女の刑事さんも。

三人がいっしょに行ってくれれば、ジョンは少なくとも、見知った顔に見送られて旅立つことができる。

バーはあいかわらず閑散としていて、二つ先のテーブルで若いカップルが手をとり合っているほか、窓辺で新聞を読みながら特製チーズバーガーとフライドポテトを待っている男がひとりいるだけだ。たったいま、ノーマン・ヒルがその痩せた体を灰色のコートに包み、高さと幅が同じぐらいありそうな帽子をかぶって、店を出ていった。エドワード・フィニガンは瓶ビールを注文し、手に携帯電話を持ったまましばらくためらっていたが、やがて電話をかけた。

親友を殴り倒し、ペン立てを顔に投げつけた。が、とりあえずそのことは後まわしだ。いまはほかの用件がある。

昼間に行なった三つの会合と、さきほど終わったヒルとの会談について語るフィニガンに、オハイオ州知事はじっと耳を傾けた。ロバートが今朝の口論の際、とにかく経過を見守ってほしい、憎しみも焦りもぐっとこらえて、すべてが終わるまで待ってほしい、とフィニガンに言い聞かせたばかりであるという事実は、ふたりの口にのぼらなかった。

フィニガンの胸の中でうずいていた不安、追い立てられ、逃れようと必死になっていたあの不安が、ゆっくりと融け、無になった。無になった以上、恐れることはもうなにもない。もうすぐかつてないほど必要になる支えが、怒鳴り声や暴力で壊れることはなかった。ふたりが長いこと恐れ、慎重に避けてきた、あの初めての喧嘩を経ても、ふたりの友情は揺らいでいなかった。

ロバートはまだ味方だ。彼は耳を傾けてくれている。

フライはあと数時間ほどで、こちらに向かって送り返されてくる。

オハイオ州知事はそろそろ、エリザベス・フィニガン殺害犯に死刑を言い渡した判事に連絡を取り、死刑執行の日時決定を急がせることになるだろう。

スヴェン・スンドクヴィストはついに諦めた。今夜は眠れそうにない。ひたすら横になって眠りが訪れるのを待っているだけでは、もどかしさで胸が痛くなりそうだった。茶色のスリッパをはき、タートルネックのセーターを身につけた。家の中をゆっくりと歩く。ここに引っ越してきて、もうすぐ十年になる。自分たちがここ以外の場所で暮らし、年老いていくことは想像しがたい。

ヨーナスの部屋に続くドアの前で立ち止まった。どんどん成長していく息子。プノンペンの二百キロ西にある村でヨーナスを引き取ったときには、まだ一歳にもなっていなかった。可愛らしく、おとなしい、ふたりが望んでいたとおりの子どもだった。いま、ヨーナスは小学二年生、もうすぐ八歳の誕生日を迎えるところで、英語や理科の宿題を抱えている。スヴェンは数時間前にアニータと交わした議論を思い出した。子どもは親を選べない。ヨーナスだって、この家で眠り、軽くいびきをかくことを、自分で選んだわけではない。ヨーナスがそのことで父親である自分を責める、そんな日が来ないことを願うばかりだが、もしそんな日が来たとしたら、できるかぎりの釈明はするつもりでいる。

が、もしシュワルツの息子が疑問を抱いたとしたら？　父親が母国に送り返され、死刑に処されたら、彼はだれを責めればいいのだろう？　だれが釈明するのだろう？

いつもどおりヨーナスの額にキスをするため、部屋に入ろうとしたところで、うるさい電子音が沈黙を破った。ベッドに横たわったヨーナスが身をよじらせた。スヴェンは寝室に走り、携帯電話をつかんだ。番号を見て、ため息をつく。エーヴェルト。これで三夜連続だ。

エーヴェルトは、スヴェン、ヘルマンソン、オーゲスタムに電話をかけ、状況を簡潔に説明した。

質問に答える時間はとらず、わずか数分の会話で、とにかく六時に出勤すること、また場合によっては飛行機に乗ることになるので、通常の勤務終了時間には帰れないかもしれないと覚悟しておくことを、スヴェンとヘルマンソンに納得させた。

エーヴェルトはキッチンに立ち、窓の外を眺めた。まだ朝は遠い。が、急がなければならない。これから、捜査を極秘に進めること、との決定を、ふたたび無視することになる。この一時間で二度目だ。

ヴィンセント・カールソンはすぐに応答した。

元気そうな声だった。夜勤中なのだろう。エーヴェルトは少なくともそうであることを願った。

事件の全容をわかりやすく説明するのに十分を要した。ヴィンセント・カールソンは電話の相手がだれであるかを知り、ふだんはほとんど口を開かない警部の閉ざされた部屋からたったいま放たれたこのニュースが、大スクープにほかならないことをすぐに理解した。

朝の最初のニュース番組までには、まだたっぷり時間がある。

それまでに、予定していた内容はすべて変更だ。準備しておいたニュース映像の放映はすべて取りやめ、このニュースを中心に据える。おそらく今日だけでなく、今後一週間ほどのニュース番組はすべて、このネタで持ちきりになるだろう。

カールソンは時計を見やった。三時五十八分。それから夜勤スタッフを全員ニュースデスクに呼び寄せ、大会議を開始した。

金曜日

警察のワゴン車が、ストックホルム・ブロンマ空港の中央ターミナルへ向かう道路に進入したとき、あたりはまだ暗闇に包まれていた。澄んだ空気はきりりと冷たく、道路に張った氷に車のヘッドライトが反射している。きわめて寒い日の例に漏れず、前を走る車の排気ガスが濃い雲となって漂っている。

エーヴェルト・グレーンスは二時間ほど前、スヴェア通りの自宅からタクシーに乗り、クロノベリ地区にある警察署へ向かった。その十分間のうちに、ヘレナ・シュワルツが二度電話をかけてきて、夜中に電話で話したとおり、夫を国外追放するという決定がもし変わらないのであれば、同僚ふたりとともにぜひ夫に同行してやってほしい、と懇願してきた。

そしていま、彼はここ、ワゴン車の最後列にいる。隣にヘルマンソンが座っている。前の列にいるスヴェンの右手首は、ジョン・シュワルツの左腕と手錠でつながっている。運転しているのは体格のいい若い巡査で、エーヴェルトは彼の名前を覚えておらず、思い出したいとも思わなかった。

大変な数時間だった。

この事件に多少なりともかかわりのある人物全員を電話で起こし、その多くを怒鳴りつけ、罵った。そうしているうちに、自分が協力しようとしなかろうと、いずれにせよジョン・シュワルツは国外追放されるのだということが、だんだん実感としてわかってきた。これが政治というものだ。権力を握っている連中は、彼が想像していたよりもはるかに素早く行動を起こしたのだった。

ジャーナリストのたぐいは虫酸《むしず》が走るほど嫌いで、そのことを隠しもしていないが、エーヴェルトは怒りを胸に、警察官になってから初めて自らジャーナリストに連絡をとった。ヴィンセント・カールソンと知り合ったのは一昨年、話題になったあの小児性愛者射殺事件がきっかけだった。カールソンは娘の殺害犯を射殺した例の父親と知り合いだったのだ。ほかのテレビジャーナリストたちとは違い、賢明で思慮深いと言ってもよい人物だった。ここ数時間で、エーヴェルトはさらに三度にわたって彼と話をした。カールソンはいま、〈ホテル・コンチネンタル〉のルーベン・フライの部屋にいる。カールソンの同僚たちが、内閣府や外務省の前にがやがやと集まり、質問への回答を迫っている。これでなにかが変わるとは思っていない。いずれにせよ手遅れだ。が、マスコミの光がこの件に当たれば、あのいまいましい官僚どもも、しばらくは目が眩《くら》むことだろう。

エーヴェルトは夜のあいだにクリスティーナ・ビョルンソンにも電話をかけた。ジョンが事情聴取の際に同席を拒んだ公選弁護人だ。ビョルンソンはすでに起きていて、エーヴェルトはなぜだろうと一瞬考えたが、すぐに強制送還決定について簡潔に報告し、不服を申し立てるよう促した。彼女が息を吸い込み、答えようとしたところで、エーヴェルトは畳みかけるように、政治亡命の可能性についても調べてみてほしい、と頼み込んだ。彼が言葉を切ると、ビョルンソンは疲れた声で、今度は私に話させてもらえますか、と尋ねたうえで、こう答えた。そういった可能性について説明しようとしても、ジョンは聞く耳を持たなかった。もうすっかり諦めてしまっているようだった。望みも願いもすべて捨ててしまったかのようだった。そのうえ、もう時間がない——そう言ったとき、彼女の声はほとんど声になっていなかった——移民局が電話の受付を始める前に、ジョンはモスクワに降り立ってしまうのだ。

エーヴェルトは彼女の言葉を聞き入れなかった。というより、受け入れることを拒否していたのかもしれない。彼は依頼と懇願を繰り返した。が、やがて彼もまた、ビョルンソンは正しい、こうした可能性を探ってみることすらもうできないのだ、と悟った。

エーヴェルトは向きを変え、彼を見つめた。

ジョン・シュワルツはさらに小さくなったように見えた。

肩を落とし、首がはずれているのではと怖くなるほど頭を垂れていて、蒼白い顔は灰色に近く、目はうつろだ。完全に外界を遮断し、どこか別の場所にいるように見える。看守が独房の鍵を開け、自分の服を着て出てくるよう促したときにも、ジョンはひとことも口をきかず、顔色ひとつ変えなかった。スヴェンが彼と会話を交わそうとして、たわいのない世間話をしたり、質問したり、挑発的な物言いをして気を引こうとしたりしたが、返ってくるのは沈黙ばかりだった。いまのシュワルツとコミュニケーションをとるのは不可能だった。

ずらりと並ぶタクシーの列の脇を通り過ぎる。始発便のチェックインに間に合うよう、乗客たちを運んできたタクシーだ。疲れた顔をした客たちがタクシーを降り、スーツケースを正面入口前の道路に置いているので、巡査は腹立たしげにクラクションを鳴らした。人々は警察の車に気づき、あわてて歩道に移動した。

ワゴン車はターミナル脇を数百メートルほど走ってから、フェンスに開いた大きな門のそばで停止し、航空庁の作業服を着た係員が門を開けるのを待った。門が開くと、係員はワゴン車のほうを向き、運転手に向かってうなずいてみせた。それから特別護送の対象らしき人物をひと目見ようと、好奇心に駆られて車の中をのぞき込んだが、無駄に終わった。

風はないように思われた。が、広大な空間の真ん中に出てみると、風が吹いているのがわかった。たいして強い風ではなかったが、それでもマイナス二十度近い気温の中では、ワゴン車から飛行機までの短い道のりを歩くだけで、むき出しの顔がちくちくと痛んだ。

エーヴェルト・グレーンスは歩き出す前に、政府専用機をじっと見つめた。

〝ガルフストリーム〟という機種のその飛行機は、雪のように白く、エーヴェルトが想像していたよりもはるかに小さかった。およそ五年前、スウェーデンがEU議長国となるにあたって、各国の首都間を素早く移動できるよう政府が買い入れた飛行機で、正式には空軍の所有になっている。この飛行機のために二億八千万クローナを費やしたことが公になった際には、かなりの反発が巻き起こった。エーヴェルトの知るかぎり、この飛行機はいまも政府や王室が利用しているはずで、重傷害罪の被疑者を国外追放するために使われるのは初めてであるにちがいなかった。

空港職員が何人か、アスファルトの上を動きまわっている。遠くのほう、滑走路のそばにも姿が見える。南へ向かう早朝の国内線、マルメ航空の機体の貨物室に、スーツケースを詰め込んでいる職員も何人かいる。見える人影はそれだけだ。つまり、こちらを見ている人間はほとんどいない。が、それでもスヴェン・スンドクヴィストは厚手のジャケットを脱ぎ、自身とシュワルツをつないでいる手錠をそれで隠した。注意はなるべく引かないほうがいいと考えてのことだ。

機内は驚くほど広かった。十五人分の席があり、すべて白く柔らかい革張りの椅子だ。彼らはワゴン車の中と同じ位置についた――スヴェンとシュワルツが並んで座り、エーヴェルトとヘルマンソンがその後ろに座って彼らを見張る。四人はこうして身を寄せ合うように席をとると、さして長くはならないフライトの開始を待った。飛行機の燃料タンクはかなり大きく、大西洋横断も可能で、モスクワまでならなんの問題もなかった。

パイロットが飛行機のエンジンをかけると、エーヴェルトは身を乗り出して椅子のあいだからシュワルツに話しかけた。が、答えは得られなかった。あいかわらず、完全に心を閉ざしている。そのようすを見ただけで、彼がどこか遠くへ行ってしまおうとしていることは明白だった。

午前六時、スウェーデン公営テレビが前夜から未明にかけてのニュースを十分間にわたって報じ、これによって一週間近くに及ぶジョン・マイヤー・フライ事件の報道合戦がスタートした。死刑を宣告されながらも脱走に成功し、その数年後に重傷害罪で逮捕され、スウェーデン政府の承認のもと、死刑に処されるべく強制送還されたアメリカ人に関する報道で、スウェーデンのテレビやラジオで放送される全ニュース番組、スウェーデンの全新聞の第一面が埋めつくされた。

一警部と一ジャーナリストの短いやりとりが発端となって、事件が国民の知るところとなり、公に検証されることになった。それはまさに、強制送還の決断を下した人物たちが、なんとしてでも避けたかったシナリオだった。

ヴィンセント・カールソンはまもなく五十歳の誕生日を迎えるが、彼に出会う人々はみな、その事実を知ると一様に驚いた。黒髪に少々白髪が交じっているのを除けば、せいぜい三十五歳にしか見えないからだ。外見は成熟した男性でありながら、いまだ成長途上の少年のような雰囲気が見え隠れする。夜中、朝のニュースの準備をしている最中に、エーヴェルト・グレーンスから電話がかかってきたとき、彼はすぐさま、これはただごとではない、と思った。ふだんのグレーンス警部は、ジャーナリストを邪険に扱う、いや、それどころか、捜査がすっかり終わるまで身を隠し、その後はマスコミ対策に長《た》けた広報係に質問への回答を任せる、そんな人物だ。その彼が、匿名の情報提供者として自分から電話をかけてくること自体、にわかには信じがたかったが、彼の話の内容はそれを上まわる信じがたさだった。

内閣府での記者会見は、午前七時三十分に設定された。

質問への回答を迫る圧力が早い段階から激しさを増し、外務省の前にひしめくジャーナリストの数があまりに多くなったので、マスコミ各社の代表者を集めて記者会見を開くしかなくなったのだ。

内閣府の広い会見場はすでに満員だった。青い布張りの折り畳み椅子が十七列並べられ、記者たちがぎっしりと席を埋めている。最前列にはカメラマンが陣取って、林立するマイクにピントを合わせ、最後列では音声担当が必死になって、会見内容が記者たちの耳に問題なく届くことを確かめようとしている。合計百四十一人分のざわめきが殺風景な壁にこだまし、十二メートル上にある天窓のあたりでやっと消えていくありさまだった。

ヴィンセント・カールソンが現場からの中継を担当するのは久しぶりだった。二年ほど前から朝のニュースの編集を担当するようになり、よりまともな勤務時間と高い給料を手にしたが、その代わり、広い報道センターでいくつものモニターに囲まれているばかりで、現実の世界との接触がなくなってきていることも事実だった。最高の気分だったが、これから何日かは、別の世界に、せわしない喧噪の世界に戻るのだ。

やがて似たような背広を着た同年輩の男ふたりが、斜め前方にある緑がかった木の演壇にのぼって腰を下ろすのが見え、カールソンは記者席の一列目まで出ていくと、壁際の通路に陣取った。

片方は、外務大臣。もう片方は、どうやらトールウルフ・ヴィンゲ外務次官のようだ。

モスクワは気持ちのよい一日になりそうだった。空気は冷たいが、あたりは明るく、息詰まるような感じがない。どうやら今日はからりと晴れそうだ。日が差せば、あたりを覆っている雪が、輝かしい光を放つことだろう。

着陸用滑走路の先、一キロほど北に、モスクワ・シェレメーチエヴォ空港の奥のターミナルビルがある。この大空港の中でも最近建設された小さなターミナルで、ロシアと世界を結ぶべく次から次へと離陸し着陸する定期運行便の嵐《あらし》からは、少々離れたところにある。午前中にはここから二機の出発が予定されていたが、早朝、別のターミナルに変更された。がらんとした広大なアスファルトが、飛行機の到着を待っている。やがて、軍服を着て武装したロシアの軍人たちの一団が立ち入りを許された。

内閣府の広い会見場は耐えがたいほどに暑かった。

「重傷害罪で逮捕され、勾留中の人物が、強制送還されるのはなぜです？」

閉ざされた空間に、多すぎる人数。テレビ中継のため用意された、強すぎるライト。そのうえ、みなが外の寒さをしのぐため、ぴったりとしたズボンや厚手のセーターを身につけている。

「移民局の決定が極秘扱いとされているのはなぜですか？」

外務大臣の冒頭発言が終わった時点ですでに、記者たちの髪の生え際から、額や頬に汗が流れていた。興奮と怒りと期待で肌が痒《かゆ》くなってくる。

「政府はいったいどうやって、たった一、二日で強制送還決定にまでこぎつけたんですか？」

ヴィンセント・カールソンは最前列に陣取っていた。隣にカメラマンがいて、外務省の代表者ふたりが座っている演壇にカメラのライトを向けている。ヴィンセントは社交辞令が終わるのを待つことなく矢継ぎ早に質問を始め、そのたびに外務大臣から、これは進行中の捜査と国の安全にかかわることだ、外相として個々の案件にコメントすることは差し控えたい、との回答を得ていた。

ヴィンセントはそんな空疎な言葉を歯がゆい思いでやり過ごし、会見場をぐるりと見渡した。

ほかの記者たちはみな黙っている。

つまり、いまのところ、これはヴィンセントがつかんだネタだから、もうしばらく質問の権利を彼に譲ってやろう、という暗黙の了解があるわけだ。

彼は心中で笑みをうかべた。このようなスクープされたばかりのネタに関する記者会見は、ひどく幼稚な争いに終始してしまうことがある。そんな例は何度も目にしてきた。まず、会見場がサバンナに変わる。縄張りと、満腹になるまで食べる権利を主張して、争い合うオスたち。それから会見場は公園の砂場に早変わりだ。僕が先だもん！　あとから来たくせに！　僕が先だからね！

いま、そんな幼稚な争いをせずに済むことがありがたかった。

「少なくとも答えらしきものがいただけるまで、質問を続けますからね」

ヴィンセントはさらに一歩前に踏み出した。隣のカメラマンもそれに続く。演壇はすぐ目の前だ。ひとりの顔がアップになる。

「ヴィンゲ外務次官、私たち記者に、納得できる答えを待っている視聴者の方々に、ぜひご説明いただきたい。政府がたった一、二日で強制送還の決定にこぎつけたのは、いったいどういうわけなんですか？　そういった決定を下すには普通、何カ月にもわたって調査が行なわれるものではありませんか」

壇上のふたりは一睡もしていなかった。目は疲れに満ち、顔色は蒼白を通り越して灰色に近くなっている。百二十人の記者たちが、ふたりの発する言葉のひとつひとつを解剖し、ふたりの逡巡を見定めようと待ちかまえている。

トールウルフ・ヴィンゲはヴィンセントとカメラに視線を据えた。

「ジョン・マイヤー・フライはスウェーデンに不法滞在していました。滞在許可なく、六年にわたって滞在していたのです。したがって、ご質問の強制送還決定は〝一、二日で〟発せられたのではありません。六年プラス一、二日、と言うべきでしょう」

外務次官はインタビュー技術の訓練を受けている人物だ。なにを言うかあらかじめ決めておき、それだけを言う。ためらうことも、視線をさまよわせることもしない。ほんの小さなしぐさでも、カメラのレンズを通せばはるかに大きく見えるということを、ほんの少し言葉を強調しただけでも、テレビの画面を通せばはるかに強い口調に聞こえるということを、彼はよく心得ている。

うまい、とヴィンセントは思った。

「ヴィンゲ外務次官、スウェーデンは昔から、何度も大国の圧力に屈してきましたね。第二次大戦中には中立国として、ノルウェーに侵入するナチスドイツの国土通過を許しました。近年も、スウェーデン国民がキューバの米軍基地で不当に拘束されていたにもかかわらず、見て見ぬふりをしました。そして、今回の件……これもまた、この悪しき伝統を強化することになるのではありませんか。大国の圧力に屈する、という悪しき伝統を」

「いまのは質問ですか？」

「答えていただけますか？」

「わが国で重大な罪を犯した不法滞在者を強制送還することが、大国の圧力に屈することだとは思いませんが」

ヴィンセントはこれ以上近づけないというところまで近づいた。演壇に身を乗り出し、マイクを持った手をヴィンゲの顔に突きつける。着ているジャケットを軽く引っぱる。なんと暑いのだろう。汗が背中を流れている。癇に障ってしかたがない。

「死刑を宣告され、本国に返せば処刑されるおそれのある人物を送還するのは、EU・米国間の引き渡し協定の解釈と、真っ向から矛盾するのではありませんか？」

ヴィンゲの視線はまだ揺るがない。

「どうやら誤解なさっているようですね。われわれは、ジョン・マイヤー・フライを米国に引き渡すのではありません。彼がわが国に入国する直前に滞在していた国、ロシアへ送還するだけです」

ストックホルム・ブロンマ空港を出発してから二時間十二分後、スウェーデン政府専用機はモスクワ郊外にあるシェレメーチエヴォ国際空港に着陸した。飛行機はそのまま地上を数百メートルほど走り、午前中閉鎖されている小さなターミナルにたどり着いた。

ジョン・シュワルツは出発以来、ひとことも言葉を発していない。

最初の一時間は前かがみになって座り、手錠のかかっていない右手で頬杖《ほおづえ》をついて、ゆらゆらと頭を揺らしていた。そして、飛行機がフィンランド上空を飛んでいたとき、彼は立ち上がろうとした。スヴェン・スンドクヴィストは立ち上がらずにジョンを座らせようとしたが、やがてエーヴェルトのほうを見やり、エーヴェルトもうなずいた。ジョンとスヴェンはじっと立ったまま、飛行機のかすかな揺れを感じていた。しばらくして、ジョンが広い客室内をそわそわと歩きまわりはじめると、スヴェンも並んでおとなしくついて歩いた。それから、ふたりは元の席から離れた空席に腰を下ろした。そのころから、ジョンは低い声で歌いはじめた。英語の単語をいくつか聞き取ることができたが、いったいなんと歌っているのか、はっきりとはわからなかった。こうしてジョンは、フライトの後半ずっと、同じ単調な曲を休みなく口ずさんでいた。

そのときの彼は、少し落ち着きを取り戻したように見えた。慎重に、そっとまわりを眺め、周囲のようすを認識している。この世界に少しだけでも参加しようと決意したかのように。

エーヴェルト・グレーンスはなかなか肩の力を抜けずにいた。自分の負けが確定しつつあることに、腹が立ってしかたがない。人生は予測のできないことだらけだ。起こり得ないはずのことを、どうやって覚悟しておけばよいというのか？　何年も前に死刑を宣告された囚人が、彼の担当する事件の被疑者となり、彼の指示で逮捕にまでこぎつけた。その数日後、これもまた彼の監督のもと、被疑者が死に向けて送還されていく。昨晩は自宅のバルコニーで、それから警察署で、受話器を片手に、罵ることのできるものすべてに向かって罵り声をあげた。もうなにも残っていない。空っぽで、疲れ切っている。アンニと額を寄せ合い、じっとしていたい。彼女の部屋で、彼女の傍らに座り、彼女の頬に手を当て、彼女が窓の外になにを見ているのか、なにに向かって手を振ったのか、想像していたい。

飛行機が停まり、パイロットがエンジンを切って、静けさが訪れた。タラップが用意されるまで、四人は席についたまま待っていた。時差は二時間。外は明るく、日差しはかなり強い。ストックホルムよりもここのほうが昼に近づいている。

ヴィンセント・カールソンが急に質問をやめ、自分の隣にいる背の低い肥満体の男性に耳を傾けるようトールウルフ・ヴィンゲに告げたとき、だれひとりとしてさしたる反応を示さなかった。その男性がだれであるかを知る者はいなかったからだ。男性はヴィンセントのマイクに向かい、明らかにアメリカ人とわかる英語で話しはじめた。

「ルーベン・フライといいます。息子がひとりいます。なぜあなたは私の息子を殺そうとなさるのです？」

ヴィンセントはグレーンス警部と話したあと〈ホテル・コンチネンタル〉に向かい、ルーベン・フライを起こして、早朝にジョンを国外追放する旨が昨晩のうちに決まったと知らせたのだった。そして、服を着替え、早朝の記者会見にいっしょに来てほしい、と頼んだ。ルーベンと同じ歳の番組プロデューサーがいるので、その身分証明書と取材許可証を持たせることにした。

フライの声は重く、力強く、広い記者会見場の隅々まで届いた。

「答えてください！　なぜ私の息子を殺そうとするのか！」

いま起きていることもまた、サバンナのルールを超越していた。が、ヴィンゲはすぐに悟った――生中継のカメラがまわっているこの場において、絶望の淵にあるこの死刑囚の父親に〝ここで質問をする権利は、あなたにはありませんよ〟などと言えば、自分の負けは確定だ。そんな答えを返したり、憤ってこの場を立ち去ったりすれば、ニュース番組は勝ち誇ったようにその場面の映像を繰り返し放映することだろう。そこでヴィンゲは穏やかな視線でルーベン・フライを見つめた。どうやら自分と同年輩らしい。憤りと絶望で顔が真っ赤になっている。

「フライさん、失礼を承知で申し上げますが、あなたの息子さんは人を殺して米国で死刑を宣告され、逃亡したのです。息子さんを殺すのはわれわれではありません。死をもって人を罰する制度を採用しているのは、あなたの国ではありませんか」

ルーベンはヴィンセントのほうを向いた。目の前にいる役人に立ち向かう支えを、助けを求めているかのように。恐怖が怒りに変わっていくのを感じる。無力感のあまり、相手を殴りつけたくなる。

「アメリカに返せば死刑にされる。それはあなたもご存じのはずだ！」

「フライさん、あなたの息子さんは、わが国へ不法入国するにあたり……」

「この人でなし！　人殺し！」

「……ロシアを経由してここに到着しました。したがって、移民局がロシアへの送還決定を下したのです。これはスウェーデン政府による決定ですらありません」

ルーベン・フライの声は、もう声にならなかった。

彼は痛みをこらえているかのように自分の胸をつかみ、顔をひきつらせて涙を流しながら、足早に記者会見場をあとにした。


事前に伝えられた情報によれば、彼らを迎えるロシア人将校の階級は大佐とのことだった。エーヴェルト・グレーンスは軍服の肩に目をとめ、その情報が正しいことを確認した。

タラップを降りてくる四人を、大佐はアスファルトの上で待っていた。エーヴェルトは、目の前にいるこの大佐が、映画に出てくる誇張されたロシア人軍人のイメージそのままであることに驚いた。高い背丈、不自然なまでに伸びた背筋、短い髪、笑いを、いや、微笑みすらも忘れてしまったかのような顔、色白の頰に刻まれた深い皺、しゃくれて張り詰めた顎。背後から強い日差しがさしている。彼の後ろに立っている武装した軍人たち六、七人の顔はよく見えない。

全員が軍服を着ている。

おそらくカラシニコフであろう軍用ライフルを携えている。

いかにも映画に出てきそうな、小道具の銃までイメージどおりの軍人たちを目にして、エーヴェルトはふと笑みをうかべそうになった。

が、やめておいた。

シェレメーチエヴォ空港を訪れるのは初めてだ。真っ白な雪、明るい冬の日差し、美しい風景なのかもしれない。が、いずれにせよ、彼の目には入らなかった。

エーヴェルトが握手を求めると、ロシア人大佐も手を差し出した。ふたりはしばらく黙っていたが、やがてエーヴェルトが突然——自分でも驚いたことに——まず自分を、それからジョンを指差し、自分はジョン・マイヤー・フライの代理人として、彼のロシアへの政治亡命を求める、と言い出した。ふたりは互いを凝視した。刻々と時が過ぎていく。見知らぬ者どうしであるふたりのあいだに、広大な空間が広がっている。数百メートル離れたところでは、いつもどおりの飛行機の往来が中断されることなく続いている。やがて大佐が口を開いた。エーヴェルトのつたない英語がわからないという。そこでヘルマンソンが代わって簡潔に説明すると、それは不可能だ、と大佐は言った。あなたがたもおわかりのはずだが、死んだ人間に政治亡命を許可することはできませんからね。

風が吹いている。エーヴェルト・グレーンスははっきりとそれを感じた。広々とした空間に立ちつくしている彼らを、風ががっしりととらえる。コンクリートに積もった雪が吹き上げられ、白い雪片があたりを舞っている。

エーヴェルトの手にはずっと、書類の入ったクリアフォルダーが握られていた。軽いので風で飛ばされそうだ。しぶしぶ差し出すと、中の書類が散らばりそうになった。大佐は全ページに目を通すと、ペンを取り出し、風の吹きすさぶ中、立ったまま、なにかを台にすることもなく、一枚、また一枚と署名していった。

エーヴェルトは自分の左側にいるヘルマンソンを見やった。その表情からはなんの思いも読み取れない。エーヴェルトの後ろにいるスヴェンは、額に皺を寄せている。ストレスを感じているときはいつもそうだ。それ以外にはなんの変化もない。彼のようすは穏やかそのものので、スヴェンを昔からよく知っている者でなければ、彼の真の心境が穏やかさからはほど遠いことなど、まったく気づかないにちがいなかった。シュワルツはというと、スヴェンの手首とつながっている手錠にまるでぶら下がっているようだ。あいかわらず、単調な英語の歌のようなものを、ほとんど聞こえないほど小さな声で口ずさんでいる。

ルーベン・フライは内閣府の記者会見場を飛び出すと、白い大理石の短い階段を駆け下り、大きなガラス張りの扉を開けて外に出た。コートも着ていない。どこへ行くかもわからない。ただ、息の詰まりそうなあの会見場を出ること、それしか考えていなかった。

涙を流すルーベンと歩道で出会った女性ふたりが、好奇の目で彼を眺めた。すれ違ってからも振り返り、ヴァーサ通り方面へ消えていく彼の背中を目で追った。

肥満体のせいで膝や腰がうずきだし、やがて痛みのあまり走れなくなったルーベンは、立ち止まり、建物の外壁にもたれかかった。

あたりを行き交う人々が、寒さにもかかわらず汗をびっしょりかいているルーベンをまじまじと見つめる。が、彼は意に介さなかった。心臓の鼓動がおさまり、ほぼ普通に話ができそうだと思えるまで、じっと待つ。それから、ジャケットの内ポケットに入っていた携帯電話を取り出し、マーカスヴィル刑務所の番号を押した。

あらかじめ決めておいたとおりのことをした。応答したヴァーノン・エリックセンに向かって、ほかの電話からかけ直すよう頼んだのだ。十五分待ってくれ、とエリックセンは言った。それがなぜであるかは、ふたりとも承知していた。エリックセンは町中にあるレストラン〈ソフィオス〉へ急ぐ。いつも使っている便所の外に、コイン式の公衆電話がある。

スヴェン・スンドクヴィストが手錠の鍵をはずし、クリアフォルダーの書類に署名した大佐のもとへ、シュワルツを正式に引き渡すと、武装した軍人たちがシュワルツを取り囲んだ。移動はすぐさま開始された。軍服姿の六人が歩きはじめる。その中央に、三百メートル先、新設されたターミナルの端へ向けて移送される人間がいる。

強い日差しのせいで、待機している飛行機はほぼ輪郭しか見えない。が、翼にはどうやらアメリカ国旗が描かれているようだ。

ロシア人大佐は、スウェーデンから来た三人の刑事たちとともに、もとの場所にたたずんでいた。エーヴェルト・グレーンスが自分をじっと見据えていることに気づいているらしい。あいかわらずこわばった顔で、背筋も奇妙なほどにぴんと伸びている。大佐は両手を広げて肩をすくめ、ふたたび口を開いた。ゆっくりとした、訛りの強い英語だった。

「私を見ていますね。われわれは、あなたがたと同じことをしているだけなのに」

グレーンスは、ふん、と鼻を鳴らし、同じようにたどたどしい英語で言った。

「どういう意味ですか？」

「あれですよ」

大佐は数百メートル先を指差した。シュワルツと彼を囲む一団が飛行機に近づいている。ジョン・シュワルツをそこまで連行するのに、二分もかかっていなかった。

「あなたがたはスウェーデンからあの男を厄介払いした。われわれも、ロシアから同じ男を厄介払いするだけです」

ヴァーノン・エリックセンは公衆電話の受話器を耳に当て、〈ソフィオス〉のクロークにある大きな茶色い革張りのひじ掛け椅子に腰を下ろした。ルーベン・フライから電話がかかってきたとき、その声の調子でどういった用件かは見当がついたが、それでも彼はまだ望みを抱いていた——人は確証が得られるまで、そんなふうに望みを抱きつづけるものだ。

そしていま、彼は確証を得た。盗聴されていないであろう電話のあるところまでわざわざ出向いてかけ直すと、ルーベンはなにがあったのかを十分近くかけて説明してくれた。ガキ大将が咳をしただけで驚いて小便を漏らす気弱な子どものように、スウェーデン政府はたったの数日で屈してしまった。ジョンの姿を思い浮かべる。六年前。過去が大西洋のこちら側にとどまるようにと願った、あのとき。

ルーベンはなかなか話ができず、その声は何度も途絶えた。ヴァーノンには子どもがいないが、何年も前から理解しようと努めてきて、ルーベンの気持ち、息子を失うかもしれない父親の気持ちを、かなり理解できているとの自信がある。

ヴァーノンは受話器を置くと、夜間営業中の〈ソフィオス〉をぐるりと見渡した。数少ない客がぽつりぽつりと散らばっている。ある客は生温いウイスキーを飲みながらサンドイッチを食べ、ある客は片手にビールを、もう片方の手にタブロイド紙を持っている。バーカウンターの上のスピーカーから、マイルス・デイヴィスのスローテンポな曲が流れている。

ヴァーノン・エリックセンは、すべてが終わったことを悟った。

いや。まだ終わりじゃない。

市民を殺す社会で生きていたくはない。今回こそ、計画を最後まで実行するのだ。初めに立てていたものの、事が進んでみると最後まで実行する勇気のなかった、あの計画。だが、もうどうでもいい。ジョンはいずれにせよ殺されるのだ。もう失うものはなにもない。ヴァーノンはトランペットのソロに耳を傾け、外の暗闇に目をやった。

今度こそ。

今度こそ、勇気を振り絞り、最後までやり通さなければならない。

エーヴェルト・グレーンスとスヴェン・スンドクヴィスト、マリアナ・ヘルマンソンの三人は、それぞれ飛行機の席に腰を下ろしたところで、楕円《だえん》形の窓の向こうに辱めを見た。数分ほど、上空に薄い雲がかかり、強かった日差しが弱められたおかげで、少し離れたところでなにが起こっているか、はっきりと確認することができた。

アメリカから来た飛行機の下で、武装した軍人たち六人が、ジョン・シュワルツを引き渡している。新たな番人のもとへ。黒っぽい背広を着た男が四人、いや、五人かもしれない。またたく間にジョンの服が切り刻まれた。痩せた生白い体が冬の寒さに震えている。背広の男たちは、ジョンの体をまさぐって点検してから、前かがみにさせ、肛門から鎮静薬を挿入した。

白いおむつがあてがわれた。オレンジ色のつなぎの背中部分と腿の外側に、死刑囚監房《デス・ロウ》を意味する〝DR〟の文字が大きく記されている。靴は履かされず、ジョンは裸足のままアスファルトを踏みしめている。

両手首に手錠、両足首に足かせがはめられた。

機内へ連行されていく彼の歩幅は狭かった。


ルーベン・フライは、〈ホテル・コンチネンタル〉のフロントで部屋の鍵を受け取るため立ち止まったとき、奥の事務所でダークブルーの制服を着た男性が手を振っているのを目にした。カウンターの向こうでやさしく微笑む若い女性から鍵を受け取ると、手を振った年配の受付係が出てくるのを待った。

「フライさんですね？」

「ええ」

男性は、たったいま鍵を手渡してくれた受付係の女性と同じように、感じのよい、どうやら習慣化しているらしい笑みをうかべた。

「女性の方からお電話がありました。どうしても連絡をとりたいとおっしゃって、私が自らあなたに伝言するよう約束させられました。ということで、伝言いたしましたよ。こちらがその方の電話番号です」

「女性、ですか」

ルーベン・フライは礼を言うと、フロントの電話を借りてもよいかと尋ねた。相手がだれだかわからないのに、自分の電話番号を先方の着信履歴に残すのは気が進まなかったからだ。

高く、澄んだ声の女性だった。

「ルーベン・フライさんですか？」

女性は彼の名前を完璧に発音した。緊張しているようだ、とルーベンは感じた。

「どなたです？」

「ヘレナ・シュワルツといいます」

みぞおちのあたり、肋骨《ろっこつ》のすぐ下、体の中でもっとも無防備な部分を、いきなり殴られたような気がした。

「もしもし？」

なかなか声が出ない。

「シュワルツ？」

「ジョンと結婚して、彼の姓を名乗ってます。息子のオスカルもシュワルツ姓です」

ルーベン・フライは受付カウンター内の椅子に腰を下ろした。

「ぜひ会わなければ」

「あなたの存在すら知りませんでした。私に義理のお父さんがいること。オスカルにおじいちゃんがいること」

「いま、どこに？」

だんだん息ができるようになってきた。しばらく間があり、呼吸がやっと落ち着いたところで、彼女が口を切った。

「振り返ってください。広間の少し奥にある、窓辺のテーブルを見て」

ふたりは涙を流しながら抱擁した。数分ほど、そうしてホテルのレストランに立ち、初対面の相手にしがみついていた。ルーベンはヘレナの額にキスをし、ヘレナはルーベンの頬を撫でた。しばらくしてヘレナがようやく腕を緩め、互いの顔を見ることができるよう、ルーベンの体を自分から引き離した。彼女は微笑んだ。

「あそこ」

ルーベンの肩の後ろを指差す。

「見えますか？」

ロビーの反対側に、子ども用の遊び場らしきものがあった。ネイティブアメリカンのテントがあり、カラフルな紙人形がいくつも置いてある。その隣にテーブルが二台あり、本や紙、ペン、さまざまな色の大きなレゴブロックが用意されている。少年がひとりテーブルに向かい、緑色の画用紙になにやら熱心に絵を描いている。少年がいったい何歳なのか、ルーベンにはよくわからなかった。小さな子どもには長いこと接していないからだ。おそらく五、六歳だろう、と彼は推測した。

「五歳です。ジョンがスウェーデンに来た翌年に生まれたの。初めて会ったときに身ごもったにちがいないわ」

ヘレナはルーベンの手を取り、ゆっくりと少年のほうへ向かった。少年の背後にじっと立つ。オスカルは気づいていない。いまの彼にとっては、赤いクレヨンで描いている大きな家がすべてだ。

ルーベンの脚は太く短く、いつもはどっしりと立っていることができる。が、いまは脚が震えてしかたがない。震えを止めようとしても止まらない。

「オスカル」

ヘレナ・シュワルツは息子のそばにしゃがみ、肩に手をまわした。

「会ってほしい人がいるの」

家の絵はまだ終わっていない。煙突から出る煙を描かなきゃならないし、窓辺には植木鉢を置かなきゃならない。それから、太陽。右上の端に、半分だけ顔を出させるのだ。

「いい家《ナイス・ハウス》だね」

ルーベンは英語でそう言ってから、ごくりとつばをのみ込んだ。われながら馬鹿なことを。英語で言ったって、この子にはわからないだろう。とはいえ、スウェーデン語はまったくできない。

絵が完成し、オスカルはルーベンのほうを向いた。

「ありがとう」

オスカルはスウェーデン語でそう答え、さっと笑みをうかべると、ふたたび絵のほうに向き直った。いまのはきっと、ありがとう、という意味だろう、とルーベンは推測した。ヘレナを見やる。笑い声を上げている。ほかのすべてが暗い中で、くっきりと浮かび上がる、自由な、意外に高く響く笑い声。

「どちらも話せるんですよ。私はずっとスウェーデン語で、ジョンは英語で話しかけてきたから。そうやって二つの言葉を自然に覚えるのが、いちばんいいと思ったんです。だから、英語で話して大丈夫ですよ」

ルーベン・フライは、カラフルなテントの前に置かれた低い子ども用テーブルに向かって腰を下ろした。そして、そこに二時間とどまった。昼までのたった数時間で、六年分の空白を埋めることはできそうになかったが、それでも彼らは試みた。互いに触れ合うのが、ときにたやすく、ときに苦しかった。会話のあいまにオスカルが問いかけてきたが――パパ、どこにいるか知ってる？　パパ、いつ帰ってくるの？　パパ、どうしていなくなっちゃったの？――ルーベンは答えを避けた。

三人はホテルのレストランで食事をしてから、階段でルーベンの部屋に上がった。オスカルがベッドに横になり、似たようなキャラクターばかりのアニメ番組を見ているあいだ、ルーベンとヘレナは部屋の奥の肘掛け椅子にそれぞれ座り、小声で話を続けた。

ルーベン・フライはマーカスヴィルでの息子の話をした。男手ひとつで育てたジョン。早いうちから非行に走り、父親にも本人にも理解できない攻撃性を示した。他人に暴力をふるって、短期間ながら二度少年院に入れられた。楽な子育てだったとはとても言えない。ときおり息子が心底いやになることもあった。

ルーベンは義理の娘の両手をしっかりと握りしめた。

エリザベス・フィニガンが両親の寝室で死にかけているところを発見されたあの日、ジョンを陥れたのは、彼の経歴、彼が背負っていた暗い過去だった。

〝ジョンは人を殺すような人間じゃない〟

ルーベンは一瞬、アニメ番組を見ているオスカルのことを忘れ、大声を上げた。

〝ジョンは人を殺すような人間じゃない〟

ジョンはたしかに、救いようのないほど馬鹿な振る舞いを何度もしていた。そのうえ、エリザベス・フィニガンと性的関係があったことにも疑問の余地はなく、あの日彼女とベッドをともにしていた証拠もある。家中に彼の痕跡が残っていた。が、だからといって、ジョンが殺したとはかぎらない。

ルーベン・フライは息子の妻に、自分は死刑に賛成だ、と語った。成人して以来、ずっと死刑賛成派に投票してきた。もしほんとうにジョンが人を殺したのであれば、命をもって償うべきだと思っている。が、ルーベンは確信している。裁判が終わってから、判決をあらめて検討してくれた弁護士たちも、みな同じ考えだった。この判決はおかしい。状況証拠はたくさんある、が、それ以上の証拠は何もないのだ。

ルーベンは脱走の経緯についても語った。

ヘレナ・シュワルツは耳を傾け、その話がジョンのおぼろげな記憶と一致していることに気づいた。

つまり、事情聴取のとき、ジョンは真実を語っていたのだ。

ジョンはあのとき、自分は無実だとも言っていた。

ヘレナはルーベンの両手をしっかりと握りしめながら、息子を見やった。テレビからなじみのテーマ音楽が流れる中、オスカルはベッドの上でうとうとしている。夫はいま、どのあたりにいるのだろう、と考える気力はなかった。

ジョン・シュワルツへの意図的な辱めは、エーヴェルト・グレーンスにとって、これまでに見た中でもっとも不愉快な光景だったといえるかもしれない。警察官として働いてきた三十数年間、生身の人間にできるとは信じがたい犯罪をいくつも捜査し、人間と呼びがたいほどの狂気にとらわれた人間に何人も出会ってきた。一昨年には、性器を金属の物体で切り裂かれ、解剖台に横たえられた、五歳の少女の遺体を目にした。あのとき、彼はこう思った――人間への辱めとして、これ以上ひどい仕打ちはないだろう、と。

が、今回もまた、同じくらいひどかった。

シュワルツは、気温マイナス十五度の広大な空港で公然と裸にされ、肛門から薬を突っ込まれ、アスファルトの上を裸足で歩かされていた。が、エーヴェルトが不快感を覚えたのは、そうした身体的な痛みや罰、そうした目に見える部分ではなかった。

むしろ、だれがシュワルツを辱めているのかが問題だった。

幼い少女の性器に鋭くとがった金属片を突っ込むような病的な人間は、なんとしても閉じ込めておかなければならない。エーヴェルトはそう信じている。他人をレイプする人間も、他人に暴力をふるう人間も、同じように閉じ込めておくべきだ。意図的に人を辱める人間は、罰を受けなければならない――これこそ、エーヴェルト・グレーンスが生きていこうとしている世界のルールだった。単純な話だ。たとえその人間の行為がまったく理解できなくとも、逮捕した犯人の狂気を目の当たりにすれば、病んだ人間はそういう行為に及ぶこともあるのかもしれない、と想像できなくもなかった。

だが、今回はどうだ。

シュワルツを辱めているのは、健康にちがいない人間たちだ。しかも、公の機関から給料を得て、与えられた任務を遂行している、仕事中の人間たちなのだ。

辱めること。

極限まで辱めること。

ようやくジョン・マイヤー・フライがわれわれのものになった。だから、野外で服を脱がせ、公の場に性器をさらし、前かがみにさせて尻の穴に坐薬《ざやく》を突っ込み、おむつをあてがってやる。われわれが監視しているのだと、国家は望むなら人を陵辱《りょうじょく》することもできるのだと、この男にわからせてやる。

エーヴェルト・グレーンスは窓の外を眺めた。飛行機がふわふわした白い雲の中を通過している。

あれほど理解しがたい、犯人のはっきりしない辱めの現場を目にしたのは初めてだった。

国家。官庁。今回ばかりは、犯人が精神を病んでいるから、との説明は成り立たない。有権者の合意、国民の合意のもとに行なわれている行為なのだ。

帰路では三人ともいっさい口をきかなかった。

小さなイヤホンで音楽を聴き、スウェーデンを出発した時点ですでにテーブルの上に置いてあった新聞をぱらぱらとめくる。グレーンス、スンドクヴィスト、ヘルマンソン、三人は互いを見やることすら避けた。目が合ってしまうと、会話をしなければならなくなりそうだから。


三人はブロンマ空港で別れた。エーヴェルト・グレーンスはスヴェンとヘルマンソンに、今日はこのまま帰宅して休め、週末は友だちや家族と過ごし、今回の事件については忘れるよう努めろ、と告げた。エーヴェルトを上司に持った以上、休みを取ったっていつ返上させられるかわかったもんじゃない、とスヴェンがつぶやいたので、三人は少しだけ笑うことができた。それからスヴェンはストックホルム市警の経費でタクシーに乗り、空港からグスタフスベリにある自宅までの長い道のりを戻った。

平日の昼間に自宅を目にするのは久しぶりだった。

あらかじめアニータに電話して早めに帰宅するよう頼み、ヨーナスにも家にいてほしいと告げた。ヨーナスは学校から帰ると、リュックサックを玄関に放り出してスケート靴をつかみ、グスタフスベリの町に二つある野外スケート場へ走っていくのが習慣になっている。が、今日は絶対に、家族として、いっしょに過ごすのだ。自分の唯一の財産。自分にとって必要なのは、アニータとヨーナスだけなのだから。

が、思ったようにはいかなかった。

スヴェンはコートを着たままふたりを抱きしめた。食卓を囲んでオレンジ味のサイダーを飲みながらシナモンロールを食べ、ヨーナスが持ち帰った学級写真の見本を眺めた。スヴェンが昔の自分の学級写真を持ち出し、ヨーナスの写真と比べてみせ、彼らは三人で大声をあげて笑った。ヨーナスなど、長い金髪をした背の低い左端の少年が自分の父親で、いまの自分と同じ歳ごろだったのだと理解すると、床に倒れて文字どおり笑い転げ、ついには息を詰まらせるありさまだった。

が、それでも、だめだった。

スヴェンは朝からずっと、こみ上げてくるそれを感じていた。髪を短く切るのを断固として拒んでいたスヴェン少年のことをひとしきり笑ったところで、彼はもう耐えきれなくなった。泣き出す。涙が頬をほとばしる。隠す気にはなれなかった。

「どうしたの、パパ？」

アニータが自分を見つめている。ヨーナスが自分を見つめている。

「わからない」

「ねえ、どうしたの？」

「説明できない」

「どうして、パパ？」

スヴェンはアニータを見やった。大人である自分にすらわからないことを、どう子どもに説明すればよいのだろう？　彼女は肩をすくめた。わからない。あなたに任せる。

「ある男の子のことを考えているんだ。それで悲しくなった。子どもにひどいことが起こると、むしょうに悲しくなるものなんだ。ときどきそういうことがあるんだよ。とくに、自分にも子どもがいるとね」

「男の子って、だれのこと？」

「ヨーナスの知らない子だよ。その子のパパが、もうすぐ死んじゃうかもしれないんだ」

「死んじゃうって、パパ、なんで知ってるの？」

「いや、まだわからないんだけどね」

「どういうこと？」

「その子のパパはね、べつの国に住んでいるんだ。アメリカって知っているだろう。アメリカには、その子のパパが人を殺したと思っている人がたくさんいる。で、アメリカでは……人を殺した人は、逆に殺されることになっているんだ」

ヨーナスは椅子に座り直した。オレンジ色をした甘いサイダーの残りを飲み干す。それから、父親を見つめた。納得していない子ども特有の表情だ。

「よくわかんない」

「パパもだよ」

「だれが殺すの？」

スヴェン・スンドクヴィストは息子の投げかけてくる質問を誇りに思った。ヨーナスは自分の頭で考え、疑問を抱くことのできる少年に育っている。が、どんなに必死に考えても、納得のいく答えを返すことはできそうになかった。

「国家。国だよ。これ以上うまく説明できない」

「その子のパパを殺すって、だれが決めるの？　だれかが殺すって決めるんだよね？」

「陪審員と、判事だよ。テレビで見たことあるだろう、裁判の場面」

「陪審員？」

「ああ」

「それと、判事？」

「ああ」

「それって、人間？」

「そうだよ。人間だ。普通の人間だよ」

「じゃあ、その人たちはだれが殺すの？」

「その人たちは殺されないんだ」

「でも、その人たち、人を殺すって決めるんでしょ。そしたら、人を殺すのと同じことだよ。人を殺したら、殺されることになってるんだよね。だれがその人たちを殺すの？　よくわかんないよ、パパ」

エーヴェルト・グレーンスはヘルマンソンとともに、ブロンマ空港で待機していたワゴン車の後部座席に乗って、クロノベリ地区にある警察署へ直行した。が、署でなにをすればいいのか、まったく見当がつかなかった。オフィスに上がる途中の廊下に設置された自動販売機で、昼食にチーズサンドイッチふたつとパック入りのオレンジジュースを買い、部屋で食べた。介護ホームに電話をかけると、受付の女性が応答した。アンニは眠っているという。昼食のあと、眠くなって車椅子で寝入ってしまったというのだ。といっても、けっして具合が悪いわけではなく、健康そのもので、片方の肩に頭を傾けて穏やかに眠っている、部屋のドア越しに軽いいびきが聞こえる、という。通話を終えると、エーヴェルトはこの一週間放ったらかしにしていた進行中の捜査の資料に向かい、そのうちのいくつかをぱらぱらとめくってみた。ラッシュアワーのハムン通りでほかの車に向かって中指を突き出し、その場を走り去ったドライバーが暴行を受けた重傷害事件。ヴォルベリ地区での絞殺事件は残酷な手口で、チリ系のギャングがかかわっているらしく、証人たちはなにも見ていないと証言し、一連の事情聴取では通訳すら内容を訳したがらない。長いこと進展もなく、犯人逮捕の希望も薄れるばかりで、腐りかけている事件の数々。

家に帰ったほうがいい。ここにいては落ち着かなくなるばかりだ。部屋をぐるりと一周し、音楽をかける。まだ、家には帰らない。

だれかがドアをノックした。

「帰れって言っただろう？」

エーヴェルトの腹立たしげな声に、ヘルマンソンは笑みをうかべ、お邪魔してもいいですか、と尋ねた。そして答えを待たずに中へ入った。

「ええ。でも、そんな気になれませんでした。こんなことがあったあとに家に帰るなんて。家でどうしろって言うんですか？　狭い賃貸アパートでは、この事件を忘れることなんてできません」

ヘルマンソンはいつもの席、すり切れた大きなソファーの中央に腰を下ろした。疲れ切ったようすだ。その若々しい目は、今朝から一気に年老いた。

「大丈夫か？」

ヘルマンソンはごくりとつばをのみ込み、床を見下ろしてから、エーヴェルトのほうを向いた。

「オーゲスタムさんが言ってたこと、覚えてます？　刑務所にいる受刑者のうち二パーセントは、まったくの無実か、実際とは違う罪状で有罪とされてる、って」

あのキザ野郎。今日あの男に会わずに済んでいるのは不幸中の幸いだ、とエーヴェルトは思った。

「ああ、昔からそう言われてるな」

「オハイオ州の更生・矯正局っていうところに問い合わせてみたんです。オハイオ州だけで、死刑囚監房には二百九人が収容されてて、死刑執行を待ってるそうです。男性が二百八人、女性がひとり。もしここでも例の二パーセント説が成り立つとしたら——成り立つことはじゅうぶん考えられますよね——この二百人強のうち、四人は無実でありながら死刑に処されることになります。警部、こっちを見てください。どういうことかおわかりですよね？　もしこの人たちがほんとうに無実だとしても、無実の人を死刑にしたあとで、そのことがわかったとしても、もう元に戻すことはできない。そうでしょう？」

エーヴェルトは言われたとおりにヘルマンソンを見つめた。動揺が見てとれる。怒りよりも、悲しみ。若者。人生が始まったばかりの若者。これからさまざまな汚物を見聞きし、経験する若者。エーヴェルトはタブロイド紙を手に取ると、軽く振ってみせた。

「今晩、いっしょに食事でもどうだ？〈ハンブリエル・ブルス〉で、シーヴ・マルムクヴィストのディナーショーがあるんだ。コンサートを観ながら食事するんだよ。シーヴをじかに見るのは三十年ぶりだ」

「警部、なにおっしゃってるんですか？　私は、死刑になるかもしれない人の話をしてるんですよ」

エーヴェルトは新聞を振るのをやめ、突然小さくなって腰を下ろした。彼女の目を見るのがつらかった。

「一昨日、俺をむりやり連れ出してくれただろう。出かけてみてわかったが、俺にはああいう時間が必要だった。だから、今日はおまえをむりやり連れ出すことにした。ジョン・シュワルツの件はもう忘れなさい」

「そう言われても」

もう一度。もう一度だけなら言える。耳を傾けている彼女の目を見ることもできる。

「女性を誘うのは……ううむ……かなり久しぶりなんだ。誤解しないでほしい……まあ、わかっているだろうが……一昨日誘ってくれた礼として、こちらからも誘いたい。それだけのことだ」

入口や、そのすぐ近くにある一着当たり二十クローナを取るクロークにまで、ステーキのにおい、花の香りの香水、鼻をつく汗のにおいが漂っていた。エーヴェルト・グレーンスは水曜日と同じグレーの背広を身に着け、笑みをうかべている。自分にはなんの悩みもない、自分は幸せだ、そう感じようとする。陶酔感が腹のあたりから体をめぐり、目の輝きとなって表われるはずだ。これからの数時間、汚いものはすべて見えないところに押し込んで隠し、馬鹿どものことも、あの辱めのことも忘れ、ただひたすら、目の前にいる若く賢い女性と、もうすぐ舞台に上がるシーヴ・マルムクヴィストだけに集中する。人生を楽しむのだ。驚きの絶えない、このいまいましい人生を。

ヘルマンソンはきらきら光る飾りのついたベージュのドレスを着ている。なんとも魅力的で、エーヴェルトは気まずさを覚えながらも彼女にそう伝えた。彼女は礼を言い、エーヴェルトと腕を組んだ。彼は誇らしげなようすで、真っ白なテーブルクロスの上にまぶしく光る食器の並ぶ広々とした会場へ、ヘルマンソンと並んで入った。客の数は、ざっと四百人、いや、もっと多いかもしれない。全員がシーヴを待ちながら、食べ、飲み、たわいのない会話を交わし、さらにグラスを傾けている。

ヘルマンソンのことはひどく気に入っている。まるで娘ができたような気分だった。彼女のおかげで、楽しいと感じる。自分が必要とされていると感じる。生きている実感がある。その思いを彼は隠していない。彼女も気づいているはずだ。彼女がそれをいやがって警戒するようなことにならなければいいが、とエーヴェルトは思った。

あちこちで人々が大声で笑い、追加のワインを注文している。BGMは六〇年代アメリカの陽気な曲だ。ヘルマンソンの右側に座っている老人までもが調子に乗って杖《つえ》を置き、大胆にもヘルマンソンを口説こうとしている。彼女はなんとか笑みをうかべようとした。可愛らしい老人だ。八十歳ぐらいだろうか。が、やがてその微笑みもまた、虚《むな》しい努力となった。

忘れること。それが今夜の目的だというのに。

「スウェーデンがいつ死刑を廃止したか、ご存じですか?」

ヘルマンソンは自分の皿を脇へどかし、テーブル越しに身を乗り出した。いまのは聞きまちがいだろうか、とエーヴェルトは考えた。

「ごめんなさい、警部。無理です。消えてくれないんです。背広姿の警部は素敵だし、食事もおいしいし、しかももうすぐシーヴのコンサートが始まる。でも、それでもだめなんです。午前中のこと、シェレメーチエヴォ空港でのことが、どうしても頭から離れません」

ときに、汚いものを見えないところへ深く押し込もうとしても、できないことがある。

ヘルマンソンの右側に座っている老人が彼女の肩をたたき、なにやらささやきかけた。彼女が笑うことを期待したらしい。が、彼女は笑わなかった。

「申しわけありませんけど、連れと話があるので」

彼女はふたたびエーヴェルトのほうを向いた。

「ご存じですか？」

「ヘルマンソン」

「スウェーデンがいつ死刑を廃止したか」

エーヴェルトはため息をつき、こくのある赤ワインを飲み干した。

「知らないよ。ここに来たのは、そんなことを話すためじゃないんだ」

「一九七四年です」

耳を傾けないと決めていたのに、驚きを隠すことはできなかった。

「なんだって？」

「一九七四年の憲法改正で、死刑が完全に廃止されました。つまりそれまでは死刑制度が存続してたんです。もっとも、実際に死刑が執行されてたのは、これよりはるか前のことですが」

銀のトレイにワインの瓶を載せて、ウェイターがエーヴェルトの背後を歩きまわっている。エーヴェルトは彼を引き止めると、空《から》になったふたりのグラスにワインを注ぐよう頼んだ。

「その三年後、アメリカで死刑制度がふたたび導入されて以来（一九七二年から死刑制度が一時的に廃止されていたが、一九七六年に再導入された）、初めての死刑が執行されました。世界のマスコミが注目する中、ソルトレイクシティで銃殺刑が行なわれたんです。ユタ州の手で、死刑囚は何発も銃弾を撃ち込まれて死にました」

彼女は、ふん、と鼻を鳴らし、それから続けた。

「それが、ゆるしを説くキリスト教の、あの街でのなれの果て、というわけですね」

エーヴェルトはグラスを手に取り、中身を飲み干した。味はよくわからなかった。

「よく調べたな」

「ブロンマ空港から戻ってきたあと、ほかのことに全然集中できなくて」

それから十分ほど、比較的静かな時が流れたのち、シーヴ・マルムクヴィストが壇上に姿を現わした。エーヴェルトからわずか数メートルのところだ。彼は人生がふっと止まるのを感じた。人生はいろいろあれど、ときおりこうして歩みを止める。瞬間が、すべてを支配する。昨日もなく、明日もなく、ただ、現在があるのみ。シーヴを目の前にして、胸の中に溜め込んできた歌詞が吹きこぼれ、彼は恥ずかしくない程度の声でともに口ずさんだ。

初めてシーヴ・マルムクヴィストのコンサートに行ったときのことは、いまでも鮮明に覚えている。クリファンスタの市民公園で、近くまで行って写真を撮らせてもらった——いまでもときおり引っ張り出しては見つめている、あの白黒写真だ。当時のシーヴは、大胆で、力強く、彼はアンニがいたにもかかわらずこの歌い手に恋い焦がれていた。いまでもその気持ちは変わらない。舞台上の彼女は光り輝いている。もう若くはなく、動きは遅くなり、声も深くなったが、それでもシーヴは彼のためにそこにいる。エーヴェルトはあいかわらず離れたところから彼女に恋していた。

五曲目のリフレインの最中、エーヴェルトの携帯電話から鋭い電子音が響きわたり、音楽がさえぎられた。『あなたがひざまずいてくれたなら』。レコードのジャケットを思い出す。メトロノーム社から出たEP盤。真っ赤なスカーフを頭に巻き、同じ色の口紅をつけたシーヴが、これからレコードを買おうとしている人に向かってにっこりと微笑んでいる。

着信音が三回鳴り、かなりの人数が腹立たしげに音のするほうを向いたところで、エーヴェルトはやっとズボンのポケットから携帯電話を引っ張り出すことに成功した。

ヘレナ・シュワルツ。

あまりに甲高い声で、なにを言っているのかまったくわからなかった。

落ち着かせようとしていると、三番が終わったところで音楽が止んだ。ストックホルムでも有数の広さを誇るコンサート会場が、はっと息をのんだ。舞台上でマイクをじっと持ったまま沈黙している女性歌手と、最前列に近いテーブルで携帯電話を口元に当て、ささやき声のつもりがやや大声になっている五十代の大柄な男性を、驚いた顔つきの四百人が交互に見やった。

「お邪魔かしら？」

シーヴ・マルムクヴィストがエーヴェルトのテーブルのほうを向いている。やさしい声だが、言いたいことははっきりしていた。

「お気になさらないで結構よ。もちろん、お話が終わるまで待ってますから」

会場に笑いが起こった。ワインで陽気になり、牛肉で満腹になった客たちは、この厄介な状況を巧みに切り抜けた伝説の歌手を、感嘆のまなざしで見つめていた。ヘルマンソンはテーブルに視線を落とした。エーヴェルト・グレーンスは立ち上がると、まわりにほとんど聞こえない声で、自分は警察官だから、などとつぶやき、二時間ほど前に入ってきたのと同じ扉を抜け、足早に外へ出た。

ヘレナ・シュワルツはあいかわらず大声で話を続けている。エーヴェルトは会場から遠ざかると、やっと彼女に負けないほどの大声で、深呼吸して落ち着きなさい、いったいなにがあったのか、普通の声で話してくれ、と告げることができた。

彼女は泣きながら語った。

オハイオ州の判事がジョン・マイヤー・フライの死刑執行日時を決定したと、たったいま知らされたのだという。

シュワルツがモスクワのシェレメーチエヴォ空港を飛び立つやいなや、普通なら長いプロセスを経て決定されるはずの死刑執行日時が、あっという間に決まったのだった。シュワルツ本人は移送先であるアメリカに到着すらしていないのに、裁判所は彼の件をさっさと処理し、彼の死ぬ正確な日時を通告してきたのだった。

エーヴェルト・グレーンスはそのまま数分ほど、ヘレナの支離滅裂な独白に耳を傾けていたが、やがて電話を切るよう告げた。あとでかけ直させてくれ。いまはいくつか、やらなければならないことがあるから。

外務省の守衛に電話をかけ、短い会話を交わした結果、望みどおりの回答を得た。会場のドアを開ける。シーヴが昔のヒット曲『いつものカフェで』を歌っている。エーヴェルトは笑みをうかべつつ半分ほど耳を傾け、体を揺らしてから、会場を横切った。ショーが始まってからこれで二度目だ。曲を口ずさんでいる客たちの腹立たしげな視線を受け止めながら歩く。彼と同じ歳ごろの、髪を真っ赤に染めてアップにした女性など、エーヴェルトが彼女の席のそばを通り過ぎるやいなや、彼の後ろから拳を振り上げていた。

エーヴェルトは見て見ぬふりをしているヘルマンソンの後ろに立つと、前かがみになり、彼女の耳元でささやいた。申しわけないが夕食は中断だ。もちろんひとりで残ってもかまわないが、もし帰るのなら、家までのタクシー代は出してやる。

彼女はエーヴェルトの大きな背中の陰に隠れて人々の冷たい視線を避けながら、彼とともに会場をあとにした。

ヘルマンソンが新品らしき白のコートを、エーヴェルトがかつて新品だった黒のコートを引き取ると、クローク係の若い男性は驚きの表情をうかべた。建物が人々の歌声で満ちている中、彼は空いたハンガーを戻しにいった。

「警部、いったいなにがどうなってるんですか?」

外は早朝から変わらない寒さだった。このいまいましい一日、いつになったら終わるのだろう。

「これから外務省に行く。責任者と直談判だ。昨日の真夜中、俺の自宅に電話をかけてきたやつに会うんだ」

「ずいぶん怒ってらっしゃいますね」

「電話はヘレナ・シュワルツからだった。死刑執行の日時がもう決まったそうだ」

エーヴェルトはヘルマンソンがほんとうに怒ったところを見たことがなかった。彼女と感情との関係を表わす言葉として、真っ先にうかぶ言葉は〝抑制〟だった。が、いま、彼女は夜空を仰ぎ、叫びたいのを、泣きたいのを、懸命にこらえていた。

「私も行きます」

「いや、俺ひとりで行く」

「警部……」

「口答えするな。タクシーを呼んでやる」

「私のタクシー代を警部が払う必要はありません」

ふたりの背後でだれかが建物の中に入っていく。ドアが開いた瞬間、拍手の音が外に漏れた。中では人々が楽しんでいるのだ。

「それなら支払いはしない。が、絶対に車で帰りなさい。古くさい年寄りのたわごとと思うだろうが、これだけは頼む」

ヘルマンソンの抗議も聞かず、エーヴェルトは警察の指令センターに電話をかけると、ヤーコブ広場に無線車をまわし、ヘルマンソン警部補をクングスホルメン島西にある彼女の自宅まで送り届けるよう命じた。それから、歩きはじめた。ヤーコブ教会の鐘が二度鳴った。ライトアップされた時計を見上げると、針は十時半を指している。外務省までは数百メートル。そのあいだ、洒落た背広をまとい、足を引きずりながら歩く男は、だれともすれ違わなかった。したがって、怒りのあまり真っ赤になったその顔が、人の目に留まることはなかった。

第四部

二カ月後

火曜日、午後九時
残り二十四時間

初めの四週間は、もう死んでいるかのように、ずっとベッドに横たわっていた。緑色だった天井は塗り直され、薄いブルーに変わっている。が、においは同じだ。息を一度吸い込んだだけで、自由の身で過ごした六年間は、まるで存在しなかったかのように、あっという間に消えた。吐き気をこらえようとしたが、結局胃が空《から》になるまで吐いた。吐いてみると、またあのにおいが襲ってきて、吐いた。横になり、点《つ》いたままの灯りを見つめ、目が痛くなるまでまばたきをせずにいたら、数日後にはものが見えにくくなってきた。彼はひとことも口をきかなかった。隣の独房にいる先住民の男とも、向かいの独房にいるヒスパニック系の男とも、よく知っている看守長とすら、言葉を交わさなかった。ヴァーノン・エリックセンは鉄柵の外に立ち、愛想良くいろいろ質問してきたが、ジョンにはもう、起き上がり、向きを変え、口を開く力は残っていなかった。

あいかわらずの寒さだ。東ブロックの通路の天井近くにある細長い窓から、風が吹き込んでいる。三月——まだ少し雪の残る季節。春が訪れる前の、最後の雪。

エーヴェルト・グレーンスは真夜中ごろ眠りに落ち、彼を追い立てる夢が終わるまで、ストックホルム市警のオフィスの小さすぎるソファーで丸くなっていた。いま、彼は目を覚まして起き上がった。背中が痛い。首筋はいつにも増してこわばっている。

エーヴェルトを対象とする捜査は取り下げられ、彼は職務に復帰した。二カ月前、背広姿の彼がアルコールのにおいを漂わせながら、ディナーショーから外務省へ直行し、警備室を素通りして外務次官の執務室に押し入ったあの夜、いったいなにがあったのか、正確なところは不明だった。ふたりが口論していたという証言が複数寄せられた。部屋の外を通ったある人物も、警部が大声で叫んでいるのが聞こえたような気がすると証言した。彼が聞いたという言葉は、トールウルフ・ヴィンゲが脅迫されたとして警察に被害届を出した際に再現してみせた言葉と一致していた。が、具体的な証拠はなにひとつなかった。

エーヴェルトは机の上の目覚まし時計を見やった。午前三時過ぎ。ストックホルムは未明、オハイオ州は夜だ。

それから、ふと気づいた。なぜ目が覚めたのか。

死刑執行まで、あと二十四時間。

立ち上がり、オフィスを出ていくと、警察署の暗い廊下をあてもなくさまよい歩いた。廊下の機械でコーヒーをいれ、給湯室のテーブルに載っていたかごの中から、ひからびた菓子パンをひとつ手に取る。だれかがなにかを祝って菓子をふるまい、そのまま置きっぱなしにしていったのだろう。

停職処分を受けるのは初めてだった。ここに出勤してくる権利を奪われた一ヵ月。彼を対象とする捜査と、それにともなう停職処分のせいで、日常が地獄と化した。どこにも行くところがない。時間を使うあてがない。前からわかっていたこととはいえ、いまやそれがまぎれもない現実として、目の前に突きつけられた——この人生、仕事以外になにもないのだ、ということが。

ぎこちない足音が暗闇にこだまする。この警察署こそ自分の家だ。惨《みじ》めなことかもしれないが、それが事実であり、あれこれ言い訳をするつもりはなかった。

あと二十四時間で、人間がひとり死刑に処される。自分がそうと知らずに始めたプロセスが、いま、終わりに近づいている。ひとりの人間が、無実かもしれない人間が、国家の名のもとに命を絶たれる。自分はこれからもずっと馬鹿どもを追いかけ、連中が鉄格子の向こうからつばを吐きかけてくるたびに、ニヤリと笑みをうかべるのだろう。が、連中を死なせるのは？　死刑制度の是非について、いままで真剣に考えたことがあるかどうか、自分でもよくわからないが、いずれにせよ、いまの彼にとって答えは明白だった。

戻る途中でふたたびかごから菓子パンを取り、オフィスに入ると、机に向かって腰を下ろした。

電話をかけよう。ずっと前にかけておくべきだった電話を。

エーヴェルトは受話器を上げ、署の交換台の女性に挨拶すると、米国オハイオ州の番号を告げた。数秒後、ルーベン・フライの驚いた声を耳にし、彼とヘレナ・シュワルツのことを思っている、用件はそれだけだと伝えると、気分がずいぶん良くなった。

マーカスヴィル刑務所の所長は、机の上で応答を要求している電話を見やった。向きを変え、着信音が広い部屋の壁にこだまするにまかせる。ゆっくりと、机のそばから、ソファーのほうへ、テーブルの上に置いてあるミントケーキの入ったボウルのほうへ移動する。それから、窓辺へ。一キロほど向こうで、町が待ちかまえている。初めのころは電話に出て、ジャーナリストや野次馬たちに語っていたものだった――調査を開始したところだ、万全な警備体制を誇るこの刑務所から、どうやって六年前に死刑囚が脱走できたのか、ほかならぬ自分がいちばん知りたいと思っている、と。

外の暗闇を見渡し、塀と外界とを結ぶ道路に沿って設けられた街灯を目で追う。ようやく雪の消えた地面を、明るい光の玉が照らし出している。

八週間が経過したが、いまだになにもわからなかった。

FBIの取り調べでも、刑務所の警備責任者との会話でも、フライはひとことも口をきかなかった。ほかの連中の取り調べも行われた。フライと少しでも接したことのある刑務所職員や一般の人々。マーカスヴィルの住民のかなりの数がこれにあてはまった。が、なんの成果も得られなかった。

外に広がる夜の闇。むしょうに外へ出たくなった。

あと二十四時間。所長は向きを変え、鳴りつづける電話を見つめた。部屋の中でこだましている着信音は、このまま放置しておこう。もうすぐすべてが終わるのだから。内部調査や取り調べではなんの成果も出なかったが、実のところ、そのことを残念に思ってはいなかった。むしろ逆に助かるほどだ。ジョン・マイヤー・フライの脱走にあたり、刑務所内で不正が行なわれたという厄介な事実が、明らかにならずに済むのだから。

起きたことは起きたことだ。

マーカスヴィル刑務所の内外で、脱走事件の真相が忘れ去られるのが早ければ早いほど、都合が良い。

マーヴとの会話を思い出す。死について、だれかと話をすること。自分と同じように、自分の死の日時を正確に知っているだれかと、話をすること。それが、ジョンは恋しかった。

マーヴはよく、町のことを話していた。

白人が二百人、黒人がひとり。

いまのジョンにはよくわかった。生まれてこのかた、ずっとそんな町で生きてきたのだ。マーカスヴィルの芝生を走りまわっていた少年時代、東ブロックの死刑囚監房で過ごした十年、スウェーデンという国で過ごした六年。だれが町でたったひとりの黒人なのか、彼にはわかっていた。どこに行っても、彼はいまいましい膜のようなものに包まれていて、まわりの人々に触れることも、彼らを受け止めることもできなかった。壁をコツコツと叩き、マーヴの答えを待ったことも何度かあった。あまりにも慣れ親しんだ環境で、最後に言葉を交わしたあのとき、マーヴが連行されていったあのときから、もう何年も経っているということを、簡単に忘れてしまえたからだ。

脱いだ服をベッドの脇の椅子に置いていたアリス・フィニガンは、背中を撫で、後ろから胸をつかんでくる両手を感じた。そんなふうに胸をつかまれるのは久しぶりだった。夫の熱い息を首筋に感じる。彼女には身動きする勇気もなかった。まちがったことをするのが、まちがったことを感じるのが怖い。エドワードに触れられること自体が久しぶりだ。そもそも夫は触れてこようとすらしなかった――ジョン・マイヤー・フライが生きている、したがって彼を殺すことができる、と知らされた、あの日は別として。アリスはあのとき夫を拒絶した。また拒むわけにはいかない。硬く勃起したペニスを尻に感じて振り返る。エドワードの頬は赤く、喉のあたりもまだらに赤くなっている。ふたりは横になった。エドワードは痛いほどに強く抱きしめてきた。彼女を見つめるエドワードの目は、幸せそうと言ってもよかった。体を力強く前後に動かし――彼にこんな力が残っていたのかとアリスは驚いた――しきりに彼女を求め、彼女に包まれたがっていた。

ことが終わり、エドワードが寄り添ってきたとき、彼の濡れた性器が腿に触れたとき、アリスは体を貫く不快感をなんとか振り払おうと努めた。

スヴェン・スンドクヴィストはヨーナスの部屋で、椅子に腰を下ろしていた。アニータは数時間前から隣の部屋で眠っている。息子は目の前のベッドで深い寝息を立てている。なんの悩みもない子どもの眠り。スヴェンが家族の前で泣き崩れてからの数週間、彼が国外への移送に同行し、もうすぐ殺されることになる囚人について、何度も家族で話をしてきた。ヨーナスは折にふれて激化するテレビや新聞の報道合戦を熱心に追いかけ、国語の授業では死刑に処される人々について作文を書き、図画の時間には、黒い頭巾をかぶって死刑執行人の前に横たわる人間の姿など、八歳の少年が想像する奇妙な死刑執行方法の数々を描いてみせた。

スヴェンは息子を見つめた。毛布の下で、毛足の長いぬいぐるみに埋もれるようにして、小さな体がときおり動いている。生と死について子どもと話をするのは、悪いことではないだろう。そろそろヨーナスともそういう話をしようかと考えていたところではあった。が、こんな形で話を始めるつもりはなかった。子どもが死について考えるとき、国に人の命を奪う権利があるか否か、などという問題から始めるべきではない。スヴェンはそう確信していた。

ジョン・マイヤー・フライは、死刑囚はみな自らの死刑執行方法を選ぶことができると州法第二九四九条二十二項に定められている、いかなる方法を選択しようとも、オハイオ州更生・矯正局はそれが専門家の手によって、人道的に、人権と尊厳に配慮した形で執行されることを保障する、と知らされた。

ジョンは皮肉をこめて銃殺刑を望んだ——とにかく早く死ねる方法がいい——が、目の前で彼の答えを待っていた刑務所長は、ごく簡潔に、オハイオ州では銃殺刑が廃止されている、と告げた。

ジョンは次に絞首刑を望んだ——じわじわと首が絞まるのではなく、首の骨が折れるのだから、数秒しかかからないはずだ、生きていた次の瞬間にはもう死んでいる——が、これもまた、オハイオ州ではもう行なわれていなかった。

選択肢は、電気椅子、あるいは、毒物注射。

この夜も、彼はたくさんの夢を見た。

ヘレナ・シュワルツは、マーカスヴィルにあるルーベン・フライの大きな家の玄関に立っていた。電話の応対に集中し、まもなく通話を終えようとしている義父の背中を、じっと見つめる。彼の応対から判断するに、どうやら相手はジョンのようすを聞き、死刑の執行を待っているほかの人々の具合を聞くために電話してきたらしい。確信はないが、ストックホルムで出会ったあの年配の刑事かもしれない。ルーベンの話し方を聞くかぎり、そんな気がする。あの日々の強烈さを考えると自分でも驚きだが、六週間ほど前にここに来てからというもの、あの刑事に、いや、そもそもストックホルムの人々に思いを馳せること自体、まったくなくなっていた。いまの彼女にとって、存在するものはすべて、ここマーカスヴィルに存在していた。

「グレーンスさんだよ」

やっぱりそうだった。

「どうかしたの？」

「いや、ただ、こちらのようすを聞きたかっただけのようだ」

ヘレナ・シュワルツは八時から息子を寝かしつけようとしていた。もうすぐ九時半だ。オスカルも当然、感じ取っているのだろう——睡眠よりも大事ななにかが進行していること。母親と祖父が不安そうに、悲しそうにしていること。だから、オスカル自身も不安と悲しみでいっぱいだった。

なにごともないふりを続けるのは、もう無理だった。

逃げるのをやめ、隠れるのをやめ、ヘレナはオハイオに来てから初めて息子の前で涙を流した。息子にはそれを目にする権利があるような気がした。いや、あるいは、もうどうでもよくなっただけかもしれない。

ヘレナはルーベン宅の居間で大きな花柄のソファーに座り、《シンシナティ・ポスト》紙の長い記事を読んだ。南オハイオ矯正施設で死刑執行を担当する特別グループのメンバー十二人が、翌日二十一時に執行されるジョン・マイヤー・フライの死刑に向けて、この一カ月どんな訓練を重ねてきているかについて、巧みにまとめた記事だった。ヘレナは自分がなぜこの記事を読んでいるのか、よくわからなかった。これまでずっと、この種の情報はすべて意識して避けてきたのだ。が、いまは、諦めに似た気持ちだった。夫はほんとうに死ぬのだ。それなら、彼がどんなふうに死ぬのか、知らなくてはならない。それがジョンのためなのか、自分自身のためなのかはわからないが。

過去に執行された複数の死刑について調査し、死刑執行を担当するグループのメンバー全員に会って話を聞いたというこの記者によれば、なによりも難しいのは正しい血管に針を差し込むことであるという。一九八二年、ハンツヴィルという町で、黒人死刑囚チャールズ・ブルックスを相手に、毒物注射による最初の死刑が執行されて以来、執行係が血管を見つけられなかったせいで死刑が失敗しかけたケースがいくつか発生している。記者はそうした例を次々と挙げていた。死刑囚が台に横たわって固定され、立会人たちが見守る中で、血管探しに三十五分、四十五分が費やされた、等々。過去に長いこと薬物依存症だった死刑囚がしびれを切らし、自ら血管を指し示したことも何度かあるという。注射針がはずれ、カテーテルで送り込まれた化学物質が部屋中にほとばしり、驚く立会人たちの見守る中、ガラス窓にまで飛び散ったため、死刑執行を中断せざるを得なかったこともあった。

「ママ？」

オスカルは青いパジャマを着ている。色とりどりのワニが水の中を泳いでいる図柄のようだ。

「なあに？」

「僕も行く」

「今日はだめ。今日は、ママひとりでパパに会いに行くの」

「行きたい」

「明日ね。明日はいっしょに行きましょう」

オスカルはヘレナの隣によじ登り、クッションの上に丸くなった。ヘレナはその頬を、髪を撫でた。テレビに映っているのは、いまだにどれも同じに見える地方局の番組だ。レポーターがマーカスヴィル刑務所の塀の前に立ち、約二十四時間後に迫ったオハイオ州今年三度目の死刑執行について、ジョン・マイヤー・フライの逃亡と送還について、長い歳月を経てようやく執行される死刑について、興奮したようすで報じている。それから、オハイオ州知事の記者会見のようすが短く映し出された。州知事が質問に答えている最中に、死刑反対派の一団が突然がやがやと壇上に上がり、数百通にのぼる抗議の手紙と長い署名リストを手渡したのだった。

ヘレナ・シュワルツは耳を傾けていたが、自分がほんとうに理解しているのかどうか、よくわからなかった。

これが自分の夫の話であるということを。これが現実であるということを。

カトリック教会の司教がインタビューに応じ、死刑は〝現代社会にいまも残る野蛮な遺物である〟と断じている。ヘレナはふたたび息子を見やった。オスカルにはわかっているのだろうか。自分の父親が死ぬのだと。知らない人たちがこうして話しているのは、自分の父親のことなのだと。

そのまま数分ほど黙ってテレビを見ていたが、やがて立ち上がり、息子を抱き上げて言った。ママはこれから出かけるからね。おじいちゃんが家にいてくれるから、もう寝なさい。

外は寒く、風が吹きすさんでいた。また雪がちらついている。

ヘレナは刑務所に向かった。ジョンとふたりきりで会うのはこれが最後だ。これまでとは違う独房で、二時間。

こんな遅い時間に面会を許されるのは異例のことで、ヘレナは手配してくれたヴァーノン・エリックセンに感謝していた。それでも、踏み出す一歩一歩がいやでしかたがない。きびすを返したい。家に帰りたい。目を閉じて、すべてが終わったあとに目覚めたい。

彼らが警備室を通る前から、ジョンにはその音が聞こえていた。話し声がしたわけではなく――だれもひとことも発していなかった――鍵のじゃらじゃらと鳴るあのいやな音がしたわけでもない。ただ、黒いブーツの硬いかかとが通路のうすぎたないコンクリート床を打つ、五人の足音が聞こえただけだ。ジョンはベッドに横たわったまま、通路と鉄柵のほうを向き、彼らが独房の外にたどり着くのを待った。ヴァーノン・エリックセンが咳払いした。ジョンは言葉が首筋にまとわりつくのを感じた。

「ジョン、準備はいいか？」

彼はそのまま一分ほど横たわっていた。塗り直された天井、点《つ》いたままの灯り、もうのみ込むことのできないにおい。それから起き上がり、敬意を抱いている看守長を、少し離れたところに立っている、見覚えのないほかの看守四人を見つめた。

「いいえ」

「行くぞ、ジョン」

「まだ準備ができていません」

「面会人があっちで待っている」

手錠、足かせ。他人が連行されていくのは何度も目にしてきたから、なにが行なわれるかはわかっている。これから死刑執行棟へ行くのだ。そこにある独房は、ここよりも狭く、床は赤色をしている。壁を隔てたすぐ隣には、二十四時間後、ガラス窓の向こうから立会人が見守る中、彼が寝台に固定されることになる部屋がある。

水曜日、午前九時
残り十二時間

マーカスヴィル刑務所の監房に渦巻く不安は、夜のうちに増していた。助けを求める叫び声。長い待ち時間が終わることへの、抑えきれない恐怖。だれかの死刑が執行されるたびに、自分の終わりも近づいてくるから。いつものことだ。不安は飽くことを知らず増殖する腫瘍《しゅよう》のようなものだ。刑務所に勤める数多くの職員たちは、オハイオ州が死刑執行を再開した数年前から、何度もこの光景を目にしてきた。

したがって、午前九時から二十四時間、独房の鍵をいっさい開けてはならないという上層部の決定に、疑問を抱く職員はひとりもいなかった。不安は抗議や暴動に発展しかねない。予定されている死刑が執行され、夜がなにごともなく過ぎていくまで、囚人たちを閉じ込めておくことこそ、所内の治安を維持するもっとも簡単な方法だった。

ジョン・マイヤー・フライは、死刑執行棟と呼ばれる建物にあるふたつの独房のうちのひとつで、椅子に腰を下ろしている。普通の独房よりもさらに狭く、消毒してあるのではないかと思うほど清潔で、人間らしさを思わせるものはなにもなく、なんのにおいもしない。椅子が一脚、洗面台、便器。気力のない囚人に代わって憎しみを放っているかのような、赤いカーペット。ジョンが知らされたところによると、向かいの壁に設置されたカメラが絶え間なくまわり、少なくとも三人が監視室のモニターでその映像をチェックしているという。人生の残り時間が十二時間となったいま、死刑囚が精神的に参ってしまう可能性がかなり高くなるからだ。

ジョンの膝に、紙が一枚置かれている。手にはペンが握られている。二時間ほど前から、葬儀についての指示や遺言を書き記そうとしているが、いまだになにも書けていない。自分が死んだあとのことについて考えを練るなど、どうしても無理だった。カメラを見上げ、両手を広げてみせる。映像をチェックしている人間に向かって、大きすぎるほどの声で告げた。独房にこの紙を取りに来て、捨ててくれ、死んだあとのことは成り行きに任せる、と。

アンナ・モズリーとメアリー・モアハウスは六年以上前、オハイオ死刑廃止連合の一員として、コロンバスの病院の礼拝室を拠点にルーベン・フライやヴァーノン・エリックセンとともに活動していたあのころ、まだ若い駆け出しの法律家だった。いま、ふたりは弁護士として、北九番街のいまにも崩れ落ちそうな雑居ビルの一階に、小さな法律事務所を開業している。

独房でジョンが亡くなったあの日、彼女たちは悲嘆に暮れた。

ふたりはこの六年間、死刑廃止運動グループの一部が計画し、実行したあの逃亡劇について、まったく知らずに過ごしてきたのだった。

なにも知らされなかったことに憤って当然の状況だが、もし腹を立てているとしても、ふたりはそのことを表に出さなかった。ジョンがマーカスヴィル刑務所に戻ってきて以来、彼女たちは死刑の執行猶予を求めることに、勤務時間の多くを無償で費やしていた。オハイオ州のあらゆる司法関係当局にかけあい、執行の延期を迫った。

残り十二時間となったいま、彼女たちはコロンバス中心部のとある広い待合室で、身を寄せ合うようにして座っていた。互いが必要だった。互いの存在がなければ、このまま横になり、すべてを諦めてしまいそうだ。徹夜で働いたせいで、ふたりとも疲れ切っている。しかも、自分たちの主張が認められる可能性はゼロに等しいとわかっている。ジョン・マイヤー・フライの死刑は全オハイオ州の関心事となり、彼が死をもって罪を償うことこそ正義であるとみなされていた。

ふたりは書類の束を握りしめている。大げさなほど広い待合室で、彼女たちのほかにベンチに座っている者はほとんどいない。緑色をした大理石の床。中央の通路には、古代ヨーロッパを思わせる柱が立っている。

彼女たちは、まだ諦めていなかった。

準備はできている。これからオハイオ州最高裁判所で最後の弁論だ。それから車を飛ばして、シンシナティにある第六巡回区控訴裁判所へ急行する。ジョン・マイヤー・フライはすでに一度死に、そして生き延びた人間だ。今回もまた生き延びられるかもしれないではないか。

まだ終わっていない。終わりなんかじゃない。

ジョンが遺言書を手にカメラを見上げて立ち上がったとき、映像の監視を担当していた看守たちは、ヴァーノン・エリックセンにこのことを知らせた。死刑執行に際し、死刑囚は健康そのものの状態でなければならないが、この囚人はすでに死に蝕まれつつある。ヴァーノンは施錠された扉の並ぶ寒々しい通路を駆け抜け、死刑執行棟に到着すると、看守のひとりに扉を開けさせ、人生の残り時間が十二時間となった人間のいる独房に足を踏み入れた。ジョンの隣に椅子を置いて座り、これから起こることについて話すのを慎重に避けつつ、たわいのない世間話を続けた。ふたりは小声で話し、ヴァーノンはときおりジョンの肩に手を置いた。

監視室で無音の白黒映像を見ている看守の目に映ったのは、パニックに陥っている死刑囚を巧みに落ち着かせている看守長の姿だった。彼らの近しさを映像から感じ取ることは不可能で、ヴァーノンがジョンの逃亡に手を貸したと告白したときのジョンの驚いた表情も、映像からは読み取れなかった。そして、やはり監視役の看守には聞こえなかったが、ジョンの口から突然、自分の死を見届ける役目を負ったこの看守長への感謝の言葉がほとばしり出た。この六年間、生きる時間を与えられたのは、ヴァーノンのおかげだったのだ。さして親しいわけでもない彼が、すべてを失う危険を冒してまで、息をしつづける可能性を自分に与えてくれた、そのことに、ジョンは感謝せずにはいられなかった。

エーヴェルト・グレーンスはまったく疲れを感じていなかった。睡眠は過大評価されている。未明から、日が昇って朝が来るまで、彼はひたすらコーヒーを飲みつづけた。そのまま昼までずっと、体内に収まりきらず行き場を求めている不安や怒りが、落ち着きのないエネルギーとなって彼を支配していた。睡眠不足で顔色の悪いスヴェンのもとを訪れ、県警の指令センターへ同行を求める。〝勾留中の被疑者を、死刑執行の日時まで決まっている本国へ送還する〟という政治判断をめぐる、二カ月にわたる激しい報道合戦が、今日、ピークを迎えるのだ。あらかじめ告知されている大規模デモに加え、ゲリラ的な暴力行動もあちこちで起き、臨時で招集された警察官たちはみな対応に追われていた。エーヴェルトは電話を受けているオペレーターのひとりに声をかけて席を立たせ、代わりにその席についた。ほどなくアメリカ大使館から電話がかかってきた。外に群衆が集まり、大使館の敷地内に侵入しようとしているので、警察官の数を増やしてほしいとの要請だ。エーヴェルトは受話器をとると、穏やかな口調で、申しわけない、車が出払っていますので、と答えた。スヴェン・スンドクヴィストの憤然とした視線を無視し、次の電話で恐怖におびえた大使館職員が勢いを増すデモ隊の脅威を伝えてきたときにも、申しわけない、車が出払っていますので、と同じ答えを返した。三度目には、受話器越しにデモ隊の怒号が聞こえ、職員は必死になって警察に助けを求めていたが、エーヴェルト・グレーンスはニヤリと笑みをうかべ、じゃあ海兵隊でも呼んだらどうですか、と小声で言い放って電話を切った。

ヘレナと息子のオスカル、義父のルーベンは、最後の面会にあたり、ヴァーノン・エリックセンの配慮で、死刑執行棟のジョンの独房を訪れることを特別に許可された。最後の二十四時間の面会は普通、鋼《はがね》のワイヤーで補強されたガラスの窓越しに行なわれるのだが、彼らは比較的まばらな鉄柵をはさんでジョンに会うことができた。

監視カメラの映像を見るかぎり、なぜ彼らがひとことも言葉を交わさないのか、理解するのは困難だった。ジョン・マイヤー・フライは鍵のかかった扉の内側で椅子に腰掛け、彼の家族は外の通路にいて、ひたすらじっとしているように見えた。これが彼らの望みなのだろうか。ただ、近くにいること。すべてが語られたいま、言葉はもういらないのか。

トールウルフ・ヴィンゲは夜明けが訪れるはるか前に、ニーブロー通りの自宅からグスタフ・アドルフ広場の外務省まで徒歩で出勤した。また、長い一日になるだろう。そのことはわかっている。カメラも、質問も、いつにも増して多いにちがいない。

この日をずっと待ち望んできた。

今日が終わり、夜の暗闇が訪れれば、長かった地獄のような二カ月がついに終わる。成人してから、六十代になった現在まで、ずっと権力の世界で生きてきた。いくつもの愚行を巧みに受け流し、何十ものスキャンダルを外交という名の影で覆い隠し、国の内外でうまく立ちまわって、危機が大きく広がる前にその芽を摘み取ってきた。が、そうした経験の数々も、少女を殺したというあのいまいましい男の問題に比べれば、単なる子どもだましにすぎないような気がした。夜になり、憎しみがしばらく鎮まる時間になると、ヴィンゲはひとり考えたものだった──自分は疲れているのだろうか？ もう自分の力では足りないのだろうか？ 歳をとりすぎたのだろうか？ 毎日が地獄だった。新たな報道、インタビュー、世論調査、辞任要求。犯罪者を本国に送り返しただけなのに！ 新聞もテレビもここぞとばかりに食らいつく。読者も視聴者も大喜び。そんな日々の繰り返しだった。フライが死ねば、すべてがおさまるだろう。本人が死んでしまえば、もう面白くなくなる。関心も薄れていく。

群衆が外の大きな広場を埋め、〝スウェーデンは人殺し〟と叫んでいるのが聞こえる。正午ごろから延々と、〝スウェーデンは人殺し〟と、同じシュプレヒコールを上げつづけている。この連中はどうしてそんな気力があるのだろう。仕事はないのだろうか？

窓辺を離れ、机に戻る。今日はいっさい質問に答えない。外務省のオフィスに閉じこもって、ひたすら待つ。そして、死刑が執行されたあと、頃合いを見計らって自宅に戻るつもりだ。

ジョン・マイヤー・フライのいる死刑執行棟の独房を監視カメラ越しに見張っている看守たち三人が、やっと緊張を解いてくつろぎはじめたところで、三人いた面会者のひとり、五、六歳の少年が、母親の腕から身を振りほどき、父親と自分を隔てる鉄柵に走り寄った。看守長が子どもに駆け寄り、鉄柵をつかむ手を離させようとしているようすが、白黒のモニターにくっきりと映し出された。看守長が子どもの片方の手を引っぱり、母親も駆け寄ってきてもう片方の手を引っぱっている。音声は入ってこないので、声を聞くことはできないが、少年は泣きわめいているらしく、顔が歪んでいる。母親がひっきりなしに声をかけている。二、三分ほどしてやっと、少年は鉄柵から手を離し、膝を抱えて床に横たわった。

水曜日、午後三時
残り六時間

片方の手にウォッカの入った免税店の袋を、もう片方の手に前夜の新たな出会いをそっと握りしめ、船べりに沿って歩く人々。彼らにまぎれてフェリーを降りたあの日から、たった二カ月しか経っていない。あのときは、ただひたすら家に帰りたくて、湿気と二酸化炭素のにおいが立ちこめた歩道を急ぎ、焦りを感じながらタクシーを止め、アルプヒュッデ通り四十三番地のアパートへ向かった。そこが彼の家だった。妻と息子がいた。そのまま続いていたかもしれない人生があった。

ライスプディングにブルーベリージャムを添えて食べた。オスカルが食べたがったからだ。しばらく留守にしていたパパがやっと帰ってきたから、三人でいっしょにいちばん美味しいものを食べよう、というわけだ。

なかなかのみ込むことができなかった。

ジョンはいま、皿を目の前にし、スプーンを手に持っている。青と白の混ざり合いが口に近づくにつれ、大きくふくらむような気がする。

最後の食事。

なんと馬鹿げたことだろう。死を六時間後に控えた死刑囚本人が、死後に行なわれるかもしれない解剖で胃の中になにが発見されるかを、自分で選ぶことができるというのだ。ジョンは食事を拒んだ。もうすぐ終わりが来るのだから、食べることなどに興味はない。が、看守長のヴァーノンは引き下がらなかった。これは大事なことだ。ジョン自身にとってはどうでもいいことかもしれないが、ジョンの家族にとっては、彼が最期まで可能なかぎり幸せに過ごしたと知ることに、大きな意味がある。とくに、食事。食事には、ジョンが思っている以上の意味があるのだ。

そこで彼はオスカルの好物であるライスプディングを選び、なんとか食べようと試みた。が、どうしても喉を通らず、食道が気道を圧迫しているような気がした。食べることなどできなかった。

ジョンはヴァーノン・エリックセンに、隣にいてほしいと頼んだ。思慮深いヴァーノン。ジョンが十七歳でこの刑務所の死刑囚監房に入れられたとき、ヴァーノンとはさっそく会話を交わしたものだった。看守が囚人に親しく話しかけるのは禁じられているとジョンにはわかっていたので、だれかに聞かれそうなときにはけっして言葉を交わさなかった。いま、この独房にいるふたりをカメラ越しに監視している看守たちの目には、大いに世間を騒がせているこの死刑執行に際し、死刑囚を落ち着かせようとできるかぎりのことをしている、熱心な看守長の姿が映っていた。

「食べられません」

「少なくとも食べようとはしてみたんだろう」

「ひと口ものみ込めないんです。トレイを下げてもらえますか？」

ヴァーノンにはそれ以上言うことがなかった。言うべきことはもうほとんど残っていない。あとは、形式的なことを少しだけ。もともと人を慰めるのはけっして得意ではない。

「私はもうすぐ行くよ。そのときにトレイも持っていく」

ジョンはふと、外の天気を知りたいと思った。昼の光や天気といったものは、ここには存在しない。独房にも、外の通路にも、窓はひとつもないのだ。が、雪が降っていようが、暖かくなってきていようが、どうでもいいことだという気もした。

「ジョン、立ち会う家族をひとりも選んでいないな」

ヴァーノンは一分ごとに小さくなっていくように見える二十歳年下の男を見つめた。

「選ばなくてはいけないよ」

ジョンは首を横に振った。

「いやです」

「たくさんの人が立ち会う予定になっている。おまえの知らない、会ったことのない人がおおぜい来るんだ。が、時が来たら、目を見つめることのできる相手が必要になる。信頼できる相手の目が必要になる」

「ヘレナには見せたくない。父にも見せたくない。オスカルにも……ほかにはだれもいませんから」

「ジョン、もう一度よく考えてくれ。時が来て、あの場に横たわるのは、おまえがいま思っている以上に大変なことだ」

ジョンは目を閉じ、ふたたび首を横に振った。

「家族には見せたくありません。あなたではだめですか？　あなたにはぜひ立ち会ってほしい。馴染《なじ》みのある、信頼できる相手として、あなたの目を見ていたい」


エーヴェルト・グレーンスは時が経つにつれ、はやる気持ちを抑えられなくなってきた。街頭でのデモが予測よりもはるかに規模を増すと、彼はスヴェンに向かって指令センターにとどまるよう指示し、自らはアメリカ大使館を目指してユールゴーデン島方面へ車を走らせた。いったいなにが起きているのか、自分の目で確かめるためだ。

群衆は途方もない数に達していた。早くもストランド通りで大渋滞が始まった。歩行者が車やバスを気にせず道路を渡り、大使館の敷地を囲んでシュプレヒコールを上げる人々の輪に加わろうとしているせいだ。しびれを切らしたエーヴェルトは歩行者専用道路や公園内の歩道に車を進め、大使館から少し離れたところで車を停めた。中でおびえて小便を漏らしているにちがいない馬鹿どもを、しばらくのあいだあざけり笑う。いい気味だ。これが正義だとは言えないかもしれないが、ほんの数時間とはいえ、権力というものが完全にぶちのめされるのを目にするのは、なかなか愉快だった。

その後、ひたすら車を走らせ、ふと気づいてみれば、リディンゲ橋を渡って介護ホームへ向かっているところだった。

彼女のそばに座り、その手を握り、窓から外を眺める。

エーヴェルトは彼女を必要としていた。彼女は耳を傾けてくれた。あと六時間で死刑に処される男についての、長い、長い物語。もしかすると、こうなったのは自分のせいなのかもしれない。三十年以上警官をやっているのに、なにを掘り返して調べつくし、なにを放っておくべきなのか、いまだに判断しがたいことがある。

ふと、流れ出るよだれの量がいつもより多いことに気づいた。

いやな予感がした。どうしても心配せずにはいられなかった。

そこでしばらく彼女のもとを離れ、玄関ホールの受付に行って、年配の、経験豊富な職員と話をさせてほしい、としつこく主張した。

中から出てきた看護師はエーヴェルトの姿を目にして、思わず深いため息を漏らしたが、それでも彼とともにアンニの部屋へ向かった。ちらりと見ただけで状況はわかったが、それだけではエーヴェルトが納得しないとわかっているので、何分か部屋にとどまった。アンニの額に手を当てたり、脈や呼吸を計ったりと、数分ほど調べたうえで、看護師はアンニが今日もまた、これまでもエーヴェルトがうろたえて受付に走ってくるたびにそうだったように、まったくの健康体であると宣言した。

エーヴェルトはふたたびアンニを見つめた。彼女は窓の外を見つめ、微笑んでいる。エーヴェルトは彼女の頬にキスをすると、その手を握りしめた。

できるかぎりそっと彼女に告げる。怖がらせるのはやめてくれないか。おまえがいなくなったら、俺も長くはもちそうにないよ。


ジョン・マイヤー・フライ事件の捜査のやり直しおよび死刑執行の延期につき、オハイオ州最高裁判所が全員一致で却下の決定を下したとの知らせが届いたとき、アンナ・モズリーとメアリー・モアハウスはシンシナティから戻る車中にいた。アンナ・モズリーはすぐにブレーキを踏むと、素通りしかけていた喫茶店の前に車を停めた。動揺のあまり、これ以上運転できそうにない。失望の叫びをこらえるには、熱い紅茶と煙草が必要だった。


ルーベン・フライの大きな家に、チキンカレーの香りが漂っている。彼の丸みを帯びた上半身が、青と白の縞模様の少々大仰なエプロンに包まれている。料理好きのルーベンは、いつもひとりきりの食事であるにもかかわらず、毎日きちんと料理をしてきた。二十年近く前、ジョンが自分の部屋にいるところを捕まり、エリザベス・フィニガン殺害事件の事情聴取へ連行されて以来、ルーベン・フライはひとりきりで暮らし、ひとりきりで食事をしてきた。

それにしても、なんと奇妙なことだろう。

あと数時間で息子が処刑され、命を奪われる。まさにそのおかげで、ルーベン・フライの人生は、長いこと失われていた豊かさを取り戻したのだった。五歳の孫が、ジョンの昔の子ども部屋を使い、ジョンの昔のベッドで眠っている。義理の娘である若く美しい女性が、夜になると食卓をはさんで向かい側に座り、十二年ものウイスキーを飲みながら、ジョンや自分、息子について語り、ルーベンが思ってもみなかった親しい交わりへと彼を招き入れてくれている。奇妙な感覚だった。息子が死刑になるという状況のただなかで、しかも、そのおかげで与えられた、喜び。この感情をどう処理したらいいのか、自分でもよくわからない。

電話が鳴り、ヘレナが応答した。メアリー・モアハウスからで、シンシナティから戻る途中、国道四十号線沿いの飲食店から電話しているという。彼女の声には、訴えが却下されたことへの失望がありありと表われていた。彼女たちの熱心な働きぶりを見て、フライ＝シュワルツ一家は少しずつ希望を抱きはじめていた。この若く有能な弁護士たちが法律用語を駆使して展開する議論が、もしかしたら認められるのではないかと考えるようにさえなっていたのだ。

ヘレナ・シュワルツには泣く気力もなかった。モアハウスの説明によると、まだいくつかの機関からの回答を待っている状況だという。あと三時間ほどで、第六巡回区控訴裁判所、および連邦最高裁判所のアンソニー・グレン・アダムス判事による決定が言い渡される。いずれも二十一時に予定されている死刑執行を延期させる権限を持った機関だ。

電話を終えると、ヘレナは食卓に戻ってきた。二時間ほど前から香りの漂っていたカレーを食べる。息子がしつこく投げかけてくる質問に、自分でも納得のいかないまま、何度も同じ答えを返す――今日はもう、パパには会えないの。どう頑張っても会えないの。パパはけって、おじいちゃんの寝室の窓から見える、あの高い塀のある建物で暮らしたいわけじゃないの。いいえ、私たちのことが嫌いになったわけじゃないの。それでも、もう家には帰ってこないかもしれないの。

突然の質問に、ヴァーノン・エリックセンは不意を突かれた。考え抜く時間はなく、うまく断わる方法も思いつかなかった。

「ジョン、それはできない。私は立ち会うつもりはない」

彼はジョンの手を取り、軽く握った。

「私はもう二十年以上、死刑執行に参加していない。これからも参加しないつもりだ。私が見張ってきた人間が去るとわかっている日には、かならず、毎回病欠してきた」

ジョンは立ち上がり、狭い独房の中で体を動かそうとしたが、ヴァーノンもいるせいでそれができなかった。鉄柵に上半身をもたせかけ、昔のように、鉄の棒を握りしめる。指が白くなるまで、冷たい金属を強く握りしめる。

「それなら、支度をお願いできませんか」

「支度？」

「僕が死んだあとの」

ジョンは葬儀屋の息子を見つめた。マーカスヴィルで育ったふたりにとって、自由とは、だれもが顔見知りであることを前提としていた。ジョンの記憶にある塀の外のヴァーノン像はただひとつ――あのころはまだ幼かったが、はっきりと覚えている――、四歳のときに母が亡くなり、父ルーベンの手を握って葬儀社を訪れたとき、そこで働いていた彼の姿だった。ちょうどこの刑務所が建設されたころだ。ヴァーノンは所狭しと棺の置かれた部屋でふたりを迎えてくれた。

ヴァーノンは身をかがめ、手を付けていない食事の載ったトレイを持ち上げた。死人の旅支度をしてやること。まるで自分が生死を決めているかのように。彼はジョンを見つめ、独房を出ていく態勢を整えた。

「わかった」

実現しないとわかっている。もし、ほんとうにジョンが死刑に処されるのなら、自分に旅支度は無理だ。が、それでも彼はもう一度言った。

「わかった。私がやらせてもらうよ」

ジョンはこころなしか安堵の表情をみせた。

「それから、ジョン」

沈黙の中、鉄柵を握る手に、さらに力がこもる。

「もうどうでもいいことかもしれないが、おまえは無実だと思う。おまえはエリザベス・フィニガンを殺していない。おまえと初めて話をしたとき、私はそう確信した。いまでもそう思っている」

水曜日、午後六時
残り三時間

外は暗い。見えないが、それでもわかる。マーカスヴィルに夜がやってきた。住民の大半が仕事を終えて帰宅し、食卓に集まっていっしょに食事をしていることだろう。レストランは町に二軒あるが、行く人はあまりいない——ここはそういう町ではないのだ。思春期の初めの年月を、ジョンはいまでも覚えている。ありあまるエネルギーで胸が張り裂けそうなのに、マーカスヴィルはまるで巨大なビニール袋のようで、息が詰まってしかたがなかった。とにかく外に出たいと思った。同じ年ごろの子どもたちは、みな同じだった。町の境界線の外で、ほんとうの人生が待っているはずだった。

三時間。

ジョンはいちばん近くに立っている看守の左腕に目をやった。黒々と毛深い腕に、銀色の金属製の腕時計が目立っている。

あと三時間。

彼らは独房の外で待っていた。黒い制帽のつばを、目にかかりそうなほど下げている。モスグリーンのシャツとズボン。黒のブーツがつやつやと光っている。鍵束のついた長さ一メートルほどのチェーンが、彼らが歩くたび、動くたびにじゃらじゃらと音を立てる。まったく同じ制服を着た四人の看守。乾ききった下水管のにおいのするシャワールームまで、五十メートル弱。看守ふたりが半歩前を歩き、残りふたりが半歩後ろを歩いている。四人とも、ひとことも言葉を発しない。彼らが自分のことを見ているかどうかすらよくわからない。彼らにとって、ジョン・マイヤー・フライはもう存在しないかのようだ。

十分間シャワーを浴びることを許された。熱い湯が心地良く、ジョンは顔を上に向け、薄い皮膚に熱をしみわたらせた。熱さに慣れると、さらに温度を上げる。痛みが気持ちよくなってきた。

その後、おむつをはかせられた。前かがみにさせられ、一瞬、モスクワのシェレメーチエヴォ空港に逆戻りする。あのときとほとんど変わらない。粘着テープで腰まわりを固定するタイプで、モスクワであてがわれたのとは違う種類だが、それでもはき心地はほぼ同じだった。

あの日も尋ねなかったし、いまも尋ねることはしなかった。おむつをはかせられる理由は承知している。

紺色のズボンは洗いたてで、覚えのある柔軟剤のにおいがした。昔と違うのは、脇に沿って赤い線が入っていることで、このタイプのズボンを目にするのは初めてだった。そして、Vネックの白い半袖Tシャツ。腕がむき出しになって、血管が見えるように。

独房に戻る途中で、腕時計をした例の看守がジョンに顔を寄せ、なにやらささやいた。よく聞こえなかったので、ジョンは聞き返した。

十五人の裁判官が、全員一致で決定したという。

第六巡回区控訴裁判所でも、死刑執行猶予を求める訴えは却下された。

水曜日、午後八時
残り一時間

なによりも思い出されるのは、たぶん、彼女の微笑み。エリザベスの笑顔は、見る者を不安にさせた。優しさなのか、あざけりなのか、戸惑いなのか、判断のつかない微笑みだった。ジョンはその微笑むくちびるに憧《あこが》れていた。同じ学校に通い、同じ通学路を行き来しながら、何年も、彼女のくちびるに恋い焦がれていた。ジョンが十六歳のとき、エリザベスがそのくちびるでキスを求めてきた。柔らかい――とっさにそう思った。なんと柔らかいのだろう。

ヘレナはどうだろう？　たぶん、彼女のグラスの持ち方。他人に説明することはできそうにない。彼女はグラスをそっと、しかし壊れないように、しっかりと持つ人だった。

壁に設置されたカメラを見上げる。別室で、他人の人生の最後のひとときを見つめている看守たち。楽しんでいるのだろうか？　仕事だからと割り切っているのだろうか？　八時間、死刑囚を見張り、それから家に帰って夕食を作るのだろうか？　トランプでもして遊んでいるのだろうか？　隣のモニターで、どこかのスポーツチャンネルを映し出し、テニスの試合の最終セットでも観ているのだろうか？

ジョンが大声で叫ぶと、看守がひとり駆けつけてきた。気が変わった。電話を使う権利を行使したい。廊下の奥のカートに載っている、コレクトコールをかけられる、あの電話を使いたい。

いくら聞いても足りないだろう。そのことはじゅうぶんわかっている。

それでも、彼らの声を、もう一度。

水曜日、午後八時四十五分
残り十五分

連邦最高裁のアンソニー・グレン・アダムス判事が死刑執行猶予を求める訴えを却下したという知らせは、死刑執行棟にあるふたつの独房のうちのひとつで待っている死刑囚に届かなかった。アダムスは急ぎの案件を単独で処理する権限を与えられているが、今回は死刑にかかわる案件とあって、いつもそうしているとおり、九人いる連邦最高裁判事全員で話し合って決断を下す道を選んだ。

全員一致だった。

そこで、死刑執行室の奥の部屋の壁に張られた簡素な板に取り付けられている三つの固定電話のうち、ひとつがコロンバスの州知事事務所に接続された。

死刑が執行されるまで、この電話線はつながった状態を保つ。

残り十五分のうちに、オハイオ州知事から中止の指示がないかぎり、ジョン・マイヤー・フライの死刑は執行されることになる。

水曜日、午後八時五十分
残り十分

「フライさんですね？」

「ええ」

「ロドニー・ワイリーといいます。ここマーカスヴィルで看護師をしています。どうぞお座りください」

ジョンが独房の中で立ちつくしていると、ぶかぶかの白衣を身にまとった小柄な男が扉を開け、汗ばんだ細い手を差し出してきた。残り十五分を切った。十分ほどかもしれない。体の中に、秒を刻む時計がある。十七歳のとき、あとは残り時間を数えるだけなのだと悟ったあのときから、ずっと抱えてきた時計。

ロドニー・ワイリーとは初対面だ。見知らぬ人物。それにもかかわらず、彼はジョンが最後に会って話をする人物のひとりとなる。

「じっとしていてくださいね、フライさん」

ワイリーがコットンパッドに注いだ液体が強いにおいを放った。消毒薬だ。ワイリーの痩せた手が、濡れたコットンパッドを、ジョンのひじの内側に、丸く、丸く、ていねいにこすりつける。これから注射針を二本、それぞれの腕に一本ずつ刺すことになっているから、それにそなえて腕を洗浄し、細菌の侵入を防ぐのだ。まだ生きている人間は、文字どおり、生きている人間として扱わなければならない。

「これから注射するのは、ヘパリンという、血液の凝固を防ぐ薬です。血栓ができては困りますからね、フライさん」

ワイリーの言葉は彼が意図した以上に馬鹿馬鹿しく響き、彼はすぐに後悔した。ワイリーは緊張し、おびえていた。いつもそうだ。何度やっても慣れられない——人の死の準備を整えながら、その人に話しかけること。

とはいえ、あと数秒の辛抱だ。彼は死刑囚のまなざしを避け、いつもどおり、むきだしの腕に視線を据えて、じゅうぶんな量の抗凝固薬を注射することだけに集中した。

「さて、これで終わりです。それでは失礼します。もうお会いすることはありません」

ふたたび差し出された細い手。緩い握手。ついにワイリーが耐えられなくなって手を離した。

四人の看守たちは外で待っていた。看護師が足早に立ち去ると、四人は独房に近づき、ジョンを見つめ、外に出るよう告げた。死刑執行室は目と鼻の先だが、それでも看守たちはジョンの一挙手一投足を見守った。これから死ぬ人間というのは、注意して見張らなければならないことが多いからだ。

部屋は円形で、面積は四平方メートルほど。立会人の待っている部屋とは、ガラス張りの壁で隔てられている。部屋を完全にふさいでいるベッドに、ジョンの体が幅の広い六本の黒ベルト――横に四本、縦に二本――で固定され、ベッドを覆っている厚手の白い布ががさがさと音を立てた。胸郭を固定するベルトがいちばん強く締めつけられ、皮膚に食い込んだ。両腕に注射針が挿入された。そこに液体が注入されていくのが見えるよう、透明な管が接続された。

水曜日、午後九時

オハイオ州行政法第五一二〇章九条五四項に基づいて立ち会いを許され、ガラス張りの壁の向こうにいる人々の中には、見覚えのある顔がいくつもあった。

いちばん左に、チャールズ・ハートネット。ジョンの記憶よりもはるかに年老いている。すでに引退しているが、あの日の朝、ジョンの部屋に踏み込んできて彼を逮捕した警察官だ。まだ寝起きだった十七歳のジョンに向かって、ハートネットは脚を広げてベッドのそばに立つよう命令したのだった。

その隣に、ジェイコブ・ホルト。オハイオ州更生・矯正局の局長だ。死刑が執行されるたび、彼は執行時刻の二時間前にコロンバス中心街の広いオフィスを離れ、南へ、マーカスヴィルへ向かう。人が死ぬのを見届けること、それが彼の職務のひとつだ。

ホルトの肩越しに、マーカスヴィル刑務所長の姿が見える。褐色の髪をした背の高い男で、歳のころはジョンと同じくらい。他人を見つめるとき、顎を上げ、さらに高いところから相手を見下ろそうとする、そんな男だ。

ジャーナリストにちがいない連中も、ずらりと顔を揃えている。

見たことのない、背広を着た男たちも何人かいる。牧師がひとり。昔、マーヴィン・ウィリアムズのもとを定期的に訪れていた人物だ。隣の独房でふたりが話をし、ともに祈っている声が聞こえたものだった。彼に会ったあとのマーヴは、いつも肩の荷が下りたような、なにかから解放されたようなようすだった。その半歩後ろに、看守が四人いる。制帽のつばを、いつにも増して深く下げている。

女性はひとりだけだった。だれであるかはすぐにわかった。アリス・フィニガン。彼女にはずっと好感を持っていた。評判の悪い少年だった自分、彼女の娘に言い寄っていた自分にも、いつも温かく接してくれた。

父親のほうを見るのは避けた。その赤い顔は憎しみに満ち、これ以上近づけないところまで近づいてきていた。

ジョンは立ち会ってほしい人物を三人選ぶよう告げられたが、その権利は行使しないことにした。大切な人たちを、この場に立ち会わせたくはなかったのだ。

なによりも重いのは、おそらく、静けさだった。

最後の四分間は、ただひたすら、時間が過ぎるのを待っているだけだった。全員が時計を見つめ、早く終わってほしいと願っていた。彼らが残り時間を数えることに慣れていないのは一目瞭然だった。

壁の板に取り付けられた電話。残された可能性はそれだけだった。すべてを中止せよという、州知事からの電話。

着信音が聞こえるような気がした。鳴っていないその音が、なによりも大きく響いているような気がした。存在しないその音によって、静けさが強調され、耳が痛くなりそうだった。

あと、四十五秒。念のために待とう。が、なにも起こりはしなかった。

刑務所長が、白髪交じりのあごひげを丁寧に整えた年配の男に向かってうなずいた。パトリック・マッカーシー。マーカスヴィル刑務所に勤務する看守の中でも最古参の彼が、誇らしげに背筋を伸ばした。薬剤を注入する機械のそばで待っていたマッカーシーは、所長に向かってうなずき返し、プラスチックの大きな白いボタンを軽く押した。

チオペンタールナトリウム、五グラム。ジョンは欠伸をし、眠りに落ちて意識を失った。

臭化パンクロニウム、百ミリグラム。ジョンの筋肉が麻痺し、呼吸が止まった。

塩化カリウム、百ミリグラム。心臓停止。

水曜日、午後九時十一分

医務官がジョン・マイヤー・フライの体を調べ、弱々しい声で、死刑が無事執行された、と刑務所長に向かって告げた瞬間、立会室にひしめく人々は息を吹き返したかのようだった。沈黙と待機の時間は終わった。もとの人生に戻れる。刑務所長はいつものとおり、二度手を叩いて全員の注意を引き、二十一時十分七秒、医務官によってジョン・マイヤー・フライの死亡が確認された、と宣言した。

エドワード・フィニガンはさらに一歩前へ進み出た。動かなくなった体を見つめ、ずっと求めてきた心の平安を味わいたいと思った。アリスが嫌っていた、不穏、暗闇、憎しみ、そういったものは、すべて消えているはずだった。

力の抜けきった顔を見つめる。

憎しみ。

まだ、残っている。

フィニガンはガラス窓に向かって何度もつばを吐いた。黒いベルトがはずされ、白い布で覆われたベッドから、遺体が移されつつある。アリス・フィニガンが夫に駆け寄り、その背中を両手で叩き、落ち着いて、と叫ぶ。アリスは泣き、叩き、エドワードは振り返ることなくその場を去った。

木曜日

冬が春になろうとしている季節特有の、空気の澄みわたった、きりりと寒い、雲ひとつない朝だった。

ヴァーノン・エリックセンは数時間前に目覚めていた。暗闇の中、ぐっすり眠ることができず、何度も同じ夢を見た。幼いころのこと。二階に座って、父親を見下ろしている。服や化粧の力で、死人が束の間生き返る。遺族が涙に暮れながら外で待っている。ヴァーノンは起き上がると、夜を振り払い、まだ夜中の三時半だというのに、温かいミルクを飲んでサンドイッチを食べた。食卓につき、疲れ切ったマーカスヴィルの街路がゆっくりと目を覚ますのを眺める。新聞配達員が自転車で通り過ぎていく。だれもいないアスファルトに鳥が何羽か降り立つ。パジャマ姿の隣人たちが、スリッパを履いたまま、新聞を取りに外へ出てくる。朝食にコーンフレークとバニラヨーグルトでも食べながら新聞を読むのだろう。ヴァーノンは昨日、病気を理由に仕事を休んでいて、今日の十八時からの夜勤で勤務を再開することになっている。したがって、それまでは刑務所に姿を見せなくとも不自然ではなかった。

ほかのだれも知らないことを、彼は知っている――彼が刑務所へ出勤することはもう二度とないだろう。

ヴァーノンはあたりを見まわした。自宅のキッチンは気に入っている。両親と暮らしてきた家で、引っ越したことは一度もない。両親がなんの説明もなく彼の前から姿を消したあのとき、彼は十九歳だった。姉とともにこの家を相続したが、やがて姉の持ち分を買い取った。彼よりも行動的で好奇心旺盛な性質の姉は、すでに何年も前に学業のためクリーヴランドへ引っ越し、そのままそこに住み着いていたからだ。

彼自身は、どこへも行かなかった。

死刑囚監房の看守長としての仕事。ときおり人と会いはするものの、相手が親しくなろうと近づいてくるなり怖気《おじけ》づく。あとは、かなりの数の本、長い散歩。はるか昔、アリスとともに数ヵ月を過ごしたが、別れを告げられ、さらに両親が亡くなり、果てしのない空虚だけが残ると、なにに対してもさしたる関心が持てなくなった。そんな彼を変えたのが、死刑廃止運動だった。彼は徐々にのめり込んだ。まるでレジスタンスの闘士のごとく、社会の時代遅れな価値観を変えようと積極的に闘っている自分――彼はそんなふうに考え、感じることを好んだ。とはいえ、表舞台には出ず、内密に活動を続けていた。刑務所の看守がこの種の運動に参加していることを知られてはならないとわかっていたからだ。仕事は失いたくなかった。残り時間を数えている彼らのそばにいてやること。それもまた、会合や署名運動、死刑囚の未来のため低報酬で尽力してくれるよう弁護士たちを説得すること、そういった活動と同じくらい重要であるように思えた。

ヴァーノンは換気扇の脇の時計が八時を過ぎるまで待った。それから壁に掛かった受話器を手にとると、マーカスヴィルの医療センターへ電話をかけ、アリス・フィニガンを呼び出した。交換手が電話をつなぎ、アリスが応答すると、彼は受話器を置いた。もう一度、彼女の声が聞きたかった。それだけだった。

朝の冷気が頬を刺す。かすかに吹いている風のせいで、思ったよりも寒い。とはいえ、長い道のりではなく、あと数分で着く。彼は耐えた。

必要なものはあまりない。昨晩のうちに、白地に緑色の刑務所のマークが入った紙袋を準備しておいた。いま、彼はその紙袋を小さくまとめて片手に持っている。重さはほとんど感じない。

マーン・リフ通りに入り、フィニガン家の豪邸が見えてきた。前回この家を訪れてから、二カ月が経過している。ジョンが北欧で生きていると伝えたあの日。エドワード・フィニガンの反応を思い出すと、いまでも気分が悪くなる。人間はこんなにも醜くなれるものなのか、と思ったことを覚えている。それまでにも、似たような醜さを目にしたことはあった。死刑執行の日時が決まって喜ぶ、被害者の遺族たち。彼らを生かしている、憎しみ、復讐心。アリスの悲しみをも思い出す。彼女は夫を恥じ、激しく嫌悪していた。ヴァーノンは、人妻の果てしない孤独にめまいを覚えながら、フィニガン家をあとにした。

呼び鈴を三度鳴らしたところで、ようやく中で人の動き出す気配がした。

階段を下りてくる、重い、ゆっくりとした足取り。どこかの部屋の扉が開く音がした。足音が聞こえ、エドワード・フィニガンのぼんやりとした顔が目の前に現われた。

「エリックセンじゃないか」

エドワード・フィニガンの肌には血の気がなく、目のまわりには深い皺が刻まれている。肥満体をタオル地のバスローブに包んでいる。

「あらかじめ電話したほうがよかったかもしれませんね」

フィニガンは扉を半開きにしたままで、大きく開け放つことはしなかった。裸足が冷たそうだ。

「用件は？」

「お邪魔しても？」

「いまは都合が悪いんだ。今日は仕事を休むことにした」

「知っています」

「知っているだと？」

「人から聞きました。お邪魔しても？」

フィニガンはコーヒーをいれた。コーヒーメーカーが咳き込むような大きな音を立てた。慣れた手つきでないことは明白だった。こういうことは、いつもアリスがやっているのだ。

「ブラックかね？」

「ミルクを少々」

高価な品であることを示す刻印が底についた白い磁器のコップでコーヒーを飲みながら、

ふたりは互いの視線を避けた。ヴァーノンは幼いころからフィニガンのことを知っている。が、それでも、彼という人間がまったく理解できなかった。

「用件は？」

「エリザベスのことを話したいのです」

「エリザベスだと？」

「ええ」

「今日はだめだ」

「今日だからこそ」

フィニガンはコップを乱暴に置いた。薄い色のテーブルクロスに、茶色のしみが大きく広がった。

「昨日なにがあったか知らないのか？」

「もちろん知っています」

「それなら、よりによって今日、死んだ娘のことをどうでもいい相手と話す気になれないことぐらい、いくらなんでもわかるだろう」

広く立派な居間には時計があり、秒針が大きな音を立てている。一秒ごとに雷が落ちているかのようだ。ヴァーノンは昔から、こんな時計を掛けていられる連中の気が知れない、と思っていた。が、いまはこの音が心地良い。息の詰まりそうな沈黙を隠してくれる。

「おまえにはわからないんだ」

フィニガンは腰を下ろしてから初めてヴァーノンの目を見つめた。

「おまえにはわからないんだ。二十年近く、ずっと、毎日、毎時間、ひとりの人間の死を願いつづけるってことが、いったいどんな気持ちのするものか。憎まずにいられない相手がいるとき、どれほどの憎しみが湧いてくるものか」

フィニガンの目が赤くなり、潤みはじめた。苦々しげな表情の彼は、いまにも泣き出しそうだ。

「おまえにはわからんのだ！　あいつは死んだ！　あいつが死ぬところを、この目で見届けた！　それなのに、私はまだ救われない！」

目に手をやり、激しくこすっている。

「あいつが死んだところで、なんの意味もなかったんだ！　あれは正しかった。アリスは最初から正しかった。このことに気づくのがどんなにつらいか、わかるか？　死人を憎むことはできない。なんの救いも得られない。いずれにせよ娘は帰ってこない。帰ってこないんだ！」

エドワード・フィニガンはコーヒーテーブルの上に頭を垂れた。顔がテーブルにつきそうだ。したがって、ヴァーノンが口を開く前に一瞬笑みをうかべたことに、エドワードは気づかなかった。

「洗面所を少々お借りしても？」

ヴァーノンはフィニガンが指差す方向へ歩き出した。キッチンを抜けて、玄関へ。だが、便所の前を素通りし、地下階へ、前回来たときにフィニガンを待った射撃場へ、足早に下りていく。壁に取りつけられた、銃をしまうための戸棚の前に立ち、手にビニール袋をかぶせて開ける。目的の拳銃は、棚の二段目のいちばん奥にあった。フィニガンが弾薬を抜いたあとに拳銃をそこに置いたのを、ヴァーノンはしっかりと記憶していた。彼は手にビニール袋をかぶせたまま、拳銃についている指紋を消さないよう、そっと拳銃を持ち上げた。

作業はわずか一、二分で済んだ。

階上に上がり、玄関マットに置いておいた紙袋に拳銃を入れる。それから便所に入って水を流した。フィニガンはさきほどと同じ姿勢で、テーブルの表面にうつろな視線を向けたまま座っていた。

「エリザベスの話をさせてください」

「さきほども言ったとおり、今日はだめだ」

「今日こそ話すべきなのです。話を聞けば、あなたもそう思われることでしょう。しかし、まず、ジョンのことを少し話しましょう」

「この家であいつの名を口にするな！」

フィニガンはテーブルを叩いた。端に置いてあったガラス製のろうそく立てが、木の床に落ち、真っ二つに割れた。

「二度と口にするんじゃないぞ！」

ヴァーノンは落ち着き払ったまま、小声で言った。

「帰るつもりはありませんよ。私の話を聞いていただくまでは」

一触即発だった。ふたりは向き合ったまま立ち上がった。蒼白だったフィニガンの顔が真っ赤になり、息が荒くなっている。が、ヴァーノン・エリックセンは大柄な男だ。フィニガンはしばらく彼をにらみつけていたが、やがてふっと力が抜けたかのようにソファーに腰を下ろした。

ヴァーノンはエドワードを見つめて話しはじめた。彼の反応を見逃したくはなかった。

「ジョン・マイヤー・フライをマーカスヴィルから逃がす手助けをしたのは、この私です」

エドワード・フィニガンは、目の前に立っている看守長の話に、前かがみのまま耳を傾けた。ひとりの死刑囚、彼の娘を殺した男が、どのようにして死刑囚監房を抜け出し、遠く離れた場所で六年も自由に暮らすことができたかについての物語。エリックセンは三十分近くかけて、詳細にわたって逃亡の経緯を再現してみせた。医者たちを巻き込んでの準備。数々の薬を巧みに組み合わせ、つくりあげた死の錯覚。ジョンがカナダへ逃げ、ロシア経由でスウェーデンの首都を目指したこと。とりわけ、刑務所の冷蔵室から外で待機していた車へジョンを運んだときの描写には、かなりの時間をかけた。この部分がいちばん気に入っているからだ。塀の内から外へ抜け出した、脱走の瞬間そのものであったこのときのことは、彼にとって、薬や偽造パスポートよりもずっと身近に感じられた。ふたりの医師たちが、解剖のためコロンバスに遺体袋を持っていくと主張した。わざわざ袋を開けて遺体を確認しようとする者はだれもいなかった。移送用のワゴン車から遺体袋を下ろし、ワゴン車がマーカスヴィルへ戻っていくやいなや、遺体袋をすばやく運び、同じ車寄せの少し離れたところで待機していた別の車に載せた。これを語るとき、ヴァーノンは満面の笑みすらうかべていた。

フィニガンは微動だにしなかった。ひとことも発しなかった。腹を抱えてソファーに横たわっている彼を、ヴァーノンはじっと見つめた。穏やかな気持ちだった。長い年月、ずっとこの瞬間のことを考えてきた。やっとたどり着いた。

「ですが、娘さんを殺したのはジョンではありません」

フィニガンは殴られたような表情になった。

「昨日処刑された人間は、あなたが信じてやまない死刑制度によって殺された人物は、まったくの無実だったんです」

フィニガンは起き上がろうとしたが、腕に力が入らず、ふたたび倒れ込んだ。

「あなたもアリスも、夜の八時ごろまで留守にしていることが多かった。あなたがたが帰宅するまで、エリザベスはこの家で好きなように過ごせたわけです。あの日、私はジョンが家を出ていくのを見ました。向こうの玄関のそばで、ふたりはしばらく抱き合っていた。それからジョンは歩いて去っていきました」

ヴァーノンはフィニガンから視線をはずさなかった。彼の顔を、真実を知らされて変わっていく彼の顔を、しっかりと見ていたかった。

「私はジョンが去った十分後、この家に侵入しました。ジョンは娘さんを抱いていた、つまり、ふたりはセックスをしていた。あなたがたの留守中にセックスするのはいつものことでしたからね。知らなかったでしょう？　指紋、精液――ジョンの痕跡が娘さんの体のあちこちに残っていた。たったの二、三分しかかからなかった。床に横たわっている娘さんを残して、私は玄関扉を閉めて出ていきました」

ヴァーノンが話を続けていると、怒りに震えたフィニガンが彼に飛びかかり、拳骨でその顔を殴りつけようとした。ヴァーノンの狙いどおりだった。フィニガンは真っ赤な顔で、叫び、殴りかかり、嚙みついてきた。ヴァーノンはなすがままに任せ、互いの血液や皮膚片が混じり合うのを待った。

それからフィニガンの胸を強く殴り、気を失わせた。駆け足で玄関へ向かい、紙袋の中から、布切れと、ジエチルエーテルの小瓶を取り出した。

これでエドワード・フィニガンの意識を一時間半は失わせることができるだろうと、彼は判断していた。一時間半あればじゅうぶんだ。

ヴァーノン・エリックセンがリチャード・ハインズに会うのは初めてだったが、彼は十年以上にわたり、《シンシナティ・ポスト》紙に掲載されるアメリカの司法制度についてのハインズの記事を読んできた。記事から読み取れるハインズの価値観には賛成しかねることもあったが、切れのある文章や内容の正確さは高く評価している。ハインズの調査はつねに、現実を正しくとらえていた。彼の主張は、けっして耳に心地良くはないが、それでもまっとうなものだった。

待ち合わせ場所は、マーカスヴィルの町はずれにある小さな喫茶店。フィニガン家から歩いて十分のところだ。朝のこの時間、小さな店内にはほとんど客がいないとわかっている。ウェイトレスがひとり、長距離トラックの運転手が数人、それを除けば、テーブルの上のパンくずと、安物のスピーカーから流れてくる、くたびれたようなBGMがあるだけだ。

リチャード・ハインズはすでに到着していた。テーブルの上に、ローストビーフらしきサンドイッチとビールが置いてある。ヴァーノンが想像していたより小柄な男だ。華奢な体型で、体重はせいぜい六十キロといったところ。だが、その目はしっかりとヴァーノンを見据え、ほっそりした顔にこぼれそうな笑みがうかんだ。

「エリックセンさんですね？」

ヴァーノンはうなずき、ウェイトレスのほうを向いてハインズのビール瓶を指差してから、彼の向かい側に腰を下ろした。

「わざわざ来てくれてありがとうございます」

ハインズは両腕を広げて肩をすくめてみせた。

「初めは無視するつもりでしたよ。正直に言わせてもらうと、またどこかの変人から電話がかかってきたのかと思いましてね。よくいるんですよ、そういうのが。妄想にかられた連中が、私の記事を読んで、その妄想を私に代弁させようとするんです。しかし、あなたの勤務先の情報を確認させてもらいましてね。この州でいちばん凶悪犯の多い刑務所の死刑囚監房で看守長をしている人物が電話してきて、死刑執行予定時間の十二時間後に会いたい、大スクープになるネタがある、と言ってきたら、聞かないわけにはいかないでしょう」

ウェイトレスは若い女性、いや、少女と言ってもよさそうだった。人生を生きはじめたばかりの少女。ビールを持ってきた彼女を見て、ヴァーノンはふと思った――この娘はなぜ、この職場で、田舎町のみすぼらしい喫茶店で満足しているのだろう？　外には大きな世界が広がっているというのに？

「まちがいなく大スクープになるネタですよ。ただし、条件がひとつある。明日の新聞に載せてほしい」

ハインズは笑い声を上げた。その声には少々の軽蔑が混じっていた。

「それは私が決めることです」

「明日。かならず」

「話を始める前に、これだけははっきりさせておきましょう。ニュースの価値を決めるのは私です。あなたのお話に価値があると思えば、私は記事を書きますが、価値がなければ、われわれはただ、こうしていっしょにビールを飲んだだけということになります」

「価値はありますよ」

BGMがうるさくてしかたがないので、ヴァーノンは失礼を詫びて席を立つと、ウェイトレスに近づいていき、ボリュームを少し下げてほしいと頼んだ。それから戻ってきて、腰を下ろした。白木の小さなテーブルの上には、赤いプラスチックのランチョンマットが四枚置いてある。

「さてと。これでようやく話ができる」

ヴァーノンはハインズを見つめ、話しはじめた。

「私は成人してからずっと、マーカスヴィル刑務所で働いてきました。三十年以上、四人たちとともに生きてきたと言ってもいい。犯罪にかかわるすべてをこの目で見てきました。ありとあらゆる犯罪者、ありとあらゆる犯罪の帰結。私は刑罰というものを信じている。規範のある社会なら、刑罰を与えるのは当然のことです」

窓の外に長距離トラックが停まり、ふたりは外をちらりと見やった。長髪をポニーテールにした大柄な男がトラックを降り、喫茶店の入口に向かっている。

「ただし、例外がひとつある。それが死刑です。規範のある社会において、州が人の命を奪うなどということがあってはならない。私がそのことを悟ったのは、死刑囚監房で何年か働いたあとのことでした。ご存じのとおり、どの刑務所にも、無実の人間や、誤った判決を受けた人間がいる。私にかぎらず、刑務所で働く者ならだれでも知っていることだ。私が担当した囚人のうち、二、三人はそのカテゴリーに含まれていただろうと、私は確信しています」

長距離トラックの運転手は店の反対側のテーブルについた。彼が店に入ってきたとき、ヴァーノンは少し声を落としていたが、彼が遠くに席をとったのを見て、ふたたび声のボリュームを上げた。

「無実の人間がひとりでも死刑に処されれば、それだけで、もうシステムは機能しなくなる！　あとになって、その人物が無実だったとわかっても、元に戻すことはできない。そうでしょう？　どんなに損害賠償を払ったところで、命を取り戻すことはできないのだから」

ここで言うべきことは、十八年間にわたって準備してきた。それなのに……突然、言葉を見つけるのが難しくなってきた。

「被害者への償い……ハインズさん、それは復讐以外のなにものでもないんだ。正義のためだとか、被害者のためだとか、そんな話、あなたは信じますか？　死刑はもう、そんなものではなくなっている。いや、もともとそんなものではなかったのかもしれない。私は日々実感させられている。復讐すること……それこそが真の推進力だ」

ビールを飲み、ハインズの顔をちらりと見やる。興味を失ったようすはない。

「そして、ときには……ときには、人の命を救うために、人の命を奪わなきゃならないこともある。わかりますか、ハインズさん？　私はエドワード・フィニガンを選んだ。そう、選んだんです。フィニガンには人を従わせる力があった。強硬な死刑推進派で、この州で大きな権力を握っていた。なにもかもがあつらえたようだった。彼には娘がいた。娘は問題児と付き合っていた。罪をかぶせるのにぴったりだった。ふたりの命。やる価値はじゅうぶんあった。死刑というものがどんなにまちがっているか、全国民に理解させるために、私はふたりの命を犠牲にした。ふたりの命を奪うことで、もっと多くの命を奪うシステムを覆せるのなら、それはじゅうぶん価値のある行動だ」

リチャード・ハインズは微動だにしなかった。メモを取る手も止まっている。たったいま耳にしたことを、自分が正しく理解したのかどうか、確信が持てない。

「私はエリザベス・フィニガンを殺した。彼女が未成年だったから、ジョン・マイヤー・フライは死刑になるだろうとわかっていた。死刑が執行されたら、こうして名乗り出て、真相を明かすつもりだった」

ハインズは落ち着かずに身をよじった。刑務所で看守長の地位にある人物が、テーブルの向かい側に座り、オハイオ州における当代きっての話題の事件の犯人は自分だと告白しているのだ。

ひとりの人間として、すぐにでも店を駆け出して警察に通報したいと思った。が、ひとりの記者として、もっと知りたいとも思った。

「しかし、フライは脱走しましたね。あなたの話はつじつまが合いません」

「状況が変わったんだ。ふと気がついてみると……あれほど綿密に練り上げたこの計画を、私は実行できなくなっていた。私は……ジョンのことが気に入った。頭のいい、傷つきやすい少年だった……他人とあれほど心を通わせることができたのは初めてだった。もちろん、ほかの連中も――なんと言えばいいか――担当の囚人が死ぬたびに、私はまるで親戚《しんせき》が亡くなったような気がしたものだった。だが、ジョンのことは息子のように感じた。これ以上うまく説明できそうにない。とにかく、彼を死なせる気にはなれなかった。わかりますか？」

「いや。わからない」

「私は昔から、さまざまな死刑反対運動グループにかかわってきた。私はジョンのために闘うグループで働きはじめました。そうして、ほかの鍵となる人物数人といっしょに、彼の逃亡を計画したんです」

ヴァーノンは両手を広げ、肩をすくめてみせた。

「その結果がこれだ。六年間、自由の身で暮らしていたジョンが、たったひとつミスを犯しただけで！　事態は急展開するだろうとすぐに察しがついた。アメリカの司法制度は、体面を保たなきゃならない。フィニガンの地位もある。そこで私は、もとの計画をいま実行することにした。はるか昔に始めたこの計画を、いま完遂することにした」

残り少ないビールはとうの昔にぬるくなっていたが、ヴァーノンは喉の渇きを癒すため、底に残っていた泡をぐいと飲み干した。ズボンのポケットを探り、一ドル紙幣を四枚見つけると、空《から》になったグラスの傍らに置いた。

「ハインズさん、エリザベスを殺したのは私だ。それなのに、ジョン・マイヤー・フライが死刑に処された。したがって、死刑制度は成り立たない。あなたはこのことを記事にする。明日にはその記事が発表される。あなただろうと、ほかの記者だろうと、こんなスクープをみすみす逃すわけにはいかないでしょうからね。そして、このことが公になれば……死刑制度は一巻の終わりだ」

ヴァーノンはすでに立ち上がり、コートのボタンをはめ、空席だらけの喫茶店から出ていこうとしている。

「座ってください」

「話は終わっていませんよ。この件を新聞に載せてほしいのであれば」

「急いでいるので」

ヴァーノンは時計を見た。あと五十五分ある。彼は腰を下ろした。

「話が単純すぎる。たしかにすごいネタだ。が、もっと情報が要ります。証拠が必要なんですよ、あなたの話が真実であると証明するものがね」

「社に帰って、机の上を見てください。小包が届いているはずだから」

「小包？」

「エリザベス・フィニガンを殺した犯人でなければ入手できないものが入っています。たとえば、彼女のブレスレット。いつも身につけていたものだが、捜査の過程ではどこにも言及されていない。エリザベスの両親に見せれば、彼女のものだと証言してくれるでしょう」

「ほかには？」

「ジョンの逃亡を計画した主犯でなければ知り得ない情報も入っている。逃亡の経緯を詳しく記した、八枚にわたる文書です。それを読んで、ジョンの……〝死〟についての資料と比べてみれば、真実だとわかるはずだ」

「しかし、それもあなたの証言でしかない」

「写真もある。現場にいた人間でなければ撮れない写真だ。床に倒れているエリザベスの写真。冷蔵室に横たわったジョンの体。遺体袋に入ったジョン。トロントで飛行機に乗るジョンの姿」

リチャード・ハインズは窓の外に視線をさまよわせた。とにかくこの場を離れたい。大きな長距離トラックの向こうに延びている、あの道路へ戻りたい。

「こんな話は聞いたことがない。私に言わせれば……あなたは完全な病気だ」

「病気？　いや、それは違う。国が人の命を奪ってもいいと考える人間のほうが病気でしょう。死刑制度を廃止させる、それ以上に健全なことがありますか？」

ハインズはかぶりを振った。

「ありがたいことに、それを判断するのは私の役目ではありません。あなたは起訴されることになる。有罪になりますよ」

ヴァーノン・エリックセンは話しはじめてから初めて笑みをうかべた。ようやく緊張が解けてきた。もうすぐ話が終わる。まだたっぷり時間がある。

「なりませんよ。そうでしょう？　私を有罪にするということは、いまの制度になんの価値もないと認めることにつながる。無実の人間を死刑にした事実など、オハイオ州は絶対に、絶対に認めはしない。この事件をふたたび取り上げようとする検事など、おそらくひとりも現われない。違いますか？」

ヴァーノンはふたたび立ち上がった。握手はしなかったが、ハインズに向かって愛想良くうなずいてみせた。ハインズはまもなく車でシンシナティに戻り、彼のジャーナリスト人生でもっとも奇妙な記事を書くことになるだろう。

「わざわざ来てくれてありがとうございました。私はこれからエドワード・フィニガンに会いに行きます。彼もこの話には耳を傾けてくれるでしょうからね」

腕時計を見やる。残り四十五分。間に合うはずだ。

外はあいかわらずの寒さで、彼はコートのいちばん上のボタンを閉じ、手袋をはめた。マーン・リフ通りへ向かう。物音のしないフィニガン家の豪邸を素通りする際に、歩く速度を緩めた。もしだれかが窓の外を見ていれば、その人物は、ヴァーノン・エリックセンがこの時間、この場所にいたと証言してくれるだろう。

マーン・リフ通りの突き当たりから始まる細い林道を、さらに一キロほど歩く。いつもの散歩道だ。週に何度かここを歩いて、木や苔のにおいを吸い込み、小さな湖にたどり着く。子どものころ、夏になると自転車でここを訪れたものだった。水は冷たいが澄んでいる。湖底は泥や鋭くとがった石で覆われているが、足を底につけないようにすれば問題はなく、この湖こそマーカスヴィル唯一の遊泳場だった。

ヴァーノンはじっと立ったまま、穏やかな水面を、まわりをぐるりと囲む木々を、アイスブルーの空を見つめた。

なんと美しい日だろう。

目的の木に近づいていく。いちばん高い木で、水辺から十五メートル、いや、二十メートルほど離れたところにある。カササギたちの気に入りの木であるらしい。葉はすべて落ち、どの枝もむき出しになっているが、一見そうとはわからない。カササギが数えきれないほど枝にとまっているせいだ。鳥たちが緑の大きな葉の代わりを務めているせいで、木は黒々とし、生きているように見える。

紙袋にフィニガンの拳銃が入っている。弾薬もわずか二発ながら袋に入っている。弾薬を装塡《そうてん》すると、梢《こずえ》の上に銃口を向けた。

発砲すると、鳥たちはいつものごとくいっせいに飛び立ち、困惑したような鳴き声を上げた。が、長くは続かなかった。梢の上を旋回し、ひとまわりするたびに数メートルずつ近づいてくる。二、三分後にはまた同じ木にとまっていた。

ヴァーノンはなにも感じなかった。こんなに空っぽな気持ちになるのは初めてだと気づいた。

二十年近くを経て、やっとここにたどり着いた。あと数分ですべてが終わる。生死を決めるのは神じゃない。この最後の行為こそ、なによりも意義深いはずだ。私が決める。若者ふたりの死だけでも、オハイオ州、いや、死刑制度を維持しているこの国全体で、見直しが始まることはまちがいない。そのプロセスは明日、《シンシナティ・ポスト》紙がこの事件の真相を報道することによって始まるだろう。が、これからすること、これから自分がとる行動によって、この問題はさらに大きな関心を集め、人々の食卓での議論にまた別の側面が加わることになる。オハイオ州の死刑推進派を象徴する人物、殺された少女の父親、償いを受ける被害者遺族の権利を説き、良識のある社会なら当然〝目には目を〟を実践すべきだと、長年にわたって主張してきた人物が、今度は裁かれる側にまわるのだ。

木にとまっている鳥たちのうち、数羽ほどが鳴き声を上げた。かすかに風が吹き、葦《あし》がこすれる音を立てた。それを除けば、完全な静寂だった。

紙袋に残っているものを取り出す。細い麻ひも。鳥の餌《えさ》を丸く固めたもの。獣脂が入っているせいで、強烈なにおいを放っている。石だらけの湖畔に数歩近づいていくと、紙袋を細かくちぎり、湖に捨ててから引き返した。

比較的低いところに伸びている太い枝の下で立ち止まる。しゃがみ込むと、獣脂の入った臭い餌の塊を、麻ひもの端から端まで、銀のような光沢が出るまでこすりつけた。カササギたちにはこれが見える。においが届く。前にも試してみたことがあるから、うまくいくとわかっている。

左手を使うのだ。そして、倒れたときに左腕がまったく別の方向を向くようにする。そうすれば、自殺とは思われない。

練習したときと、まったく同じ動きをする。

獣脂をこすりつけたひもの片方の端を手首に軽く結び、残りのひもを投げて枝に掛けると、もう片方の端が頭のそばにぶら下がっていることを確認した。コートの右ポケットから拳銃を取り出し、左手に握る。ぶら下がっているひもも握った。

彼はエドワード・フィニガンのひとり娘を殺した。

今日のうちにエドワード・フィニガンに真実を告げるつもりだと、記者に知らせておいた。

というわけで、動機はある。

のちほど、鑑識捜査によって、エドワード・フィニガンの家にヴァーノン・エリックセンの痕跡が見つかるだろう。凶器の拳銃がエドワード・フィニガンのものであり、フィニガンの指紋がついていることも確認されるだろう。エドワード・フィニガンの血液や皮膚片がヴァーノンの体に残っていることも確認されるだろう。

左手をひもでゆるく縛った状態では、狙いを定めにくかったが、目を閉じなければ、頰をもう少し近づければ、かならずこめかみに銃弾を撃ち込めるはずだ。


木の下で人間がひとり地面に倒れ、木にとまっていた百羽ほどのカササギは銃声に驚いて飛び立つと、少し離れたところを旋回した。しばらく不安げな鳴き声を上げていたが、二、三分で戻ってきた。やがて、地面でつやつやと光り、餌のにおいを放っている麻ひもに、ほぼすべての鳥たちが引き寄せられた。三十分ほどで短く細い麻ひもを食べつくすと、鳥たちは葉のない枝にふたたび落ち着いた。

のちに遺体から一メートルほど離れたところで発見される拳銃で、頭を撃ち抜かれ、絶命して地面に倒れている男のことなど、鳥たちはほとんど気にかけていなかった。

さらに数カ月後

外は夏だ。マーカスヴィル刑務所の死刑囚監房、独房のずらりと並ぶ長い通路から、外を見ることはできないが、それでも天井近くの細長い窓から差し込む強い光の筋はくっきりと見える。マイケル・オーケンがここで働きはじめてから、まだ九週間しか経っていないが、日に何度か硬いコンクリートの床を歩き、それぞれの独房をしっかりとのぞき込むのが、すでに習慣となっている。それは、どの独房にだれがいるかを覚えるためでもあり、新看守長として秩序を保ち、管理体制を維持するという姿勢を示すためでもあった。

ある独房の前で、彼はいつも立ち止まる。通路の中ほどにある、長いこと空いていた独房。狭い独房の中でベッドに横たわっているこの囚人は、オーケンの知るかぎり、ひとことも言葉を発していない。そんな囚人は彼だけだ。つねに横たわり、天井を見つめている。起きているのか、そもそも意識があるのか、見定めるのは難しい。

今日も同じだった。肥満した体が仰向《あおむ》けに横たわっている。顔をかすかに通路からそむけ、天井をじっと見つめている。腿のところにDRと記された、ぶかぶかのオレンジ色の囚人服を着ている。マイケル・オーケンはしばらく彼を見つめていた。こちらを向き、話をしてほしい、と思う。知りたいことがたくさんある。

オーケンの前任者を射殺した犯人。州知事の側近という地位にありながら、彼は前看守長のこめかみを撃ち抜いて殺したのだった。

マイケル・オーケンはため息をついた。彼らにはみな、それぞれの物語がある。この囚人の物語は、ぜひ聞いてみたかった。

著者より

『死刑囚』は、小説である。

したがって、この本に登場するのは、みな架空の人物たちだ。

われわれがたいそう気に入っているエーヴェルト・グレーンスですら、私たちの世界には生きていない。だとしたら——考えてもみてほしい——彼以外の人物が実在しているわけがないだろう。

マーカスヴィルという町も、当然のことながら存在しない。

この小説に描かれている二件の死刑を、オハイオ州は執行していない。ジョン・マイヤー・フライも、その隣人のマーヴ・ウィリアムズも、実際にオハイオ州の刑務所に収容されていたわけではないからだ。

そして、例の〝償い〟という考え方——国内外の政治家たちが、増加する凶悪犯罪への対応策を探し求めるかわりに、被害者の救済、償い、などという単純なレトリックに終始している件——も、おそらく、われわれ著者たちのでっち上げにすぎないのだろう。

これから名前を挙げる人たちに、心からの感謝を捧げます。

ジョニー、ティム、シンス、アンディー、ロン。あなたがたの助けなくして、この小説は生まれなかった。

みなをうまく騙してくれた、ブラック・ボブ。

医学面での知識を提供してくれた、ラッセ・ラーゲルグレン。警察の仕事に関する知識を提供してくれた、ヤン・ストールハムレ。クロノベリ拘置所についての知識を提供してくれた、ラーシュ＝オーケ・ペッテション。

多くの時間を割いて、われわれの原稿を最初に読み、校正し、われわれには思いもよらなかったさまざまな視点から意見を述べてくれた、フィーア・スヴェンソン。

とりわけ賢明な意見を述べてくれた、ニクラス・ブレイマル、エーヴァ・エイマン、ミカエル・ニーマン、ヴァーニャ・スヴェンソン。

いつも力を与えてくれる、われわれのエージェント、ニクラス・サロモンソンとエマ・ティブリン。

われわれの作品にもはや欠かせない存在となっている、装丁担当のエーリク・トゥーンフォシュ。

精力的に校正してくれた、アストリッド・シヴァンデル。

素晴らしく有能で、温かく、親切きわまりない、出版元ピラート社のマティアス・ブーストレム、ロッタ・ビークヴィスト・レナートソン、シェリー・フッセル、ラッセ・イェクセル、マデレーン・ラーヴァス、アンナ・カーリン・シグリング、アン＝マリー・スカルプ、ロッティス・ヴァールー。

そして、われわれの編集者であるソフィア・ブラッツェリウス・トゥーンフォシュに、とりわけ深い感謝を。

ストックホルム　二〇〇六年三月

アンデシュ・ルースルンド

ベリエ・ヘルストレム

訳者あとがき

ある冬の日、フィンランドからストックホルムへ向かう船内で、カナダ国籍の男が暴力をふるい、傷害容疑で逮捕された。目撃者は数多く、物的証拠も残っている。単純きわまりない事件だ。ところが男のパスポートが偽造されていたことが判明し、捜査の様相は一変する。男はいったい何者なのか？　死んだはずの男なのか？

同じころ、アメリカ・オハイオ州で、ある男が自分の運命を呪っている。男の名は、エドワード・フィニガン。娘を殺された十八年前から、憎しみを抱きつづけている。犯人に死をもって罪を償わせ、その死を自分の目で見届けないかぎり、この苦しみからは逃れられそうにない。それなのに、その唯一の救いすら、自分には与えられなかった……

ジャーナリストと元服役囚という異色のコンビで、デビュー作『制裁』で早くも最優秀北欧犯罪小説賞（「ガラスの鍵」賞）獲得という快挙を成し遂げたアンデシュ・ルースルンドとベリエ・ヘルストレムは、その後『制裁』で活躍したグレーンス警部とスンドクヴィスト警部補を主人公に据え、(二〇一八年三月現在)さらに六作を発表している。シリーズ第三作となるのが本書『死刑囚』だ。

死刑の存在しない国のジレンマ、市民が自ら法を執行することの是非、刑務所内の暴力など、さまざまなモチーフを重層的に描いた『制裁』、女性の人身売買と強制売春というテーマを中心に据えた『ボックス21』に続き、本書も大きな問題をとりあげた野心作である。今回のテーマは「死刑制度」。

原題 ***Edward Finnigans upprättelse*** は、「エドワード・フィニガンの救済」と訳せるが、この〝upprättelse〟はさまざまな意味がある。そもそも「不正を正す」という意味をもつこの言葉には、被害者やその遺族の「救済」「名誉回復」、彼らへの「補償」のほか、加害者の側からの「償い」「贖罪《しょくざい》」という意味も含まれている。エドワード・フィニガンにとっての「救い」「償い」とは、実のところ、いったいなんなのか? それは「復讐」と同義なのか? もし同義だとしたら、社会はその復讐を引き受けるべきなのか?

本書の翻訳を進めている旨を著者に報告すると、死刑制度のある日本でこの小説がどんなふうに読まれるか楽しみだ、との返事が届いた。スウェーデンには死刑がなく、死刑は前時代的、非人道的であるとの認識が浸透している。死刑の是非が議論されることすらない――答えはとっくに出ているのだ。そんな国で、ルースルンドとヘルストレムは米国の視点を取り入れることにより、この問題を俎上《そじょう》に載せようとした。死刑は当然の刑罰であると考える人々、死刑は野蛮であると当然のように考える人々、両者を隔てる深淵はなかなか埋まらない。そんな中で、小説というものにできることがあるとしたら、さまざまな視点からこの問題を語ることではないだろうか？　死刑囚、死刑囚の家族、被害者、遺族、死刑囚監房の看守など、あらゆる関係者がどんな経験をすることになるか、描き出してみせること。架空とはいえ、もしこんな事件が起きたとしたら、というひとつの仮定を提示して、読者の想像力をかき立てること。

もちろん、純粋なサスペンスものとして、そしてシリーズものとしても楽しめる内容になっている。グレーンス警部はもちろん、スンドクヴィスト警部補やオーゲスタム検察官などのレギュラー陣も健在で、さらに『ボックス21』で活躍したヘルマンソン巡査が警部補に昇進して登場する。グレーンス警部の私生活に変化が見えはじめることにも、ぜひ注目してほしい。

エーヴェルト・グレーンス警部シリーズは、本書（二〇〇六年刊行）に続き、二〇〇七年に第四作『*Flickan under gatan*（通りの下の少女）』が発表されている。二〇〇九年に刊行された第五作『三秒間の死角』（ＫＡＤＯＫＡＷＡ）は、スウェーデン推理作家アカデミー最優秀小説賞に加え、英国推理作家協会（ＣＷＡ）インターナショナル・ダガー賞、日本の翻訳ミステリー読者賞も受賞した。ルースルンドとヘルストレムはその後、二〇一二年にシリーズ第六作『*Två soldater*（ふたりの兵士）』を発表したのち、コンビでの執筆をいったん休止したが、二〇一六年、『三秒間の死角』の続編にあたる『*Tre minuter*（三分間）』で復活を遂げた。デビュー作にして「ガラスの鍵」賞を受けた『制裁』を除くシリーズ六作すべてが、スウェーデン推理作家アカデミー最優秀小説賞にノミネートされている。

二〇一四年、コンビでの執筆休止中に、アンデシュ・ルースルンドは脚本家ステファン・トゥンベリとタッグを組み、実話をもとにした小説『熊と踊れ』（早川書房）を発表した。さらに二〇一七年一月、この続編にあたる『*En bror att dö för*（命に代えても兄弟を）』を刊行。同年のスウェーデン推理作家アカデミー最優秀小説賞にノミネートされた。

一方のベリエ・ヘルストレムは二〇一五年、がんの診断を受けたことを公表し、二年にわたる闘病の末、二〇一七年二月十七日に永眠した。享年五十九。

アンデシュ・ルースルンドは今後、単独でエーヴェルト・グレーンス警部シリーズを書き継ぐ予定だ。今年五月にはシリーズ第八作の刊行が決まっており、これは前述した『三秒間の死角』『三分間』のさらなる続編になるという。


本書は二〇一一年一月に武田ランダムハウスジャパンより刊行され、同社の倒産にともない絶版となっていたのを、早川書房から復刊したものである。初訳時には、武田ランダムハウスジャパンの編集者（当時）田坂苑子さん、株式会社リベルの山本知子さん、浜辺貴絵さんに大変お世話になりました。著者のアンデシュ・ルースルンド、ベリエ・ヘルストレム両氏も、多忙にもかかわらず、訳者の問い合わせに快く、明確に回答してくださったのが印象的でした。この場を借りて、お礼を申し上げるとともに、あらためてベリエ・ヘルストレム氏のご冥福をお祈り申し上げます。

また、本書の復刊に向けてご尽力くださった早川書房の山口晶さんと根本佳祐さん、そしてなにより、復刊を望み、さまざまな形で後押ししてくださった読者のみなさんにも、心より感謝しております。ありがとうございました。

二〇一八年三月

ヘレンハルメ美穂

本書は二〇一一年一月に武田ランダムハウスジャパンより刊行された作品を、再文庫化したものです。

ロング・グッドバイ

The Long Goodbye

レイモンド・チャンドラー

村上春樹訳

私立探偵フィリップ・マーロウは、億万長者の娘シルヴィアの夫テリー・レノックスと知り合う。あり余る富に囲まれていながら、男はどこか暗い陰を宿していた。何度か会って杯を重ねるうち、互いに友情を覚えはじめた二人。しかし、やがてレノックスは妻殺しの容疑をかけられ自殺を遂げてしまう。その裏には哀しくも奥深い真相が隠されていた。新時代の『長いお別れ』が文庫で登場

さよなら、愛しい人

レイモンド・チャンドラー

村上春樹訳

Farewell, My Lovely

刑務所から出所したばかりの大男、へら鹿マロイは、八年前に別れた恋人ヴェルマを探しに黒人街の酒場にやってきた。しかしそこで激情に駆られ殺人を犯してしまう。偶然、現場に居合わせた私立探偵のマーロウは、行方をくらましたマロイと女を探して夜の酒場をさまよう。狂おしいほど一途な愛を待ち受ける哀しい結末とは？　名作『さらば愛しき女よ』を村上春樹が新訳した話題作。

ホッグ連続殺人

The HOG Murders

ウィリアム・L・デアンドリア
真崎義博訳

雪に閉ざされた町は、殺人鬼の凶行に震え上がった。彼は被害者を選ばない。手口も選ばない。どんな状況でも確実に獲物をとらえ、事故や自殺を偽装した上で声明文をよこす。署名はＨＯＧ――この難事件に、天才犯罪研究家ベネデッティ教授が挑む！　アメリカ探偵作家クラブ賞に輝く傑作本格推理。解説／福井健太

ハヤカワ文庫

2分間ミステリ

Two-Minute Mysteries

ドナルド・J・ソボル

武藤崇恵訳

銀行強盗を追う保安官が拾ったヒッチハイカーの正体とは？　屋根裏部屋で起きた、首吊り自殺の真相は？　一攫千金の儲け話の真偽は？　制限時間は2分間、きみも名探偵ハレジアン博士の頭脳に挑戦！　事件を先に解決するのはきみか、博士か？　いつでも、どこでも、どこからでも楽しめる面白推理クイズ集第一弾

ハヤカワ文庫

解錠師

The Lock Artist

スティーヴ・ハミルトン
越前敏弥訳

〈アメリカ探偵作家クラブ賞最優秀長篇賞／英国推理作家協会賞スティール・ダガー賞受賞作〉ある出来事をきっかけに八歳で言葉を失い、十七歳でプロの錠前破りとなったマイケル。だが彼の運命はひとつの計画を機に急転する。犯罪者の非情な世界に生きる少年の光と影をみずみずしく描き、全世界を感動させた傑作

訳者略歴　国際基督教大学卒，パリ第三大学修士課程修了，スウェーデン語翻訳家　訳書『熊と踊れ』ルースルンド&トゥンベリ，「ミレニアム」シリーズ（共訳／以上早川書房刊）他

HM=Hayakawa Mystery
SF=Science Fiction
JA=Japanese Author
NV=Novel
NF=Nonfiction
FT=Fantasy

死刑囚《しけいしゅう》

〈HM㊴-5〉

二〇一八年五月十日　印刷
二〇一八年五月十五日　発行

（定価はカバーに表示してあります）

著者　アンデシュ・ルースルンド
　　　ベリエ・ヘルストレム
訳者　ヘレンハルメ美穂《みほ》
発行者　早川浩
発行所　株式会社　早川書房

郵便番号　一〇一 - 〇〇四六
東京都千代田区神田多町二ノ二
電話　〇三 - 三二五二 - 三一一一（大代表）
振替　〇〇一六〇 - 三 - 四七七九九
http://www.hayakawa-online.co.jp

乱丁・落丁本は小社制作部宛お送り下さい。
送料小社負担にてお取りかえいたします。

印刷・三松堂株式会社　製本・株式会社明光社
Printed and bound in Japan
ISBN978-4-15-182155-4 C0197

本書は活字が大きく読みやすい〈トールサイズ〉です。